anagramma

147

Titolo originale: *Love in the Making*

Traduzione dall'inglese di Gabriella Pandolfo
Seconda edizione: luglio 2012

Roma, Casella postale 6214

ISBN 978-88-541-3967-1

www.newtoncompton.com

Realizzazione a cura di Librofficina, Roma
Stampato nel luglio 2012 presso Puntoweb s.r.l., Ariccia (Roma)
su carta prodotta con cellulose senza cloro gas provenienti da foreste
controllate e certificate, nel rispetto delle normative ecologiche vigenti

Roisin Meaney

Cupcake Club

Newton Compton editori

Per Mags, che ha avuto l'idea del titolo,
e Orla, che dovrebbe avere un negozio di torte tutto suo

Gennaio

«Aspetta», disse. «Aspetta... Solo un minuto!».

Erano già in ritardo, e Hannah ancora combatteva con l'abito nero comprato in fretta e furia che stava cominciando a sembrare un errore terribile. Troppo stretto per potersi sedere comodamente, troppo lungo per sentirsi sexy, troppo corto per nasconderle le ginocchia. Troppo giovanile, dannazione, per una donna di trentadue anni.

Perché mai aveva dato ascolto a una commessa che veniva pagata per dire a tutte le clienti che stavano benissimo, anche se erano assolutamente ridicole? Ma Hannah le aveva dato ascolto perché il negozio stava per chiudere e lei doveva assolutamente comprare qualcosa. Adesso aveva centoquaranta euro in meno, e odiava quel vestito.

Erano in ritardo, alla *sua* festa. E come se non bastasse aveva anche tagliato quella dannata etichetta.

«Odio questo vestito», disse, affannandosi con i tre enormi bottoni che per qualche ragione le erano sembrati adorabili al negozio. Quantomeno Patrick le avrebbe detto che stava bene, e lei avrebbe fatto finta di crederci e avrebbe provato a convincersi che non stava poi così male. Come poteva non essere bello un vestito che costava centoquaranta euro? Con quel prezzo, almeno doveva avere un bel taglio! E anche la stoffa doveva essere decente.

«Non è tremendo?», chiese. «Non so cosa mi sia preso, avrei potuto benissimo mettere quello blu». Attese che lui le dicesse le parole giuste.

Ma non lo fece.

«Aspetta», ripeté. «Hannah, c'è qualcosa di cui devo parlarti».

Lei si voltò e cominciò a frugare nella scatola dei biscotti dove teneva i suoi gioielli. «Perfetto. Adesso ho perso anche un orecchino». Era arrabbiata con lui perché non l'aveva rassicurata, ma a che pro iniziare una discussione quando stavano per uscire? L'ultima cosa che le serviva era che lui fosse di malumore quella sera. «Patrick, su», disse, ancora a capo chino sulla scatola. «Il taxi sarà qui a momenti. Dov'è la tua camicia pulita?».

Fece i tre passi che lo separavano da lei, e le mise una mano sull'avambraccio nudo. «Hannah, puoi fermarti un attimo», disse con calma, «e ascoltarmi? Per piacere?».

Hannah si scostò, liberandosi. Almeno le scarpe rosso scuro con i tacchi argentati le piacevano. Geraldine, conoscendo molto bene i gusti della figlia, gliele aveva messe da parte non appena erano arrivate in negozio.

«Patrick, non abbiamo tempo, mancano quasi dieci minuti». Infilò i piedi nella pelle morbida, e ammirò le sue caviglie che erano diventate immediatamente più sottili – come poteva un tacco alto fare tutta quella differenza? «Per favore, vai a cambiarti?»

«Non mi cambio». Talmente sottovoce che lei quasi non lo sentì.

«Cosa? Cosa?». E voltandosi troppo bruscamente, la mano urtò contro la scatola dei biscotti, che cadde dalla toeletta e con un tonfo andò a finire sul pavimento. Gli orecchini, i bracciali e le collane rotolarono ovunque tintinnando mentre lei si rivolgeva a lui.

«Cosa vuol dire "non mi cambio"?». Cercò il suo viso. «Patrick, cosa succede? Non ti senti bene?».

Lui scosse il capo, ma lei vide che era un po' pallido. Doveva avere qualcosa e lei era stata troppo presa per accorgersene.

«Ho conosciuto qualcuno», disse tutto d'un fiato, senza guardarla. «Mi dispiace, Han, davvero. Non avrei mai voluto che accadesse. Lo giuro, io…».

Hannah ebbe come la sensazione che la sua testa si svuotasse. L'improvvisa leggerezza che avvertì la fece barcollare, e si aggrappò al bordo della toeletta per non cadere. «Tu…cosa? Hai conosciuto qualcuno?».

Stavano insieme da un anno e tre mesi. Lui l'aveva portata a Parigi e le aveva detto «ti amo» in tutti i modi possibili. Non si porta una donna a Parigi e poi se ne conosce un'altra. È una cosa che non si fa. Il minimo che si possa dire è che è da maleducati.

«Mi dispiace».

Era terribilmente pallido in volto, realizzò lei. Sulla sua tempia si vedeva pulsare una venuzza lilla. La fronte era solcata da due profonde rughe. Sulla spalla della camicia bianca che aveva portato tutto il giorno c'era una macchia rotonda grigio chiaro, grande quanto una moneta da due euro.

Si domandò cosa avesse potuto causare una macchia del genere in quel punto.

«Han. Di' qualcosa».

La voce di lui la fece riscuotere dai suoi pensieri. Si rese conto di avere difficoltà a respirare. Si avvicinò al letto e ci si lasciò cadere pesantemente. Si sporse in avanti appoggiando la testa sulle ginocchia velate di nylon nero, poi inspirò profondamente avvertendo un fremito dentro di sé.

«Stai bene, Han?».

La voce sembrava rauca. Forse stava piangendo. Sperò che lui stesse piangendo. Le ginocchia le profumavano di lavanda.

Da fuori giunse il suono di un clacson. Sollevò piano il capo.

«Ecco il taxi», disse. «Su, devi prepararti».

Le parole le uscirono con un filo di voce. Patrick era rimasto in piedi immobile. Non piangeva ma sembrava che stesse per farlo. Lei si sentiva la testa leggera: dentro non c'era più niente.

«Mi dispiace», disse di nuovo. «Non posso venire. Non posso continuare a… fingere».

Fingere? Afferrò il piumino del letto. Aveva le mani umide. «Non essere sciocco», disse. «Certo che devi venire, è tutto pronto». Strizzò le piume mentre arricciava le dita dei piedi nelle scarpe rosse.

«Hannah», disse Patrick, «mi sento uno schifo, credimi. Non l'ho fatto apposta. Non volevo ferirti».

Il taxi suonò di nuovo. Hannah lasciò andare il piumino e si alzò in piedi. «Su, dài», disse. «Non ti sei ancora cambiato la camicia».

Lui scosse il capo. «Han, vado via. Stasera».

«No», disse. Si incamminò, evitando i gioielli sparsi sul pavimento, e prese la borsa dalla sedia accanto all'armadio. «Ti aspetto nel taxi», gli disse. «Non metterci tanto, ok?».

Prese il cappotto dalla gruccia e la stola blu. «Hai cinque minuti». Le orecchie le fischiavano leggermente. Qualcosa le bloccava la gola. Infilò le braccia nelle maniche del cappotto. «Non raccogliere tutta questa roba da terra, me ne occupo io quando torniamo a casa».

Scese di sotto stritolando con la mano la ringhiera. Aprì la porta d'ingresso e la chiuse accompagnandola con delicatezza.

L'aria della sera era pungente. Si avvolse nel cappotto mentre i suoi tacchi d'argento calpestavano il marciapiede che si stava già imbiancando per il gelo. Il taxi sembrava nero alla luce dei lampioni, ma sarebbe potuto essere di qualsiasi colore.

Aprì lo sportello posteriore e scivolò sul sedile, mormorando un saluto al tassista.

«C'è qualcun altro?», chiese l'uomo. Indossava un cappello di lana e odorava di menta. La macchina era riscaldata, con la radio accesa, e si sentiva la dolce melodia di una tromba.

«No», rispose lei, senza guardare indietro verso la casa. All'improvviso le venne in mente che non aveva chiesto a Patrick chi avesse conosciuto. Perché non lo aveva fatto? E se era qualcuno che anche lei conosceva? E se qualcun altro sapeva di quell'altra donna?

«Dove la porto?»

«Ehm… Al Cookery».

Aveva prenotato per otto persone. Sarebbe stata costretta a guardare il suo posto vuoto, che per tutta la sera le avrebbe ricordato che lui non c'era. Frugò nella borsa e pescò un fazzoletto tutto sgualcito con cui si tamponò gli occhi. Il mascara non era resistente all'acqua, doveva asciugare le lacrime prima che facessero danni.

Magari stava facendo le valigie proprio in quel momento. E aveva messo tutti i suoi vestiti sul letto. Magari aveva preso il suo spazzolino arancione dal portaspazzolini nel bagno. O magari era al telefono con lei, e le stava dicendo che lo aveva fatto.

Magari stava dicendo: «Hannah l'ha presa male. Non ha voluto ascoltarmi, continuava a dirmi di prepararmi per andare al ristorante. Sono distrutto».

Magari le stava dicendo che si sarebbero visti presto; che non vedeva l'ora di stare con lei.

Era spaventata al pensiero di ritornare a casa e non trovare più le sue cose; di trovare vuoti gli scaffali che lui aveva riempito di libri, CD, vestiti e mazze da golf quando si era trasferito lì. Le sue grucce vuote che tintinnavano nell'armadio. Magari aveva sparso i suoi vestiti qua e là, in modo che aprendo l'anta dell'armadio, non sarebbe sembrato così spoglio. Ma lei sapeva che una cosa del genere non gli sarebbe mai venuta in mente.

E se avesse dimenticato qualcosa? Perché ci si dimentica sempre qualcosa. Vestiti nel cesto della biancheria da lavare, libri nascosti sulle mensole più alte, calze rimaste in fondo a un cassetto. E la corrispondenza che avrebbe continuato ad arrivargli? E se qualcuno a cui aveva dimenticato di dire che aveva cambiato indirizzo avesse chiamato e chiesto di lui?

Senza parlare del suo odore, che sarebbe stato ancora lì in agguato, ad aleggiare per tutta la casa: nel letto e sugli asciugamani, sul divano e nei cuscini. Come avrebbe fatto a non sentire più il suo odore?

Non gli aveva chiesto se lui amava l'altra donna. Non riusciva a sopportare quel pensiero, non poteva sopportare che l'amore che aveva provato per lei fosse stato raccolto e trasferito su un'altra persona. Forse lui non l'aveva mai amata. Ma bloccò quel pensiero prima di andare troppo oltre. Certo che l'aveva amata: una donna si accorge sempre se qualcuno la ama davvero.

Giusto?

Fu lieta che il tassista non cercasse di fare conversazione. Probabilmente aveva capito che non era il caso, quando l'aveva vista rannicchiarsi nell'angolo del sedile dallo specchietto retrovisore. Si sentiva sollevata che ci fosse la musica e che non si trovasse in una macchina silenziosa con un estraneo che si sentisse in obbligo di dire qualcosa.

Stavano arrivando al ristorante. Cercò lo specchietto da borsetta e con l'angolo di un fazzoletto si tamponò le sbavature nere intorno agli occhi. Il tassista accese la luce sul tettuccio.

«Grazie», disse. Non fu di grande aiuto, dal momento che era solo una debole luce gialla, ma apprezzò il pensiero. Mise il rossetto e si passò le dita tra i capelli che non aveva avuto il tempo di asciugare bene. Non che facesse alcuna differenza: nessuna messa in piega al mondo sarebbe mai riuscita a districare i nodi, proprio come nessun bagno di colore era mai riuscito a ravvivare minimamente quel monotono castano né chiaro né scuro che aveva la disgrazia di avere.

Si sforzò di sorridere a se stessa nello specchietto. Avrebbe dovuto farlo almeno per le successive due ore. Ci sarebbe stato champagne e tutti avrebbero brindato, augurandole di avere successo con la sua nuova attività.

«Patrick non sta bene», disse, sorridendo alla sua immagine riflessa.

«Scusi?».

Alzò lo sguardo e incontrò per un attimo gli occhi del tassista nello specchietto retrovisore. Davvero lo aveva detto ad alta voce? «Nulla. Stavo solo parlando tra me e me».

Si fermarono davanti al Cookery. Hannah pagò e poi scese dalla macchina. Si incamminò verso il ristorante, cercando di impostare un sorriso.

«Aspetti». Si voltò. Il tassista teneva la sua stola blu fuori dal finestrino. «Ha dimenticato questa».

«Grazie». Se la avvolse intorno alle spalle mentre lui, con in testa il suo cappello di lana, ripartiva e andava via. Poi entrò, e si sentì mancare quando vide Adam alzarsi dal tavolo nell'angolo non appena la scorse, gli altri girarsi e sorriderle e la madre che cominciava ad applaudire.

Patrick lasciò cadere l'ultima valigia sul tappeto verde chiaro. «Finito».

«Sei tutto sudato». Leah si alzò sulle punte dei piedi e gli accarezzò la fronte con il ditino. «Mmm, un omone sudato nel mio bell'appartamento».

Le afferrò il polso. «Ehi, ho appena portato praticamente tutto quello che ho su per due rampe di scale. Già è tanto se non sono stramazzato a terra sul tuo bel tappeto con una trombosi coronarica».

Leah rise. «Dio, te lo immagini, dopo aver aspettato per mesi di averti tutto per me, tu arrivi e mi muori all'improvviso».

«Be', non succederà stanotte». Le prese la mano, se la premette sull'inguine, e la tenne lì finché lei sentì una reazione. «Ti sembra morto?».

«Oh tesoro, sei così romantico». Si divincolò dalla sua presa e andò verso il bagno. «Su dài, ti devo strigliare bene prima di approfittarmi di te».

Il viso di Hannah. Quando lui aveva confessato, quando alla fine lei aveva realizzato quello che le stava dicendo, era cambiato completamente: era sbiancato, anche se continuava a ripetergli di sbrigarsi.

E a dirgli che lo avrebbe aspettato nel taxi, come se una parte di lei rifiutasse di ascoltare ciò che le stava dicendo. Cristo, lui proprio non se lo aspettava. Si aspettava che piangesse, o magari che gli lanciasse qualcosa. Si aspettava di certo una scena sgradevole, ma quello no.

Leah gli sbottonò la camicia mentre la vasca si riempiva e l'aria diventava calda, umida e profumata. Gli slacciò la cintura, tirò giù la cerniera dei pantaloni e gli sfilò le mutande. Si ritrasse dal suo abbraccio, afferrandogli la mano quando lui cercò di toglierle l'accappatoio. «Non ancora, animaletto». Lui entrò nella vasca e si immerse lentamente nell'acqua fumante.

«A che cosa stai pensando?». Prese una spugna rosa.

«Niente, sono molto stanco». Reclinò la testa e chiuse gli occhi, inalando il profumo di muschio dell'acqua schiumosa.

La cena al ristorante doveva essere ormai finita e probabilmente la serata era proseguita in un bar. Si domandò cosa avesse risposto Hannah quando le avevano chiesto di lui. Sicuramente erano stati tutti solidali con lei. Lo odiavano per averla lasciata, e lo disprezzavano per averlo fatto proprio nel momento in cui stava per aprire il suo negozio. Immaginò la reazione della madre di lei, e si sentì mancare. Gli era sempre piaciuta Geraldine, e sapeva che la cosa era reciproca.

«Sei felice?», gli chiese Leah mentre gli insaponava il petto, le spalle, le braccia, e lo sciacquava con acqua calda. «Nessun rimpianto?»

«Nessun rimpianto». Aprì gli occhi. «Perché non ti spogli e ti unisci a me?».

Lei scosse il capo e sorrise. «La vasca è troppo piccola, tesoro».

Ma non era troppo piccola, era lui che era troppo grande. Era alto circa un metro e ottanta e piazzato come un giocatore di rugby. Accanto a lui, Leah sembrava una ninfetta: alta più o meno un metro e mezzo, con i capelli biondi tagliati corti e la pelle diafana, pesava circa la metà di lui.

Hannah invece aveva una corporatura più robusta, che tendeva a una rotondità contro cui lei combatteva, ma che Patrick non aveva mai detto di non gradire. Amava i rotolini di ciccia intorno alla vita di lei, i suoi seni pieni, le curve generose dei suoi fianchi, la morbidezza delle sue cosce paffute.

E anche la vasca di Hannah era grande, una vecchia vasca in ghisa, tutta macchiata e graffiata ma grande abbastanza per tutti e due, se necessario. Aveva bei ricordi di quella vasca, e ricordare non era certo un crimine.

«Bene, adesso sei bello pulito». Leah strizzò la spugna. «Su, alzati».

«Mi farai il bagno tutte le sere?». Si mise in piedi sul tappetino blu e si asciugò rapidamente i capelli, mentre Leah gli avvolgeva un asciugamano intorno alla vita.

«Forse. Dipende da come ti comporti». Si voltò verso la porta. «Vieni con me».

Patrick asciugò il vapore allo specchio e guardò la propria immagine riflessa. Si passò le dita tra i folti capelli neri, e si grattò la barbetta sul mento. Avrebbe dovuto farsela prima di lasciare la casa di Hannah – a Leah non piaceva l'aspetto da macho – ma aveva avuto troppa fretta di andarsene e aveva voluto evitare che Hannah, tornando presto dal ristorante, lo supplicasse di rimanere. Si lavò i denti con lo spazzolino di Leah, e lasciò cadere gli asciugamani nel cesto di vimini azzurro.

Nella camera da letto, Leah aveva acceso le candele e steso un grande asciugamano sul tappeto color beige. «Mettiti a pancia in giù», ordinò, e Patrick si abbassò sul pavimento. Leah sciolse la cinta del suo accappatoio, si inginocchiò e si mise a cavalcioni su di lui. Patrick chiuse gli occhi mentre sentiva il caldo olio per massaggi gocciolare sulla schiena, le mani di lei che cominciavano a spalmarlo sulla sua pelle, e il profumo di eucalipto che lo avvolgeva.

«Potrei farci l'abitudine», mormorò.

«Non dire nulla».

Tamburellò con le punte delle dita sulle sue vertebre e dette qualche colpetto sulle scapole. Aveva messo uno dei CD che usava nel suo salone, una musica tutta flauti di Pan e onde fruscianti, e lui pensò ai CD disposti in ordine alfabetico sulle mensole di Hannah: Iris DeMent, John Lee Hooker, Willie Nelson e James Taylor. Pensò a loro due stravaccati sul divano cremisi di Hannah a leggere i giornali della domenica, con Willie Nelson che cantava di gitani dagli orecchini dorati.

Le mensole di Hannah. Il divano di Hannah. Anche se aveva convissuto con lei per più di un anno, non era mai riuscito a considerare quella come la loro casa: era sempre la casa di Hannah. Ufficialmente era sua, ovvio: lei l'aveva comprata tre anni prima che si incontrassero e prima di lui aveva avuto un'inquilina per dividere le spese. Quando si era trasferito avevano diviso le bollette e le rate del mutuo, e lui aveva ridipinto tutto il piano di sotto, sistemato e acquistato finalmente i mobili per il giardino, ma ciononostante per lui era ancora la casa di Hannah. Forse in qualche modo, era come se sapesse che quella non era la sua destinazione finale.

«Girati».

Era stata Hannah a presentargliela. Lui si era lamentato di avere la schiena dolorante dopo aver lavorato in giardino un po' più del solito per spiantare la siepe di bosso e sostituirla con una recinzione in legno di salice, e l'indomani Hannah aveva chiamato al salone di Leah per regalargli un massaggio.

Non gli aveva chiesto dell'altra donna, quella per cui la stava lasciando. Lui se lo aspettava ed era pronto a dirle la verità – era il minimo –, ma lei non aveva fatto domande. Lo avrebbe di certo scoperto subito: Clongarvin era un piccolo centro, e lui era molto conosciuto. Come si sarebbe sentita quando lo avrebbe scoperto e si sarebbe resa conto che era stata proprio lei a farli incontrare?

Leah passò alle gambe, facendo scivolare le mani dal ginocchio alla coscia con degli energici movimenti verso l'alto. Nonostante fosse minuta, il suo massaggio era intenso e vigoroso. Gli divaricò le gambe con delicatezza, e cominciò a massaggiare l'interno coscia con dei lenti movimenti circolari delle nocche. Quando piano piano arrivò fino all'inguine, lui avvertì una piacevole sensazione di turgore.

«Oh, ciao». Lei sorrise, e Patrick si girò verso di lei, le fece scivolare via l'accappatoio dalle spalle e si dimenticò di Hannah.

Furono le due ore più lunghe della sua vita, ma riuscì a cavarsela senza che nessuno se ne accorgesse. Li ringraziò tutti per il loro sostegno: i suoi genitori e Adam, i due cugini di Adam e la ragazza di uno di loro, che lei aveva conosciuto una settimana prima. Bevve champagne quando brindarono al suo successo, e mangiò abbastanza sogliola di Dover da non attirare l'attenzione di nessuno, anche se ogni singolo boccone del suo pesce preferito rappresentò per lei uno sforzo immane.

Disse che Patrick era a letto per un'intossicazione alimentare, e tutti se la bevvero. Perché non avrebbero dovuto?

«Oh, poveretto», disse sua madre. «Non dimenticherò mai quanto sono stata male dopo aver mangiato quei gamberetti, ti ricordi Stephen?»

«Certamente», rispose Stephen, facendo l'occhiolino a Hannah.

«Ancora non riesco nemmeno a guardarli. Cos'ha mangiato Patrick?»

«Salsicce, credo», Hannah spinse il bicchiere sul tavolo verso Adam. «Posso averne ancora?».

Verso la fine della cena, quando lei stava dando il meglio di sé con una fetta di cheesecake al limone, Adam si chinò per chiederle a voce bassa: «Tutto ok? È successo qualcosa?».

Lei scosse il capo. «Solo un po' di stress per via dell'apertura, tutto qui».

Avrebbe dovuto dirglielo, avrebbe dovuto dirlo ai suoi genitori, ma non quella sera. Dopotutto lei stessa non aveva ancora ben compreso ciò che era successo. Forse era un bene che avesse quella distrazione mentre la bomba di Patrick era ancora fumante. Magari quando sarebbe tornata a casa lo shock iniziale poteva già essersi un po' attutito e la voglia di rompere qualcosa o abbandonarsi a una crisi isterica poteva esserle ormai passata.

Ma il pensiero della casa buia e vuota che la aspettava, il pensiero di tornare in una casa dove non c'era nessuno, il pensiero di tutte quelle domande senza risposta fu come una pugnalata. Alzò il bicchiere e bevve così velocemente che un po' di vino rosso traboccò finendo sul suo terribile abito nero. Nessun problema, non aveva intenzione di indossarlo ancora. Lo odiava, e sarebbe stato ricordato come l'abito che indossava quando Patrick aveva rotto con lei. Era l'abito della rottura. Come avrebbe potuto guardarlo ancora senza ricordarsene?

Se n'è andato. Quelle parole riecheggiarono nella sua mente, e si sentì pervadere da un'ondata di dolore. Avvicinò il bicchiere alla bottiglia di vino. «Ancora», disse a Adam. «Un altro po'». Non troppo, o la verità sarebbe potuta venire fuori e la serata sarebbe stata rovinata per tutti.

Tornò a casa in taxi con i suoi genitori, dopo aver detto di avere un mal di testa – che peraltro aveva davvero – quando gli altri avevano cominciato a parlare di andare in un night club. Il tassista con il cappello di lana era ancora in servizio, e la sua radio suonava ancora la stessa dolce musica jazz. Hannah sedette accanto alla madre sul sedile posteriore, e improvvisamente temette che Patrick potesse essere ancora in casa.

«Devo dire che il ristorante mi è davvero piaciuto», disse Geraldine. «Il cibo è ottimo, e non ti danno porzioni enormi come negli altri posti».

«Mmm».

Quanto tempo ci voleva per impacchettare la propria metà di una relazione amorosa? E se lui stava andando via proprio in quel momento? E se si fossero incontrati sulla porta, tra le valigie? Avrebbe fatto meglio a stare fuori più a lungo, ignorando il mal di testa martellante e andando avanti a sorridere ancora per qualche ora?

«E quella cameriera non avrebbe potuto essere più servizievole».

«Sì».

La casa era buia e non c'erano segni di valigie fuori. Hannah si sentì mancare quando aprì lo sportello del taxi, e desiderò con tutta se stessa che lui ci fosse – cosa che fino a qualche momento prima invece aveva temuto.

«Aspettiamo finché non entri», disse sua madre. «Hai preso le chiavi?».

La casa era calda. La giacca di pelle di Patrick non era appesa al solito gancio. Il suo ombrello non c'era. Andò da una stanza all'altra con ancora indosso il cappotto. Il suo portatile, i suoi libri, i suoi CD non c'erano più. Il suo spazzolino, il suo pigiama, le sue ciabatte, i suoi vestiti. Il suo dopobarba, il suo rasoio. Il suo pettine di tartaruga. L'accappatoio che lei gli aveva regalato per Natale, meno di due settimane prima.

Mentre entrava in camera da letto, schiacciò qualcosa e si chinò per prendere un orecchino. Si ricordò della scatola di biscotti che le era caduta sul pavimento, e la vide di nuovo a posto sulla toeletta con dentro i suoi gioielli. Ci mise dentro l'orecchino e si sedette sul letto, disperata.

Se n'era andato. L'aveva lasciata e se n'era andato. Aveva conosciuto un'altra, aveva impacchettato tutto ed era andato via. Era finita: non c'era più un "noi". Dopo quindici mesi, Hannah era di nuovo sola.

Scalciò via le scarpe, scostò il piumino e si mise a letto

tutta vestita. Con il nuovo abito nero, il cappotto nero e la stola blu, con il fondotinta, il mascara, l'ombretto, il fard e il rossetto. Si raggomitolò su se stessa e chiuse gli occhi. Si avvolse con forza nelle sue stesse braccia desiderando ardentemente che fossero quelle di lui, desiderando il calore del suo corpo sopra di lei, la sua bocca sulla sua. Voleva stringersi al suo cuscino, ma ebbe paura della reazione che quel gesto poteva provocarle.

Desiderò aver bevuto di più.

Patrick giaceva supino, al buio, con gli occhi sbarrati. Leah gli dava le spalle e respirava con un leggero sibilo asmatico. Girò la testa e lesse l'ora – 2:35 – che lampeggiava in rosso sulla cassettiera accanto al letto. Rispetto a quella di Hannah, la camera era più luminosa, dal momento che le tende color crema non schermavano a sufficienza la luce dei lampioni della strada – che era anche più trafficata, essendo la seconda strada più importante di Clongarvin. Ci avrebbe fatto l'abitudine.

Avrebbe dovuto abituarsi a un sacco di cose. Si girò sul fianco e allungò la mano verso Leah; le accarezzò il profilo della calda pelle nuda dalla coscia al torace. Lei emise un suono flebile quando lui spostò la mano sul suo seno. D'un tratto si ricordò dei seni di Hannah, che erano molto più pieni. Allontanò l'immagine e fece scivolare piano il pollice sul capezzolo di Leah, avanti e indietro, sentendo che reagiva al suo tocco. Leah si mosse di nuovo, cominciò a respirare più lentamente, premette la schiena contro di lui e fece scivolare la mano sulla sua coscia. Lui arrivò con la mano sotto la pancia di lei e si fece strada tra le sue gambe già aperte.

Hannah era tutta sudata quando si svegliò. La sveglia accanto al letto segnava le 3:11. Si sentiva la gola serrata e un peso enorme sullo stomaco. Spinse via il piumino e cercò l'interruttore della lampada. Non appena la camera fu inondata dalla luce, non appena si rese conto dello spazio vuoto accanto a lei, non appena si guardò i vestiti tutti sgualciti, le ritornò in mente tutto.

Scese dal letto e si alzò in piedi. Sciolse la stola, tolse il cappotto, e li lasciò cadere. Tormentò l'abito nero finché i tre bottoni giganti, uno alla volta, saltarono via e caddero tintinnando sulle assi di legno del pavimento. Si sfilò l'abito, si strappò via collant e mutandine, e si sganciò il reggiseno. Lanciò il tutto in direzione del cesto della biancheria e allungò la mano sotto il suo cuscino per prendere il pigiama grigio in tartan.

Se n'era andato. In quel momento si trovava nel letto di un'altra donna. Uscì dalla camera e si diresse in bagno, quasi inconsapevole delle piastrelle fredde sotto i piedi nudi e delle lacrime nere che le stavano rigando il viso.

«Non posso crederci», disse Alice. «L'ha lasciata, così su due piedi!».

«Così su due piedi, all'improvviso». Geraldine premette sui tasti della calcolatrice. «Non so come abbia fatto a tenersi tutto dentro al ristorante». Capovolse le scarpe con tacco a spillo color vinaccia e cancellò "€ 150,00" sull'adesivo per scriverci accanto "€ 105,00" con il pennarello blu. «Ha detto che aveva avuto un'intossicazione alimentare, nessuno ha sospettato nulla».

«Ma perché farlo? Non me lo sarei mai aspettato… Povera Hannah. Come sta?».

Geraldine ripose le scarpe col tacco e prese un paio di pesanti zeppe nere. «Male. È sconvolta, naturalmente». Fece di nuovo ricorso alla calcolatrice. «Meno trenta percento fa quarantotto e novantanove. Arrotondo a cinquanta?»

«Sì», rispose Alice osservando Geraldine che passava a un altro paio di scarpe. «Ma come ha potuto lasciarla proprio ora che sta per aprire il negozio? Quando si dice tempismo perfetto. C'è un'altra, vero?».

La bocca di Geraldine si storse mentre rigirava le scarpe. «Così pare, ma non ha detto chi è».

«Dio, è terribile».

«Già, non mi sono mai fidata di lui», disse Geraldine.

Non era vero. Loro si erano fidati di lui eccome, con il suo bel lavoro importante al giornale, i fiori che lui e Hannah le portavano ogni volta che passavano a salutarli, e le partite di golf che faceva con Stephen proprio come un vero genero. Ma in quel momento le faceva bene dirlo. «Non me l'ha mai contata giusta, c'è sempre stato qualcosa di subdolo in lui».

«Mmm», disse Alice. «Be', deve esserci stato».

«Oh certo. E chi mi dice che questa donna sia la prima? Se lo ha fatto una volta, puoi scommetterci che lo ha già fatto anche altre volte. La povera Hannah starà certamente meglio senza di lui». Geraldine ripose le scarpe. «Abbiamo finito con l'ultima fila?»

«Credo di sì. E quelle lì?».

«In ogni caso», disse Geraldine, prendendo lo sgabello, «il mare è pieno di pesci».

«Certamente. E una ragazza carina come Hannah non dovrà aspettare a lungo, puoi starne certa».

Alice non era andata alla cena al Cookery, e neanche suo marito Tom. Hannah aveva pensato di invitarli ma Geraldine le aveva fatto cambiare idea. «Sai come diventa Tom dopo qualche drink».

«Ma Alice è il tuo capo», aveva detto lei, «e Tom lavora con papà, e sentono parlare del negozio da sempre e poi mi hanno regalato l'orologio. Si aspetteranno di essere invitati».

«Perché dovrebbero? Non ti hanno aiutato a sistemare il locale. Non sono saliti su una scala con un pennello in mano, né si sono inginocchiati per carteggiare e verniciare il pavimento come noialtri».

E così era stato, e proprio come pensava Geraldine, Alice non si era offesa. Lei sarebbe stata la prima ad ammettere che anche se Tom era di compagnia, poteva diventare un po' una croce dopo qualche drink di troppo. Avrebbe rovinato la serata a Hannah, e Geraldine non aveva voluto permetterglielo.

«Penso che sia ora di prendere un tè», disse, posando il pennarello blu sul bancone.

«Assolutamente sì», disse Alice.

I suoi genitori non avevano notato niente di strano in Hannah al ristorante.

Entrambi si erano accorti che non aveva mangiato molto, ma Geraldine si era convinta che dipendeva dal nervosismo per l'apertura del negozio, e Stephen aveva pensato che fosse un altro degli inspiegabili tentativi di sua figlia di perdere qualche chilo.

Così, quando l'indomani Hannah era passata per raccontare loro quello che era successo, tra un singhiozzo sulla spalla di Geraldine e cinque cioccolatini Kimberley dalla confezione che aveva portato, era stata una vera sorpresa.

«Ha conosciuto un'altra», aveva detto piangendo. «Non ha detto chi è».

«Odio doverlo ammettere», aveva detto Geraldine quando Hannah era andata via, «ma probabilmente è un bene che non si siano sposati».

Stephen le aveva lanciato quell'occhiata da sopra gli occhiali che le faceva sempre venire in mente l'immagine di un professore.

«Non dirlo», gli aveva intimato lei. «So quello che stai pensando. Anche tu volevi che si sposassero, non soltanto io. Non ti andava che vivessero insieme senza essere sposati proprio quanto non andava a me. Sto solo dicendo che per come sono andate le cose, è una fortuna che non si siano sposati».

«Se fossero stati sposati, forse non sarebbe successo», aveva osservato Stephen con calma. «Lui ci avrebbe pensato due volte prima di farlo».

«O lo avrebbe fatto lo stesso, e Hannah avrebbe fatto la fine della moglie abbandonata. Almeno così lei può dare un taglio netto. Se vuoi sapere come la penso, starà meglio senza di lui».

Stephen abbassò rumorosamente il giornale. «Pensavo ti piacesse. Hai sempre detto così».

«Sì, ma adesso non più», aveva risposto Geraldine, piccata. «Ma da che parte stai?»

«Dalla nostra, ovviamente», aveva risposto lui da dietro il giornale.

«Bene, e allora smettila di difenderlo».

«Non sto difendendo nessuno. Stavo solo dicendo che ti piaceva. *Ci* piaceva».

«Sì, ma adesso se n'è andato, e non deve piacerci più», aveva detto lei. E Stephen le aveva saggiamente concesso di avere l'ultima parola.

Solo che, ovviamente, non era l'ultima parola.

«Come ha potuto andarsene così su due piedi!», aveva detto mentre prendeva un cioccolatino e lo scartava arrabbiata. «Hannah è distrutta. Come farà ad aprire il negozio dopo tutto questo? Manca poco meno di una settimana».

«Certo che aprirà il negozio. È proprio quello che le ci vuole per tenere la mente occupata. E ci sarai tu a darle una mano, no? Starà bene».

«Ma non ci metterà il cuore».

«Forse no; ma questo non terrà lontani i clienti».

Geraldine aveva sospirato. «Ha quasi trentatré anni. La maggior parte degli uomini della sua età sono sposati». Aveva guardato torva il cioccolatino. «Dovrà trovare una nuova inquilina. Non può permettersi quella casa da sola, soprattutto adesso con il negozio». Aveva rincartato il cioccolatino e lo aveva posato di nuovo sul piatto. «Potrei anche uccidere quell'uomo».

Dopo qualche secondo di silenzio, Stephen si era arrischiato ad alzare il giornale ancora una volta, e Geraldine gli aveva lanciato un'occhiata esasperata prima di girarsi a fissare mestamente il camino acceso.

Hannah alzò il bicchiere e Adam vi versò l'ultimo goccio della bottiglia di vino. «Ne apro un'altra?»

«No». Fece roteare il calice e guardò i piccoli archi rossi che scendevano. «Per me no. In questi giorni mi sveglio già abbastanza triste. Ci manca solo il mal di testa».

Appoggiò la fronte sulla sua spalla. Vivere senza Patrick non stava diventando ogni giorno più facile, semplicemente si stava abituando a star male. Chissà, forse poteva considerarsi un passo avanti.

«Stavo per telefonargli», disse. «Un sacco di volte. E ho scritto anche un sacco di messaggi, ma non ne ho mandato neanche uno».

«Bene», disse Adam. «Non farlo».

«No». Fece roteare di nuovo il calice. «Ci proverò. Ma vorrei sapere molte cose».

«Perché? A cosa ti servirebbe? Lascialo andare».

Si scolò il bicchiere e si allungò per posarlo sul tavolino basso.

«Mancano due giorni», disse lui.

Lei nascose la testa dietro la sua spalla ed emise un gemito. «Non me lo ricordare, sono terrorizzata».

«Adesso basta». Adam trovò la sua mano e la strinse. «Sei grande. Questo è quello che hai sempre voluto, ricordi? Il tuo negozio, dove venderai le cupcake preparate da te».

«Sono ancora terrorizzata», disse lei con voce smorzata. «E se non viene nessuno?»

«Certo che verranno». Le alzò la mano e contò le dita. «Uno, il negozio è nuovo. Due, è il primo negozio di cupcake di Clongarvin. Tre, è fantastico – in gran parte per merito mio – e la posizione è perfetta. Quattro, nessuno prepara cupcake come te. Cinque, praticamente le regali».

Lei girò il viso per guardarlo. «Una cupcake in omaggio per ogni acquisto non significa regalare. E comunque, è solo per il primo giorno». Si mordicchiò un'unghia. «E se poi non viene più nessuno? O qualcuno dice che ha avuto un'intossicazione alimentare? E se...».

«Piantala», disse Adam. «Io sono la prova vivente che alle tue cupcake è impossibile resistere, e che non fanno male. Tra una settimana, tutti, qui a Clongarvin, parleranno di te».

Hannah fece un lieve sorriso. «Vedremo».

«Vuoi un consiglio?», disse lui.

«Per cosa?»

«Non provare a vendere il giorno dopo le cupcake che rimangono. Non si manterranno».

Gli dette un fiacco buffetto sul braccio. «Bel tentativo. Sai bene che sono buone per almeno tre giorni. Quello che rimane sarà venduto a metà prezzo, e questo è tutto. Te lo dico per l'ultima volta: non ti rifornirò in eterno».

«È proprio questo che temo», disse mesto. «Sarai così impegnata a preparare tortine per il negozio, che non potrò mai più mangiarle».

«Potrai provare a comprarle, come tutti gli altri. Vedrò di farti uno sconticino. Anche se, devo farti notare, tesoro», e picchiettò la sua pancetta generosa, «che faresti bene a smettere di mangiare tortine per un po'».

Lui sorrise. «Adesso va meglio: ecco che ritorna la strega che è in te».

«Preparerò tortine per tutta la notte e le venderò per tutto il giorno; sarò troppo stanca per fare la strega». Si prese la testa tra le mani. «Ma come mi è venuto in mente di aprire un negozio di cupcake? Perché non mi hai dissuaso?».

«Sì, come se avessi avuto speranze che mi dessi ascolto. Comunque, l'unico con cui devi prendertela è tuo nonno, visto che ti ha lasciato quei soldi. È tutta colpa sua. Ma come continuo a ripeterti, non devi fare tutto da sola, puoi prendere qualcuno part time».

«E come continuo a ripeterti io, con cosa lo pago? I soldi del nonno sono serviti per la locazione e le attrezzature, e poco altro. Sai che sono già sommersa dai debiti...». Si interruppe. «Ti ho già detto che il nuovo robot da cucina è costato quasi ottocento euro ed era in svendita?»

«Sì, più di una volta. Ricorderai che la prima volta che me l'hai detto sono quasi svenuto». Le scoccò uno sguardo severo. «E scusami, ma non provo nessuna compassione per il fatto che tu sia al verde, visto che non hai ancora pubblicato quell'annuncio».

Dal momento che Hannah non diceva nulla, aggiunse: «Non l'hai ancora fatto, vero?».

Lei si allungò a cercare il telecomando della TV e alzò il volume. «Dammi tregua».

«Abbassa. Mi sono trattenuto dal parlartene per due giorni interi. Quando hai intenzione di farlo?».

Lei premette il tasto *Mute* e lasciò cadere il telecomando. «Non lo so... forse la settimana prossima».

Troppo presto, troppo doloroso. “Cercasi inquilina” significava accettare che Patrick fosse andato via definitivamente: un po’ come mettere i vestiti di una persona che non c’è più nei sacchi di plastica neri destinati ai poveri, o togliere il nome di qualcuno dalla lista dei turni quando va a lavorare da un’altra parte. Sei giorni senza di lui sembravano sei anni, ma era ancora troppo presto per un’inquilina.

Ci fu un breve silenzio. Adam stiracchiò le braccia sopra la testa. Guardarono un uomo con un camice bianco muovere le labbra verso una donna su una barella d’ospedale, ma i pensieri di Hannah erano lontani dalle corsie di *E.R.*

Aveva perso il conto delle volte in cui aveva selezionato il numero di Patrick sul telefono quasi premendo il tasto verde. *Chi è?*, voleva chiedere. *Quando l’hai conosciuta? Da quanto tempo va avanti? Come hai potuto farmi questo?*

Ma quando era sola nel cuore della notte, quelle mute domande cambiavano. *Quando torni? Sai che ti perdono? Quando hai smesso di amarmi?*

«Credo», disse tristemente, «che sopravvivrò. O almeno sarò troppo occupata per deprimermi». Allungò il braccio per prendere la sciarpa e se la avvolse intorno al collo. «Bene, meglio che vada. Sto cercando di andare a letto presto in questi giorni, in modo che la nuova routine che mi aspetta non sia troppo pesante. Non occorre che mi accompagni», aggiunse, quando Adam levò i piedi da sotto il tavolo e si distese per prendere la giacca di pelle appesa sul bracciolo del divano.

«Sì, così dopo che ti avranno aggredita, tuo padre mi metterà un cappio al collo per aver lasciato che tornassi a casa da sola». Si tirò su la zip della giacca e insieme si diressero alla porta.

«Su, Kirby», disse, e il Labrador nero che indugiava accanto al camino drizzò le orecchie e lo guardò. «Su», ripeté Adam, e Kirby si trascinò sulle zampe e li seguì controvoglia.

Non pioveva. La serata era limpida e il cielo era punteggiato di stelle. Hannah intrecciò il suo braccio in quello di Adam mentre si dirigevano verso casa sua, con Kirby che procedeva con passo felpato dietro di loro.

Chiunque li avesse visti, avrebbe pensato che fossero amanti o fidanzati, o comunque una coppia. Patrick e diversi altri ragazzi di Hannah ci avevano messo un po' prima di abituarsi all'idea che lei avesse un ragazzo come migliore amico.

«Vuoi sapere cosa mi è venuto in mente?», chiese Adam.

«Sì».

«Oggi è l'11, e tu apri il 13, giusto?»

«Già».

«E il mio compleanno è il tredici di agosto».

Lei lo guardò. «E allora?»

«Allora, saranno passati esattamente sette mesi dalla tua apertura».

«E cosa vuoi dire?»

«Il mio compleanno», disse, «prendilo come un traguardo. Qualunque cosa accada nel frattempo, devi resistere almeno sette mesi».

«Anche se fallisco già la prima settimana?»

«Sì, anche se dovessi vendere la casa per andare avanti».

Si fermò di colpo e lo guardò con orrore. «Vendere la mia casa? Stai scherzando, vero?»

«Ma certo». Le disse mentre le dava un buffetto. «Credo solo che ti farebbe bene se considerassi quella data come uno spartiacque».

«Uno spartiacque?»

«Sai cosa intendo. Il giorno in cui potrai finalmente dire "ce l'ho fatta". Il giorno in cui rinnoverai la locazione per altri dieci anni».

Lei rise. «La locazione dura un anno».

«Sai cosa intendo. Ti impegni a non mollare prima di allora? Promesso?»

«Io... credo di sì». Esitò e poi aggiunse: «Sì, voglio dire sì. Non mollerò prima del tuo compleanno».

«Promesso?»

«Promesso».

«Bene. E allora faremo una festa grandiosa per celebrare le due cose». Si stavano avvicinando alla casa. «Ti avevo detto di lasciare una luce accesa», le disse, indicando accigliato il buio oltre la porta d'ingresso a vetri.

«Lo so; l'ho dimenticato».

Erano quasi della stessa altezza. Erano amici da più di vent'anni, da quando si erano iscritti allo stesso corso di nuoto della piscina comunale. Hannah andava ancora a nuotare ogni volta che poteva, e sebbene col tempo, da quando aveva scoperto le ragazze, l'interesse di Adam per la piscina si fosse un po' affievolito, si era unito alla cerchia di amici di Hannah, e anno dopo anno erano diventati sempre più amici.

Era buffo, ma non erano mai stati romanticamente attratti l'uno dall'altra. Hannah voleva bene a Adam, ma l'idea di una relazione fisica con lui semplicemente non l'aveva mai sfiorata, e lei era quasi certa che neanche a lui fosse mai venuta in mente, per fortuna. Se entrambi avessero avuto una relazione contemporaneamente, avrebbero potuto fare delle uscite a quattro, ma nulla più di quello.

«Sei impegnato questa settimana?», chiese lei.

«Ho un appuntamento domani, spero che venga fuori qualche nuovo lavoro. Devo ancora ultimare alcune cose». Lui progettava siti web, e lavorava nel piccolo appartamento che aveva comprato più o meno nel periodo in cui anche Hannah aveva acquistato la sua casa. «Ti chiamo mercoledì», disse, «per venire a prendere la mia cupcake in omaggio».

«Solo se ne compri qualcuna», gli rammentò.

«Dio, come sei inflessibile. Andrai lontano».

Raggiunsero la porta e lui le posò le mani sulle spalle. «Buona fortuna, non che tu ne abbia bisogno. Andrai alla grande, lo so».

Lei sorrise. «Grazie Adam».

La abbracciò avvolgendola nel profumo di pelle della sua giacca, e le baciò la guancia con uno schiocco. «Notte notte. Chiudi la porta a chiave».

La casa era fredda. Da quando le toccava pagare da sola la bolletta del riscaldamento, doveva fare economia. Riempì una borsa di acqua calda e puntò la sveglia alle otto. I due giorni successivi sarebbero stati impegnativi: avrebbe dovuto comprare gli ingredienti, organizzare la cucina, mettere tutto a punto per il mercoledì mattina, quando avrebbe cominciato con la nuova routine. Quando si sarebbe alzata alle tre del mattino per preparare centoquarantaquattro cupcake per la prima volta.

Si era allenata e aveva calcolato bene i tempi. Quattro vassoi alla volta nel forno grande: quarantotto tortine in cottura per venti minuti durante i quali avrebbe impastato la dose successiva. La prima infornata sarebbe stata già abbastanza fredda quando avrebbe riempito l'ultimo pirottino del secondo giro e preparato le varie glasse. Otto tipi diversi ogni giorno, quindici gusti a rotazione durante la settimana.

Il tutto in cinque ore al massimo ogni mattina. La colazione l'avrebbe fatta al volo da qualche parte non appena fosse stata abbastanza sveglia da avere fame.

Quindi carico del furgone, arrivo al negozio e scarico. Sistemazione di una tortina per tipo sul piccolo espositore a forma di albero adagiato sul bancone, e delle altre centotrentasei nelle altre vetrine. Apertura alle nove, chiusura alle cinque. Confezionamento a tre a tre delle cupcake rimanenti e ritorno a casa; cena e a letto massimo alle nove. Sveglia di nuovo alle tre per ricominciare tutto da capo.

Sei ore di sonno erano abbastanza? Dovevano esserlo. Poteva farcela per sette mesi, sei giorni la settimana? Come diavolo le era saltato in mente?

Si spogliò velocemente. Andare a letto da sola era il momento peggiore, seguito a ruota dallo svegliarsi da sola. Forse avrebbe dovuto prendere un gatto o un cagnolino, che si raggomitolasse ai piedi del letto e la facesse sentire meno sola.

Si infilò sotto il piumino, cercando di pensare in maniera positiva.

Non era quello che aveva sempre voluto, da quando aveva cominciato a lavorare per la panetteria di Joseph Finnegan dodici anni prima? Aveva sognato spesso di gestire un negozio tutto suo, in cui vendere esattamente quello che voleva, senza dare conto a nessuno. Se solo avesse avuto i soldi.

E poi, nell'agosto di tre anni prima il nonno era morto e qualche mese più tardi la sua casa era stata venduta quando ancora i prezzi non avevano subìto flessioni. E Hannah, la sua unica nipote, aveva ricevuto una somma sufficiente per poter realizzare il proprio sogno.

Il piccolo locale all'angolo sulla strada principale era rimasto vuoto proprio il novembre precedente. E dopo qualche settimana di esitazione, lei si era finalmente decisa: aveva firmato il contratto di locazione e comunicato a Joseph Finnegan che lasciava alla fine dell'anno.

Aveva comprato un piano cottura che occupava due volte lo spazio di quello vecchio – cosa che rese necessaria una riorganizzazione degli altri elettrodomestici e fece finire l'asciugatrice nel magazzino – e il costosissimo robot da cucina, oltre a migliaia di altri utensili che prima non aveva mai pensato potessero servirle.

Adam e i suoi cugini le avevano dato una mano, e piano piano il piccolo negozio era stato lavato per bene e carteggiato, imbiancato, e poi arredato con vetrine e mensole. E la settimana prima aveva fatto dipingere in blu brillante, su una striscia di muro gialla sopra la vetrina principale, la scritta CUPCAKE CLUB.

Il negozio era piccolo – non poteva contenere più di tre clienti alla volta – ma nel retro c'era spazio sufficiente per il furgone.

Adam aveva creato un sito web e ideato e stampato volantini che avevano infilato nelle buche delle lettere, attaccato ai pali del telegrafo e sulle bacheche dei supermercati, e infilato sotto i tergicristalli delle macchine.

E subito dopo Natale, la cucina di Hannah era stata controllata da un ispettore sanitario e dichiarata adatta per la produzione di tortine.

Così tutto era pronto. Era sul punto di realizzare il suo grande sogno, ma la persona che desiderava al suo fianco non c'era.

Allungò la mano al buio e trovò il cellulare sul comodino. Aprì un nuovo messaggio e selezionò il numero di Patrick; poi digitò "Mi manchi". Indugiò con il pollice sul tasto *Invia*, e lentamente lo spostò per premere *Annulla*.

"Salvare il messaggio?", chiese il telefono.

"No", rispose con il pollice, e le parole scomparvero.

Posò il cellulare, chiuse gli occhi e si sforzò di pensare a misurare la farina, lo zucchero e il burro. Per qualche ragione, pensare alla preparazione delle tortine le conciliava il sonno.

* * *

«Mamma?»

«Sì».

Leah trasalì sentendo quella risposta fredda. La madre non era ancora passata a trovarla. «Volevo solo sapere come stai», disse lei con la voce più allegra possibile.

«Si è trasferito, vero?».

Leah poteva immaginare la tesa espressione di disappunto sul suo viso. «Sì, si è trasferito, e il suo nome è Patrick», aggiunse, prima che potesse interromperla, dal momento che si era ripromessa di non avere un'altra discussione con lei. «Mamma», si affrettò a dire, «per favore non fare così».

«Facile dirlo per te», le rispose la madre, «che non devi incontrare Geraldine Robinson tutti i venerdì sera a bridge».

«Non può dare di certo la colpa a te…».

«E di chi è la colpa, se è mia figlia che ha rubato il ragazzo a sua figlia? Avresti dovuto vedere quanto era sconvolta lo scorso venerdì. Sono terrorizzata all'idea di quello che dirà quando scoprirà chi è la responsabile di tutto questo».

Leah chiuse gli occhi e fece un respiro. «Mamma, non cominciamo. Ti prego solo di cercare di capire. Non lo ha voluto nessuno; non avevo programmato di…».

«Tu sapevi che lui aveva un'altra ragazza, avresti dovuto trattenerti».

«Non è andata così; non è una cosa che…».

«Immagina quello che sta passando quella povera ragazza adesso», continuò la madre, «e sta anche per aprire il negozio. Solo un paio di settimane fa, Geraldine ci aveva raccontato quanto fosse sotto stress. Ricordi quanto è stata dura per te quando hai aperto il tuo salone? Non credo che ti sarebbe piaciuto se una cosa del genere fosse capitata a te».

Leah si sforzò di non ribattere. Non serviva; niente di quello che poteva dire avrebbe fatto una qualche differenza. Non dal momento che sua madre aveva vissuto la stessa esperienza di Hannah trent'anni prima. Solo che per lei era stato anche peggio, perché oltre alla moglie, suo padre aveva lasciato anche una figlia piccola. Almeno Patrick non era sposato con Hannah, e non c'erano bambini di mezzo. Non che quello fosse un punto a suo favore, comunque.

E non era assolutamente il momento giusto per darle la notizia, anche se ormai non poteva più aspettare molto.

«Ci vediamo per pranzo?», disse invece. «Offro io. Ti va bene mercoledì?».

Si udì perfettamente il sospiro della madre all'altro capo della linea. «Forse ho già un impegno. Devo controllare l'agenda».

Leah affondò le unghie nei palmi. «Va bene, chiamami», rispose. «Mi tengo libera per l'una. Fammi sapere, ok?».

Dopo aver riattaccato, aprì il librone degli appuntamenti, prese una matita dal barattolo e scrisse "Pranzo con mamma" nella riga dell'una del mercoledì successivo. Alzò di nuovo il telefono e prenotò da Giovanni: a sua madre piaceva andare lì.

E Leah avrebbe aspettato di aver mangiato la pasta, prima di dirle quello che aveva da dirle.

E sua madre sarebbe andata su tutte le furie di nuovo, e probabilmente non le avrebbe rivolto la parola per un altro mese.

Appoggiò la testa tra le mani e gemette sommessamente. Non aveva programmato di rubare un uomo a un'altra donna, non era mai stata sua intenzione. Non poteva negare di essere stata attratta da quell'uomo dal primo momento, quando lui era entrato nel suo salone per il massaggio. Ricordava di aver ammirato il suo ampio petto e le braccia muscolose. Ricordava che lui aveva flirtato con lei, chiedendole di lasciargli addosso solo l'asciugamano.

Lei era rimasta delusa quando lui aveva parlato di una ragazza, ma non sorpresa: in genere sono le ragazze che regalano i massaggi.

E la questione era chiusa, per quello che la riguardava. Lui stava insieme a un'altra, punto e basta. Anche dopo averle fatto chiaramente capire che era interessato a lei, Leah aveva resistito il più possibile, insistendo sul fatto che non voleva una relazione clandestina.

Ma alla fine lui era riuscito a infilarsi nel suo letto. Le aveva detto tutto quello che lei voleva sentire, e l'aveva convinta che tra lui e Hannah era tutto finito e che ormai di fatto non erano più insieme. «Non significa niente per me», aveva ripetuto. «Devo solo trovare il momento giusto per lasciarla. Ti prometto che la lascerò».

Era quindi così meschino, che alla fine Leah gli avesse dato quell'incentivo che gli serviva per farlo, proprio in quel momento?

Il campanello suonò. Alzò il capo, si stampò un sorriso in volto, attraversò la stanza e fece entrare Martina Hennessy per il suo massaggio indiano alla testa.

Alice mise altri piselli nel piatto del marito mentre lui alzava la bottiglia di vino e rabboccava i bicchieri. Lei non avrebbe finito il suo, non riusciva a berne più di uno; ma se il vino era nel suo bicchiere, significava che lui non poteva berlo.

Di solito non bevevano vino a cena, quella era una novità. Per Natale, Tom aveva ricevuto una cassa in regalo da un paziente che lavorava nel settore degli alcolici, e avevano preso l'abitudine di bere un bicchiere o due insieme la sera. Alice poteva benissimo farne a meno, non aveva mai toccato un drink prima dei trent'anni, a parte un brandy ogni tanto, ma adesso era diventata la regola. Una bottiglia aperta mezz'ora prima di cena, e molto spesso finita alla fine del pasto.

«Ci sono ancora patate», disse lei.

«Sono a posto, grazie».

Lui reggeva benissimo l'alcol; lo aveva sempre retto benissimo. Talvolta però – fortunatamente era accaduto di rado – lei aveva dovuto metterlo a letto. Ma fino ad allora aveva bevuto solo quando uscivano, e nella maggior parte dei casi era riuscito a fermarsi prima di esagerare, rimanendo ancora l'anima della festa.

E poi, pensava lei, una bottiglia di vino in due non era tanto. Che male c'era se si rilassava in quel modo dopo una giornata di lavoro? Però beveva almeno due terzi della bottiglia ogni sera, e qualche volta lei notava che cominciava a farfugliare. E allora si preoccupava di come si sarebbe svegliato l'indomani; perché chi voleva un dentista con le mani malferme, o che puzzava di alcol quando si chinava sulla poltrona?

«Hai saputo di Hannah?», chiese. «Immagino che Stephen te ne abbia parlato».

Tom tagliò la sua bistecca. «Parlato di cosa?»

«Il suo ragazzo l'ha mollata».

«Stai scherzando. Il ragazzo del giornale?».

Ovviamente Stephen non gliene aveva parlato: gli uomini non parlano di cose del genere come fanno le donne. Probabilmente, quando fanno una pausa dal lavoro, i loro argomenti sono i risultati dell'ultima partita oppure la politica.

«Se n'è andato», disse. «Circa una settimana fa».

«Che peccato». Tom masticò la sua carne e alzò il bicchiere. «Stavano insieme da un bel po', vero?»

«Più di un anno. Geraldine pensava che per Natale le avrebbe fatto la proposta».

«E dov'è andato?».

Alice fece una smorfia. «Da un'altra donna, pare. Credo sia andato a vivere da lei».

«Mmm».

Il suo bicchiere di vino era quasi vuoto, quello di lei praticamente intatto.

Nello spazio di qualche minuto, lui avrebbe alzato la bottiglia tendendola verso di lei, lei avrebbe scosso il capo, e lui l'avrebbe vuotata nel suo bicchiere.

Avevano ricevuto sei bottiglie di vino bianco e sei di rosso, tutto francese. Lei non riusciva a distinguerli l'uno dall'altro: avevano tutti lo stesso sapore. Quando la cassa terminò, ormai quella era diventata un'abitudine. E così lui portava a casa due o tre bottiglie ogni volta che andava al Lidl a comprare il suo formaggio preferito. «Sei e novantanove», le diceva. «Non potevo non comprarle a quel prezzo».

«Sei impegnato domani?», gli chiese.

«Come al solito».

«Hai tempo per fare un salto al negozio di cupcake?», chiese. «Pensavo che sarebbe carino esserci il primo giorno. Io non potrò, visto che Geraldine non sarà al lavoro».

«Va bene».

«Prendine sei di vari tipi, un misto. E non permetterle di non farti pagare».

«Ok».

Si allungò verso la bottiglia di vino. Lei mise una mano sul suo bicchiere, e lui versò le ultime gocce nel proprio.

Si stava solo rilassando. Che male c'era.

Centoquarantaquattro: dodici vassoi da dodici. Centoquarantaquattro cupcake erano sufficienti per un giorno?

Chissà. E se ne faceva troppe al cioccolato e arancia, e poche al limone e lime? E se tutti volevano quelle vaniglia e cocco e nessuno quelle al caffè? E se la gente odiava la glassa al formaggio cremoso e voleva solo quelle con crema al burro? Clongarvin era pronta per la glassa al mascarpone?

«Piantala».

Hannah guardò la madre. «Di fare cosa? Non sto facendo niente».

«Ti stai preoccupando. È chiaro come il sole in un giorno d'estate».

«Non riesco a evitarlo: ho lo stomaco sottosopra. Mi sento come se fossi in piedi da ore».

«In effetti è così. Hai dormito un po' stanotte?»

«Non tanto. E la cucina sembra un campo di battaglia».

«Non pensare alla cucina adesso; dopo ti darò una mano io a rimettere in ordine. Mi auguro che tu abbia fatto colazione».

Lei scosse il capo. «Non ci sono riuscita. Avrei vomitato. Più tardi corro a prendere qualcosa». Sistemò una tortina sull'espositore a forma di albero. «Sta bene così l'albero?».

Erano sistemate in cerchi che salivano a spirale dal tronco centrale. Ogni tortina aveva la propria etichetta colorata attaccata su un bastoncino da cocktail.

«È perfetto, con tutti quei bei colori».

«Ero sicura che non sarei mai riuscita a glassarle tutte: ci è voluto più del previsto. Meno male che avevo tempo». Scoccò un'occhiata all'orologio sul muro. «Mamma, sono già le nove meno cinque».

Geraldine si voltò verso la porta che dava sul retro. «Il che significa che abbiamo cinque minuti. Metto su il bollitore».

Hannah la fissò. «Sono le nove meno cinque».

«E il locale è fantastico, profuma di buono e siamo pronte. Hai bisogno di una tazza di tè, che tu lo voglia o no. E anch'io». Scomparve.

Hannah guardò fuori dalla vetrina. «Non c'è nessuno fuori».

Dal retro giunse la voce della madre. «Perché dovrebbe? Il negozio sarà aperto tutto il giorno, no? Di solito la gente non mangia tortine a colazione».

Hannah spinse un bastoncino da cocktail un po' più a fondo in una tortina sull'espositore. «Queste etichette sono troppo piccole. Lo avevo detto a Adam che erano troppo piccole».

Geraldine ricomparve. «Non sono troppo piccole: riesco a leggerle benissimo anche senza occhiali. E adoro quella scrittura, è così allegra».

«Font».

«Scusa?»

«Non si chiama scrittura quella fatta al computer, si chiama font. E quella font si chiama Mufferaw. Non riuscivamo a deciderci tra quella e Sybil Green. Io volevo Sybil Green ma Adam mi ha convinta che questa è più...». Si interruppe. «Perché? Perché ridi?».

Geraldine si avvicinò e la abbracciò. «Rilassati, tesoro, è tutto perfetto. Le tue cupcake diventeranno famose in men che non si dica. Sarà uno spasso; aspetta e vedrai».

Hannah annuì contro la sua spalla. «Lo so».

Ma era consapevole che non sarebbe stato così. Sapeva che aveva fatto l'errore più grande della sua vita, nel momento in cui aveva preso i soldi del nonno e li aveva investiti nell'affitto di quel bugigattolo all'angolo che nessuno si sarebbe mai sognato di prendere in affitto. Perché non l'aveva fermata nessuno? Perché tutti avevano lasciato che facesse quel costosissimo, colossale errore?

Geraldine le si avvicinò di nuovo. «L'acqua è pronta. Tè o caffè?»

«Tè». Non voleva il tè, voleva andare a casa. Alzò di nuovo gli occhi verso il grande orologio arancione sulla parete a forma di sole che Alice e Tom le avevano regalato per l'apertura. «Manca un minuto alle nove», gridò.

«Fai un bel respiro profondo», le urlò Geraldine di rimando, e Hannah inspirò con vigore. Doveva essere l'unica idiota che apriva un negozio nel bel mezzo di una recessione, che firmava un contratto di locazione per un anno quando poteva fallire dopo una settimana. Le tortine non erano generi di prima necessità che la gente avrebbe continuato a comprare anche in tempi di crisi. Erano quel genere di bene di lusso su cui tutti risparmiavano. Non avrebbe dovuto fare dei prezzi così alti: chi avrebbe mai pagato un euro e settantacinque per un dolcetto, anche se aveva un aspetto sofisticato?

Geraldine tornò con due tazze di tè fumante. «Adesso siamo pronte». Sorrise. «Perché non vai ad aprire il tuo negozio per la prima volta?».

Hannah andò verso la porta. Si fermò, la mano sulla chiave, e si voltò verso la madre. «Mamma, e se non viene nessuno?».

«Se apri la porta», le rispose, «almeno potranno scegliere se farlo oppure no».

Hannah sorrise e girò la chiave. «Ecco». Girò il cartellino che aveva stampato Adam dalla scritta "Ci dispiace, le tortine sono terminate" alla scritta "Su, venite, in fondo è quello che volete". «Il negozio è ufficialmente aperto», disse. «Sto ufficialmente gestendo la mia attività». Fece una pausa. «Finché dura».

«Starai qui per anni, diventerai un'istituzione». Geraldine soffiò sul suo tè mentre Hannah tornava dietro il bancone. «La gente verrà da ogni dove per le cupcake di Hannah Robinson».

«Questo non lo so, ma starò qui per almeno sette mesi; Adam mi ha fatto promettere che devo tener duro fino al suo compleanno in agosto».

«Per allora andrà tutto a gonfie vele, ci scommetto qualunque cosa».

Guardarono il flusso costante di persone che passava davanti alla vetrina.

«Bevi il tuo tè», le ordinò Geraldine, e Hannah alzò la sua tazza obbediente.

Passò un minuto. Geraldine sfregò con un lembo della manica una macchia sul balcone in vetro. Hannah sistemò un'altra etichetta sull'espositore delle tortine, poi sciolse e riallacciò la cinta del suo grembiule.

«Non sono sicura di quella sedia sul muro», disse. «Non so se abbiamo fatto bene».

«Aspetta», disse Geraldine. «Diventerà un argomento di conversazione».

Era la sedia a dondolo del nonno. L'avevano dipinta di un blu brillante come quello dell'insegna sopra il negozio, e l'avevano appesa sul muro giallo a sinistra del bancone, dal momento che nel locale non c'era spazio.

«E se cade e uccide qualcuno?», chiese Hannah.

«Non essere sciocca», le rispose placida la madre. «Il tipo che è venuto ad appenderla ha detto che resisterebbe anche a un uragano».

Passò un altro minuto, e poi un altro ancora. L'orologio arancione ticchettava inesorabile.

«Avrei dovuto prendere un registratore di cassa automatico», disse Hannah. «Nessuno usa più i cassetti per i soldi. È ridicolo».

«È originale, e piacerà ai clienti. E anche la campanella

sulla porta è carina e vecchio stile; davvero un locale pieno di carattere».

«Mmm». Hannah si domandò se «pieno di carattere» si addicesse a un negozio di cupcake, ma decise che non le importava.

Otto minuti dopo le nove, un uomo fece capolino dalla porta. «È aperto?»

«Sì», dissero in coro.

«Carina la campanella. Fa pensare a un posto d'altri tempi». Scorse la sedia a dondolo sulla parete. «E quello di certo non è il solito quadro appeso al muro».

Geraldine rise, guardando trionfante la figlia con la coda dell'occhio. «Volevamo essere originali».

«Ci siete riuscite, non c'è che dire». Si avvicinò al bancone. «Immagino che sia il vostro primo giorno».

«Sì, e lei è il nostro primo cliente», gli disse Geraldine.

«Davvero?», sbirciò le tortine sull'espositore. «Nel qual caso, sarà meglio che compri qualcosa. Cosa mi consigliate?»

«Sono tutte buone», gli rispose Geraldine, posando la tazza sulla mensola dietro di lei. «E sono sicura che avrà notato il cartello della nostra offerta di benvenuto che prevede una tortina omaggio per ogni acquisto. Ma dal momento che lei è il nostro primo cliente, gliene regaleremo due». Si voltò verso Hannah. «Sei d'accordo, tesoro?».

Hannah sorrise e fece cenno di sì con il capo. Cos'altro poteva fare? «Va bene».

Due tortine omaggio, quando poteva comprarne solo una. Si sforzò di rilassarsi. Che importanza aveva se ne comprava soltanto una? Era solo il primo cliente, no? E se gli piaceva quella, senza contare le altre due, sicuramente sarebbe tornato per comprarne altre. E non erano neanche le nove e mezza.

E allora, che importanza aveva se era talmente stanca che avrebbe potuto dormine in piedi? Se si sentiva triste ogniqualvolta aveva il tempo di fermarsi un attimo? Aveva appena aperto il suo negozio. Forse la gente non avrebbe smesso di mangiare tortine solo perché si era in tempo di crisi. Forse aveva ancora bisogno di deliziarsi con qualcosa di prelibato, magari anche più di prima.

L'uomo sorrise. «Due tortine omaggio? Eccellente, molte grazie. In questo caso, ne prendo due al cioccolato, o mia moglie non mi perdonerà mai, e due di quelle al cocco».

«Non avrebbe potuto scegliere meglio: quelle al cocco sono le mie preferite», disse Geraldine, mentre si allungava a prendere una scatola gialla facendo quasi cadere la tazza dalla mensola. «Le ha fatte tutte mia figlia, sa, stamattina presto. Sono freschissime».

«Eccellente», ripeté lui, tirando fuori il portafoglio dalla giacca. «Sa cosa le dico, aggiunga pure un altro paio di quelle al limone e lime. Dal momento che è il primo giorno. E quelle in omaggio le lascio scegliere a lei».

Sei. Ne stava comprando sei. Hannah osservò Geraldine disporre le tortine con cura nella scatola. Forse non sarebbe stato un completo disastro. Forse sarebbe riuscita a fare qualche soldo prima che la madre la mandasse in bancarotta.

Il viso di Fiona era il ritratto dell'orrore. «Dimmi che stai scherzando».

Leah strinse forte il suo bicchiere d'acqua. «Mamma, non scherzerei mai su una cosa del genere».

«Quando?»

«Giugno».

Sua madre chiuse gli occhi per un attimo. «Sei al quarto mese».

«Più o meno, sì».

«E... ovviamente lo terrai».

Leah guardò torva dall'altra parte del tavolo. «Ovviamente».

«Immagino», disse la madre con freddezza, «che il bambino sia dell'uomo del giornale».

Le nocche di Leah erano bianche intorno al bicchiere. «Sì».

La pasta, nei piatti posati tra loro, si stava raffreddando, e le salsine cominciavano a rapprendersi. Le due banconote da venti euro erano infilate nello scomparto lungo del portafoglio di Leah, e aspettavano di essere sfilate.

«E suppongo che lui ne sia felice», disse Fiona.

Leah guardò fisso negli occhi della madre. «Certamente. Lo siamo entrambi».

Il sorriso di Fiona era amaro. «Bene, non è meraviglioso? Una coppia felice con un bambino in arrivo. Proprio quello che ho sempre desiderato per la mia unica figlia».

Leah si alzò di scatto facendo quasi cadere la sedia. Non importava dei quindici euro di resto: non sarebbe rimasta lì un minuto di più. Afferrò la borsa e strappò la giacca dallo schienale della sedia. «Devo andare. Buon appetito».

Non si guardò indietro mentre raggiungeva a grandi passi la porta. Ancora una volta, aveva permesso a sua madre di innervosirla. Lei giurava sempre che non sarebbe più capitato, e poi succedeva immancabilmente. Era una sfortuna che Fiona giocasse a bridge con la madre di Hannah, ma non era la fine del mondo. Non era la prima relazione che finiva, e Geraldine Robinson lo sapeva, ma la madre di Leah era determinata a farne un dramma.

La gravidanza, certo, era stata un azzardo, e Leah si era odiata per aver mentito a Patrick dicendogli che la pillola non aveva funzionato, ma ne era valsa la pena: l'aveva portato da lei e lui era davvero felice del bambino. Continuava a ripeterle quanto fosse felice. Qualunque cosa dicesse sua madre, i sentimenti di Patrick sarebbero rimasti gli stessi, e presto lei avrebbe dovuto cambiare idea sul fatto di diventare nonna.

Leah si affrettò tra le strade affollate di Clongarvin all'ora di pranzo, finché raggiunse la facciata color lavanda con i davanzali pieni di fioriere dell'Indulgence. Entrò e si appoggiò con la schiena contro la porta, lasciando che il delicato profumo dell'aria la avvolgesse mentre appoggiava le mani sulla pancia che stava cominciando ad arrotondarsi.

Alle cinque meno dieci, Hannah sciolse la cintura del grembiule giallo e lo appese sul gancio blu a forma di stella dietro il bancone. Si sporse a fatica verso le vetrine mentre sua madre contava le tortine rimaste.

«Ventisette», annunciò Geraldine. «Quante hai detto che erano all'inizio?»

«Centoquarantaquattro».

«Così... il primo giorno ne abbiamo vendute centodiciassette. È fantastico».

Hannah sorrise fiaccamente. «Non male, credo». Non tutte vendute, qualcuna regalata. Poche in realtà; ma comunque non male come primo giorno di lavoro.

Geraldine indicò le tortine rimaste. «Che cosa vuoi che faccia con queste?»

«Confezioni assortite da sei che poi metti in quel cesto. Le tre che rimangono le portiamo a casa».

Hannah svuotò il cassetto dell'incasso – qualcuno aveva fatto delle osservazioni al riguardo, e anche la sedia appesa sulla parete aveva suscitato la sua dose di commenti – e poi ripose i soldi nella cartella. Geraldine sistemò le confezioni delle tortine rimaste in un cesto verde col cartellino fatto da Adam su cui era scritto "Siamo state fatte ieri ma siamo ancora buone e costiamo solo la metà".

Spazzarono il pavimento e pulirono le mensole. Staccarono la presa del bollitore e girarono il cartellino di nuovo su "Ci dispiace, le tortine sono terminate". Caricarono i vassoi nel furgone, spensero le luci, chiusero la porta, e infine abbassarono la saracinesca.

E subito dopo aver svoltato l'angolo per andare al furgone, si ritrovarono faccia a faccia con Patrick Dunne, redattore del «Clongarvin Voice».

Era la prima volta che Hannah lo incontrava da quando se n'era andato, più di una settimana prima. La sua cravatta verde chiaro era nuova. Il cuore cominciò a batterle all'impazzata non appena lo vide. Sapeva di avere un aspetto orribile; doveva per forza avere un aspetto orribile dopo la lunga giornata di lavoro, con quelle scarpe basse nere, i larghi pantaloni grigi e il top nero. L'abbigliamento che aveva scelto così minuziosamente per il suo primo giorno di lavoro le sembrava sciatto in quel momento.

La sua vecchia cartella marrone a tracolla non c'entrava niente con tutto il resto. Probabilmente non doveva esserci neanche più l'ombra del rossetto che aveva messo ore prima; di certo lo aveva mangiato già alle nove in punto. I capelli erano senza dubbio attaccati alla testa, dal momento che quella mattina avevano visto il fon per non più di un minuto. E di sicuro, aveva anche le borse sotto agli occhi, per la stanchezza.

Le guance andarono in fiamme. Grandioso! Un faccione rosso era proprio quello che le serviva. Sentì la madre sospirare al suo fianco.

«Hannah», disse con un sorriso forzato. «E Geraldine. Come state?».

Portava la cartella portadocumenti che gli aveva regalato

lei al suo ultimo compleanno. Lo stesso profumo. Era terribilmente cordiale. Nervoso. Quante volte avevano dormito insieme; quante volte l'aveva tenuta tra le braccia. Avevano riso e litigato. Una volta lei gli aveva lanciato dietro una ciotola. Lui era passato a usare i boxer perché piacevano a lei, e le aveva insegnato a giocare a scacchi. E in quel momento era nervoso e cordiale.

«Bene», rispose. «È stata una bella giornata». Rimase sorpresa per quanto suonò normale il tono della sua voce.

«Oggi Hannah ha aperto il suo negozio», disse Geraldine, gelida.

«Già», fece lui, «certo. È andata bene, spero».

Lo aveva dimenticato. Hannah lo stava pianificando da tempo, per mesi lui non aveva sentito altro, e lui l'aveva dimenticato. Non gliene importava più nulla di lei. Lei non era più nulla per lui.

Si rivolse alla madre. «Andiamo».

«Vedo che avete fretta», disse Patrick riprendendo a camminare. «Lieto di avervi incontrato. Statemi bene». E se ne andò, lasciando una scia del suo dopobarba dietro di sé.

«Senti, senti», cominciò Geraldine, «giusto una goccia di...».

«Mamma, ti prego», le disse Hannah, e la madre si zittì.

Si diressero a casa dei suoi genitori, dove suo padre, che era tornato un'ora prima dal lavoro, stava preparando il pasticcio di carne con il purè di patate, che secondo le istruzioni ricevute, doveva essere pronto per le cinque e mezza.

E sulla strada per tornare a casa, lei ripensò al fatto che Patrick si era dimenticato dell'inaugurazione.

«Le più vendute finora?»

«Cioccolato e vaniglia, senza dubbio».

«Allora quelle non devono mai mancare, saranno le tue tortine di punta. E quelle che si vendono meno?».

Pensò. «Non so… forse quelle ai frutti di bosco, o mela e cannella».

«Allora quelle le fai una volta la settimana. Prendi appunti».

Erano nella cucina di Hannah. Erano le sette e mezza di un venerdì sera, e stava facendo buio oltre la grande finestra con le grate. Il Cupcake Club era aperto da tre giorni. Adam stava facendo il caffè, Hannah scribacchiava su un bloc-notes. Alla radio una donna cantava *Famous Blue Raincoat*.

«Mamma è stata fantastica», disse lei. «Non so come farò lunedì quando tornerà al negozio di scarpe e io rimarrò da sola. Dà il benvenuto a chiunque entri in negozio, e dice a tutti che ho appena aperto e che preparo le tortine con le mie mani. Praticamente li costringe a promettere di tornare».

«Brava. Geraldine non si smentisce mai». Adam alzò il bollitore dal suo supporto e versò l'acqua nelle tazze. «Stai guadagnando qualcosa?».

Hannah scosse il capo. «Difficile dirlo con certezza; non ho ancora fatto un calcolo preciso delle entrate e delle uscite, ma credo, se non altro, di non essere in perdita».

Adam portò il caffè sul tavolo. «Già che tu chiuda in pari va bene. Per i profitti c'è tanto tempo; adesso devi solo pensare a rimanere a galla».

«Be', lo sto facendo, credo, anche se a fatica. Non mi hanno ancora staccato luce e gas, non ho visto nessun ufficiale giudiziario e negli ultimi due giorni non ho avuto fatture da saldare». Chiuse il bloc-notes e abbassò la testa sul tavolo. «Ma caro amico mio, sono stanchissima».

«Poveretta». Adam le arruffò i capelli. «Volevo offrirmi

di aiutarti, ma le mie tortine ti farebbero chiudere nel giro di una settimana».

«Me le sogno anche di notte», disse. «Te l'ho detto? Ogni dannata notte, non appena mi appisolo. Uno pensa di riposarsi un po' quando dorme, macché! Sarò molto felice quando non avrò più tortine davanti agli occhi».

«Su, non dire così», disse Adam mentre ne scartava una al cioccolato e burro di arachidi, che era tra le sei che aveva comprato il mercoledì precedente. «Sono felice di poter dire che sono ancora un tuo grande fan», e dette un morso al soffice pandispagna beige e alla glassa color caffè. «In ogni caso», disse, «non credo di avertelo ancora detto: Nora e Jackson si sono lasciati ufficialmente».

Hannah sollevò il capo. «Oh Adam, stai scherzando?». Prese la sua tazza. «Mi avevi detto che avevano dei problemi, ma non pensavo che le cose andassero così male».

Fece spallucce. «Io un po' me lo aspettavo. Era da tempo che Nora faceva allusioni al fatto che le cose non funzionavano». Lui e la sorella gemella si parlavano spesso durante la settimana via mail.

«Così hanno chiuso definitivamente?»

«Sì, e lei ha intenzione di tornare a casa per qualche tempo». Dette un altro morso alla tortina. «A me dispiace, Jackson era uno a posto».

Hannah sorseggiò il suo caffè. «Un'altra relazione che finisce. Lei sta molto male?». Si domandò se fosse stata Nora a far finire il matrimonio, e scommise di sì.

«Non sembra stare tanto male. Non l'ha ancora detto ai nostri genitori».

Da quando erano andati in pensione, i genitori di Adam si erano trasferiti a circa ottanta chilometri da Clongarvin, nel piccolo paese dove erano cresciuti, e dove Adam e Nora avevano trascorso tutte le estati quando erano piccoli.

«Credi che Nora si ristabilirà in Irlanda?».

Lui scrollò di nuovo le spalle. «Non so… difficile dirlo. Con Nora non si sa mai».

«Non ricordo da quanto tempo sono sposati».

«Più di quattro anni». Adam bevve il suo caffè. «Oh, si riprenderà. Mia sorella è una donna piena di risorse».

Di tutte le definizioni che Hannah poteva scegliere per descrivere Nora O'Connor o Nora Paluzzi – era quello il suo cognome da sposata? – certamente "piena di risorse" non sarebbe stata la prima a venirle in mente. La sorella di Adam era un anno più piccola di lei. Avevano frequentato la stessa scuola, ma Nora usciva con ragazze che non degnavano quelle come Hannah Robinson di uno sguardo. Lei non era abbastanza bella e magra per far parte del loro giro.

Nora aveva gli occhi verdi e i capelli rosso bruno di Adam, ma la somiglianza con lui finiva lì. Non aveva le lentiggini di Adam, il suo naso era più piccolo e le labbra più piene. Era anche più alta, e l'ultima volta che Hannah l'aveva vista pesava almeno dodici chili in meno del fratello gemello.

Anche se Adam in fin dei conti aveva una bella presenza, neanche Hannah poteva definirlo affascinante. Nora invece era sempre stata di una bellezza mozzafiato, e tanto sicura di sé da saper sfruttare al massimo il suo aspetto. Si era trasferita negli Stati Uniti una settimana dopo il suo diciottesimo compleanno, contro il volere dei suoi genitori e senza un titolo di studio degno di nota, a parte un mediocre diploma di liceo. In quattordici anni era tornata a casa pochissime volte.

Jackson Paluzzi, un pediatra, era il suo secondo marito. Il primo matrimonio con un professore universitario più vecchio era finito dopo meno di un anno. Per scelta o fatalità, nessuna delle sue relazioni aveva portato bambini. Hannah immaginò che la notizia di un secondo divorzio non sarebbe stata accolta molto bene da Adam e dai loro genitori.

Adam finì la sua tazza e si alzò. «Meglio che vada, così ti lascio andare a letto. Scommetto che non vedi l'ora che arrivi domenica per dormire un po' di più».

«Questo è certo».

«Ti va di uscire un'oretta domani sera? Andiamo a bere qualcosa da qualche parte, così ti rilassi un po'?».

Hannah scosse il capo. «Mi dispiace, ma ho già un programma per la serata: bagno caldo, maschera per il viso e un buon libro. Se bevo qualcosa, lo faccio nella vasca».

«Solo un'oretta», disse. «Perché non proviamo quel nuovo wine bar?»

«Quale?»

«Il Vintage, vicino al molo. Hanno aperto da un paio di settimane, al posto della ferramenta di Delaney. Mi hanno detto che nel fine settimana c'è musica dal vivo».

«Delaney non c'è più?».

Adam sorrise. «Decisamente hai bisogno di uscire di più».

«Forse... Vedo come mi sento domani sera». Allontanò la sedia dal tavolo. «Non ti ho detto una cosa», disse, alzandosi.

Adam si stava infilando la giacca. «Cosa?»

«Ho incontrato Patrick mercoledì, mentre uscivo dal negozio». Portò le due tazze al lavello.

«Davvero? Non me lo hai detto. Come è stato?»

«Brutto. Imbarazzante». Aprì l'acqua. «Lui è stato così... formale, come se mi conoscesse appena. Si era persino dimenticato dell'apertura del negozio, da non crederci!».

«Bastardo», disse Adam.

«Per fortuna c'era mia madre». Lavò le tazze e le mise nello scolatoio. «Dopo ho pianto».

«Sai una cosa?», le disse. «Il peggio è passato. Il primo incontro dopo una rottura è il più terribile».

Prese uno strofinaccio dal suo gancio. «Lo so... quella mattina mi sono arrivati dei fiori in negozio, e la prima cosa che ho pensato quando li ho visti è stata che fosse lui che ci stava ripensando e che volesse tornare da me». Tentò una risatina. «Che cosa patetica!».

«Chi li aveva mandati?»

«Alice e Tom, carino da parte loro».

«Ti auguriamo tutto il meglio in questa tua nuova avventura», aveva scritto Alice, e Hannah aveva seppellito il viso nelle rose di serra che non profumavano di niente, e aveva ingoiato la sua delusione. «Cerco davvero di non pensare a lui, ma è più facile a dirsi che a farsi».

Già, più facile a dirsi che a farsi se dentro casa continuava ad andare a sbattere in cose che glielo ricordavano. Il giorno prima aveva buttato nella spazzatura un barattolo mezzo pieno di crema spalmabile al lievito.

La settimana prima era stato il turno dei gamberetti nel freezer. La tazza di Nicholas Mosse che lei gli aveva portato da una gita a Bennetsbridge sarebbe stata più difficile da buttare.

Prese il burro dal frigorifero e lasciò che si ammorbidisse. Dispose gli utensili e i vassoi sul piano di lavoro, pronti per l'indomani mattina presto. «Sai, quando mi ha lasciata ho pensato che avesse scelto il momento più sbagliato – voglio dire, proprio prima dell'apertura del negozio. Ma immagina come sarei stata ancora peggio se non fossi stata occupata adesso. Forse lo ha fatto per questo». Sommersa fino alle punte dei capelli da ricette, essenza di vaniglia e semi di papavero, mirtilli secchi e scaglie di cioccolato, non aveva il tempo per fermarsi a pensare a cosa stesse facendo lui, e se per caso lei gli mancasse. E qualunque cosa poi sognasse, non appena toccava il cuscino, che aveva spostato al centro del letto, si addormentava subito.

«Ho cancellato il suo numero», disse con calma, «dal telefono».

Era stata una cosa difficile. Non voleva pensarci, al suo nome che scompariva. Pensò a qualcos'altro da dire. «Forse prenderò un gatto», gli disse mentre riempiva di nuovo il bollitore per la borsa dell'acqua calda, «che mi aiuti a sentirmi meno sola».

«E che mi dici di un'inquilina», chiese, severo, «che ti aiuti a pagare l'affitto?».

Sospirò. «Lo so, lo so. Devo mettere quell'annuncio. Lo farò, davvero. La prossima settimana».

«Promesso?»

«Promesso». Senza considerare tutta la sofferenza che implicava il fatto di sostituire Patrick, era comunque riluttante all'idea di condividere la casa con un'estranea. Ma dal punto di vista economico era inevitabile.

Adam attraversò la cucina e la baciò sulla guancia. «Va bene, vado. Ti chiamo domani per vedere se riesco a trascinarti fuori di qui».

«Non ci sperare troppo; probabilmente non verrò».

Dopo che se ne fu andato, lei prese la borsa dell'acqua calda dal cassetto e la riempì. Non erano neanche le otto che era già a letto. Almeno era buio. Come sarebbe stato d'cstatc salirc di sopra ancora in pieno giorno?

Ci avrebbe pensato a tempo debito. Spense la luce e uscì dalla cucina.

«È Leah Bradshaw». La voce di Geraldine giunse dall'ingresso mentre appendeva il cappotto.

Stephen non distolse lo sguardo dal computer. «Cosa?», urlò.

Geraldine entrò nel salotto, sfregandosi le mani. «Dio, si gela stasera. Leah Bradshaw è la donna per cui Patrick ha lasciato Hannah».

Le dita di Stephen smisero di digitare sulla tastiera. Guardò la moglie dall'altra parte della stanza. «Chi è? La conosciamo?».

Geraldine attizzò il fuoco e lo cosparse con del carbone dal secchio. «Speravo che lo ravvivassi tu mentre ero fuori. È la figlia di Fiona Bradshaw». E poi, vedendo la sua espressione perplessa, aggiunse impaziente: «Fiona Bradshaw, quella con cui gioco a bridge. La conosci, mi pare che si occupi di ambiente al consiglio comunale. L'hai incontrata al cocktail party di Aoife a novembre. Alta, con i capelli rossi tinti. Magrissima. Ha portato quelle orchidee quando ho organizzato il tè per l'Alzheimer qui il mese scorso. Mi ricordo che le hai chiesto qualcosa su quelle orchidee».

«Oh, sì», disse Stephen, sapendo che era assolutamente irrilevante che lui non avesse alcun ricordo di Fiona Bradshaw. «Quindi è sua figlia».

«E pensare», disse lei arrabbiata, spingendo l'attizzatoio nel carbone, «che ho aiutato quella ragazza quando ha aperto il suo salone. Pagai un sacco di soldi per una manicure, e non ero ancora fuori dalla porta che un'unghia era già sbavata. Sarei dovuta tornare indietro».

Stephen ebbe la sensazione che gli sfuggisse qualcosa della conversazione. «Sei sicura che si tratta di lei? Te lo ha detto la madre?».

Geraldine sbuffò. «Certo che no, non mi si è neanche avvicinata. Sono sicura che si vergogna troppo per quello che ha fatto quella spudorata di sua figlia. Me lo ha detto Maureen Hardiman, come sempre deliziata di avere qualche pettegolezzo da raccontare. Naturalmente le ho fatto credere che lo sapevo già».

«Buon per te». Le dita di Stephen scivolarono di nuovo sulla tastiera. Era la prima partita di scarabeo che sembrava vincere, da anni.

«È una ragazzina», disse la moglie, sedendosi sul divano e prendendo il telecomando. «Non so proprio cosa ci trovi in lei. Capelli tinti, ovviamente, come la madre. Hai mai visto Hannah tingersi i capelli?». Premette un tasto sul telecomando e il televisore si accese. «Oh no, ancora quel tipo; sta sempre al *Late Late Show*. Deve aver scritto un libro».

«Mmm». Piano piano, senza far rumore, Stephen digitò la parola "cugino", e il suo punteggio balzò a 176.

«Dovrò dirglielo», disse Geraldine, lo sguardo fisso sulla TV.

Stephen si voltò verso di lei. «Dirlo a chi? Hannah?»

«Certamente. Deve saperlo da me».

«Perché? La sconvolgerà soltanto».

Geraldine lo guardò incredula. «Stephen, davvero pensi che non lo scoprirà? In un paese piccolo come Clongarvin, sarà sulla bocca di tutti in un baleno. Preferisco che lo venga a sapere da me piuttosto che da qualche pettegola come Maureen Hardiman».

Il padre di Hannah tornò alla sua partita di scarabeo. Da tempo aveva rinunciato a capire come funzionava la mente della moglie. Molto più facile avere a che fare con una Q, una B, tre E e un paio di P.

Il Vintage era il primo wine bar di Clongarvin. Completamente arredato in legno scuro, con luci soffuse e divanetti bassi disposti intorno ai tavoli a lume di candela; non era proprio quello a cui Adam era abituato quando usciva per un drink.

Si sedette da solo su uno sgabello al bancone. Non era riuscito a convincere Hannah ad accompagnarlo e non aveva insistito troppo: forse una serata passata a non fare nulla di più faticoso che lasciarsi coccolare dalle bollicine della vasca era quello che le serviva quel fine settimana. E uscire da solo non era mai stato un problema: Clongarvin era un paese molto piccolo ed era sabato sera. Non sarebbe stato difficile incontrare qualcuno.

Nel frattempo si gustò la sua Guinness – fortunatamente non servivano solo vino – e guardò la donna che aveva attirato la sua attenzione non appena era entrato.

Era l'unica donna del gruppo di quattro musicisti che si stava esibendo sulla piccola area leggermente sopraelevata – non poteva certo chiamarsi palco – in un angolo del locale, e che lui vedeva di traverso da dove era seduto.

Non era bella, no, davvero non poteva definirla tale. Di sicuro c'era qualcosa di attraente nei suoi lineamenti regolari, ma non era bella.

I suoi capelli, un colore chiaro che lui non riuscì a stabilire, erano tirati indietro da un'ampia fascia nera e raccolti in una specie di coda di cavallo bassa. Non era rimasta fuori neanche una ciocca e così nulla suggeriva se fossero lunghi, ricci o lisci.

Gli occhi erano nascosti da un paio di occhiali piccoli, con le lenti perfettamente rotonde e la montatura scura. Non poteva esserne sicuro da quella distanza, ma pensò che avesse le mani grandi, le nocche che sporgevano appuntite dalle dita spiegate sulle chiavi del suo strumento, una sorta di lungo flauto d'argento che si allargava leggermente verso l'imboccatura.

Era vestita completamente di nero: una camicetta a collo alto plissettata stretta in vita da una cintura alta fatta di un materiale brillante, e una lunga gonna morbida che le arrivava alle caviglie dove incontrava un paio di tronchetti neri a punta. Si vedevano solo le mani e il viso: nessuna traccia delle forme nascoste sotto le rigide pieghe della camicetta, o sotto i drappeggi della gonna.

Bella no, neanche minimamente graziosa. Non sorrideva, era completamente concentrata sulla musica che suonavano. Sedeva ricurva e la sua sedia era un po' più indietro rispetto al gruppo, come se stesse cercando di dissociarsi da tutto ciò che la circondava.

Eppure Adam la guardava. Cosa lo aveva spinto a esaminare quel pallido volto accigliato, a domandarsi di che colore fossero quegli occhi barricati dietro le lenti, a immaginare di scioglierle la coda, sfilarle la fascia e guardare quei chiari capelli ricadere giù?

Gli altri tre musicisti indossavano camice bianche e pantaloni. Uno era alle tastiere e gli strumenti degli altri due gli sembravano familiari, ma il suo occhio musicalmente ignorante non era capace di identificarli. Quell'enorme strumento che assomigliava a un violino poteva essere un violoncello o un contrabbasso, e il quarto forse era un sassofono, ma non poteva scommetterci.

Gli piaceva quello che suonavano. Vecchi successi come *You Go to My Head* e *Blue Moon* e *These Foolish Things*, canzoni famose dei musical come *On the Street Where You Live* e *I Feel Pretty*, qualche canzone dei Beatles, e un paio di temi tratti da colonne sonore. Ma era l'arrangiamento di ogni melodia, il ritmo imprevedibile che erano capaci di imprimere a ogni pezzo che rendeva quella musica fresca, vivace e interessante; non si poteva fare a meno di seguirla battendo i piedi.

La musicista pareva inconsapevole di quello che le accadeva intorno. Sembrava che non le importasse del chiacchiericcio nel locale e non reagiva neanche agli applausi alla fine di ogni pezzo. Voltava la pagina sul leggio di fronte a sé e di tanto in tanto guardava l'uno o l'altro dei suoi compagni cambiare spartito, ma era in qualche modo lontana dalla calda sala affollata.

«Adam, siamo qui». Un paio di persone che conosceva gli stavano facendo cenno dall'altra parte del bancone. Prese il suo drink e le raggiunse, e quando dopo mezz'ora guardò di nuovo verso la piattaforma della band, tutto quello che rimaneva erano due leggii e tre sedie, su una delle quali era posata una mezza pinta vuota.

«Leah Bradshaw», disse sua madre. «La figlia di Fiona. Ha aperto un salone di bellezza su Russel Street qualche anno fa. Niente di straordinario, se vuoi saperlo».

«Lo so», rispose Hannah tetra. «Ci sono stata».

«È magrissima», disse Geraldine. «Non è bella neanche la metà di te». Si zittì. «Ci sei stata? Quando?»

«Oh... qualche mese fa. Non ricordo esattamente».

Ricordava esattamente. Otto mesi prima, all'inizio dell'estate, quando Patrick si era lamentato di avere un dolore alla spalla dopo aver spiantato la siepe.

«La conosci?», chiese Geraldine. «Ti sei fatta fare qualcosa lì?»

«No... ho comprato un buono per un massaggio. Un regalo per una persona».

«Un massaggio alla schiena», aveva detto Hannah. «Un regalo». Si ricordò di Leah Bradshaw, si ricordò di aver avuto la sensazione di riconoscerla. Avevano frequentato la stessa scuola ma in anni diversi.

«Non riesco a capire perché abbia preferito lei a te», disse Geraldine. «Anche se tu sei mia figlia, non c'è paragone. Alcuni uomini sono proprio dei casi clinici».

Alcuni uomini preferivano ovviamente le donne bionde e minute con quella figura mascolina, seno piccolo, fianchi piccoli, che Hannah aveva sempre invidiato. Unghie corte, con smalto rosa chiaro e perfettamente curve e levigate, Leah aveva scritto «massaggio alla schiena» sul buono da regalo color lavanda come le pareti della reception, e poi aveva preso i sessanta euro di Hannah.

«Starai meglio senza di lui», le disse la madre, «anche se so che questo non serve a consolarti, tesoro».

«Mi piace il colore dei suoi capelli», aveva detto a Hannah. «Intenso e lucido».

«Sua madre gioca a bridge con me», disse Geraldine. «Fiona Bradshaw, non so se la conosci. Per nulla simpatica, piuttosto fredda in realtà».

«A presto», aveva detto, mentre Hannah usciva dal salone. «Grazie mille, stia bene».

«Ho pensato che dovessi essere io a dirtelo», proseguì Geraldine. «Non volevo che lo sapessi da qualcun altro. Non ti dà fastidio che te l'abbia detto io?».

Patrick la conosceva già? Hannah gli aveva offerto ingenuamente quarantacinque minuti da solo con l'altra donna? Avevano riso di lei mentre Leah si chinava sopra di lui con il suo corpo snello e gli massaggiava la pelle nuda e oleosa?

Forse avevano pensato a fare qualcosa di meglio? O, peggio, molto peggio, li aveva fatti conoscere lei? Era stata lei quella che li aveva fatti incontrare? Non poteva sopportare quel pensiero.

«Sei ancora lì?», le chiese la madre.

«Sì», rispose lei. «Ancora qui». Lì in piedi nel parcheggio, triste, ma ancora lì.

«Non è un problema che te l'abbia detto io? Non ce l'hai con me?»

«No, di certo… ascolta», disse lei, «devo andare. Ne parliamo domani».

Leah Bradshaw. Era meglio avere un nome e un viso?

Rendeva la cosa più facile? O era peggio sapere esattamente chi era la persona per la quale Patrick l'aveva lasciata? Spense il telefono e lo fece scivolare nella tasca, poi riprese il carrello della spesa e lo spinse verso il furgone giallo. Che importava? Il fatto che lui se ne fosse andato e che lei fosse rimasta sola non cambiava.

Mentre scaricava il carrello e riempiva di sacchetti il retro del furgone, passò un uomo che indossava una giacca blu navy e un cappellino di lana verde scuro. Portava uno zainetto dall'aria pesante appeso a una spalla. «Salve», disse. «Buonasera».

«Salve».

Sembrava vagamente familiare. Aprì la portiera di un taxi parcheggiato lì vicino, lanciò lo zainetto sul sedile posteriore e poi si sedette. Doveva averla accompagnata da qualche parte. Non che prendesse il taxi così di frequente.

Qualche minuto più tardi, mentre faceva manovra per uscire dal parcheggio, girò bruscamente per tornare indietro in direzione del paese, e guidò per le strade che si stavano svuotando all'imbrunire finché arrivò davanti all'Indulgence. Si fermò in mezzo alla strada e rimase lì seduta, con il motore al minimo.

Studiò la facciata graziosamente dipinta. Il piano di sotto era buio, il salone chiuso a quell'ora. Al primo piano invece una debole luce illuminava una delle due finestre alte e strette.

Erano dentro? Lei gli stava cucinando la cena o erano spaparanzati di fronte al televisore come facevano di solito lei e Patrick? Gli stava raccontando della sua giornata mentre gli versava un bicchiere di vino?

La strada era silenziosa, la maggior parte della gente era tornata a casa dal lavoro e si stava preparando per la notte. Hannah si guardò intorno: vide qualcuno a piedi, un uomo che scendeva da una bicicletta, un cane che annusava un lampione. Nessuno si era accorto del furgoncino giallo.

Avrebbe potuto lanciare un sasso alla finestra del piano di sotto e andarsene via a tutto gas. Il pensiero le venne all'improvviso, ed ebbe un fremito. Avrebbe potuto prendere un barattolo di vernice nera e lanciarlo contro le belle pareti color lavanda. Avrebbe potuto…

La porta di una casa lì vicino si aprì: un uomo e un ragazzo comparvero sul vialetto e si diressero verso il furgoncino. L'uomo sorrise per un attimo a Hannah mentre le passavano accanto.

Cosa stava facendo? Cosa stava pensando? Era completamente impazzita? Avviò il motore e se ne andò di corsa, con il cuore che le batteva all'impazzata. Non si fermò finché non arrivò a casa.

Febbraio

«Quest'anno voglio che si senta davvero coccolata». La mano di Geraldine indugiò sul vassoio dei biscotti assortiti. Non doveva: un biscotto era l'ultima cosa di cui aveva bisogno la sua pancia, ma si stava avvicinando la quaresima e allora sì che avrebbe dovuto farne a meno. «Dio solo sa, cosa potrebbe piacerle».

«Che ne pensi di un buono? Così non puoi sbagliarti».

«Oh no, un buono no». Geraldine scelse un wafer rosa; non era il suo biscotto preferito, ma a almeno doveva essere ipocalorico. «Secondo Stephen dovremmo incaricare qualcuno di imbiancarle la facciata di casa. So che è necessario, ma non ci vedo niente di carino nel farlo».

«Mmm, e poi chi è disposto a lavorare fuori al freddo a febbraio?». Alice osservò una donna spingere una carrozzina tra le file di scarpe e stivali. «Quanti anni compie?»

«Trentatré, puoi crederci?», Geraldine finì il wafer e prese una lingua di gatto. Non poteva farle alcun male, neanche se fosse stata carica di burro. «Non avrei mai pensato che sarebbe arrivata a quest'età senza essere sposata. Quanti anni aveva Ellen?»

«Ventotto».

«Vedi. E adesso ha tre figli».

«Sì». Ellen era l'unica figlia di Alice e Tom, che da dieci anni viveva in Australia. «Vorrei tanto vederli più spesso».

La cliente prese uno stivale nero di vernice, e Alice posò la sua tazza. «Vado».

Il negozio era calmo a febbraio: gli acquisti invernali erano perlopiù finiti, era troppo presto per comprare sandali e non c'erano molte occasioni che richiedessero scarpe nuove.

Eccetto a San Valentino, quando cadeva di sabato. Qualche giorno prima, un paio di uomini avevano comprato dei buoni, e delle donne erano venute a comprare delle scarpe con il tacco. Geraldine avrebbe ricevuto la solita scatola di cioccolatini, ma solo se avesse fatto qualche accenno al quattordici febbraio almeno due volte in quella settimana.

«Fai qualcosa per San Valentino?», chiese, quando Alice ritornò dopo aver venduto gli stivali scontati e le pantofole a metà prezzo.

Alice pensò. «Probabilmente una cenetta molto romantica a casa, a base di costolette di maiale. E tu?»

«Pancetta e cavoli, la nostra solita cena del sabato». Geraldine prese il vassoio di biscotti e le due tazze vuote. «E forse preparerò una torta al rabarbaro, se ne ho a casa».

«Molto romantico».

Nella piccola cucina lavò le tazze e le lasciò sullo scolatoio. Poi fece cadere di nuovo i biscotti nel barattolo mentre i suoi pensieri tornarono alla figlia. L'anno prima, per il suo compleanno, Hannah era andata a Parigi, e per lei era stata una sorpresa finché non erano arrivati all'aeroporto. Patrick aveva fatto finta che dovesse andare a prendere qualcuno… Suo fratello, forse? O un qualche altro parente, comunque.

Geraldine era rimasta impressionata quando lo aveva saputo, era stata davvero una sorpresa molto dolce. In quel periodo, ormai, lei e Stephen si erano completamente abituati all'idea che la loro figlia convivesse con un uomo che non era suo marito. Era stata tutta un'altra storia quando Hannah aveva detto loro che Patrick si sarebbe trasferito.

«Lo conosci da troppo poco», aveva protestato Geraldine.

«Tre mesi», aveva risposto Hannah. «Lo so che può sembrare poco, ma è quello che vogliamo. E poi adesso Annie si trasferisce a Cork, non poteva esserci momento migliore».

Annie era andata a vivere nella camera degli ospiti di Hannah tre settimane dopo che lei aveva comprato casa, e da allora non se n'era mai andata. Era la coinquilina perfetta: pagava puntualmente l'affitto e ogni fine settimana raggiungeva la sua famiglia a Sligo. E siccome sarebbe stata trasferita, Patrick, che Geraldine vedeva ancora come il nuovo ragazzo di Hannah, avrebbe preso il suo posto.

«Ma è troppo presto», aveva insistito lei. «Non puoi trovare un'altra inquilina, anche solo per qualche mese ancora?».

Ma Hannah si era intestardita e Patrick era andato a vivere da lei. E nonostante i dubbi dei suoi genitori, sembrava che le cose funzionassero. Geraldine ricordò la telefonata dall'aeroporto Charles de Gaulle: quanto le era sembrata felice Hannah! Si era persuasa che sarebbero tornati fidanzati, ma non era successo. E invece che fine avevano fatto?

Sospirò mentre riponeva il coperchio sul barattolo dei biscotti. Era un bene che in quei giorni Hannah fosse esausta, e non avesse neppure il tempo per pensare. Sveglia nel cuore della notte per preparare tortine, tortine, tortine, e poi in piedi dietro un bancone tutto il giorno. E fortunatamente fino ad allora le cose erano andate bene: stava facendo un buon lavoro e sembrava si divertisse, o almeno, questo era ciò che le diceva sua figlia. Ma aveva un'aria così stanca e smarrita ogni volta che la incontrava. Senza dubbio, aveva ancora il cuore a pezzi.

Geraldine sapeva quello che serviva alla figlia per il suo compleanno. Lo aveva capito nel momento esatto in cui

Hannah aveva firmato il contratto di locazione, non appena si era finalmente impegnata ad aprire il suo negozio. E anche se Geraldine detestava l'idea di presentarsi dalla sua unica figlia con un assegno il giorno del suo compleanno, quella era l'unica cosa che lei e Stephen dovevano fare.

Si lavò le mani e tornò in negozio. Ne avrebbe parlato a Stephen quella sera, per decidere quanto regalarle. E lui ne sarebbe stato felice: non era sempre lui quello pratico?

E l'indomani lei avrebbe incartato le deliziose scarpe rosa aperte dietro con il cinturino alla caviglia che Alice le aveva lasciato a quaranta euro. In fin dei conti a una ragazza serviva sempre un paio di scarpe nuove per il suo compleanno.

«Ho una proposta per te».

Hannah lo guardò circospetta.

«Non essere così sospettosa. Potrebbe far bene a tutti e due».

«Va' avanti».

«Bene, sai che Nora arriva la prossima settimana e si ferma per un po' di tempo?»

«Davvero?». L'espressione di Hannah si fece ancora più guardinga.

«E tu non sei ancora riuscita a mettere quell'annuncio per trovare un'inquilina, anche se probabilmente stai andando avanti a pane e acqua…».

«No», si affrettò a dire lei. «No, Adam, mi dispiace ma non funzionerebbe. Potremmo… litigare per qualcosa, e la situazione potrebbe degenerare, e poi… Ascolta, lei è tua sorella, ma io non la conosco affatto. Voglio dire, siamo così diverse, e ci andresti di mezzo tu, e…».

«Aspetta un secondo», disse lui. «Cosa pensi che stia suggerendo?»

«Che Nora venga a vivere da me. E anche se l'idea in teoria è buona. Penso solo che…».

«Non dire altro», disse.

Hannah si zittì.

«Volevo dire», proseguì, «che lascio casa mia a Nora, e *io* vengo a vivere da te. Io. Adam».

«Oh». Sorseggiò il suo vino rosso. «Bene. Tu e io. Che condividiamo la mia casa».

«Ovviamente solo per un po'», disse lui, gli occhi fissi su Hannah, «finché tu raccogli le idee, e vedi come si evolve il tuo lavoro».

«Giusto».

«Lo sai che hai bisogno di qualcuno con cui dividere le bollette, anche se continui a rimandare».

«Lo so».

«E ho pensato che preferiresti qualcuno che conosci».

«Già».

«E se Nora decide di rimanere in Irlanda, allora dovrà trovarsi un posto per conto suo. Per lei questo potrebbe essere solo un periodo transitorio di qualche settimana».

«Va bene», annuì lei. «Sì».

Adam sorrise. «Sembri un tonno in trappola».

«Vuoi dire forse un topo?».

«Quello che è: sembri proprio così. Non devi decidere adesso, ovviamente; e non me la prenderò se l'idea non ti piacc, anchc se potrei mettere il broncio per qualche giorno. Ma mentre tu ci pensi su, considera questo: non lascio mai la tavoletta del water alzata, spremo sempre il dentifricio dal fondo, e bevo dal cartone solo quando non mi vede nessuno».

Hannah sorrise.

«Oh, sono un simpatico ubriacone».

«Questo è vero».

«E posso sistemarti il computer se si rompe».
«Questo lo fai già».
«Sì, ma… sarei sul posto. Riparazione lampo».
Hannah rise. «Lo terrò a mente. E suppongo che Kirby faccia parte del pacchetto».
«Cielo! Assolutamente sì! Ma lui sa stare in casa, e ti adora».
«E io adoro lui. Ma perde i peli».
«Solo un po'». Poi, vedendo la sua espressione, aggiunse: «Ok, un bel po'. Ma possiamo confinarlo ovunque dici tu».
«Non potrà entrare in cucina, mai. Potrebbe farmi perdere l'autorizzazione».
«Mi sembra giusto».
«O di sopra. O sul mio divano: ha distrutto il tuo. E dovrà dormire nel magazzino».
«Va bene».
Poteva funzionare. E l'avrebbe di certo aiutata con le spese. Strinse la mano di Adam. «So che lo fai solo per me. Lo apprezzo molto».
«Stai scherzando? L'alternativa è vivere con mia sorella! No grazie». Adam alzò il bicchiere. «E comunque adesso basta. Che te ne pare di questo posto?»
«Bello, è proprio quello di cui Clongarvin aveva bisogno». Hannah posò il bicchiere sul tavolino basso di fronte al divanetto e studiò la band nell'angolo. «Anche la musica funky mi piace, si adatta bene all'ambiente. Anche se lei sembra un po'una maestrina vecchio stile, vero?».
«Chi?»
«Quella con il clarinetto. Tutto quel nero, e i capelli tirati indietro. Per non parlare degli occhialini da intellettuale».
Adam osservò la clarinettista. «Non l'ho notato».
«E guarda che cipiglio. Meglio non farla arrabbiare».
«Forse si sta solo concentrando».

«Mmm. Quello con il contrabbasso sembra straniero. A ogni modo, dov'eravamo rimasti?»

«Stavamo per parlare del tuo compleanno».

Gemette. «Dio, speravo che te ne fossi dimenticato. Non organizziamo niente, per favore. Davvero non mi sento in vena di festeggiamenti».

«Ragion di più. E scusami, ma non hai scelta. Che ne pensi di una cena io e te? Offro io, basta che scegli un posto che non mi faccia andare in bancarotta».

Lei prese di nuovo il bicchiere. «Onestamente, Adam, preferirei di no».

«Mi dispiace», aveva detto Patrick, «nessun altro può andare a prenderlo. Ti prometto che faremo in tempo per la cena». L'aveva lasciata all'ingresso degli arrivi ed era andato a parcheggiare. E lei non aveva sospettato nulla, neanche quando aveva visto che non c'erano voli in arrivo da Londra. Aveva pensato semplicemente che il fratello avesse sbagliato l'ora, e che loro sarebbero rimasti lì tutta la sera ad aspettarlo, con il risultato che la cena del suo compleanno sarebbe stata rovinata.

E poi Patrick era riapparso, trascinando il suo trolley. «Sai cosa ti dico», aveva detto, sorridendo per il suo stupore, «ce ne andiamo a Parigi invece».

«Tra l'altro», disse a Adam, «quest'anno il mio compleanno cade di martedì, e io dovrò andare a dormire presto».

«Possiamo uscire sabato».

Lei scosse il capo. «Lasciamo perdere, davvero».

«Va bene, ti farò una sorpresa allora. C'è un colore di sciarpa che non hai?».

Sorrise. «Verde. Ma non quel terribile verdone, più un verde chiaro. Vai alla Benetton e chiedi a loro». Fece una pausa, e poi aggiunse: «Sì, sarei contenta se veniste a vivere da me. Tu e Kirby».

«Cosa?»

«Sì, davvero».

«No, è troppo presto. Perché non ci dormi su?»

«Non serve. A patto che paghi l'affitto puntualmente, dividiamo le bollette e rimpiazzi tutto quello che rompi. E non bevi mai, *mai*, dal mio cartone».

«Sei sicura, sicura?»

«Sicura, al cento percento. Ti conosco abbastanza bene per sbatterti fuori se mi fai impazzire».

«Vero», e fece cin cin con il bicchiere di Hannah. «Deciso». Pensò. «Ti va bene se mi trasferisco giovedì?»

«Giovedì è perfetto. Passa dal negozio in questi giorni, così ti do le chiavi».

Ecco, problema inquilina risolto. Desiderò che anche tutto il resto si risolvesse con la stessa facilità.

Suonò il citofono, e Patrick sussultò come sempre per quello squillo improvviso. Un secondo più tardi, sentì Leah parlare quasi sottovoce nel ricevitore all'ingresso.

E un attimo dopo: «È qui».

«Va bene», disse ad alta voce. «Arrivo».

Si guardò allo specchio, si sistemò il nodo della cravatta e poi si passò una mano tra i capelli.

Non era la prima volta che incontrava la madre di Leah. Gli era stata presentata un paio di anni prima a un'asta di oggetti d'arte, e da allora le loro strade si erano incrociate di tanto in tanto in diverse occasioni, nelle quali si erano salutati e avevano partecipato a qualche breve conversazione con altri ospiti.

La sua foto appariva abbastanza regolarmente nelle rubriche di attualità dei giornali. Circa un anno prima, si era distinta per il suo impegno al consiglio comunale nel settore dell'ambiente.

Patrick aveva l'impressione che fosse una donna in gamba, sicura, tenace e sempre a suo agio in pubblico: non proprio la persona con cui avrebbe scambiato volentieri due chiacchiere amichevoli. E ora che le loro vite stavano per intrecciarsi, si chiedeva cosa lo aspettasse. Stando a quello che raccontava Leah del suo rapporto con la madre – e non c'era motivo per non crederle – il futuro si prefigurava interessante.

Il fatto che Fiona non fosse esattamente sulla luna per la gravidanza della figlia era un peccato, ma c'era da aspettarselo. E in realtà, ricordandosi del suo sconforto quando Leah gli aveva dato la notizia, non poteva biasimare la donna. Ma erano tutte persone adulte, e pensò che sarebbero riusciti ad andare oltre. Per quello che lo riguardava, avrebbe cercato di essere adorabile e gentile, e sperato che tutto andasse per il meglio.

Si lisciò ancora una volta i capelli e uscì dalla camera, precisamente nello stesso momento in cui Leah aprì la porta alla madre.

«Mamma». Più che un abbraccio fu una sorta di breve incontro ravvicinato, con le labbra di Leah che sfiorarono appena la guancia della madre. Fiona era più alta della figlia di circa venti centimetri. Il suo sguardo incontrò quello di Patrick, quando Leah indietreggiò.

«Dunque», esordì. Nessuna mano tesa.

«Conosci già Patrick», disse Leah, e lui sorrise mantenendo le mani lungo i fianchi, mentre incassava un freddo cenno del capo.

«Ci siamo già incontrati», cominciò Fiona mentre si sbottonava il cappotto beige, «in giro». Indossava un cardigan e una gonna grigi. I capelli rosso scuro erano lucenti e il rossetto era perfettamente in tono con il resto. Profumava di marzapane. Le unghie mostravano la lunetta bianca di una impeccabile french manicure e mentre dava il cappotto a Patrick, sulla sua mano sinistra scintillò una gemma. «Grazie».

«Ho preparato lo sformato di patate e pesce», disse Leah, precedendoli nel piccolo salotto dell'appartamento. «Sarà pronto tra un attimo».

Era nervosa. Prima, per un nonnulla era scattata con Patrick perché lasciava sempre le scarpe nell'ingresso, e aveva passato le ultime serate a sfogliare attentamente libri di cucina per decidere cosa preparare per cena. Patrick aveva avuto il buonsenso di non discutere, facendo finta di valutare se fosse meglio il pesce piuttosto che il pollo e di riflettere se fosse una buona idea servire asparagi a febbraio.

Una volta in salotto, lui versò da bere. Gin lemon per Fiona, tè ghiacciato per Leah, single malto per sé. Attizzò il fuoco e aggiunse un paio di bricchette. Poi Leah andò a controllare lo sformato e a mettere l'acqua per gli asparagi, e lui si sedette davanti al camino accanto a Fiona.

«Che freddo stasera». Distese i piedi verso il calore, e sfregò l'una contro l'altra le scarpe, che aveva appena messo, per toglierle.

Fiona sorseggiò il suo gin tenendo gli occhi fissi sulle fiamme. «Già».

Poi il ticchettio dell'orologio sul camino lo fece riscuotere. Posò il drink e si allungò verso il lettore CD. «Qualche preferenza musicale?».

Lei non guardò nella sua direzione. «Non so cosa abbiate».

«Giusto». Scelse uno dei CD di Lyle Lovett di Leah e lo inserì nella fessura. «Proviamo con questo allora».

La porta si aprì e ricomparve Leah. Il suo viso, notò lui per la prima volta, era leggermente gonfio. «Cinque minuti».

Lyle Lovett strimpellò la sua chitarra e cominciò a cantare di una veranda, e Leah lanciò a Patrick uno sguardo esasperato, prima di rivolgersi alla madre. «Stai bene? Voglio dire, ti va bene la temperatura che c'è in casa?».

Patrick pensò alle cene intorno alla tavola di Geraldine e Stephen.

I polli arrosto profumati di timo e limone, gli stufati molto conditi, i cheeseburger piccanti. I piatti spaiati, le chiacchierate rilassate. E sempre un dolce preparato da Hannah – rotolo ai lamponi, strudel di mele, dolce al caffè con panna – come dessert.

Si accorse che Leah lo stata fissando, e capì che si era perso qualcosa. «Scusa?»

«Ho detto che tuo padre va in crociera ogni inverno».

«Ah... già. Sì, è così».

Scherzarono sul fatto di far conoscere suo padre a Fiona. «Adesso sta navigando intorno alla Grecia». Da quando era rimasto vedovo, più di vent'anni prima, Bill Dunne aveva preferito donne molto più giovani di cinquantotto anni e sostanzialmente meno rigide di Fiona Bradshaw. Se la sarebbe svignata.

«Anche mamma è stata in crociera, vero?».

«Davvero? Dov'è stata?».

Leah sussultò. «Scusate, ho dimenticato una cosa». Praticamente uscì di corsa dalla sala. Patrick bevve un bel sorso del suo whisky, e ne assaporò il gusto tannico.

«Io non approvo questa storia», disse d'un tratto Fiona, la voce completamente piatta. Sembrava stesse elencando i Paesi che aveva visitato in crociera.

«L'avevo capito», replicò Patrick con lo stesso tono. «Immagino che Leah le abbia detto che il bambino non lo abbiamo programmato».

«Sì; ma questo a mio parere peggiora anche le cose». Aveva appena toccato il suo drink. «Non siete più ragazzini».

«No».

«E adesso mia figlia è rimasta incinta per caso di un uomo che non più tardi di un mese fa viveva con un'altra donna».

«Sì». Non poteva dire altro. Bevve altro whisky. «Questo è vero», esitò. «Non che questo cambi i miei sentimenti per Leah». "Non che questi siano affari suoi".

Fiona non rispose.

Patrick si alzò di nuovo in piedi. «Vuole altro gin?». Quando lei scosse il capo, lui si avvicinò alla vetrinetta dove tenevano le bottiglie e rabboccò il suo bicchiere. Un po' di alcol in più avrebbe potuto aiutarlo a mantenersi calmo, e finché lei lo avesse considerato un bastardo donnaiolo, poteva benissimo essere anche un alcolista.

Leah ricomparve proprio in quell'istante. «Ok, è tutto pronto. Prendete i vostri drink».

Patrick osservò Fiona uscire dalla sala, con la sensazione che ciascuno avesse messo bene in chiaro la propria posizione. E comunque, cos'altro poteva fare se non inveire contro di lui ogniqualvolta ne avesse avuta l'occasione? La seguì nella cucina-sala da pranzo, armandosi di una buona dose di pazienza per il tempo necessario alla cena.

Ogni giorno che passava, affinava il metodo e commetteva meno errori. A forza di provare, aveva ridotto il numero delle ricette da quindici a dieci: togliendone alcune che aveva rimpiazzato con altre, sostituendo ingredienti qua e là, e facendo esperimenti quando ne aveva il tempo. La mela e la cannella non avevano funzionato, il miele e il sesamo erano diventati zenzero e sesamo; i semi di papavero e il lime, dopo una lenta partenza, erano diventati molto richiesti soprattutto il lunedì, per qualche strana ragione.

Non osava aprire senza una buona scorta di almeno due varietà al cioccolato. Aveva cominciato a offrire a un prezzo speciale una varietà diversa ogni giorno. Grazie a Adam, aveva scoperto un sito web americano che vendeva l'occorrente per tortine a prezzo scontato: pirottini a tema, guarnizioni, decorazioni, e lei aveva fatto diverse ordinazioni.

E molto presto aveva capito che lavare il pavimento alle cinque meno dieci era praticamente una strategia per attirare dentro una sfilza di clienti dell'ultima ora.

Era sempre stanca. Si trascinava fuori dal letto alle tre di ogni mattina e infornava e glassava e decorava senza sosta fino a poco dopo le otto e mezza, quando caricava il suo furgoncino giallo e andava al negozio. Ogni sera crollava in un sonno senza sogni, finché la sveglia suonava di nuovo.

E la domenica dormiva regolarmente fino a mezzogiorno, e qualche volta anche più a lungo. Non le accadeva da quando aveva quattordici anni.

Non seguiva più i suoi programmi televisivi e non controllava le e-mail da secoli. Non ricordava l'ultima volta che aveva aperto un libro o un giornale.

Aveva anche dimenticato cosa significasse avere una vita sociale. Da quando aveva aperto il Cupcake Club, le sue uniche uscite erano state per andare a lavorare ogni giorno, e una puntatina settimanale al grossista e al supermercato più vicino, finché Adam, alla fine, era riuscito a convincerla ad andare nel nuovo wine bar un paio di settimane prima.

E nonostante si fosse divertita al Vintage, nonostante l'idea di essere uscita per una sera, preferiva di gran lunga i suoi preziosi sabati sera a casa, a godersi un po' di ozio in casa, o farsi diventare la pelle viola nella vasca invece di dover correre a dormire.

Aveva già qualche cliente abituale. La segretaria dell'ufficio all'inizio della strada che veniva ogni venerdì verso le undici a comprare le stesse cupcake. «Una crema al caffè, una vaniglia e cioccolato, tre burro di arachidi e quattro cioccolato e cocco». Il giovane in abito grigio che passava ogni mattina e prendeva due tortine di quelle in offerta. Una vecchia insegnate di Hannah, la signorina O'Neill, che faceva un salto il sabato per un sacchetto di tortine del giorno prima per i tre nipoti che andavano a trovarla ogni domenica.

Un giorno era venuta una ragazza che aveva un'aria familiare, ma Hannah non l'aveva riconosciuta finché lei, sorridendo, non aveva detto: «Ehi, ti conosco. Facevi da baby-sitter a me e mia sorella Claire». Era Una Connolly, e lavorava tre pomeriggi a settimana nella biblioteca di Clongarvin, giù in fondo alla strada del negozio. Da allora, passava abitualmente almeno una volta la settimana. Aveva raccontato a Hannah che Claire faceva la cameriera nell'unico ristorante cinese del paese. «Ha un piccoletto», aveva detto Una. «Jason, quattro anni. Siamo tutti pazzi di lui».

E ogni settimana Hannah faceva un po' di soldi. Al netto delle spese, non rimaneva granché: l'esiguo guadagno giustificava appena il fatto che lavorasse come una schiava. Ma erano soldi *suoi*, frutto dei *suoi* sacrifici, e questo era sufficiente.

Era già quasi al secondo mese. Adam si era trasferito quattro giorni prima e aveva occupato la sua seconda camera da letto. La cesta di Kirby era stata destinata al magazzino e lui aveva annusato tutto il giardino e fatto conoscenza con il gatto dei vicini, che aveva marcato il suo territorio sfoderando gli artigli all'indirizzo del naso di Kirby.

E fino a quel momento sembrava che le cose potessero funzionare.

Adam era ancora a letto quando Hannah usciva la mattina per andare a lavorare, e la sera cenavano sempre insieme. Lui aveva cominciato a provare le ricette del suo libro di cucina *Pronti in un attimo*, e lei era rimasta colpita dai suoi sforzi, anche se erano più slanci di entusiasmo che tentativi ben riusciti.

«Non devi cucinare per me», aveva protestato Hannah.

«Non preoccuparti», le aveva assicurato, «non durerà».

I suoi genitori avevano approvato senza riserve il suo nuovo inquilino. Hannah era quasi sicura che sua madre sperasse vivamente che un giorno lei e Adam avrebbero percorso insieme la navata. E se quel pensiero rendeva Geraldine felice, perché avrebbe dovuto toglierglielo dalla mente?

E quel giorno, il dieci di febbraio, era il suo trentatreesimo compleanno, e i suoi sentimenti in proposito erano quantomeno contrastanti.

C'era il ricordo dell'anno prima, ovviamente. Quando si era imbarcata sul volo per Parigi della Aer Lingus, ancora incapace di credere alla sorpresa che le aveva fatto Patrick. Quella bottiglia di vino rosso stappata in un piccolo locale notturno, accompagnata da fettone di pane rustico con salame pepato e formaggio fortissimo. E poi le croste intinte nella salsa al burro e aglio in cui erano state servite le *moules* di Patrick. Per non parlare del fatto che lui aveva messo in valigia le scarpe sbagliate per il suo abito bordeaux e non aveva portato abbastanza maglioni di lana per quelle temperature sottozero; e che l'acqua della doccia del loro bagno nella camera dell'albergo era tiepida. Si erano stretti l'uno all'altra sotto le coperte che profumavano di erba; avevano ascoltato i tubi gorgogliare e una donna che parlava con voce squillante da sola da qualche parte; e i clacson, le sirene, le urla nelle strade in lontananza attutiti dalle loro finestre con le persiane.

Scacciò l'immagine della camera dell'albergo con la carta da parati decorata a fiori blu, e ripensò a Adam che viveva da lei. Tra tutte le persone che avrebbe potuto scegliere come coinquilino, Adam sarebbe stato senza dubbio la sua prima scelta.

Il problema era che lei non voleva un coinquilino. Voleva condividere la sua casa, la sua vita con la persona che amava, proprio come la maggior parte delle donne di trentatré anni. Invece doveva accontentarsi del suo migliore amico e di un labrador nero sovrappeso.

Eppure, era certamente meglio che vivere da sola, no? Meglio che mangiare da sola ogni sera, accendere il televisore solo per coprire il tintinnio della forchetta che infilzava una salsiccia, o del cucchiaio che raccoglieva un mucchietto di fagioli. Meglio che lavare un piatto solo, un coltello solo, una forchetta sola.

O comprare uno spazzolino in più, solo perché vederne uno solo svettare dal bicchiere sulla mensola del bagno era troppo deprimente. Meglio che accendere la radio solo per sentire la voce di qualcun altro mentre l'ennesimo uovo rotto cadeva sulla farina, il burro e lo zucchero dell'impasto…

La porta del negozio si aprì e i pensieri svanirono. «Non ti aspettavo».

«Sono in pausa pranzo», disse Geraldine, «e volevo augurare un felice compleanno alla mia unica figlia».

Hannah sorrise. «Mi hai telefonato questa mattina. Tu e papà verrete più tardi a prendere il tè».

«Lo so, ma ci sarà anche Adam, e volevo vederti da sola per darti questo, da parte di tutti e due». Geraldine mise la mano nel suo cestino e pescò una busta. «Buon compleanno, tesoro. È un assegno, mi dispiace, ma abbiamo pensato che fosse ciò di cui hai più bisogno al momento».

Hannah abbracciò la madre. «È così, grazie mille».

Mentre lei prendeva la busta, Geraldine mise di nuovo la mano nel cestino e pescò una scatola. «E questa è un'altra piccola cosa, perché non potevo lasciare che i soldi fossero l'unico regalo».

Hannah aprì la scatola e tirò fuori una scarpa rosa. «Oh, mamma, sono fantastiche! Sai sempre esattamente quello che mi piace».

Mentre si toglieva le sue ballerine nere, la porta del negozio si aprì di nuovo, facendo risuonare forte la campanella. Si voltarono entrambe, Hannah ancora con la scarpa in mano.

«Salve». Un uomo si diresse verso di loro, guardando prima l'una poi l'altra. Hannah ebbe la sensazione di averlo già visto prima, ma non riusciva a ricordare dove. Teneva in mano una pila di fogli. «Mi chiedevo se posso lasciare questi sul bancone». Non aveva un accento irlandese.

«Cosa sono?». Mollò la scarpa nella scatola e lui le passò il primo foglio. «Offresi carpentiere», lesse. «Specializzato in cucine su misura e arredamento camera da letto. Tutto incluso. Preventivo gratuito, prezzo modico a prova di crisi. Qualità garantita». E sotto, scritti in un carattere più piccolo, il nome, "John Wyatt", e un numero di telefono cellulare. Hannah porse il volantino a Geraldine.

«Sto solo cercando di mettere in giro la voce», disse. «Le dispiace?»

«Certo che no». Prese il fascio di volantini e lo posò sul bancone. «È all'inizio?».

Non sembrava così giovane da essere all'inizio. Doveva avere la sua stessa età o qualche anno in più. Portava i capelli talmente corti che non era facile distinguerne il colore, e sul mento era disegnata una scura barbetta incolta. Le ricordò un insegnante di educazione fisica che aveva avuto a scuola: il sig. Flaherty – o era Flannery?

«Non è molto che vivo qui, sono arrivato solo un paio di mesi fa», le disse, «ma faccio il falegname da un po' di tempo, circa quindici anni». Guardò le scarpe rosa, adagiate nella loro scatola, e Hannah le posò velocemente sulla mensola dietro il bancone. Lui sorrise e spostò l'attenzione sulle tortine in esposizione. «Interessanti, chi le prepara?»

«Mia figlia», rispose Geraldine, alzando lo sguardo dai volantini. «Prepara le cupcake più buone al mondo».

«Bene», disse, e sorrise a Hannah. «Allora, prendo due di quelle...», scrutò le etichette colorate, «...vaniglia e cioccolato, per favore».

«Lei non è irlandese, vero?», chiese Geraldine, mentre Hannah metteva un paio di guanti di plastica e riempiva una scatola gialla con le tortine richieste.

Lui scosse il capo. «Sono scozzese, ma mia madre viene da Tipperary, così da bambini passavamo molto tempo qui».

«E cosa l'ha portata a Clongarvin?». Geraldine non vide, o scelse di ignorare, l'espressione accigliata di Hannah.

Lui sorrise di nuovo, all'apparenza incurante dell'interrogatorio.

«Volevo cambiare aria».

«Le piace qui?»

«Certamente. È un paese molto accogliente».

Hannah era terrorizzata all'idea che la domanda successiva potesse essere se piacesse anche a sua moglie. «Tre euro e cinquanta», si affrettò a dire. «Spero che le piacciano, quelle alla vaniglia e cioccolato sono le più vendute».

«Grazie». Prese la scatola e mise il resto nel portafoglio. «E grazie per la pubblicità».

«Nessun problema».

Quando si voltò, la sedia a dondolo appesa alla parete attirò la sua attenzione. «Ecco quello che si direbbe una vera chicca di design originale».

«Era di mio nonno», gli disse Hannah. «È grazie a lui se ho aperto questo negozio, così abbiamo pensato che fosse carino ricordarlo in qualche modo».

«Bella idea; un po' di storia di famiglia». Studiò la sedia facendo cenni di approvazione con il capo. «Davvero ben fatta. E anche il colore... cattura lo sguardo».

Hannah sorrise. «Non sono così sicura che al nonno farebbe piacere che la sua sedia sia stata dipinta di blu, o che sia stata appesa al muro per quel motivo».

«Chissà, potrebbe anche rimanere sorpresa».

«Hannah ha davvero molto gusto», disse Geraldine. «Soprattutto in fatto di colori. Dovrebbe vedere la sua casa».

Lui incontrò gli occhi di Hannah, e lei notò un'espressione divertita sul suo viso. «Bene, meglio che vada», disse, avvicinandosi alla porta. «Vi saluto per adesso».

Lo guardarono andare via. «Che uomo carino», disse Geraldine. «E lavora con le mani. Mi piace».

Hannah piegò i guanti di plastica e li mise da parte.

«Adoro l'accento scozzese, e tu?», continuò Geraldine. «È così dolce».

Hannah risistemò le tortine alla vaniglia e cioccolato che erano rimaste.

«Penso che tu gli piaccia. Voglio dire, non c'era bisogno che si fermasse ad ammirare la sedia a dondolo».

Hannah sorrise.

«Mi domando se è sposato», disse Geraldine. «Non portava la fede, ma forse in Scozia gli uomini non lo fanno».

«Proviamo le scarpe», disse Hannah.

La cosa migliore che si poteva dire di Clongarvin, aveva deciso Nora Paluzzi, era che non faceva così freddo come a New York a febbraio. D'altro canto però, non aveva smesso di piovere da quando era arrivata, e tre giorni di pioggia ininterrotta erano anche peggio, a suo parere, del freddo che ti entrava nelle ossa.

Ma almeno non era Dunmallon, dove c'era la fattoria in cui era cresciuto suo padre e dove ogni estate i suoi genitori avevano trascinato lei e Adam. Dunmallon con la sua unica stazione di servizio, la sua succursale dell'ufficio postale, il supermercato poco fornito e qualche locale sparuto, uno più triste dell'altro. Dio, un buco dove tutti sapevano tutto di tutti o almeno così dicevano; dove tutti non vedevano l'ora di andare a messa la domenica, e auguravano ogni sventura possibile a chi non ci andava senza una buona ragione. Mamma e papà erano felici di essere tornati lì, che Dio li aiutasse.

Almeno Clongarvin aveva una parvenza di vita, anche se limitata. I vestiti nelle poche boutique non erano malvagi, anche se costavano tre volte quello che li avrebbe pagati a New York. C'era una gastronomia più o meno decente, anche se, di nuovo, era rimasta scioccata dai prezzi, e al cinema a due sale (due intere sale!) davano film di soli sei mesi prima.

Non che avesse intenzione di far diventare Clongarvin la sua casa per molto tempo, neanche per sogno. Ma lì avrebbe potuto riprendere fiato e programmare la propria mossa successiva. E poteva essere divertente rivedere qualche vecchia conoscenza della scuola: Francine, Jojo, Leah, Dee, nell'improbabile ipotesi che qualcuna di loro vivesse ancora lì.

Entrò nella piccola cucina di Adam, che puzzava di cane. Tutta la dannata casa puzzava di cane. Ma perché diavolo aveva avuto la malsana idea di tenere quell'enorme labrador in quell'appartamento così piccolo?

Afferrò la scatola dei Cheerios dalla mensola sul frigorifero e ne prese una manciata. Non avrebbe dovuto mangiare – mancava solo un'ora alla cena da Hannah – ma il suo corpo non aveva ancora smaltito il jet lag, così o dimenticava gli orari dei pasti o li confondeva del tutto, con il risultato che c'erano momenti, come quello, in cui moriva di fame.

Mentre sgranocchiava, il calendario sulla parete attirò la sua attenzione. L'indomani era San Valentino, fantastico! Aveva chiuso con l'amore e il romanticismo. Li conosceva fin troppo bene, e dove l'avevano portata? A due divorzi.

Intendiamoci, Nora era cento volte meglio allora di quando aveva conosciuto i suoi due ex, nessuno dei quali era riuscito a sopportare che tutti gli uomini di New York facessero i cascamorti con lei. Ma Nora voleva solo divertirsi, che male c'era? Il professore se l'era data a gambe prima che l'inchiostro si fosse asciugato sul certificato di matrimonio, e neanche il dottor Paluzzi aveva resistito: non era riuscito a chiudere un occhio, idiota. Almeno però, entrambi erano pieni di soldi, e Nora aveva avuto la sua parte dal primo divorzio, e ora aspettava impaziente il secondo.

Si domandò come fossero gli uomini di Clongarvin. Si domandò se avrebbe potuto trovare quello che cercava durante la sua permanenza lì. La sua decisione di aver chiuso con l'amore non significava che avesse chiuso anche con gli uomini, altroché.

Chiuse la scatola dei Cheerios e la ripose sulla mensola. Uscì dalla cucina e andò nella camera che puzzava di cane per farsi bella per la cena.

«Ti assomiglia?».

Patrick scosse il capo. «Neanche un po'. È più basso, ha meno capelli, e ha gli occhi blu».

«E hai detto che è più giovane».

«Sì, di tre anni».

La mano di Leah era appoggiata sulla sua coscia mentre lui guidava, le dita che l'accarezzavano quasi senza che lei se ne rendesse conto. A lui piaceva il fatto che lei cercasse sempre il contatto. Forse era una deformazione professionale, dal momento che il suo lavoro implicava tanta interazione fisica.

«Non vedo l'ora di conoscere tuo fratello», disse. «È il primo della tua famiglia».

«Giusto».

Il viaggio a sorpresa era stato più difficile da organizzare rispetto all'anno prima. Era stato facile per Hannah smettere di lavorare prima: era bastata una telefonata a Joseph Finnegan alla panetteria, che Patrick conosceva bene. Con Leah, aveva dovuto organizzare la sua strategia con più cura.

Si era inventato che il fratello veniva in visita da Londra in occasione della festa per il quarantesimo compleanno di un cugino a Offaly l'indomani, a cui anche lui e Leah erano stati invitati. «Vogliono che arriviamo per pranzo», le aveva detto Patrick, «quindi dovrai prenderti un intero giorno di vacanza dal lavoro. Ho prenotato nell'albergo del posto per la notte di sabato».

Pensava che la scoperta che fossero diretti a Parigi invece che a Offaly, avrebbe compensato ogni possibile delusione di Leah per aver creduto che stessero andando a conoscere qualcuno della sua famiglia. Non conosceva ancora nessuno di loro, dato che suo padre era partito per le sue isole greche proprio poco prima che lei e Patrick diventassero ufficialmente una coppia, e sperava che non se la sarebbe presa per il fatto che non c'era nessuna festa a Offaly, e che le presentazioni alla sua famiglia avrebbero dovuto aspettare ancora un po'.

Forse le sarebbe piaciuto l'albergo che aveva trovato in rete, che doveva essere all'altezza della descrizione. Non poteva assolutamente rischiare di finire in un posto squallido come quello dell'anno prima: Hannah poteva non far caso alle tubature difettose e al riscaldamento inaffidabile, ma a Leah piacevano le comodità. Patrick aveva pagato molto di più di allora, e si aspettava di non rimanere deluso.

«A che ora hai detto che arriva il suo aereo?»

«Otto meno dieci».

Lo intrigava il modo in cui entrambe le donne gli avevano creduto. Hannah, ovviamente, non aveva avuto nessuna ragione per non farlo; prima di Leah, era riuscito bene a non farsi scoprire ed era sempre stato molto discreto nelle poche occasioni in cui aveva avuto qualche scappatella. Ma Leah, che era coinvolta nel tradimento di Hannah e che lo aveva visto mentire, si fidava ancora ciecamente di lui. Lo intrigava quanto fosse facile.

E lo intrigava anche quanto l'inganno fosse diventato una droga. Finché Leah non era rimasta incinta e la copertura di Patrick non era saltata per forza di cose, l'eccitazione di avere due donne, così diverse, era stata il massimo. Il sesso, a prescindere dalla donna con cui lo faceva, non era mai stato così appagante.

E se Leah non fosse rimasta incinta, chissà quanto sarebbe andata avanti, anche se lei insisteva perché lo dicesse a Hannah, perché la lasciasse. «Presto», le diceva, «non appena sarà il momento giusto», pur sapendo, nell'attimo stesso in cui pronunciava quelle parole, che stava semplicemente ripetendo il mantra di tanti altri uomini, e donne, prima di lui. Pur sapendo che lui avrebbe vissuto benissimo in quella situazione all'infinito. Quale uomo non lo avrebbe desiderato? Era così grave cercare di rendere felici entrambe le donne il più a lungo possibile?

Era rimasto incredulo quando Leah aveva sganciato la bomba. «Mi dispiace, tesoro», aveva sussurrato, aggrappandosi a lui. «Non essere arrabbiato, non è stata colpa di nessuno». Naturalmente, dopo era cambiato tutto, e Hannah, sfortunatamente, ne aveva fatto le spese. Lui non avrebbe mai voluto che accadesse.

Non riusciva a immaginare di diventare padre. Non aveva mai invidiato i suoi amici che avevano figli, non si era mai domandato quando sarebbe arrivato il suo turno. Hannah aveva fatto qualche allusione di tanto in tanto. Forse era inevitabile, dal momento che vivevano insieme, e lei aveva trent'anni quando si erano conosciuti, ma Patrick era sempre riuscito a far passare in secondo piano quello che lei considerava inevitabile.

«Un giorno», diceva, «quando saremo pronti. Quando sarà il momento giusto».

Si fermò vicino all'area degli arrivi. «Perché non entri?», disse, «vado a cercare un parcheggio. Non ci vorrà molto». Mentre parlava, ignorò l'eco delle proprie parole, del tutto identiche a quelle che aveva pronunciato un anno prima.

Guardò Leah avvicinarsi alle porte automatiche. La sua pancia aveva cominciato ad arrotondarsi, e i fianchi non erano forse più larghi? Cominciava ad avere anche un po' di doppio mento, e le caviglie non erano più così sottili. Era ancora bella, certo. Si domandò quali altri cambiamenti fossero in arrivo, come sarebbe cambiato il suo corpo durante i mesi della gravidanza.

Trovò un parcheggio e prese la valigia che aveva preparato la sera prima mentre Leah faceva il bagno. Mentre ritornava verso gli arrivi, gli venne in mente che forse lei avrebbe scelto una destinazione diversa: non le avrebbe fatto piacere scoprire che con lei stava facendo esattamente le stesse cose che aveva fatto con Hannah. Ma a San Valentino si va a Parigi, no? Le donne se lo aspettano.

E, tecnicamente, il viaggio con Hannah era stato più per

il suo compleanno che per San Valentino, anche se le due date erano molto vicine. Ma Leah non l'avrebbe vista così.

Le porte degli arrivi si aprirono e lui entrò. Troppo tardi per cambiare idea, e comunque il passato era passato. Guardò l'espressione di Leah mentre le si avvicinava, sorridendo.

«Sai cosa ti dico», disse. «Ce ne andiamo a Parigi invece».

«Un'altra fetta?».

Nora scosse il capo. «Non per me, grazie». Una fetta di una quiche decisamente non entusiasmante e non fatta in casa era sufficiente. Prese una patata al forno – quando si dice come rovinare una patata – e fece scivolare il suo bicchiere verso Adam. «Ma prenderò un altro po' di vino». Aveva speso diciotto euro per il vino, ed era appena bevibile. Con otto dollari a New York si comprava un buon Chablis!

Adam le riempì il bicchiere. «Allora come ti trovi? Manca qualcosa nell'appartamento?»

«Solo la vasca idromassaggio», gli rispose. «E la piscina. Ma sono sicura che siano da qualche parte».

Lui sorrise. «Non sei nella Grande Mela adesso. Clongarvin non è un posto per questo genere di cavolate da snob».

«Non lo sapevo». Sorrise così che gli altri pensassero che stesse scherzando. «Avevo anche dimenticato quanto piove qui».

«Allora cosa pensi di fare?», chiese Hannah. «Ti stabilisci di nuovo in Irlanda?»

«Non lo so ancora», rispose Nora, nella speranza che la smettessero di farle tutti la stessa domanda. «Sto considerando tutte le opzioni».

Il fatto che suo fratello e Hannah Robinson fossero amici da tempo immemore senza aver mai avuto, per quanto ne sapesse – ed era abbastanza sicura che lo avrebbe saputo – nessun tipo di storia romantica, neppure una notte e via dopo un paio di drink di troppo, la incuriosiva ancora molto.

Ed ecco che Adam si trasferiva da Hannah, proprio dopo che lei era stata mollata. Che lui sperasse segretamente di essere il suo ripiego? Davvero l'idea di stare insieme non aveva mai sfiorato nessuno dei due? Strano. Molto strano.

E poi c'era tutta la faccenda del negozio di cupcake. A New York avrebbe potuto funzionare, anzi avrebbe di certo funzionato, ma chi apriva un negozio che non vendeva altro che tortine in un piccolo paese irlandese nel bel mezzo di una grave recessione? E Hannah che, a sentire Adam, preparava tutto da sola alzandosi nel cuore della notte, era pazza? Nessuno avrebbe resistito a lungo.

Lei e Hannah non si erano mai frequentate ai tempi della scuola. Per una ragione: tra loro c'era un anno di differenza, ma anche se fossero state compagne di banco per tutti e cinque gli anni della scuola secondaria, Nora era pronta a scommettere che alla fine avrebbero a malapena saputo i rispettivi cognomi. Erano completamente diverse: appartenevano a due mondi assolutamente distinti e separati.

Nora si domandò, senza un reale interesse, come fosse l'ex di Hannah. Non si era mai imbattuta in Patrick Dunne; le loro strade non si erano mai incrociate prima che lei partisse per gli Stati Uniti. Adam le aveva detto qualcosa riguardo al suo lavoro nel giornale del paese, ma, a parte il fatto che sembrava avesse tradito Hannah, non sapeva nient'altro.

Ovviamente, nessuno alla cena aveva fatto menzione alle loro rotture, la sua e quella di Hannah. A Nora non andava di certo di parlare di Jackson Paluzzi, e probabilmente anche Hannah desiderava vivamente buttarsi alle spalle l'uomo del giornale.

Nora guardò senza appetito la selezione di formaggi che Adam stava posando sul tavolo: Cheddar bianco insipido, formaggi blu dalle venature quasi invisibili, Camembert che sembrava troppo duro, una vaga idea di pezzetti di Monterey Jack guarniti con noci pecan tostate, svizzero fuso su fette di prosciutto, Neufchâtel su pane caldo e scamorza condita con un filo d'olio e una spolverata di pepe nero.

«Dunque», disse Hannah mentre tagliava il Cheddar, «noti qualche grosso cambiamento a Clongarvin?».

Nora fece finta di pensarci. «Penso di sì... Sì, qualche piccolo cambiamento». Ovviamente era una bugia: a parte quello strano edificio nuovo e qualche altro sbarrato con assi di legno, il posto era tristemente rimasto più o meno come lo aveva lasciato più di dieci anni prima. Ricordò come si era sentita impaziente allora, quanto volesse disperatamente finire la scuola e prendere un aereo, uno qualunque, per lasciarsi alle spalle le stesse vecchie facce, i soliti vecchi bar e negozi, e le solite vecchie stradine.

E adesso ne aveva abbastanza di quelle chiacchiere con l'amica di suo fratello. Finì il bicchiere e si alzò. «Grazie molte a tutti e due, credo che il mio orologio biologico sia ancora un po' scombussolato. Meglio che vada prima che mi addormenti sul tavolo».

«Non vuoi il caffè?», le chiese Adam; e Nora, immaginando l'orrore istantaneo che avrebbe potuto ricevere, scosse il capo.

«Vieni quando vuoi», le disse Hannah, «adesso conosci la strada».

«Grazie, lo farò». Entrambe sapevano che non lo avrebbe fatto. Ma quanto erano ridicole le convenzioni sociali?

Adam la riaccompagnò al suo appartamento a piedi. La pioggia era cessata, e aveva lasciato l'aria umida e pulita.

«Oggi pensavo che dovrei cercare qualcuno della mia vecchia compagnia», disse Nora mentre evitavano le pozzanghere. «Se c'è ancora qualcuno qui».

«Chi hai in mente?»

«Francine Kelly, Jojo Fitzpatrick. O Leah Bradshaw».

Adam fece spallucce. «Non ricordo nessuna di loro».

Nora sorrise. «Se ti sentisse Francine! Le sei piaciuto da matti per un sacco di tempo».

«Davvero? Avresti dovuto dirmelo. E per il resto, hai qualche idea su cosa fare?»

«Ti riferisci a un lavoro?»

«Sì, penso di sì».

Alzò le spalle. «Non ne ho bisogno, fratellino. Sai i vantaggi degli alimenti».

«Lo so, ma non desideri qualcosa che ti tenga occupata mentre stai qui?»

«Sì, forse. Dipende da quello che posso trovare, credo». Negli Stati Uniti aveva lavorato in una stazione radio, e prima si era divisa tra il lavoro come PR e diversi altri impieghi nel mondo delle riviste di moda. Anche se non propriamente qualificata, sapeva adattarsi. «Ho l'impressione che al momento qui non ci sia molta scelta».

«Dipende da quello che vuoi fare», le disse lui. «Se non hai troppe pretese, probabilmente qualcosa la trovi. Hannah sta pensando di prendere qualcuno part time nel negozio».

«No, grazie», fece lei. «Non fa per me». Non riusciva a pensare a nulla di meno allettante che stare in piedi dietro il bancone di un negozio di tortine. «Preferirei qualcosa di più… stimolante». Voleva dire prestigioso, ma lui le avrebbe probabilmente riso in faccia.

Raggiunsero l'edificio dell'appartamento. Adam la abbracciò. «Buonanotte, dormi bene».

«Lo spero. Ci sentiamo domani». E si voltò in direzione della porta.

«Ehi, parlando di domani», le disse Adam. «Vuoi uscire per un drink? Non posso lasciarti da sola la sera di San Valentino».

Lei sorrise. «Sì, va bene. Perché no? Fammi uno squillo».

«E fammi un favore», le disse.

«Sì?»

«Togliti quell'accento Yankee».

Lei rise. «Farò del mio meglio. A domani». Girò la chiave nella serratura ed entrò, guardando l'orologio e realizzando che era in tempo per *Grey's Anatomy*.

Hannah pesò farina e zucchero e li aggiunse alla ciotola del robot da cucina. Fare il più possibile la sera prima serve a ridurre la pressione quando barcolli mezza assonnata in cucina alle tre del mattino.

Ma una volta sveglia, una volta cominciato a miscelare, sminuzzare, girare e glassare, doveva ammettere che non era poi così male essere in piedi quando il resto del paese dormiva ancora. Muoversi per la calda cucina, con la radio a basso volume in modo da non disturbare Adam, e circondata dai profumi del pandispagna appena sfornato e di vaniglia e nocciole tostate, in qualche modo la rassicurava.

Non che non avrebbe preferito starsene a letto con le coperte ben rimboccate, se avesse potuto scegliere. Ma qualcuno doveva pur preparare centoquarantaquattro tortine, e finché la sua fata pasticcera non fosse comparsa agitando la bacchetta, quel qualcuno doveva essere lei. Aprì il frigorifero, prese burro e uova e li lasciò sul piano di lavoro. Riempì gli stampi di quattro vassoi con involucri di cartoncino rosa decorati con cuori rossi e bianchi.

Adam era nella stanza di sopra, a finire un lavoro da consegnare. Neil Young si sentiva in sottofondo. Kirby era in salotto, non ancora fuori per la notte.

E neanche una volta, neanche per un secondo, si soffermò a pensare che l'indomani era San Valentino, e che chiunque avesse comprato una o più delle sue tortine speciali a forma di cuore (fragola al centro, glassa al cioccolato bianco, guarnizione di zucchero a cuore sopra), in tutta probabilità avrebbe passato quel giorno con qualcuno che amava.

Non pensò al giorno di San Valentino dell'anno prima o all'uomo che in quel momento era con un'altra donna.

Nulla del genere le balenò in mente. No, neanche per un secondo. Non si torturò pensando a come avrebbero potuto trascorrere quel giorno. Non ricordò la colazione a letto a base di croissant caldi e *chocolat chaud* dell'anno prima; il film in quel buio cinema francese e il bagno insieme che era seguito.

E mentre lei non ricordava nulla, Neil Young le stava dicendo che solo l'amore può spezzare il cuore. Che sarebbe successo, le chiedeva lui, se il suo mondo fosse andato in pezzi?

Versò quello che era rimasto della bottiglia di vino di Nora nel suo bicchiere e si concentrò su come si era comportata la sorella supertruccata di Adam: quanto era sembrata annoiata tutta la sera e quanto era stato ridicolo il suo accento americano. E quanto si era sentita sollevata Hannah quando se n'era andata via.

Era molto meglio pensare a Nora, mentre disponeva fragole, scaglie di cioccolata e piccoli cuori di zucchero rosa in ciotole sul piano di lavoro.

E quando ebbe finito di preparare il campo per l'indomani, si tolse il grembiule e riempì il bollitore per la borsa dell'acqua calda. Andò in salotto e si sedette sul pavimento vicino a Kirby, che era accasciato accanto al termosifone, la testa appoggiata sulle zampe. Si piegò e gli mise le braccia intorno al collo caldo. Seppellì il viso nel suo morbido pelo nero e rimase lì ad ascoltare il suo leggero scodinzolio sul tappeto.

«Tranquillo stasera», disse Adam. «Pensavo ci fosse più gente, data la serata».

Il barman annuì. «Tutte le coppiette sono a cena fuori», disse. «Arriveranno più tardi».

«Giusto». Adam mise il resto in tasca e si voltò verso la musicista. Quella sera aveva i capelli completamente nascosti, avvolti in una sorta di turbante nero. Indossava un dolcevita nero e un paio di pantaloni dello stesso colore, a gamba dritta, su tronchetti neri lucidi. I piedi erano leggermente distanti, con le punte verso l'interno.

Non guardava nessuno – per quanto Adam potesse vedere da dove era seduto – a parte il tastierista, che si trovava più o meno nella sua visuale. Non sorrideva tra un brano e l'altro. Qualche volta si alzava gli occhiali rotondi sul naso. Durante i pezzi più vivaci, batteva un piede a tempo sul pavimento. Teneva le spalle leggermente incurvate, e di tanto in tanto corrugava la fronte.

Aveva la sua stessa età, più o meno. Per quanto potesse vedere non indossava anelli. I musicisti si tolgono gli anelli prima di suonare? Le sue dita volavano sulle chiavi del suo strumento. Come l'aveva chiamato Hannah? Un clarinetto. Le chiavi del suo clarinetto. Doveva avere delle lentiggini sui dorsi delle mani, ma da quella distanza, e in quella luce, non ne era sicuro.

Adam non riusciva proprio a capire perché lo affascinasse così tanto. Non assomigliava neanche lontanamente a nessuna delle sue ex ragazze. Non c'era nulla di attraente in lei. Nulla che lui potesse definire…

«Ehi».

Si voltò e vide Nora andargli incontro. «Eccoti. Cosa prendi?»

«Azzarderei un Vodka martini, se lo sanno fare». Nora si guardò intorno con aria di sufficienza. «Posto carino. Era ora che a Clongarvin ci fosse un wine bar. Prendiamo un tavolo finché possiamo». I suoi occhi si posarono sui musicisti nell'angolo. «Guarda l'agente segreto con il clarinetto».

Alice ammucchiò le buste e le portò in cucina. Due per Tom: la bolletta del gas e un estratto conto. Tre per lei: un estratto conto della Visa, una cartolina dalle Canarie di Sheila e una busta con il logo di una compagnia di catering nell'angolo in alto, che riconobbe vagamente.

Lasciò le buste sul tavolo prima di pescare l'uovo sodo di Tom dall'acqua bollente e riporlo in uno dei portauovo di ceramica gialla con le zampe da gallina, che Ellen aveva regalato loro anni prima per l'anniversario.

Mise il piattino per il burro nel microonde e tagliò due fette di pane integrale. Immerse tre bustine di tè nella teiera, aspettò che il bollitore fischiasse e versò l'acqua. Prese marmellata e latte dal frigorifero e andò in cucina chiamando: «Tom?».

Si sedette a tavola e girò la cartolina. «Ci stiamo divertendo molto», aveva scritto Sheila, «Fa molto caldo. Stiamo sempre in piscina perché andare in spiaggia è una sfacchinata». A presto. La cartolina ritraeva un piatto di frutti di mare su una tovaglia blu e bianca a quadri.

Aprì la busta della società di catering. Scoprì che la direttrice era una donna che conosceva di vista perché partecipava agli incontri mensili sull'imprenditoria femminile a cui lei andava sporadicamente. Invitava Alice a comprare qualche biglietto per una cena danzante di raccolta fondi per l'acquisto di una macchina per dialisi da donare all'ospedale di Clongarvin. «Sono sicura che vorrai sostenere questa nobile causa», aveva scritto la direttrice, «e se potessi coinvolgere anche i tuoi amici, sarebbe ancora meglio». L'evento avrebbe avuto luogo a fine marzo in un hotel del luogo. «Diverse attività commerciali locali si sono generosamente offerte di sponsorizzare la serata; perciò tutto il ricavato sarà destinato all'acquisto di questa indispensabile apparecchiatura», lesse Alice. Prima della cena ci sarebbe stato un aperitivo con champagne, e poi una sorta di vendita di beneficienza durante la serata.

Un aperitivo con champagne, senza contare tutto il vino servito con la cena e l'alcol disponibile dopo, al bar. Alice sentì i passi di Tom sulle scale e ripose la lettera e la busta sotto le altre.

«Buongiorno amore», disse. Non era mai stato in gran forma la mattina presto, non era una novità.

«Buongiorno». Si sedette e dette qualche colpetto all'uovo. Non faceva mai la barba prima della colazione, e lei lo detestava: la barbetta gli faceva sembrare il viso sporco.

«Oggi è una bella giornata», disse lei. A tavola faceva sempre quattro chiacchiere: lei non riusciva a stare in silenzio, anche se a quell'ora la partecipazione di Tom alla conversazione contemplava per la maggior parte grugniti. «Secondo le previsioni non dovrebbe piovere; penso che metterò fuori i panni prima di partire».

Non gli avrebbe detto nulla della cena danzante. Avrebbe fatto la sua parte, comprato due biglietti e chiesto a Geraldine se lei e Stephen volevano andarci al posto loro. Avrebbe detto che Tom non si sentiva troppo bene, che era un po' stanco. Li avrebbe comprati con piacere: lo avrebbe considerato un regalo di Pasqua anticipato.

Lui accennò con gli occhi alla saliera posata sul tavolo accanto a lei e Alice gliela passò. Ormai una bottiglia di vino ogni sera era diventata la norma. E molto spesso lui si faceva anche un Gin tonic prima di cena. La sera precedente, mentre lui rispondeva al telefono, lei ne aveva bevuto un sorso. Era stato difficile mandarlo giù.

E russava tutte le notti. Ma quando aveva cominciato? Russava, e al risveglio il suo alito sapeva di alcol.

«Non mangi», le disse, e prese il suo coltello cominciando a spalmarle del burro sul toast.

«Ho la testa altrove», rispose lei, e sorrise.

Non si poteva dire che il viaggio fosse stato un totale disastro, ma certo non era andato come Patrick aveva sperato. Tutto era cominciato sul volo per Parigi, quando l'asma di Leah aveva cominciato a darle un po' fastidio.

«Hai portato un inalatore?», gli aveva chiesto, e ovviamente lui non l'aveva fatto. Non gli era venuto in mente perché erano mesi che non aveva un attacco, forse da poco dopo che si erano conosciuti. Così la loro prima ora a Parigi era trascorsa a cercare una farmacia aperta ventiquattr'ore, e a tentare di spiegare al farmacista che era incinta e quale farmaco le aveva consigliato il medico in caso di necessità. Non propriamente il più romantico degli inizi.

Anche l'hotel era stato una delusione: lontano dal centro più di quanto Patrick pensasse, e con un personale assolutamente scortese.

Loro avevano fatto tutto il possibile per farselo andare bene, ovviamente. Avevano approfittato della grande vasca idromassaggio; ordinato la colazione a letto alla concierge musona, e Leah aveva comprato lingerie terribilmente costosa ma altrettanto provocante nel piccolo e pericoloso negozio di articoli da regalo.

Il clima era stato molto freddo, come lui aveva previsto memore dell'anno prima. Aveva portato molti maglioni, e si erano fermati spesso a prendere un *chocolat chaud* durante la giornata, ma Leah tremava violentemente già dopo qualche minuto fuori. Patrick pensò che in futuro avrebbe dovuto ricordarsi di scegliere un posto a sud per le vacanze invernali.

Il ristorante in cui avevano trascorso la cena di San Valentino non era stato un granché. Il *pot-au-feu* di Leah era grasso e lui aveva contato tre cozze nella sua *bouillabaisse*. Il violinista che suonava passando tra i tavoli aveva apertamente guardato il seno di Leah, mettendola a disagio. Patrick si era consolato pensando che solo lui poteva vedere la seta e i merletti nascosti dall'abito di lana nero, e che solo lui avrebbe avuto il piacere di toglierglieli più tardi.

Sul volo per tornare a casa, la mano di lei scivolò sotto la coperta, ma per una volta il suo tocco non ebbe effetto. «Non fa niente, non farci caso», gli disse, tirando fuori la rivista, ma Patrick ci fece caso. Fece caso al fatto che aveva speso decisamente troppo per qualche giorno trascorso in modo mediocre. Fece caso al disprezzo che la madre di Leah nutriva nei suoi confronti. Fece caso a quanto gli era sembrata terrificante l'idea che da lì a circa quattro mesi sarebbe diventato padre.

«Sono solo stanco», le disse, e chiuse gli occhi.

«Rieccomi, salve».

Indossava una camicia in denim blu sotto un maglione con scollo a v color ruggine. Decise che la testa praticamente rasata gli si addiceva. I suoi occhi erano una via di mezzo tra il blu e il verde. Era contenta che sua madre non fosse lì per testimoniare che lui si era rifatto vivo, e fare due più due.

«Sono passato per ringraziarla», disse. «Ieri ho ricevuto una chiamata da una persona che ha preso qui uno dei miei volantini».

Hannah sorrise. «Bene, sono felice di esserle stata d'aiuto». Aveva ancora la sensazione di averlo visto da qualche altra parte, ma non riusciva a ricordare dove.

«Lo è stata certamente. E già che sono qui», disse, scrutando le tortine sull'espositore, «lasci che prenda qualcun'altra di queste delizie».

«Non deve sentirsi in obbligo di continuare a comprarle. Davvero, non deve». Se l'avesse sentita sua madre...

«Insisto, sono sicuramente più economiche di un'inserzione pubblicitaria».

«Penso di sì». Le piaceva la fossetta nella sua guancia sinistra quando sorrideva. «Se la mette così... Quale vuole?».

Ne scelse tre, e la osservò mentre le disponeva in una scatola. «Davvero le fa tutte con le sue mani?»

«Certo. Ormai sono diventata bravissima».

«Deve avere un'energia inesauribile».

Lei rise. «Più che altro penso sia grazie ai fiumi di caffè che bevo, e alla consapevolezza che se non le preparo, non avrò nulla da vendere».

«Già, immagino sia così». Prese il portafoglio dalla tasca dei jeans. «Vedo che oggi la sua fidata assistente non c'è».

«Mia madre, intende? No, l'altro giorno era solo di passaggio. Lei ha il suo lavoro. Ma se riesco a convincermi prenderò una persona part time». Gli porse la scatola e prese i soldi. «Da che parte della Scozia viene precisamente?»

«Un'isoletta che si chiama Bute, a largo della costa occidentale», le rispose. «Immagino che non ne abbia mai sentito parlare».

«No». Si domandò cosa lo avesse portato in Irlanda. Aveva detto che sua madre era irlandese. Forse stava solo tornando alle sue origini. O forse aveva conosciuto una ragazza irlandese in Scozia e l'aveva seguita. Contò il resto. «Grazie molte, se le gusti».

«Lo farò senz'altro». Ripose il portafoglio e le tese la mano. «Non ci siamo ancora presentati. Lei sa che mi chiamo John Wyatt, e credo che sua madre abbia detto il suo nome, ma temo di averlo dimenticato».

«Hannah Robinson», disse. La sua mano era calda. «Piacere di conoscerti».

Dopo che se ne fu andato, lei controllò l'ora. Quattro e dieci del pomeriggio: mancava ancora un'ora più o meno. Doveva mettere un po' di musica in negozio. Anche solo una piccola radio sarebbe bastata per colmare gli odiosi silenzi tra un cliente e l'altro.

E doveva assolutamente prendere qualcuno part time. Con Adam che la aiutava economicamente, poteva permettersi qualcuno per un paio d'ore, due o tre mattine la settimana. Che gioia poter uscire alle dieci del mattino e indugiare in qualche caffè, o passeggiare tra i negozi, o giù al fiume. Un'occasione per non far nulla era tutto quello che voleva.

Il trasferimento di Adam a casa sua era stato decisamente una buona idea. Siccome lui lavorava da casa per la maggior parte del tempo, preparava la cena per tutti e due quasi tutte le sere. Il fatto che la cucina non fosse il suo forte era facilmente compensato dal piacere di trovare un pasto pronto, per non parlare del fatto di avere qualcuno con cui condividerlo.

Certo, poteva fare a meno del folto pelo nero di Kirby che sembrava attaccarsi su ogni superficie nel suo raggio d'azione, e della puzza di cane che aleggiava nella sala anche dopo che lei spruzzava lo spray; ma quello era un piccolo prezzo da pagare, un piccolo neo in un'intesa quasi perfetta.

Erano passate quasi sei settimane da quando Patrick se n'era andato e il mondo continuava a girare, come aveva sempre fatto. Hannah non lo vedeva dal giorno in cui aveva aperto il Cupcake Club, e la cosa non sorprendeva, dato che era uscita solo una sera da allora e che la maggior parte del suo tempo da sveglia lo passava dietro un bancone, o a sfornare tortine.

Le mancava, ovviamente, ma piano piano sempre meno. Si svegliava ancora con quella sensazione di solitudine, ma persino quello non la faceva più soffrire profondamente come prima. Stava sopravvivendo, e il merito era perlopiù del negozio.

Era sopravvissuta al giorno di San Valentino. La giornata al lavoro era stata più frenetica del solito, e le tortine a forma di cuore con la scatolina rosa si erano vendute bene. E poi era tornata a casa e aveva resistito ai tentativi di Adam di trascinarla fuori con lui e Nora.

Si era fatta un bagno – il momento che preferiva del sabato sera – e dopo aveva messo il pigiama, era rimasta un po' davanti al camino che Adam le aveva lasciato acceso, guardato i primi tre episodi del cofanetto di Adam di *The Office*, e condiviso un sacchetto di patatine al formaggio con Kirby. Non esattamente la serata di San Valentino dei suoi sogni, ma assolutamente piacevole.

La porta del negozio si aprì ed entrò uno dei suoi clienti abituali.

«Ciao», disse Hannah. «Vorrei parlarti di una cosa».

«Buone notizie», disse Geraldine. «Andiamo a una cena danzante».

«Una cena danzante?». Stephen la guardò da sopra le lenti. «E sentiamo, perché dovrebbe essere una buona notizia?»

«Be', perché è per una giusta causa: una macchina per dialisi da donare all'ospedale».

«Allora è una buona notizia per i pazienti in dialisi». Versò della salsa sul suo petto di pollo. «Sto aspettando di capire perché dovrebbe esserlo per me».

Geraldine servì il cavolo. «Lo è perché abbiamo avuto i biglietti gratis».

«Così, noi non stiamo affatto contribuendo all'acquisto del macchinario per l'ospedale».

«Be', no; ma non è questo il punto. Vuoi altro purè?»

«Sì, grazie. E chi ci ha fatto questo fantastico regalo?»

«Non essere sarcastico. Alice ha comprato i biglietti. Ha ricevuto un invito e si è sentita in dovere di comprarli, ma pare che Tom non stia troppo bene, così ha chiesto a noi se vogliamo andarci al posto loro».

«Tom non sta bene?», disse Stephen accigliato, e si allungò a prendere il piattino del burro.

«Ho già messo il burro nelle patate. Questo è quello che mi ha detto Alice. Sembra che sia un po' esaurito. Gli farà fare una cura ricostituente».

«Ieri non mi è sembrato esaurito. Non si è mai ammalato, da quando lo conosco. È in salute quanto me».

«È quello che ho pensato anch'io, ma non ho voluto contraddirla. Forse è solo una scusa», disse cospargendo il pollo con una spolveratina di pepe nero.

«O semplicemente non vuole andarci. Quand'è?»

«Presto, alla fine di marzo, l'ultimo giovedì, credo». Rabboccò i bicchieri d'acqua. «Domani porterò il tuo smoking in tintoria». Ripose la caraffa. «Non dire nulla a Tom. Potrebbe esserci dell'altro di cui Alice non mi ha parlato».

«Per esempio?»

«Non so. Forse stanno attraversando un brutto periodo o qualcosa del genere. Penso solo che sia meglio se non gli dici niente».

Stephen sospirò rumorosamente e aggiunse una nocina di burro al suo purè, e Geraldine pensò che era meglio lasciarglielo fare.

«Cercasi assistente personale», lesse Nora. «Con esperienza, adattabile, ben organizzata ed efficiente, con attitudine e disponibilità a lavorare sotto pressione».

Nessun riferimento a titoli di studio. Andò avanti a leggere.

«Si richiedono gestione dell'agenda, creazione di presentazioni in PowerPoint, organizzazione di viaggi, sistemazione in albergo e riunioni, supporto del senior manager».

Una pacchia, a parte le presentazioni in PowerPoint, che Adam poteva insegnarle a fare. Andò al paragrafetto sui "titoli di studio" e lesse "diploma di liceo" e "qualifica di segretaria d'azienda". Trovato. Aveva il diploma e quanto alla qualifica di segretaria, bastava una telefonata a Sonia alla rivista di moda. Una semplice lettera su carta intestata da New York avrebbe sicuramente funzionato per intortare quegli stupidi di Clongarvin.

Nessun riferimento al tipo di società, non che le importasse, comunque. Dal momento che lei lo faceva solo come passatempo e poteva lasciare quando ne avesse avuto voglia.

Si sarebbe candidata, per vedere cosa ne veniva fuori.

«Ok».

Il tassista accostò al marciapiede. Nora piegò il giornale e guardò con aria divertita le pareti color lavanda, i vasi rosa sulla finestra pieni di piccoli fiori coloratissimi – qualcosa che cominciava con la C, pensò, e che a quanto pareva coltivavano tutti in Irlanda a febbraio – e la scritta INDULGENCE, a lettere dorate, che campeggiava sulla finestra: tutto in puro stile Leah Bradshaw, eterna ragazzina.

«Quant'è?». Quell'orrendo cappellino di lana non gli donava affatto. Forse nascondeva una fronte spaziosa. In compenso, aveva sensuali occhi verdi e denti piuttosto regolari.

«Quattro e trenta, grazie».

Nora tirò fuori una banconota e controllò che fosse da cinque euro. «Tenga il resto».

«Grazie molte».

Anche la musica era carina. Lei aveva un debole per Miles Davis. Ma ovviamente un tassista non le interessava. Percorso il vialetto, suonò il campanello, e si lisciò la giacca di pelle mentre aspettava.

«Sorpresa», disse, quando si aprì la porta.

Gli occhi di Leah si spalancarono. «Nora O'Connor? Sei davvero tu?». Fece un passo avanti e le baciò la guancia. «Accidenti, hai un aspetto fantastico. Ma quanti anni sono passati?».

«Sono qui per un massaggio», le disse Nora. «Ho prenotato con il nome Jackie Collins».

Leah rise. «Eri tu? Avrei dovuto saperlo». Indietreggiò nell'ingresso tenendo la porta aperta.

«Entra. Come mi hai trovata?».

Nora le passò davanti, osservando il tappeto blu scuro, il bancone bianco della reception e il certificato incorniciato sulla parete retrostante. «Stai scherzando? Siamo a Clongarvin».

Leah Bradshaw aveva messo su qualche chilo. Il viso era più rotondo. Sotto l'abito largo a fiori che indossava, era difficile distinguere la sua silhouette, e anche le caviglie sembravano ingrossate. Forse aveva avuto dei bambini. Ma non portava la fede.

«Vieni, su», disse Leah mentre la precedeva nello stretto corridoio che portava nelle varie salette. «Abbiamo un sacco di cose da dirci».

«Assolutamente».

Nora fu accompagnata in una piccola stanzetta per i trattamenti, che conteneva un tavolo da massaggio, un carrello pieno di flaconi e vasetti vari, un impianto hi-fi su una mensola e una sedia. «Puoi spogliarti fino alle mutandine, e poi metti su l'asciugamano», disse Leah. «Torno tra un attimo».

«Ehi, non c'è bisogno che sparisci, non sono timida». Nora si sbottonò la giacca e la sfilò. La stanzetta era calda e profumata. Le casse suonavano una dolce musica rilassante. «Non c'è nulla qui sotto che tu non abbia già visto migliaia di volte».

Svestendosi, era consapevole del suo fisico ancora tonico, e, mentre ascoltava la voce di Leah, riponendo gli abiti sulla sedia turchese con le gambe sottili e sganciando il reggiseno Agent Provocateur, avvertiva lo sguardo esaminatore della sua amica di scuola sui suoi seni sodi, la pancia piatta, le cosce muscolose.

L'ossessione per la forma fisica della moglie di Jackson Paluzzi, che le aveva volentieri pagato il personal trainer, le ore di yoga e pilates, e i trattamenti regolari alla spa, era servita a qualcosa. E anche la mastoplastica additiva, che le aveva regalato per il loro primo anniversario, era stata una buona idea.

«Bene, sono pronta». Saltò sul tavolo da massaggio e si mise a pancia in giù, sicura che il suo tanga mettesse abbastanza chiaramente in risalto l'assenza di cellulite. «Sono tutta tua, fa' di me quello che vuoi».

Chiuse gli occhi e si preparò per un'ora di pettegolezzi e coccole.

John Wyatt prese il suo sassofono dal fodero e pensò alla donna bruna dietro il bancone del negozio che vendeva solo tortine. «Hannah», pronunciò a voce alta, gustandosi la dolce rotondità delle A. Le si addiceva.

La bugia sul fatto che fosse goloso di dolci era perdonabile. Come avrebbe potuto conoscerla altrimenti? Non c'era mai al Vintage il sabato sera, e non l'aveva mai neanche vista altrove. E poi Patsy della falegnameria era sempre molto contenta di mangiarle al posto suo. Così almeno la sua bugia rendeva felice qualcuno, e quindi in un certo senso poteva considerarsi compensata.

Era solo ormai da tempo. Hannah Robinson era una persona piacevole, e l'unico anello che portava era sul dito medio della mano destra. Era abbastanza per chiederle di uscire? Forse doveva attendere il momento giusto e cercare di conoscerla un po' meglio.

O forse doveva tentare. Che aveva da perdere, se lei rifiutava? Poteva ancora cavarsela con un leggero imbarazzo, una leggera delusione, e non sarebbe stato difficile non incontrarla più.

Aprì lo spartito e cominciò la serata del sabato suonando *Penny Lane*.

Girò di nuovo la chiave e premette sull'acceleratore. Il piccolo furgone giallo sobbalzò, s'ingolfò e poi tacque. Hannah gemette e appoggiò la testa al volante. Era proprio quello di cui aveva bisogno dopo una giornata piatta, un mal di testa lancinante e un bel po' di bucato steso che Adam aveva probabilmente dimenticato di ritirare quando aveva cominciato a piovere alle quattro del pomeriggio, l'unico momento in cui era stata troppo occupata per potergli telefonare.

Pioveva ancora molto, ma senza più lampi e tuoni. Aveva avuto sempre molta paura dei lampi e aveva dovuto fare appello a tutto il suo coraggio per non chiudere il negozio e rintanarsi nel retro finché non fossero passati. E ora il furgoncino si era rotto, e chissà quanto sarebbe costato ripararlo.

Estrasse le chiavi, prese la sua cartella, l'ombrello e uscì fuori nella pioggia. Doveva prendere un taxi e tornare a casa: con quella pioggia e considerato che non poteva sprecare neanche un secondo delle sue serate, era impensabile aspettare un autobus, e quanto al furgone, avrebbe chiesto a Adam di telefonare a quel suo amico meccanico. Forse la situazione non era poi così disastrosa come immaginava.

Le sue scarpe erano già completamente zuppe quando il taxi si fermò. Chiuse l'ombrello e aprì la portiera.

«Può venire dietro l'angolo? Devo scaricare qualche vassoio dal mio furgone».

Il tassista aveva un aspetto familiare. «Certo, entri pure e la porto io».

«Grazie».

La aiutò a trasportare i vassoi di legno dal furgone al sedile posteriore del taxi. Hannah disse il suo indirizzo e si sedette grata sul sedile del passeggero, chiudendo gli occhi. Una volta arrivata a casa, avrebbe fatto un bagno caldo, anche solo di pochi minuti. Magari Adam avrebbe arrostito qualche salsiccia e fatto un po' di purè. E due aspirine le avrebbero fatto passare quel terribile mal di testa.

«Il suo furgone si è rotto?»

«Sì», rispose, senza aprire gli occhi. «E come se non bastasse ci si mette anche la pioggia».

«Ovviamente», disse lui. E lei annuì. La musica jazz era piacevole e rilassante. Aprì gli occhi e guardò l'autista senza farsene accorgere. Non indossava il cappellino di lana, ma lei era abbastanza sicura che fosse lui.

Ricordò che l'aveva portata al ristorante la sera che Patrick l'aveva lasciata, e più tardi a casa con i suoi genitori. Che strano prendere raramente il taxi e beccare per tre volte di fila lo stesso tassista. Clongarvin era davvero così piccola?

Aveva i capelli biondo scuro che si arricciavano intorno al colletto della camicia. Con la mano sinistra impugnava il cambio mentre si destreggiava nel traffico dell'ora di punta. Indossava un maglione verde. Da quell'angolazione non poteva esserne certa, ma anche gli occhi le sembrarono verdi.

Lui colse il suo sguardo e le sorrise. «Pensavo che si fosse appisolata».

«Quasi».

Il sorriso aveva scoperto dei bei denti regolari. Hannah si voltò verso il finestrino e notò che la pioggia era finalmente cessata, lasciando il posto a un sole giallo pallido che stava facendo del suo meglio per risplendere.

Marzo

«Sapevi che Leah è la donna per cui l'ex di Hannah l'ha lasciata?».

Adam versò dell'acqua calda nelle tazze. «Mi è giunta voce».

«Hannah lo sa?»

«Sì». Le porse la tazza. «Nora, è una storia passata. Lascia stare. Hannah ha voltato pagina». Le offrì un biscotto, ma lei allontanò il pacco con la mano. «Adesso sta bene».

Lei bevve il suo caffè e fece una smorfia. «Come stanno le cose davvero tra voi due?», chiese. «Perché tu e Hannah non vi mettete insieme?».

Adam dette un morso al suo biscotto alla crema. «Come sei melodrammatica. Sai bene che io e Hannah siamo solo amici. È possibile, che tu ci creda o no».

«Va bene». Tamburellò con un'unghia contro la sua tazza. «Ricordi Leah?»

«Non proprio. Era solo una delle principesse con cui uscivi».

«Leah era quella piccola con i capelli neri. Adesso è quella piccola con i capelli biondi».

Adam scosse il capo. «No, non me la ricordo. Piacevo anche a lei?».

Nora rise. «Oh no, Leah era immune al tuo charme. Lei andava dietro ai veri maschioni».

«Grazie».

Hannah gli aveva raccontato che era andata al salone di

Leah per prenotare il buono regalo per Patrick. «Probabilmente li ho fatti incontrare io», aveva detto, cercando di sorridere. «Non è fantastico?».

«Sono andata a farmi fare un massaggio da lei l'altro giorno», disse Nora. «Non proprio il migliore che abbia mai fatto, ma non è stato male».

«Non mi dire».

«Piantala di guardarmi in quel modo. Non sapevo di Hannah finché non ci sono andata. E come hai appena detto, è una storia passata, e non ha niente a che vedere con me».

«Naturale... Così avete fatto due chiacchiere innocenti da vecchie amiche pettegole».

«Certamente. Dovevo sapere cosa fanno le altre. Senti questa: Jojo ha sposato un vedovo con sei figli».

Adam prese un altro biscotto. «Affascinante. Da non credere. Povera vecchia Jojo».

«Finiscila». Nora pescò una busta dalla borsa. «Ecco, è per questa che sono venuta; guarda cosa ho trovato questa mattina nella buca della posta».

Adam prese la busta. «Cos'è?»

«Leggi».

Tirò fuori l'unico foglio e lo lesse rapidamente. «Stai scherzando?!».

Lei fece una risatina. «Non è divertente? Quando si dice che il mondo è piccolo. Figurati qui poi!».

Lui la fissò. «Non hai intenzione di andarci, vero?».

Lei riprese la lettera e la ripiegò. «Certo che ci andrò. È il primo lavoro per cui mi candido, e mi chiamano per un colloquio. Dovresti esserne contento. E poi perché diavolo non dovrei andarci?»

«Perché dovresti lavorare per lui».

«E allora? Solo perché ha tradito Hannah, che appena conosco, non mi è permesso lavorare per lui?».

Adam alzò le sopracciglia. «Be', no, ma...».

«Ascolta», fece lei, «forse non otterrò neanche il lavoro. Ma se lo avrò, bene. Come continui a ripetermi, Hannah non ha voltato pagina?».

«Ne parlerai a Leah?».

Nora fece una pausa. «E perché dovrei? Lei non mi ha detto nulla quando le ho confidato che stavo cercando un lavoro, anche se avrebbe dovuto sapere che il suo amore stava cercando un'assistente. A ogni modo, se avrò il lavoro, lo scoprirà molto presto».

«Gesù», disse Adam alzando la tazza. «Le donne, non le capirò mai».

Non lo avrebbe detto a Hannah. Non sarebbe servito. D'altro canto, se Nora fosse diventata l'assistente di Patrick Dunne, sarebbe stato difficile spiegare a Hannah perché non le aveva detto che la sorella si era candidata per quel posto. Sospirò.

«Ehi, fratellino», gli disse Nora, appoggiandogli una mano sul braccio, «non ti ho detto nulla, ok? Non voglio metterti nei guai con Hannah. Tu non sai nulla di questo colloquio. D'accordo?».

Adam fece lentamente cenno di sì con la testa.

Lui non riusciva mai a capirla. Al contrario lei lo aveva capito perfettamente.

Mentre Geraldine avvicinava a sé la bistecchiera e adagiava le costolette di agnello sopra la piastra calda, sentì la chiave di suo marito girare nella serratura. Dopo trentacinque anni di matrimonio, il loro tempismo era più che perfetto. «Iuhu», disse lei, e un secondo dopo comparve il viso di Stephen. «Appena in tempo, sto per mettere in tavola».

«Che buon profumo. Faccio in un attimo».

Lui salì le scale con passo pesante, e lei stappò la bottiglia di vino rosso che avevano aperto la sera prima e la svuotò nei due bicchieri sul tavolo. Scolò i broccoli, tolse le patate dalla pentola a vapore per metterli in una ciotola, e poi spense il forno in modo che il *crumble* di mele potesse mantenersi caldo.

Aveva preparato esattamente il genere di pasto che avrebbe cucinato Stephen se i loro orari di lavoro fossero stati invertiti e fosse stato lui quello che arrivava a casa prima. Le poche volte che si occupava lui della cena, gli ci volevano ore e usava più padelle di quante lei pensava di averne. Non era male come cuoco: i risultati erano generalmente molto gustosi. Ma nella stessa quantità di tempo e con lo stesso sforzo, lei avrebbe cucinato per una settimana. E poi lei tornava a casa prima.

«Indovina un po'», disse lei, una volta seduti l'uno di fronte all'altra, dopo che lui si fu lavato il viso ed ebbe indossato felpa e pantofole al posto di camicia e scarpe da lavoro. «Alla fine Alice e Tom verranno alla cena danzante».

«Lo so», disse. «Guarigione miracolosa».

«Te ne ha parlato lui?»

«Mi ha chiesto se io e te volevamo andarci. Gli ho detto che avevamo già i biglietti».

Geraldine lo guardò severa. «Non gli avrai mica detto che ce li ha dati Alice?»

«No, gli ho detto che a quanto ne sapevo te li aveva dati qualcuno che li aveva comprati e non poteva andarci».

«Bravo».

Alice si era comportata in modo a dir poco strano. «Non ci crederai», aveva detto a Geraldine, «ma uno dei pazienti di Tom gli ha chiesto di comprare i biglietti per quella cena danzante, così pare che alla fine verremo anche noi».

L'aveva detto con un'espressione che Geraldine non riusciva a definire – un sorriso che non era un sorriso – e senza guardarla negli occhi mentre parlava.

Ovviamente, Geraldine non aveva chiesto come si sentiva Tom: senza dubbio quella doveva essere stata una bugia. E per fortuna, aveva raccomandato a Stephen di non dirgli nulla alla clinica odontoiatrica. Stava succedendo qualcosa tra Alice e il marito, ma qualunque cosa fosse, Alice non ne parlava.

Geraldine si era offerta di pagare i biglietti, ma lei aveva fermamente rifiutato. «Sono un regalo», aveva detto. «Neanche per idea». Così sarebbero andati tutti e quattro.

Non uscivano spesso insieme, anche se lei e Alice andavano d'accordo al negozio di scarpe, e Tom e Stephen andavano a bere qualcosa tutti i giorni dopo il lavoro.

Alice e Tom erano più grandi di Stephen e Geraldine: quasi sessantenne, Alice era circa sette anni più grande di Geraldine, e Tom aveva festeggiato il suo sessantesimo compleanno più di un anno prima, ma non era quello il motivo per cui non uscivano insieme. Forse era più per il fatto che lavoravano fianco a fianco ogni giorno.

«Potremmo andare insieme in taxi», aveva suggerito Geraldine, e Alice aveva annuito. Così l'ultimo giovedì di marzo, vestiti di tutto punto sarebbero andati al Dunmurray Arms Hotel per un'uscita che probabilmente nessuno di loro desiderava davvero.

Stephen detestava dover indossare lo smoking, e ballava solo quando era assolutamente necessario. Geraldine si sarebbe persa una puntata di *Dexter*, e non le piaceva l'idea di doversi alzare presto per andare a lavorare l'indomani dopo aver fatto le ore piccole. E tra Alice e Tom stava accadendo qualcosa, quindi probabilmente erano ancora meno entusiasti di andare.

Ma era per una giusta causa, dopotutto.

E chissà, forse si sarebbero anche divertiti. Lei aveva quell'abito colore blu navy che aveva indossato solo una volta, l'autunno precedente, al cocktail party di Aoife. Sperava di entrarci ancora, dato che tutto il resto le stava leggermente stretto in quel periodo. Avrebbe dovuto mettersi un po' a dieta e magari rinunciare ai dolci fino al giorno della cena danzante. Dopotutto la quaresima era alle porte.

«Ho visto quella ragazza, Leah Bradshaw, oggi», disse a Stephen. «È passata davanti al negozio, tutta in ghingheri».

Fiona Bradshaw la evitava ancora agli incontri di bridge, e Geraldine faceva finta di non accorgersene. Era tutto un po' imbarazzante in realtà, ma non aveva intenzione di lasciare il suo gioco settimanale, e comunque lei e Fiona non erano mai state amiche.

«Ho telefonato a Hannah all'ora di pranzo», disse, «per sapere come va con Una».

«Davvero?».

«Sembra che se la cavi bene. Hannah starà con lei questa settimana, per assicurarsi che lei si impratichisca, e poi la settimana prossima la lascerà da sola».

«Bene».

Geraldine ricordava vagamente le sorelle Connolly, a cui Hannah aveva fatto da baby-sitter quando lei era adolescente.

I genitori vivevano dall'altra parte del parco a Larch Crescent, anche se il padre raramente usciva di casa – aveva il Parkinson o la sclerosi multipla – e la madre era una persona alquanto strana: un giorno ti salutava e l'indomani passava oltre senza neanche degnarti di uno sguardo.

Claire, la sorella maggiore, aveva già un bambino grandicello. Geraldine rammentò il piccolo scandalo che aveva provocato quella gravidanza, e si ricordò di quella volta che l'aveva vista con un ragazzo – probabilmente il padre del bambino – spingere una carrozzina; avevano l'aria di essere loro stessi ancora dei bambini.

Ma Claire era sempre gentile e sorridente ogni volta che la incontrava, non come la madre. E anche Una, la sorella minore, era una ragazzina molto carina. Hannah sembrava contenta di averla scelta come assistente.

«Sarà un bene per lei avere un po' di tempo libero», disse Geraldine. «Così si sentirà meno sotto pressione».

«Certamente. Ti ha detto nulla del furgoncino? Come va adesso?»

«Ho dimenticato di chiederglielo. Ma me lo avrebbe detto se ci fossero ancora problemi».

«Spero non sia stato un acquisto sbagliato».

Lo avevano comprato a poco da un paziente di Stephen che aveva una piccola officina in campagna. Patrick si era occupato di verniciarlo di giallo e di montare i supporti di legno nel retro per i vassoi di Hannah.

Mangiarono il *crumble* di mele – Geraldine si concesse una piccola porzione, già che c'era – e poi i piatti furono lavati, e il camino e il televisore furono accesi. Stephen fece la sua partita di scarabeo contro un giocatore virtuale al computer, e la serata passò come tutte le altre.

E quando andò di sopra, Geraldine sfilò l'abito blu navy dalla custodia della tintoria e, dopo averlo provato in bagno, decise che i dolci erano definitivamente banditi almeno per le tre settimane successive.

«Nora O'Connor è tornata in città».

Era una cosa come un'altra da dire, un'altra frase per interrompere quel silenzio colmo di disapprovazione che, in quei giorni, finiva per riempire ogni vuoto di conversazione durante la loro pausa pranzo.

«Chi è Nora O'Connor?». Quel giorno a Fiona le tagliatelle non piacevano molto, c'era troppo sugo, e la cosa non faceva che peggiorare la situazione.

«Dài, quella ragazza con cui uscivo ai tempi della scuola. Veniva spesso a casa. Si trasferì negli Stati Uniti subito dopo il diploma. Non ritornava da allora, o forse è tornata qualche volta solo per fare visita ai suoi genitori... Ricordi?»

«No, non proprio. Ma resterà qui?»

«Il suo matrimonio è finito». Non appena le parole le furono uscite di bocca, si pentì di averle pronunciate. «Sta pensando di rimanere qui per un po'», si affrettò ad aggiungere. «Sta cercando un lavoro. Le ho detto che terrò gli occhi aperti».

Leah non aveva detto a Nora che Patrick stava cercando un'assistente personale. Non l'aveva fatto istintivamente. Nora O'Connor si era presa cura di sé in America. Aveva la pelle chiara e liscia, e il corpo tonico. Ricordandosi della determinazione di Nora in fatto di ragazzi quando erano adolescenti, Leah aveva deciso che non c'era motivo di andare a cercare guai.

Non che non si fidasse ciecamente di Patrick: le persone che pensano che se un uomo ha tradito una volta lo farà di nuovo non sanno di cosa parlano. «Tu sei l'unica», le aveva detto. «Sei la mia anima gemella. Ho bisogno di te come ho bisogno di respirare». Non era di Patrick che non si fidava, ma di Nora.

Fiona scostò il piatto quasi pieno. «Il viso ti si è arrotondato», disse alla figlia, «e diventerà anche peggio. A me è successa la stessa cosa quando aspettavo te».

«E ho anche le caviglie gonfie», disse Leah, lieta che alla fine sua madre stesse prendendo atto della gravidanza. «E mi brucia anche molto lo stomaco». E sono ingrassata di una taglia di reggiseno, e non riesco a chiudere la cerniera dei jeans, e negli ultimi quindici giorni non sono stata capace di stare lontano da Patrick. E il mio seno è diventato incredibilmente sensibile, basta solo che mi guardi. Avvertì un'ondata di desiderio pervaderla, e trangugiò un boccone di lasagne. Non era né il momento, né il luogo, né di certo la compagnia adatti per quel genere di confidenze.

«Come farai con il salone quando dovrai smettere di lavorare?», chiese Fiona d'un tratto.

«Prenderò qualcuno che possa mandarlo avanti finché non potrò ritornare», rispose lei. «Per un mesetto circa».

«Puoi permetterti di pagare un'altra persona?»

«Sì», rispose Leah. «E comunque sarà solo part time».

Preferibilmente qualcuno che avrebbe lavorato per quattro soldi e che, sperava, non le avrebbe fatto perdere tutti i clienti che le erano rimasti. In realtà, il salone fino a quel momento si era limitato a tirare avanti, ma non c'era nessun bisogno di ammetterlo proprio adesso.

«E chi si occuperà del bambino quando tornerai a lavorare?».

Leah decise che non era il caso di scherzare su Fiona che si assumeva il ruolo di nonna a tempo pieno. «Troverò qualcuno», rispose. «Ci sono tante ragazze che lavorerebbero volentieri come baby-sitter, ne sono certa. E poi io sarò solo al piano di sopra».

Fiona alzò una mano e arrivò immediatamente un cameriere. La madre di Leah era sempre stata brava ad attirare l'attenzione del personale di sala. «Un espresso», chiese. «E per cortesia, faccia sapere allo chef che le mie tagliatelle erano immerse nel sugo».

Il cameriere prese il piatto, mormorando delle scuse e guardando Leah.

«Io sono a posto, grazie», gli disse, posando la forchetta. Lei e Patrick cenavano spesso lì le sere in cui nessuno dei due aveva voglia di cucinare. Il cibo era buono e non molto costoso, e lo chef era di origini italiane. Se Fiona avesse tenuto la bocca chiusa, avrebbe evitato una brutta figura.

«Hai visto qualche bel film di recente?», domandò. «E libri appena usciti?». Portò la conversazione su argomenti più neutri.

Fiona fece spallucce. «Un paio di titoli interessanti per il Booker Prize», rispose. «Te li passo. Quanto al cinema, nulla di meritevole: sono riuscita a guardare solo per venti minuti quello che ha vinto l'Oscar per la migliore regia. Non capisco il perché: è pura spazzatura».

Non si accorse del cameriere che le posava la tazza di caffè davanti. «Insomma», disse, facendo cadere una zolletta di zucchero nella tazzina, «hai in mente di sposarlo quest'uomo?». La guardava impassibile come se le avesse appena chiesto l'ora.

L'inebriante profumo di caffè fluttuò verso Leah, che resistette all'impulso di farsi vento per scacciarla mentre cercava una risposta all'ultima domanda esplosiva. «Non vogliamo affrettare le cose», rispose alla fine. «Un passo alla volta». E incrociò i piedi sotto il tavolo.

«Non volete affrettare le cose?», ripeté Fiona, le sopracciglia alzate. «Siete insieme da pochissimo e tu sei incinta».

«Sai benissimo», disse Leah, con convinzione, «che non lo abbiamo programmato». Premette un piede contro l'altro. «E dieci mesi non sono pochissimo», aggiunse, e si accorse subito del suo errore.

Fiona corrugò la fronte. «Dieci mesi? Mi avevi detto che vi siete conosciuti in ottobre».

Leah si sforzò di reggere il suo sguardo. «Ci siamo conosciuti lo scorso maggio, in realtà. Non pensavo che fosse una cosa che dovessi sapere».

«Allora mi hai mentito. Capisco». Sua madre bevve il

caffè. «Quindi questa storiella va avanti da quanto? Otto mesi? Sei stata la sua amante per tutto quel tempo, e lui ritornava a casa di Hannah Robinson tutte le sere». Si tamponò la bocca. «Non c'era da stupirsi che fossi così evasiva ogni volta che volevo presentarti qualcuno».

«Non potevo dirti niente. Come avrei potuto?», disse Leah, arrabbiata. «Non è esattamente qualcosa da condividere con la propria madre». Si pentì di non aver ordinato un tè verde con cui tenere le mani occupate, ma era troppo tardi. Tutto quello che voleva in quel momento era andare via.

«Mi domando quanto tempo sarebbe passato prima che lui la lasciasse se non tu non fossi rimasta incinta», disse Fiona con lo stesso tono di voce distaccato e gli occhi fissi sul viso gonfio e ricoperto di chiazze della figlia.

Leah scrutò la sala alla ricerca di un cameriere, che, ovviamente, non trovò. «Devo tornare a casa», disse, la voce tremante. Frugò nella borsa.

«Non c'è bisogno che ti comporti così», disse Fiona. «So di essere antipatica».

«Sei crudele», Leah trovò il portafoglio e lo tirò fuori. Aveva appena detto alla madre che era crudele. Le tremavano le mani mentre apriva il fermaglio.

«Ho solo detto come stanno le cose». Fiona tese la mano sul tavolo e afferrò quella di Leah. «Come fai a sapere che l'avrebbe lasciata? Avrebbe potuto solo...».

«Lui mi *ama*», disse Leah, a voce un po' troppo alta. Un paio di persone al tavolo più vicino si voltarono. «Ci amiamo», disse, abbassando il tono e cercando di divincolarsi dalla presa della madre. «Ha lasciato Hannah, e adesso sta con me. Avremo il tuo primo nipote, che ti piaccia o no. Niente che tu possa dire cambierà le cose».

Prese una banconota da venti euro dal portafoglio, ma Fiona le fece cenno di metterla via con impazienza. «Tocca a me; l'ultima volta hai pagato tu. Mi sto solo preoccupando per te. Sto solo cercando di farti capire che…».

Ma Leah se n'era già andata, affrettandosi tra i tavoli verso la porta, e facendo svolazzare i soldi sulla tovaglia bianca.

Fiona guardò la sua unica figlia allontanarsi di corsa da lei. Poi alzò la tazzina e finì il suo espresso.

«Ricordati di toglierti i guanti quando maneggi i soldi. Ti ho fatto vedere dove trovi la scorta nel retro?».

Una fece cenno di sì con la testa. «Certo».

«Non dovrebbero servirti, ma per il futuro sai dove sono. Oh, e se qualcuno vuole tortine al limone e lime, ricordati di dire che sono biologici».

«Ok».

«E se qualcuno vuole quelle al burro d'arachidi e cioccolato o noci pecan e caffè, non dimenticare di ribadire che ci sono le nocciole dentro. So che è indicato sul cartellino, ma come dico sempre, meglio non correre rischi».

«Giusto».

«E prenderai nota se qualcuno cerca una varietà che al momento non c'è? Rispondi che cambiamo gusti a rotazione, ma che farai comunque sapere al pasticcere della richiesta».

«Ok». Una sorrise.

Hannah si interruppe. «Mi sto agitando troppo?»

«No, ti stai solo assicurando che io abbia capito bene, ma hai già sprecato dieci minuti delle tue due ore».

«Giusto, vado». Hannah raggiunse la porta.

«Il mio numero di telefono ce l'hai».

«Ce l'ho».

«Non farti scrupoli, chiamami per qualsiasi evenienza. Rimango in zona».

«Ok, a dopo».

Era ridicolo quanto fosse riluttante a lasciare il Cupcake Club nelle mani di un'altra persona. Una era perfettamente in grado di rimanere da sola, e ci sapeva anche fare con i clienti: già dopo i primi giorni, aveva la stessa padronanza di Hannah dietro il bancone. Cosa sarebbe potuto succedere?

E subito, la sua immaginazione le offrì diverse opzioni. Una rapina a mano armata – qualcuno aveva tenuto d'occhio il cassetto della cassa e tornava per servirsi, oppure poteva aver tenuto sotto controllo il negozio e sapeva che era stato lasciato a una ragazzina. O un incendio alla lavanderia automatica a fianco – quanto erano vecchie quelle macchine? Chissà in che stato era l'impianto elettrico: senza dubbio un disastro annunciato. O lo scoppio di una tubatura con l'acqua che veniva giù dalle pareti e il tetto che cedeva…

Con uno sforzo immane, si impose di continuare a camminare nella direzione del bar dove doveva incontrarsi con Adam. Aprì la porta ed eccolo lì.

«Benvenuta nel mondo». La sua tazza era quasi vuota.

Hannah si appollaiò su una sedia di fronte a lui. «Non dovrei essere qui».

Lui rise. «Ti senti in colpa per aver disertato il tuo negozio. Per aver lasciato la tua creatura con un estraneo».

«Non c'è niente da ridere. E se qualcosa va storto? E se scoppia una tubatura o qualcosa del genere?».

«Una tubatura che scoppia, ma dài!».

«Una rapina, allora».

«Una rapina». Alla cameriera che era comparsa, Adam disse: «Una tazza di tè forte per la mia amica qui, per piacere, e un paio di supertranquillanti».

«Molto divertente. Ho appena lasciato la mia fonte di sostentamento nelle mani di una ventenne». Guardò la cameriera. «Non gli dia retta, solo un tè per favore».

«Avevi detto che Una era perfettamente capace», osservò Adam.

«Lo è, quando le sto dietro».

«E come potrebbe esserlo di meno se non sei lì? Continuerà a mettere le tortine in una scatola e farà il conto».

«Sì, lo so...». Hannah si sbottonò la giaccia lentamente.

«Prende i soldi e dà il resto».

«Lo so, lo so. Hai ragione».

«E suppongo abbia il tuo numero se succede qualcosa».

«Sì, certamente. È tutto sotto controllo». Si sfilò la giacca e la posò sulla sedia accanto. «Posso avere un sacchetto di patatine all'aceto con il tè?». Da quando era diventata la proprietaria di un negozio che vendeva solo dolciumi, Hannah aveva sempre voglia di salato.

Mentre Adam si avvicinava al bancone, lei prese il telefono dalla borsa e controllò di nuovo se fosse acceso e carico. Poi lo posò sul tavolo.

Non si poteva mai sapere.

«Geraldine», disse Maureen Hardiman abbassando la voce e sporgendosi, «c'è qualcosa che penso tu debba sapere, ed è meglio che te la dica io».

Per quella sera la partita di bridge era finita, e loro erano state accompagnate nella cucina di Aoife per un tè e uno spuntino.

Aoife non gradiva briciole sul suo tappeto. Geraldine si sentì mancare. Si armò di un amaretto al cioccolato da un vassoio vicino e, con un filo di voce ricordandosi del suo abito blu navy che le stava stretto, chiese: «Di cosa si tratta?». Non serviva dire che non voleva saperlo, con Maureen quella non era un'opzione contemplata. E comunque, lei voleva sapere, qualunque cosa fosse.

«Be', ecco», Maureen continuò, togliendosi le briciole dal cardigan verde, «non dovrebbe fare alcuna differenza. Voglio dire, ormai è una storia vecchia, no?».

Geraldine notò con soddisfazione che i capillari rotti di Maureen erano più evidenti alla luce fluorescente della cucina di Aoife. «Di cosa si tratta?», chiese di nuovo, fissando con insistenza la ricrescita di almeno un paio di settimane dell'altra.

«È solo che», disse Maureen, toccandosi i capelli e guardando i gruppetti di donne intorno, «ho visto Leah Bradshaw questo pomeriggio».

Geraldine dette un morso all'amaretto e lo masticò. Fiona Bradshaw se ne stava tranquilla dall'altra parte della sala.

«E potrei *giurare*», continuò Maureen, abbassando ancora la voce, fino quasi a muovere solo le labbra, «che quella ragazza è in attesa. Si vede, ha il viso gonfio, e indossava...».

«Ma non mi dire», tagliò corto Geraldine. «Non è bellissimo? Fiona deve essere al settimo cielo». Mise giù l'amaretto che d'un tratto aveva il sapore di polistirolo.

L'espressione infervorata sul viso di Maureen svanì leggermente. «Sì, sono sicura che lo sia», disse, «ma povera Hannah, dev'essere davvero sconvolta».

«Oh no, affatto», disse Geraldine. «Non te l'ho detto? Sta con un uomo adorabile adesso. Un carpentiere professionista scozzese. È follemente innamorato; ed è ricco sfondato, a quanto mi dice lei». Abbassò la voce al livello di quella di Maureen. «Non dirlo a nessuno – Hannah mi ucciderebbe – ma possiede un'isola. Una vera isola».

«Oh». Maureen prese una seconda fetta della torta Vittoria di Aoife da un vassoio vicino. «Oh, è fantastico. Sono molto felice per lei».

Probabilmente Maureen si era sbagliata. Si era insospettita solo per un viso gonfio e degli abiti larghi! Gli abiti larghi non andavano di moda tra le ragazze? E comunque, che differenza poteva fare per Hannah?

Geraldine non le avrebbe detto nulla. Poteva non essere vero.

«Hai della marmellata sul mento, tesoro», disse poi a Maureen, un po' troppo ad alta voce.

Era vestita di nuovo di nero. La stessa gonna larga, pensò, che indossava la prima volta che l'aveva vista. Una maglietta nera a maniche lunghe che lasciava scoperti un paio di centimetri, non di più, del collo, scarpe nere basse e collant neri. I capelli chiari erano raccolti e legati in alto dietro la testa.

Suonava con la stessa concentrazione, alzando a malapena lo sguardo dallo spartito sul leggio di fronte a lei, e senza rendersi minimamente conto degli applausi tra un pezzo e l'altro.

Si domandò come fosse il suo sorriso, come potesse trasformare il suo volto.

Si chiamavano Small Change, secondo il barman.

Sai niente di loro?", gli aveva chiesto Adam, ma il barman gli aveva risposto di no. Ed ecco arrivare Nora, che passava tra i gruppetti di clienti, con indosso un top verde fluorescente aderente che non le aveva mai visto prima e un paio di jeans larghi sbiaditi.

«Ehilà, ciao», disse, e lo baciò sulla guancia. «Che buon dopobarba». Si rivolse al barman mentre questi posava la pinta di Adam davanti a lui. «Martini, molto secco». Si appollaiò su uno sgabello accanto al fratello. «Ci sono novità», disse. «Il lavoro è mio».

«Davvero?». Lo guardò con espressione teatrale, gli occhi scuri e le ciglia lunghe. I capelli erano sciolti e profumavano di cocco. «Quello al giornale?».

Lei sorrise. «Sì, quello».

Era più bello di quanto si aspettasse. Aveva pensato che qualunque uomo fosse stato con la carina-ma-noiosa Hannah Robinson non potesse essere un granché, così Patrick Dunne era stato una piacevole sorpresa.

«È davvero un piacere conoscerla», gli aveva detto, quando si erano conosciuti. Gli aveva stretto la mano incontrando i suoi occhi castani, e aveva sfoderato il solito charme che le veniva naturale davanti a un uomo affascinante. «Così sta cercando un'assistente personale».

Durante il colloquio lo aveva incantato ben bene. Aveva dribblato sulla sua mancanza di titoli, aveva eluso domande facendo altre domande e lo aveva fatto ridere più di una volta. Aveva fatto l'impossibile per convincerlo che lei era l'assistente che faceva per lui, che la sua mancanza di referenze era più che compensata dal suo entusiasmo e spirito d'iniziativa, e aveva funzionato.

Ma lei sapeva che avrebbe funzionato, ovviamente. Nora O'Connor capiva sempre quello che volevano gli uomini.

«Leah non era proprio al settimo cielo quando le ho dato la notizia. Probabilmente pensa che sedurrò Patrick». Rise. «Da non crederci». Il barman le mise il drink davanti e lei gli sorrise prima di rivolgersi di nuovo a Adam. «È incinta, comunque».

Adam la fissò.

«Me lo ha detto l'altro giorno, mentre mi faceva il massaggio. Non so se vuoi dirlo a Hannah».

«Te lo ha detto lei?»

«Sì, partorisce a giugno».

Lui scosse il capo lentamente. «Incredibile». Alzò la sua pinta. «Non dire niente a Hannah quando la vedi».

«Neanche per sogno».

«Aspetta un attimo», disse poi lui, e d'un tratto scese dallo sgabello e attraversò la sala. La musica era finita, e i musicisti stavano riponendo gli strumenti. Mentre Adam si avvicinava, la donna si stava girando per andarsene.

«Scusami», disse, e l'uomo che armeggiava alla tastiera alzò il capo.

«Vorrei parlare un attimo con…».

Indicò la donna che stava raggiungendo velocemente il retro del locale, passando tra i tavoli bassi. Senza dare all'uomo la possibilità di rispondere, Adam si affrettò dietro di lei.

«Scusami», disse di nuovo, a voce più alta, ma il chiacchiericcio doveva aver coperto la sua voce perché lei continuava a camminare, all'apparenza inconsapevole di essere seguita. Un attimo prima che infilasse una porta blu, che portava, pensò lui, a una sorta di uscita posteriore, riuscì a raggiungerla.

«Scusa…».

Lei si fermò e si voltò. Un movimento veloce del capo, e anche in quella luce fioca, Adam riuscì a scorgere un rossore intenso che le infiammò in un baleno il viso allungato da elfo. Era alta all'incirca come lui. Teneva il clarinetto stretto contro il petto. «Sì?». C'era diffidenza nella sua voce. Lo guardava come se si aspettasse di essere attaccata da un momento all'altro.

Lui non sapeva assolutamente cosa dire. L'impulso che lo aveva spinto a correrle dietro non gli aveva suggerito anche le parole. Si concentrò per farsi venire in mente qualcosa, qualunque cosa, pur di rompere il silenzio. «Scusa, se ti disturbo», esordì, e poi si bloccò, completamente a corto di idee.

Le guance di lei erano diventate ancora più rosse. Il suo naso era punteggiato di lentiggini scure. Con la mano libera cercava la maniglia della porta. Sbatteva rapidamente le palpebre dietro le lenti rotonde mentre aspettava che lui dicesse qualcos'altro.

E alla fine, quando fu sul punto di girarsi, Adam pensò a qualcosa. «Ehm... mi chiedevo, ehm, come si intitola l'ultimo pezzo che avete suonato».

«*I've Got a Crush On You*», disse tutto d'un fiato, con un filo di voce sommessa che Adam percepì appena.

«Mi piace molto la vostra musica», proseguì lui. Ma lei era sparita, come ingoiata dalla porta blu, lasciandosi dietro una leggera scia profumata di fiori. Adam rimase lì qualche secondo, e poi tornò piano piano dalla sorella.

Nora lo guardò con curiosità. «Che succede? Cosa volevi da quella donna lugubre?».

Adam si appoggiò sul bancone e prese il suo drink. «Avevo la sensazione di conoscerla», disse. «Mi era sembrata la sorella di qualcuno, ma mi sbagliavo».

Quella canzone parlava di un uomo che si era innamorato di una donna.

Adam non era superstizioso, non credeva nei segni: quella canzone non significava niente.

Il modo in cui era arrossita quando le aveva parlato. Lo sguardo spaventato che gli aveva rivolto, la rigidità del suo corpo, come se si aspettasse che lui le saltasse addosso da un momento all'altro.

I capelli erano più chiari della paglia. Le labbra troppo sottili e il naso troppo aquilino; non sorrideva mai e le lenti nascondevano quella che poteva essere la sua parte migliore. Aveva mani e piedi grandi.

Ma si perdeva nella musica quando suonava. E il pensiero di scioglierle i capelli, di toglierle gli occhiali e guardarla negli occhi, di accarezzarle il viso pallido, il pensiero di tutte queste cose era una tentazione inspiegabile.

I've got a crush on you, sweety pie.

«Ho una nuova assistente personale», annunciò Patrick, mentre scioglieva il nodo della cravatta.

«Lo so», rispose Leah. «La conosco. Siamo andate a scuola insieme».

«Davvero?». La guardò, sorpreso. «Non me l'ha detto».

«Scusa se piombo qui senza preavviso, ma devo dirti una cosa», aveva detto Nora, avvolta nella sua stola gialla probabilmente di cachemire, e con indosso una gonna nera e dei morbidi stivali neri. «Non indovinerai mai», aveva continuato, in piedi nel corridoio dell'Indulgence, e Leah aveva capito all'istante.

«Racconta», le disse, sentendosi mancare.

«Rieccomi, salve», disse John Wyatt.

Hannah si voltò. «Oh,salve, stavo…».

«Stai mettendo a posto?», guardò l'orologio sulla parete. «Chiudi alle cinque?»

«No, no, voglio dire, sì, chiudo alle cinque, ma c'è ancora un po' di tempo». Appoggiò lo spazzolone contro la parete dietro di lei, e si tolse i guanti di gomma. «In realtà, è una mossa strategica: quando cominci a lavare il pavimento, arrivano i clienti. Funziona sempre».

Sulla sua guancia comparve la fossetta. «Se la metti così, non voglio assolutamente deluderti. Prendo un paio di quelle buone. Scegli tu».

«Nessuna preferenza?».

Prese un vassoio, e si allungò verso una tortina lime e cioccolato.

«Nessuna». Non era una bugia: le tortine non gli interessavano affatto. «Come fai a resistere tutto il giorno con queste davanti?».

Lei rise. «Credimi, se anche tu passassi tutto il tuo tempo a prepararle, non ti piacerebbero più». Chiuse il coperchio della scatolina gialla. «Qualche volta penso che non mi dispiacerebbe se un giorno non dovessi più vederne una».

«Non stacchi mai?».

Gli passò la scatola da sopra il bancone. «Che strano che me lo chiedi proprio adesso; ho appena preso una persona per un paio d'ore tre mattine la settimana. È fantastico».

Lui le passò una banconota da cinque euro. «E la sera?», chiese. «Hai mai una serata libera?».

Hannah lo guardò.

«Mi chiedevo», continuò lui – doveva continuare, perché lei non aveva risposto. «Se ti farebbe piacere vederci per un drink, o qualcosa del genere».

Istintivamente, seppe che gli avrebbe detto di no. Era sicuro che lei non era interessata, o che stava già con qualcuno che non le aveva ancora regalato un anello.

Lei indugiò, i soldi in mano, decisamente a disagio. «In realtà…».

Sì, gli stava dicendo di no. Lui desiderò essere in qualsiasi altro posto tranne lì.

«Mi dispiace davvero», rispose con delicatezza, «ma ho… rotto da poco con qualcuno, e non penso che…».

«Va bene», disse lui, sorridendo per farle capire che non l'aveva offeso. «Era solo un'idea, nessun problema».

«Mi dispiace», ripeté lei, aprendo il cassetto e armeggiando per mettere insieme il resto. «Se fosse capitato in un altro momento, o…».

«Davvero, è tutto ok». Prese i soldi e li mise in tasca. «Hai bisogno di tempo. Capisco perfettamente».

«Grazie», disse lei, «per… non averla presa male», e accennò un lieve sorriso. «Se non suonasse come un cliché, direi che non dipende da te, ma solo da me».

Lui alzò la mano. «Nessun problema. Ci vediamo».

Ecco. Non l'avrebbe più rivista. I quattro passi che lo separavano dalla porta sembrarono non finire più.

Quando, per la terza volta, le rispose la segreteria telefonica, Fiona capì che la figlia la stava evitando.

«Avete chiamato Indulgence», diceva la voce registrata, «siamo spiacenti ma al momento non possiamo rispondere; lasciate il vostro nome e numero di telefono e sarete richiamati al più presto».

Fiona attese il bip, e poi disse: «Leah, sono io. Per favore fatti sentire». Fece un pausa. «Non serve litigare. Chiamami appena senti questo messaggio».

Riattaccò e si avvicinò alla finestra, dove indugiò con lo sguardo sul lungo prato stretto del retro, che il figlio quattordicenne dei vicini le tagliava ogni due settimane per venti euro. Fiona si ricordò di quando un giovane avrebbe tagliato il prato di un vicino per niente, ma quei tempi erano andati da molto ormai.

Si appoggiò al davanzale e pensò che le grandi aspettative che aveva avuto per il futuro di Leah erano state terribilmente deluse, e si chiese con amarezza perché tutto fosse stato così ingiusto.

Pensò al salone che lei aveva finanziato quando Leah, appena uscita dalla scuola per estetista e senza la minima idea su cosa fare dopo, non aveva un centesimo. Non aveva sistemato tutto Fiona? Leah non era stata felice di accettare i soldi della madre? Quante madri avrebbero fatto la stessa cosa senza chiedere niente in cambio?

Pensò agli uomini che lei aveva reputato adatti per la figlia: figli di amici, con titoli di studio, un buon lavoro e ottime prospettive. Gli sforzi che aveva fatto per presentarglieli. I pochi appuntamenti che erano seguiti a quegli incontri, le speranze che lei aveva sempre avuto, e poi, una settimana o un mese più tardi, Leah che le diceva che non aveva funzionato. Ma alla fine, qualcuno doveva pure andar bene, Fiona ne era certa.

E poi pensò a come era diventata la figlia. Col pancione e senza fede al dito, e con in casa un uomo che non si era fatto alcuno scrupolo a prenderla in giro per mesi, e che probabilmente non avrebbe mai lasciato l'altra donna se Leah non fosse stata così imprudente da rimanere incinta.

Un uomo con cui aveva scambiato pochissime parole ogni volta che si erano incontrati in circostanze pubbliche, mentre non perdeva occasione per vedersi di nascosto con la figlia. E adesso lui la guardava con aria di sfida, senza la minima vergogna per il suo comportamento così riprovevole. Probabilmente era anche orgoglioso del bastardo che stava per arrivare.

E pensò di nuovo a Leah, che la guardava come se la odiasse, dopo tutto quello che aveva fatto per lei. Che non rispondeva alle sue chiamate perché lei era preoccupata e diceva quello che pensava, invece di sorridere e far finta di essere felice per come erano andate le cose.

Tutto quel trambusto avrebbe sicuramente influito negativamente sul salone. Tutto il futuro di Leah era incerto adesso, perché chi poteva sapere quanto sarebbe rimasto quell'uomo al suo fianco, quanto tempo sarebbe passato prima che si invaghisse di un'altra donna? Come poteva Fiona rimanere in silenzio? Cosa poteva fare una madre?

Ironia della sorte, ecco che la storia si ripeteva nel peggiore dei modi, con sua figlia nel ruolo dell'altra donna. Leah adesso era la causa del dolore che trent'anni prima era toccato alla stessa Fiona, e quel pensiero la trafiggeva con la stessa vivida amarezza e lo stesso vivido shock di allora.

«Mi dispiace», aveva detto lui, davanti a una Fiona rimasta senza parole, lo strofinaccio ancora in mano. «Non volevo che accadesse, ma è successo», mentre Leah era seduta per terra, e sbatteva un cucchiaio di legno sul pavimento. «Mi dispiace».

Il cuore le batteva all'impazzata, la fronte era imperlata di sudore freddo. Si era chinata per prendere in braccio la sua bambina, quasi come spinta dal bisogno di aggrapparsi a qualcosa. «Da quanto tempo va avanti?», era stato tutto quello che era riuscita a dire, con un groppo in gola e lo stomaco stretto in una morsa che non la faceva respirare. «Da quanto?», aveva ripetuto, le gambe tremolanti, sforzandosi di mettere giù Leah in caso cedessero.

La desolazione, il baratro che aveva lasciato andandosene. La tortura di doverlo guardare in faccia quando passava per vedere Leah. La corazza che si era costruita in modo che, dopo un po' di tempo – non era stato facile, non lo è mai – non fu più così impossibile sorridere e far finta che lui non le avesse spezzato il cuore.

E cosa ancora peggiore, la notizia dell'aneurisma che lo aveva colto meno di un anno dopo. Quel dolore che si era aggiunto al dolore era stato il colpo di grazia che le aveva causato un esaurimento nervoso. Nessuna soddisfazione, nessuna sensazione che fosse stata fatta giustizia, niente di niente.

Non era andata al funerale, non se la sentiva di guardare negli occhi la donna che era stata la causa di tutto. Le ci erano voluti cinque anni per andare sulla sua tomba, per guardare la sua lapide e leggere il suo nome sulla lastra di granito, e realizzare che non sentiva assolutamente più nulla.

Sospirò impaziente, senza guardare oltre la finestra la lunga striscia di prato con i cespugli ben tagliati ai lati. Non aveva tutto il diritto di essere in collera? Non lo sarebbe stata qualunque donna nella sua posizione, con il suo passato?

Si voltò e andò ad aprire l'acqua della vasca. Poi si versò un bel Gin lemon per accompagnare il bagno caldo.

«Oggi è successa una cosa», disse Hannah.

«Cosa?».

Adam stava preparando le uova in camicia come guarnizione del loro eglefino affumicato. Il pesce affumicato non era mai stato il preferito di Hannah e non ci avrebbe di certo messo sopra delle uova, ma stava morendo di fame e non avrebbe fatto storie quando glielo avrebbe messo sotto il naso.

«Mi hanno invitata a uscire», disse.

«Chi?»

«Un uomo che viene nel negozio di tanto in tanto. Non lo conosci. Fa il carpentiere».

«Bene». Adam ruppe il secondo uovo e lo lasciò cadere nell'acqua che bolliva. «E ti ha chiesto di uscire».

«Sì».

«E tu cosa hai risposto?»

«No».

Adam abbassò il fuoco. «Gli hai detto di no?»

«Già». Hannah mise a tavola posate e bicchieri. «Il problema è… che mi sto chiedendo se ho fatto bene».

Adam tirò fuori le uova e le adagiò sul pesce. Portò i piatti in tavola. «Davvero? Com'è?»

«Carino». Versò dell'acqua nei bicchieri. «Sembra carino», aggiunse, «a quanto ne so». Prese la sua forchetta. «Grazie, sembra buonissimo».

Adam infilzò il suo uovo con una forchetta e intinse il pane nel tuorlo. «Ma non sei sicura di essere pronta».

«Sì. Voglio dire, non sono sicura».

«Non mi preoccuperei. Se gli piaci davvero, si farà rivedere».

«Forse… se non l'ho spaventato».

Adam sorrise. «Ah, gli uomini non si spaventano così facilmente. Nessuno si metterebbe mai insieme se fosse così».

Hannah tagliò un pezzetto di pesce. «Quando mi ha chiesto di uscire, mi sono sentita… sono rimasta di sasso. Non me lo aspettavo, e istintivamente ho detto di no senza neanche pensarci».

«Giusto».

«So che devo andare avanti, so bene che non posso rinchiudermi…». Sospirò. «Oh, basta parlare di me. E tu? Non hai un appuntamento da secoli».

Adam scrollò le spalle. «Cosa posso dire? Semplicemente non succede».

«E Nora? Ha messo gli occhi su qualcuno?». Da quello che Hannah si ricordava, Nora non era il tipo che rimaneva sola a lungo.

«No, me ne ha parlato». Fece una pausa. «Comunque, Han, già che l'hai nominata, c'è qualcosa che è meglio ti dica io, prima che tu lo venga a sapere da qualcun altro».

La forchetta di Hannah si arrestò. «Cosa?»

«Ah, nulla in realtà», e intinse altro pane nell'uovo, per raccogliere altro tuorlo. «È solo che ha trovato lavoro, al giornale».

Hannah lo fissò. «Nora ha trovato lavoro al giornale? Cosa fa?».

Lui masticò il pane all'uovo. «Sarà l'assistente personale di Patrick. Da non crederci. Comincia lunedì».

«Oh». Hannah sorseggiò un po' d'acqua. «Che strano».

Tagliò un pezzo di albume. «Non che faccia alcuna...». Infilzò il tuorlo. «Ma non è un po' strano?»

«Non è nulla», disse lui. «Probabilmente non durerà più di una settimana. In ogni caso, cosa ti importa? Te l'ho detto solo perché non volevo che lo sapessi da qualcun altro, punto e basta».

«Grazie».

Hannah si domandò cosa fosse successo all'ultima assistente personale di Patrick, la superefficiente Andrea, con la sua allergia alle arachidi, il marito inglese e il figlio nell'esercito. Andrea che non dimenticava mai una riunione o un appuntamento, Andrea che organizzava tornei di golf e pranzi di lavoro; e che probabilmente ricordava a Patrick quando si avvicinava il suo compleanno.

E adesso Andrea se n'era andata, per chissà quale ragione, e Patrick aveva assunto Nora O'Connor, che presumibilmente gli avrebbe ricordato quando si avvicinava il compleanno di Leah Bradshaw. Nora avrebbe organizzato la sua agenda, la sua giornata, e prenotato voli quando viaggiava. Nora avrebbe trascorso la maggior parte del suo tempo con lui.

«Lei sai chi è, vero?», chiese a Adam.

«Sì, è amica di Leah, uscivano insieme ai tempi della scuola».

«Mi ricordo. Così Leah le ha detto del lavoro».

«Forse... non ne sono sicuro». Adam sembrava a disagio. «Han, sai com'è fatta Nora. Non deve averla neanche sfiorata il pensiero che potesse essere un po'... imbarazzante».

Non l'ha sfiorata, un corno! Hannah gli sorrise da sopra il tavolo. «Giusto, perché dovrebbe esserlo? È una storia passata. Davvero non mi dà nessun fastidio».

Abbassò lo sguardo sui resti della sua cena. Il pesce affumicato non era assolutamente il suo preferito.

* * *

Forse Alice era l'unica ad averlo notato. Non è che dovesse per forza barcollare per la sala, vomitare o coprirsi di vergogna. Certo, strascicava un po' le parole, e aveva gli occhi accesi. Aveva l'aria di chi ha alzato il gomito, e parlava più ad alta voce del solito, monopolizzando la conversazione, come faceva sempre quando esagerava con l'alcol.

Ma forse era chiaro solo a lei; forse non dava fastidio a nessun altro. E poi, comunque, se anche avesse esagerato un po'? Non erano usciti? Erano lì per una nobile causa, e non stava facendo male a nessuno. E c'era tanta altra gente che aveva bevuto un po' più del solito, bastava guardarsi intorno.

Niente da fare. La stretta che avvertiva allo stomaco non passava. Le ascelle erano sudatissime, e continuava a tenere i pugni serrati. Voleva tornare a casa e scomparire, prima che qualcuno cominciasse a dire che Tom Joyce si stava rendendo ridicolo alla cena danzante di beneficienza.

La band passò a suonare un valzer lento e Stephen le tese una mano. «Su, andiamo», disse, tirandola su. Neanche lui era sobrio al cento per cento, si disse lei – non ballava quando lo era – ma era comunque ancora in grado di reggere quello che aveva bevuto, e Geraldine non sembrava affatto preoccupata.

Alice cercò di scrollarsi di dosso la tensione mentre si lasciava condurre da Stephen nella soffocante sala profumata. «Non fa caldissimo?», chiese, ma lui, la testa reclinata verso una coppia vicina, non la stava ascoltando, attirato dall'uomo che stava dicendo qualcosa che lo faceva sorridere.

«Tom esagera con l'alcol; sono preoccupata», voleva dirgli. «Forse potresti parlargli tu». Ma ovviamente non disse nulla. Tom sarebbe andato su tutte le furie, e non sarebbe stato giusto nei confronti di Stephen, che era più un collega di lavoro e un amico occasionale che qualcuno da poter coinvolgere in una questione del genere.

Non c'era nessuno con cui potersi confidare. Con nessuno della famiglia di Tom: un fratello prete in Colombia, un paio di sorelle, una sposata e l'altra separata, che vivevano entrambe in Inghilterra, e uno zio novantaduenne in un istituto per anziani dall'altra parte del Paese che andavano a trovarc ogni tanto nel corso dell'anno.

Alice non aveva rapporti neanche con la sua famiglia, o almeno non in quel senso. E certamente non si sognava neanche di parlarne con Ellen: cosa avrebbe potuto fare sua figlia, così lontana, a parte preoccuparsi per il padre?

A mezzanotte e mezza, Alice disse a Geraldine che aveva mal di testa e Geraldine le disse immediatamente: «Vado alla reception a chiamare un taxi». Così Alice sospettò che anche lei volesse andarsene. Il taxi arrivò subito, stavano ancora prendendo cappotti e borse quando il portiere li raggiunse per comunicarglielo.

Tom inciampò nel bordo della portiera mentre si sedeva sul sedile posteriore, e Stephen gli mise una mano sul braccio e disse: «Attento, amico». Il viso di Alice si incendiò nel buio. Si sedette tra Tom e Stephen, e prima che uscissero dal cancello dell'hotel, la testa il Tom era già crollata sulla sua spalla. Pregò che non russasse.

Geraldine si voltò. «Devo dire che la cena è stata buona».

«La mia carne era dura», disse Stephen.

«Tra quante ore dobbiamo svegliarci per andare a lavorare?», chiese Alice, così che nessuno chiedesse cosa pensava Tom della carne.

Entrambi gemettero, e Geraldine disse: «Oh, non pensiamoci adesso».

L'umore di Tom sarebbe stato nero l'indomani. Alice temeva per il tragitto in macchina fino al lavoro. Lui le dava sempre un passaggio, dato che il negozio di scarpe era di strada verso la clinica odontoiatrica, e aveva più senso che comprare un'altra macchina. Poi lei tornava a casa da sola, godendosi la passeggiata di mezz'ora dopo una giornata di lavoro; a meno che ci fosse brutto tempo, nel qual caso le dava un passaggio Geraldine.

«Che bella musica», stava dicendo Geraldine al tassista.

«Herbie Hancock», le rispose. «È uno dei miei preferiti».

«Lei suona?»

«Sì, un po'».

La testa di Tom era pesante sulla spalla di Alice. Si spostò leggermente, e Stephen le fece immediatamente spazio. «Sto bene», si affrettò a dire. Erano arrivati alla rotatoria. Mancava la salita sulla collina e un paio di curve a sinistra e sarebbero arrivati.

Affondò il gomito nel fianco di Tom quando la macchina si fermò, e lui si svegliò tirando su col naso. «I soldi per il taxi», gli disse a bassa voce. Lei aveva solo una banconota da cinquanta euro nel portafoglio, ma Geraldine disse: «Alice, sta' tranquilla, ci mettiamo a posto domani». Stephen uscì dalla macchina, fece il giro per aprire lo sportello posteriore, e aiutò Tom a uscire sul vialetto.

«Forse non è il caso che venga al lavoro domani», disse ad Alice a bassa voce, mentre lei usciva dalla macchina dietro Tom. «Lascialo dormire. Ce la caveremo».

Alice frugò nella borsa in cerca delle chiavi di casa, e poi afferrò il marito per il braccio mentre stava per andarle addosso barcollando. «Vedremo, grazie molte», disse a Stephen, mentre guidava Tom verso la casa.

«Vengo anch'io fino alla porta?»

«No, è tutto ok. Andate pure».

Tom si appoggiò di peso contro di lei, che camminava il più veloce possibile lungo il vialetto, quella sera più lungo che mai. Il taxi era rimasto lì fermo a lungo dopo che Stephen era risalito. Lei voleva che se ne andassero, che non la guardassero sorreggere il marito ubriaco.

Da sola nel letto, più tardi – non era riuscita a trascinare Tom oltre il divano del salotto, così gli aveva tolto le scarpe, sollevato le gambe e lo aveva lasciato lì – immaginò la conversazione nel taxi, dopo che loro erano scesi: Tom biasimato per il suo comportamento, e la povera Alice compatita per essere costretta a sopportare quella situazione. Forse anche un'osservazione sul fatto che un dentista doveva avere mente libera e mano ferma.

Se non lo avevano detto, lo avevano sicuramente pensato.

Lo avrebbe lasciato lì l'indomani: non avrebbe neanche provato a svegliarlo. Avrebbe chiamato Stephen per chiedergli di dire al lavoro che Tom non stava bene. Si voltò su un lato e lesse 1:14 sulla sveglia. Chiuse gli occhi e cercò di dormire.

Leah non riusciva a dormire. Se non era il costante stimolo della pipì, era il fastidiosissimo bruciore di stomaco che la teneva sveglia accanto a Patrick, alle tre del mattino.

E se non era per una di quelle due cose, era per Nora O'Connor. Oh, era una stupida a credere che Patrick potesse farsi sedurre dalla prima donna attraente che lo guardava, o che flirtava con lui. Era stupida e insicura, e lei si detestava per averlo solo pensato.

Era incinta del suo bambino; aveva lasciato la donna con cui viveva da tempo per stare con lei. Era carina, sicura di sé e indipendente. Lui la amava, e lei lo soddisfaceva a letto, ne era certa. Per qualche ragione avrebbe dovuto tradirla?

Eppure lo aveva fatto a Hannah. Era stato con lei per più di un anno, era andato a vivere con lei, e poi aveva incontrato Leah ed era successo. E Nora era molto, molto brava ad attirare gli uomini. E avrebbe lavorato fianco a fianco con lui, ogni giorno probabilmente. Pensò al corpo magro di Nora, alla sua biancheria sexy.

«Così siete andate a scuola insieme», aveva detto Patrick. «Nella stessa classe?»

«Sì, ma non la vedevo da anni», gli aveva risposto lei. «In realtà non siamo mai state così intime. E poi subito dopo la scuola, lei è partita per gli Stati Uniti, e ha perso i contatti con tutte. Si è sposata due volte; nessuno dei due matrimoni è durato».

Avrebbe dovuto dirgli qualcosa quando Nora le aveva confidato di cercare un lavoro. Avrebbe dovuto pensare che c'era una possibilità che Nora si candidasse, venendo a sapere del posto di assistente. Avrebbe dovuto dire: «Se ricevi una candidatura da Nora Paluzzi o Nora O'Connor, cestinala. La conosco, andavamo insieme a scuola, ed è un caso disperato. È stata cacciata da tutti i lavori che ha fatto, e adesso è tornata e cerca un nuovo impiego. Dammi retta, evitala».

E Patrick le avrebbe creduto, e avrebbe cestinato la domanda di Nora. Avrebbe dovuto dire qualcosa, ma non lo aveva fatto.

Si voltò verso di lui. Forse se avesse fatto sesso il sonno sarebbe arrivato. Si allungò, e gli posò le labbra sul lato del collo, nel punto che gli piaceva. Aprì la bocca e premette la lingua sulla sua pelle. Lo mordicchiò con dolcezza, mentre faceva scivolare la mano lentamente sul suo petto, oltre la pancia, finché le dita si infilarono tra i peli ruvidi lì sotto.

Lui si mosse. «Ehi», sussurrò con voce roca, «non riesci a dormire?».

Lei gli si avvicinò di più, si mise il suo capezzolo in bocca e lo succhiò. Lui gemette assonnato e raggiunse le labbra di lei, tirandola a sé.

L'amava. Non c'era nulla di cui preoccuparsi.

Adam dormiva sulla pancia, come sempre, con le gambe divaricate, le braccia aperte, e la coperta che cadeva di traverso dal letto.

La stava sognando. Sognava i suoi capelli chiari che le svolazzavano intorno al viso mentre, tutta sola, suonava il clarinetto su un palco molto grande. Lui era l'unico spettatore in un auditorium vuoto. Lei indossava un abito rosso lungo fino ai piedi, che fluttuava intorno alla sua figura. E una volta finito, lui si alzava e la raggiungeva; lei metteva giù il clarinetto e sorridendo lo accoglieva a braccia aperte, i capelli che le danzavano intorno al viso pallidissimo.

«Grazie», le diceva lui, salendo i gradini e tirandola a sé; poi, con le mani nei suoi capelli, la bocca incontrava quella di lei, e la sua lingua si faceva strada tra le sue labbra sottili.

John Wyatt cosparse il suo porridge di zucchero di canna e ci versò sopra il latte. Poi, come tutte le mattine, lo mangiò vicino alla finestra. Era contento che il suo appartamento al terzo piano si affacciasse sulla strada principale di Clongarvin, anche se ci aveva messo un po' per abituarsi al traffico notturno, dopo la pace di Kerrycroy, il piccolo paese sulla costa dove aveva vissuto la maggior parte della sua vita. Da quando riusciva a dormire di nuovo la notte, poteva apprezzarne la posizione centrale e la vista panoramica sull'andirivieni degli abitanti di Clongarvin, soprattutto al mattino.

Era venerdì: sarebbe riuscito a ultimare gli armadietti della cucina per Carlton Road entro mezzogiorno, se ci si impegnava un po', e poi sarebbe andato in giro per il paese in cerca di un'altra commessa. Era una fortuna che ci fosse qualcuno interessato nonostante la pesante recessione, e sperava di riuscire a tirare avanti finché la sua attività non fosse stata abbastanza avviata da poter stare tranquillo.

Certo, le serate al Vintage aiutavano, e le doveva a Wally, la cui cugina Patsy lavorava nella falegnameria dove John comprava la maggior parte del materiale che gli occorreva. Era buffo il modo in cui erano andate le cose: un giorno casualmente aveva detto che sapeva suonare il sax, e Patsy aveva detto: «Oh, dovresti conoscere i miei cugini, suonano in un gruppo», e in un baleno John si era ritrovato a fare le prove con gli Small Change, e a esibirsi ogni sabato sera nel nuovo locale. Così riusciva a pagare l'affitto di quell'appartamento e del piccolo laboratorio che aveva trovato vicino al fiume.

Prese un'altra cucchiaiata di porridge e guardò il solito trambusto mattutino nella strada di sotto. Un uomo era corso verso un furgone rosso che stava ostruendo il passaggio, facendo un cenno di scuse con le mani all'automobilista subito dietro, prima di saltare di nuovo su e ripartire. Una donna con indosso una giacca verde stava passando lentamente davanti alla vetrina di un negozio di scarpe, mentre tutti gli altri si affrettavano. Un autobus si era fermato, e con il motore in folle, sembrava ingoiare i passeggeri in attesa.

«Parto», aveva detto a Lara, e lei non aveva mostrato alcun segno di sorpresa. L'unica sorpresa, forse, era stata che lui avesse aspettato così tanto. Diciannove anni di un matrimonio che non avrebbe mai dovuto essere celebrato, che era stato deciso quando entrambi erano troppo giovani per ascoltare i consigli di chiunque.

E otto mesi dopo il loro matrimonio, quando avevano ormai capito di aver commesso un grosso errore, Danielle li aveva trasformati in una famiglia. Lara non sapeva ancora di essere incinta mentre percorrevano la navata, e non c'era più possibilità di lasciarsi, più nessuna possibilità di andar via, perché non amarsi non è un motivo sufficiente per farlo quando c'è di mezzo un bambino.

Nessuna animosità, nessuna cattiveria, nessun litigio furioso tra loro. Ma neanche amore romantico: l'intenso innamoramento iniziale si era affievolito con la stessa velocità con cui si era acceso, lasciandosi dietro quella che poteva chiamarsi un'amicizia, ma senza alcun calore o profonda intesa. Nulla per cui affrettarsi a tornare a casa la sera, nulla per cui struggersi desiderando il contatto dell'altro. Si tolleravano amichevolmente, punto e basta.

E di tanto in tanto, quando la solitudine lo spingeva a cercarla di notte, lei non lo respingeva, ma era qualcosa di meccanico che, invece, lo faceva sentire ancora più solo.

Il fatto che ci fosse Danielle aiutava. La bambina li aveva tenuti insieme per tanti anni. Era stato difficile, molto più difficile, dirlo a lei. «Io e tua madre ci stiamo separando», aveva detto John. «Non è successo niente, non abbiamo litigato, e non c'è nessun altro. Sentiamo solo che non c'è più motivo per stare insieme».

«Ora che io sto per trasferirmi, vuoi dire», aveva replicato Danielle. Era stato difficile interpretare la sua espressione, i suoi sentimenti, che aveva sempre tenuto per sé, fin da quando era piccola.

«Abbiamo deciso che è meglio così», le aveva detto lui. «Io me ne andrò in Irlanda per un po'. Penso che mi faccia bene cambiare ambiente. Ma appena possibile, tornerò per vederti».

Aveva fatto la scelta giusta, continuava a ripetersi. Con Danielle che cominciava il college a Edimburgo, si sarebbero separati comunque; si sarebbero visti comunque ogni tanto.

«È solo un cambiamento», aveva specificato lui, «per noi, tu rimani importante come prima».

Avrebbero continuato a vedersi a Edimburgo o a casa dei suoi genitori a Bute ogni qualvolta avessero potuto. Sarebbero stati come tante altre famiglie separate sparse per il mondo, che vivevano in case diverse per la maggior parte del tempo, e che si vedevano quando era possibile.

Ma certamente qualcosa si era spezzato nel suo rapporto con la figlia.

John lo aveva sacrificato scegliendo di lasciare la casa di famiglia, e ne era amaramente addolorato. Danielle era sempre stata più vicina a Lara, ma lui pensava che fosse inevitabile tra madri e figlie.

Era ritornato due volte. Aveva incontrato Danielle come concordato e avevano trascorso Santo Stefano insieme nella casa dei suoi genitori. Danielle aveva parlato abbastanza entusiasticamente del college; sembrava che le piacesse. Aveva tagliato i capelli – cosa che a John era segretamente dispiaciuta – ed era dimagrita – cosa che disapprovava altrettanto. L'aveva presa in giro riguardo ai ragazzi, e lei aveva riso, ma senza dire nulla come sempre. Avevano trascorso una bella giornata.

Ma qualcosa ormai si era spezzato, e lo sapevano entrambi. «Potresti venire in Irlanda questa primavera», le aveva proposto. «Vivo in un bel paese, potresti venire una settimana durante le vacanze». E Danielle aveva detto che forse lo avrebbe fatto, ma non era stato deciso nulla, e poi non ne avevano più parlato.

Una coppia camminava mano nella mano in strada, un giornale arrotolato sotto la cinghia della cartella dell'uomo, un ombrello dondolante dalla mano libera della donna. Non era facile da quella distanza, ma John pensò che avessero una ventina d'anni.

Hannah Robinson aveva quasi trent'anni o forse li aveva appena compiuti. La sua pelle era incredibilmente fresca, come quella di una ragazza, ma il suo corpo era solido e formato come quello di sua madre. Il suo alito sapeva di menta, e aveva i capelli scuri e ondulati.

Le aveva chiesto troppo presto di uscire. Avrebbe dovuto andare in negozio qualche altra volta ancora, e forse avrebbe dovuto parlarle del fatto che suonava. Avrebbe potuto dirle delle serate al Vintage, e casualmente invitarla a fare un salto al locale qualche sabato sera. Era stato troppo impaziente, e lei gli aveva detto di no.

Ma almeno sapeva che era single, anche se non aveva ancora completamente dimenticato il suo ex. A meno che, ovviamente, non avesse inventato questo qualcuno per dirgli gentilmente di no. Quanti giochetti... li aveva dimenticati. Non aveva tempo per quelli.

Finì il suo porridge e lasciò la ciotola nel lavello, sui piatti della sera prima. Si lavò i denti e prese le chiavi. Lasciò il piccolo appartamento e scese le scale a due a due, come sempre.

Doveva tenersi occupato.

Alice era in piedi vicino al lavello e aspettava che il toast saltasse fuori dal tostapane. Non aveva nessuna voglia di mangiare, aveva dormito tre ore al massimo e la colazione non era la prima cosa nclla lista dcllc suc priorità, ma doveva mandare giù qualcosa se voleva affrontare una mattinata di lavoro.

Era rimasta sorpresa nel sentire che Tom era salito di sopra qualche minuto prima. Se fosse stato solo per andare al gabinetto, avrebbe potuto rimanere di sotto. Ma poi aveva capito che probabilmente stava andando nella loro camera da letto, per infilarsi sotto le coperte che dovevano essere ancora calde dopo che lei era scesa. Forse non aveva dormito bene sul divano, nonostante tutto il vino che aveva bevuto.

Ma poi sentì di nuovo i suoi passi sulle scale e un minuto dopo la porta della cucina si aprì e lui entrò, tutto vestito. Era cadaverico e sembrava sfinito, ma si era rasato e aveva indossato una cravatta.

«Non stai andando a lavorare, vero?», gli chiese, senza riuscire a trattenersi.

Lui tirò fuori una sedia, e si sedette di peso. «Certo che vado», rispose. «C'è del tè nella teiera?».

Lei prese una tazza e glielo versò. «Vuoi che ti prepari un uovo sodo?».

Lui scosse il capo.

«Vuoi un toast? Dei cereali?»

«No, non voglio nulla».

Sotto gli occhi aveva delle borse evidenti. Lei pensò che sarebbero rimaste per un po', ma era la prima volta che le notava.

Si era tagliato radendosi, solo un taglietto a sinistra del pomo di Adamo. Ci aveva messo sopra un pezzetto di carta igienica, che era diventato rosso al centro.

«Se vuoi ti do un passaggio», disse lei. «Posso lasciare la macchina alla clinica e tornare a piedi al negozio». Sarebbe arrivata in ritardo, ma poteva telefonare a Geraldine nel frattempo per dirglielo. Geraldine aveva aperto spesso, con le sue chiavi.

«Sto bene», rispose lui. «Mi è passato tutto». Versò del latte nella sua tazza e bevve con avidità. «Ho esagerato un po' ieri sera», disse.

Alice non rispose. Non poteva contraddirlo, e non era il momento per parlarne. «Stavo pensando che potremmo uscire fuori a cena stasera», propose poi. «Potremmo vederci in paese. Magari andare da Giovanni, non ho voglia di cucinare».

Probabilmente non se la sarebbe sentita di bere quella sera. Avrebbero potuto parlare con calma in campo neutro. Lui riempì di nuovo la sua tazza.

«Non me la sento di uscire», disse lui, guardando il tè. «Prenderò qualcosa al take-away se non vuoi cucinare».

«Non fa niente», disse lei. «Era solo un'idea».

L'aria del mattino era pungente. La macchina era fredda. Tom accese il riscaldamento al massimo e il rumore della ventola che girava coprì la musica della radio. Alice si strinse nel cappotto e allacciò la cintura di sicurezza, poi si sfregò le mani. Continuava a dimenticarsi di prendere i guanti nel cassetto del mobile dell'ingresso. Doveva lasciarli fuori dove potesse vederli.

Tom fece retromarcia nel vialetto; secondo Alice troppo velocemente, ma di nuovo tenne la bocca chiusa. C'era molta luce, e i marciapiedi su entrambi i lati della strada erano affollati di mamme e bambini che andavano a scuola. Girarono su Carbert Road, e Alice pensò a una lista di cose da comprare in pausa pranzo: latte, dentifricio, detersivo per i piatti, uova, solvente per smalto, e qualcos'altro che non le veniva in mente.

«Ti serve qualcosa?», chiese a Tom. «Devo andare da Dunnes all'ora di pranzo».

«No», disse lui, e proprio allora lei ricordò: batterie per il telecomando.

Alla fine, la temperatura nell'auto era aumentata e Alice abbassò un po' il riscaldamento. Alla radio, che adesso si sentiva, qualcuno stava dicendo: «...causando una coda dalla rotatoria di Red Cow».

Per fortuna, loro non avevano un lungo tragitto da fare per andare al lavoro. In un giorno tranquillo, per arrivare al negozio ci volevano dieci minuti, e anche con il traffico più intenso ci voleva sempre meno di mezz'ora.

Dopo, cercando di ricordare la sequenza degli eventi – perché lei si sforzava di ricordare, non poteva farne a meno – tutto quello che riusciva a vedere era il colore della sua giacca. Quando ritornava con la mente agli attimi precedenti l'incidente, vedeva solo quella piccola chiazza blu acceso della sua giacca, quel lampo blu improvviso, insopportabilmente vivido, davanti alla macchina. E lei che urlava qualcosa – il nome di Tom? O qualcos'altro? – mentre veniva trattenuta dalla cintura di sicurezza, e sentiva lo strattone della striscia di tela che le tagliava il corpo, il nylon teso contro il collo, le mani che andavano a sbattere contro il cruscotto, e il blu che non c'era più. Niente più blu. E lo scatto all'indietro contro il sedile, mentre la macchina sbandava fino a fermarsi, girando su se stessa. «No, no, no, no, no, no, no, no, no, no, no». La sua voce continuava a ripetere «no, no, no», i pugni serrati contro le cosce, la testa che veniva scaraventata da una parte all'altra, «no, no», lei che cercava il gancio della cintura di sicurezza per scendere. «No», qualcuno che urlava, e gente che accorreva e urlava e piangeva, e ancora il blu ingoiato da altri colori, rosso, viola, marrone. «No, no, no». E a un certo punto, l'urlo diverso, acuto e stridente di una sirena, e sportelli che si aprivano e si chiudevano, e la portiera dal suo lato che si apriva, e qualcuno che sganciava la cintura di sicurezza e le dava qualche schiaffo sul viso, forte. Poi lo shock l'aveva fatta piombare nel silenzio. Aveva smesso di urlare, la bocca aperta ma ammutolita. Tutto il corpo tremava con violenza mentre la aiutavano a uscire dall'auto e la guidavano verso il portellone aperto di un'ambulanza. Una coperta che la avvolgeva, il profumo della lana e dei disinfettanti mentre veniva sollevata per entrare nell'ambulanza, e tutto il tempo qualcuno che urlava, voci che gridavano...

...E lei tendeva le braccia verso Tom, e la coperta le cadeva dalle spalle mentre lui si metteva qualcosa – un bastoncino, un tubicino – in bocca. Il viso di Tom così bianco, l'uomo al suo fianco che appoggiava un braccio blu sulle spalle di Tom mentre lui soffiava e riprendeva colore. E poi si toglieva il tubicino dalla bocca e lo dava all'uomo, che lo guardava, il braccio ancora sulle spalle di Tom. E tutto era complicato e difficile. Un uomo le parlava, lei riusciva a vedere la sua bocca muoversi ma non sentiva le parole. E poi qualcuno la avvolgeva di nuovo nella coperta, e la aiutava a stendersi su una barella nell'ambulanza. La sua borsa era ricomparsa sul pavimento accanto a lei, e quando si era girata di nuovo verso Tom, lui non c'era più. Lei voleva chiedere di lui, voleva urlare il suo nome ma le sue parole erano mute...

...E dopo, non sapeva quanto tempo dopo, l'agente con i capelli ricci al commissariato posò una tazza blu e bianca con un tè troppo caldo, troppo dolce, sul tavolo di fronte a lei – le ciglia cispose per le troppe lacrime, gli occhi arrossati che le bruciavano, i fazzoletti fradici appallottolati accanto alla tazza, la gonna sgualcita – e poi le si sedette accanto sulla panca di legno e le disse con delicatezza: «Alice, c'è qualcosa che dovrei dirle».

E mentre lui parlava, mentre glielo diceva, il suo viso si contorse in una smorfia di pianto e le urla e le lacrime ricominciarono.

Geraldine aprì il lucchetto della saracinesca e la sollevò. Aprì la porta del negozio, entrò e si lasciò investire dall'intenso profumo di pelle e cuoio. Chiuse di nuovo la porta e andò nel retro del negozio, dove appese il cappotto dietro la porta e ripose la borsa nel piccolo armadio a muro verde che custodiva i libri mastri e la scatola della piccola cassa.

Riempì il bollitore, inserì la spina e prese le due tazze rosse dai loro ganci. Le tazze recavano la scritta OXO – ossia baci e abbracci – in grosse lettere bianche. Prese il cartone del latte dal piccolo frigorifero e lo annusò. Mise delle bustine di tè nelle tazze e aggiunse mezzo cucchiaino di zucchero nella sua, prima di ricordarsi che era a dieta per la quaresima. Tirò fuori le bustine di tè e buttò lo zucchero nel lavello.

Accese la radio di Alice e ascoltò indifferente le pubblicità, mentre il bollitore cominciava a fischiare. A lei non interessava la stazione radio locale, ma ad Alice sì. Quando mancava un minuto alle nove, ritornò in negozio per aprire la porta d'ingresso, e mise in bella vista gli stivali in saldo.

Ritornò nel retro e versò l'acqua bollente nella sua tazza. Poi aggiunse del latte mentre alla radio davano la notizia dell'ultimo scandalo politico, del rinvio del progetto per una nuova autostrada a ovest, delle proteste per la cancellazione di un altro volo all'aeroporto Shannon, e della chiusura per incidente stradale di Carbert Road. Forse era per quello che Alice era in ritardo.

Alle nove e dieci, chiamò Alice al cellulare e scattò la segreteria telefonica. «Immagino che tu sia bloccata nel traffico», disse. «Non avere fretta, qui è tutto sotto controllo. A dopo».

Alle nove e venti, poiché Alice non aveva ancora richiamato, Geraldine telefonò a casa. Forse avevano dormito tutti e due fino a tardi dopo la notte precedente, o forse il cellulare di Alice era nella borsa, e lei non lo sentiva.

Ma fece squillare diverse volte senza ricevere alcuna risposta, e alla fine riattaccò.

Alle nove e mezza, chiamò alla clinica odontoiatrica. «C'è Tom?», chiese a Suzie, la receptionist.

«No, Stephen ha detto che non sarebbe venuto», le rispose.

«Per caso ha telefonato? O magari Alice?»

«Non lo so».

«Mi passi Stephen?».

Neanche Stephen ne sapeva nulla. «Magari sta smaltendo la sbornia. Ho detto a Suzie di cancellare i suoi appuntamenti per oggi».

«Neanche Alice si è vista ancora, e sono sicura che se avesse deciso di non venire me lo avrebbe fatto sapere».

«Già... Suppongo che tu non possa far altro che aspettare. Alla fine si farà sentire».

Alle dieci meno un quarto, Geraldine telefonò a Hannah, la quale le disse che il nipote di quattro anni di Una Connolly era stato investito mentre andava a scuola. «Sto aspettando di sapere come sta», disse Hannah. «Non so altro, Una mi ha telefonato mentre andava in ospedale».

«Oh, Signore, povero bambino».

«Perché mi hai chiamato?»

«Alice non si è ancora vista al lavoro», le disse Geraldine, «e Tom non è andato in clinica. Non riesco a mettermi in contatto con lei né al cellulare né a casa».

«Potrebbero essere rimasti bloccati nel traffico. Forse l'incidente ha causato un ingorgo».

«Ma Alice mi avrebbe avvisata. Non è da lei non farsi sentire per niente».

«Forse la batteria è scarica».

«Mmm». Ma Geraldine era in ansia.

La notizia principale del giornale radio delle dieci era un incidente su Carbert Road a Clongarvin, in cui un bambino era morto dopo essere stato investito da un'auto.

* * *

Alice non riusciva a smettere di piangere. Appoggiò i gomiti sul tavolo e seppellì il viso nelle mani, mentre continuava a singhiozzare forte, il tè dimenticato. «Oh, Dio», disse piangendo, pensando al ragazzino vestito di blu che veniva sbalzato in aria. «Oh, Gesù, oh, Dio onnipotente».

E qualche minuto dopo, esaurite finalmente le lacrime e con la gola dolorante, gli occhi che le bruciavano e la testa che le pulsava, Tom entrò nella stanza, bianco in viso, e disse con calma, senza guardarla negli occhi: «Possiamo andare a casa, adesso».

E tutto quello che Alice riuscì a pensare fu quanto desiderasse disperatamente scagliarsi contro di lui e colpirlo.

Nora camminava tra gli espositori di abiti, facendo scorrere una mano sui diversi tessuti, e tirando fuori di tanto in tanto qualche capo per vederlo più da vicino.

«Posso aiutarla?».

Lei sorrise alla commessa, che avrebbe fatto meglio a dimagrire un po'. «No, grazie. Sto solo dando un'occhiata».

Non stava solo dando un'occhiata: lei sapeva esattamente cosa voleva. Nel camerino, tolse il top e i jeans, e provò quello che aveva scelto, rimirandosi allo specchio a figura intera. Si rivestì, e andò alla cassa con una gonna a vita alta color porpora, un top aderente color crema, un abito avvolgente di lana nero e una giacca cremisi scuro.

«Tenga questi per il momento», disse alla commessa. «Vado a prendere della lingerie».

Un corsetto, forse. Non ne comprava uno da secoli. Calze, ovviamente, e reggicalze. Un reggiseno color crema da mettere sotto il top, uno che mettesse molto il risalto il solco tra i seni. Culottes. Un paio di tanga di pizzo.

E che soddisfazione mentre la commessa ripiegava e incartava i suoi acquisti, e Nora faceva scivolare la carta di credito nel dispositivo apposito, ricordandosi che era Jackson Paluzzi che stava pagando per quella lingerie di cui, con un po' di fortuna, avrebbe goduto un altro uomo.

Non che lei avesse in mente un uomo in particolare, ovviamente. Ma con il suo nuovo lavoro, e tutti i colleghi che avrebbe avuto al giornale, qualcuno sarebbe sicuramente venuto fuori.

E se fosse stato già impegnato, tanto meglio. L'ultima cosa che le serviva era un altro marito.

«Cosa prendi?».

Leah aveva un forte bruciore di stomaco, e non voleva nulla. Cercò sul menu il piatto che potesse darle meno fastidio. «Salmone al vapore».

«Anche per me».

Patrick chiuse il menu, mentre Leah soffocò uno sbadiglio e si sfilò i piedi gonfi dalle scarpe con il tacco alto. «Niente salsa per me», disse al cameriere.

Cosa non avrebbe dato per allungarsi sul divano di fronte al televisore, con un cuscino sotto la schiena. Cosa non avrebbe dato per un massaggio ai piedi! Salvo che Patrick non era particolarmente dotato in quel campo: i suoi tentativi di farle dei massaggi non erano mai riusciti a farla rilassare, se mai il contrario.

Lui allungò la mano sul tavolo per prendere quella di lei. «Come va oggi?».

Lei si scostò i capelli dagli occhi con l'altra mano. Doveva tagliarli, ma non aveva l'energia per farlo. «Bene, e a te?».

«Il solito». Lui riempì i bicchieri d'acqua. «Hai sentito dell'incidente su Carbert Road?»

«Sì, è terribile».

Il vino per lui e il succo di mele per lei arrivarono. Aveva la nausea del succo di mela. Sperò che non le chiedesse di brindare.

Lui alzò il bicchiere. «Salute».

Un'ondata di irritazione la pervase. Sapeva che erano gli ormoni impazziti, ma saperlo non le faceva passare la voglia di cancellargli l'espressione compiaciuta dal viso.

Pensò a un modo per farlo innervosire e lo trovò. «Comunque», disse, «ti ho già detto che la tua nuova assistente personale è la sorella di Adam O'Connor?».

Patrick abbassò il bicchiere. «Davvero?».

«Sorella gemella, in realtà». Lo osservò mentre assimilava la notizia di avere appena assunto la sorella del migliore amico della sua ex. «Non che abbia alcuna importanza», aggiunse, per indurlo a contraddirla. «Voglio dire, adesso che con Hannah è tutto passato».

Lui scrollò le spalle. «Certo che non ha importanza. Perché dovrebbe? Sono solo sorpreso, tutto qua». Alzò di nuovo il bicchiere. «Non dimenticare che lei è di qui, quindi immagino che non dovrebbe sorprendermi se conosco qualcuno che fa parte della sua cerchia, considerato quanto è piccolo questo paese».

«Fossi in te, starei comunque attento», disse lei. «Probabilmente gli racconta tutto. Lo sai com'è tra fratelli gemelli».

Patrick sorrise, di nuovo tranquillo. «Non credo affatto che a Adam interessi cosa succede nella redazione di un giornale».

«Forse no». Leah sorseggiò il suo succo. «Vivono insieme, lo sapevi?»

«Chi?»

«Adam e Hannah. Lui è andato a vivere nella sua casa». Fece un sorrisetto. «Penso sia solo per contribuire alle spese».

Lui la guardò come per studiare la sua espressione. «Immagino sia così».

«D'altro canto», disse lei, «mi domando se lui stesse aspettando che voi due vi lasciaste».

Patrick sorseggiò il suo vino. «Invece io mi domando», disse con calma, «perché ti stia comportando così da stronza».

Leah lo guardò con espressione innocente. «Non capisco cosa vuoi dire», rispose. «È solo per parlare».

E per i successivi quaranta minuti, mentre giocherellavano con il loro cibo tra una parola e l'altra, lui non le prese più la mano né le fece piedino sotto il tavolo.

«Aveva solo quattro anni», disse Hannah. «Sua madre lo stava accompagnando all'asilo».

«Hanno fatto l'alcol test all'autista?»

«A Tom… sì, era positivo. Erano usciti la sera prima con mamma e papà, e pare che fosse molto ubriaco quando è tornato a casa». Sospirò. «Lavora con papà. Forse li hai conosciuti, lui e Alice. Alla festa per i venticinque anni di matrimonio dei miei genitori».

«Alice? Non è la proprietaria del negozio di scarpe?»

«Sì. Sta malissimo. Era in macchina con Tom quando è successo. Stavano andando al lavoro».

Adam accarezzò sovrappensiero il dorso di Kirby con il piede infilato nel calzino. Il cane, spaparanzato sul tappeto di fronte al divano, emise dei versi di apprezzamento.

«Mamma è rimasta tutto il giorno da sola in negozio», disse Hannah. «Alice non l'ha chiamata fino al pomeriggio; sono stati tutta la mattina al commissariato».

«Il marito è stato trattenuto per essere risultato positivo al test?»

«No, è stato rilasciato su cauzione o qualcosa del genere. Non ricordo come si dice».

Bevvero il caffè in silenzio. La pioggia colpiva le finestre; era la prima vera tempesta dall'inizio dell'anno. Hannah immaginò i genitori del bambino che sentivano la stessa pioggia battente, lo stesso vento ululare.

O forse non sentivano. Forse non sentivano più.

«Una era così sconvolta quando mi ha telefonato, poveretta. Pensa, si scusava perché non poteva venire a lavorare. Le ho detto che poteva prendersi tutto il tempo necessario».

«Cosa hai detto che era? Suo nipote?».

Hannah annuì. «Il figlio di sua sorella Claire. È stato il primo nipote, da tutte e due le parti. Pare che lo adorassero».

Si ricordò di Claire quando era piccola, magra e con le gambe lunghe, patita per lo sport; non le importava nulla di vestiti o ragazzi, a meno che non ci fossero di mezzo un campo da gioco e un pallone.

Ma era Claire, e non la più graziosa e tranquilla Una, a essere rimasta incinta a diciassette anni, proprio pochi anni dopo che Hannah aveva smesso di far loro da baby-sitter. Erano stati tutti convinti che il ragazzo, il padre, sarebbe scomparso, come molti prima di lui, e che i genitori di Claire avrebbero dovuto accollarsi il compito di crescere il bambino.

Invece Dave, il padre, non si era comportato come tutti si aspettavano. Non era scomparso, e alla fine era riuscito a dare un tetto alla sua famigliola. Hannah aveva perso i contatti con le ragazze in quel periodo, ma Una l'aveva aggiornata.

«Dave è un imbianchino e lavora con i cugini. Lui e Claire vivono in affitto in una casa a Springwood Gardens. È una casa piuttosto ordinaria, ma Dave l'ha resa molto carina. Ha occhio per i colori. Dovresti vedere la stanza di Jason:

è splendida, proprio il genere di stanza che ogni ragazzino vorrebbe avere».

Aveva tirato fuori il suo portafoglio e le aveva mostrato la fotografia di un ragazzino serioso, con il viso rotondo, una frangettina irregolare e le labbra piene di un cupido.

«Adesso è un po' più grande, questa è stata scattata la scorsa estate. Anche i suoi capelli stanno diventando un po' più scuri adesso. A Claire non piace. Lei vorrebbe che rimanesse biondo».

«È bellissimo», aveva detto Hannah, e Una le aveva sorriso.

«Vero? È viziatello, ma non maleducato».

Adesso era morto, e i suoi capelli non avrebbero continuato a scurirsi. Hannah fece roteare la sua tazza di caffè e si appoggiò alla spalla di Adam. «Dio, non riesco a immaginare quello che sta passando sua madre. La vita è così ingiusta».

«Sono d'accordo».

«C'è qualcosa di allegro alla TV?».

Fecero un po' di zapping e alla fine trovarono la sit-com *Curb Your Enthusiasm*, e rimasero seduti a guardare Larry che discuteva in una gelateria, ma per una volta Hannah lo trovò terribilmente inopportuno.

«Mi è sbucato davanti all'improvviso», disse Tom. «Non ho potuto fare niente per evitarlo».

Fu la prima cosa che le disse, dopo il tragitto silenzioso in taxi per tornare a casa, lui seduto davanti e Alice dietro. La loro auto era stata sequestrata per essere esaminata, ma lei aveva rifiutato l'offerta dell'agente di accompagnarli a casa. Non sarebbero tornati a casa su una volante della polizia. Assolutamente no, per nessuna ragione.

La musica nel taxi l'aveva quasi fatta impazzire: non le

era mai piaciuto il suono della tromba. Si era seduta sul sedile posteriore, gli occhi fuori dal finestrino, la borsa tra le mani, e nessun pensiero per la testa, solo quella musica che l'aveva fatta quasi impazzire. Ma non aveva detto nulla, non aveva chiesto al tassista di abbassare il volume né di spegnerla del tutto.

Una volta in casa, era andata dritta in cucina per riempire il bollitore, anche se il tè era l'ultima cosa che voleva. Quello che voleva, l'unica cosa che voleva, era mettere l'orologio indietro di sette ore, fare come se non fosse mai accaduto nulla e ricominciare da capo.

Tom era andato di sopra e lei non aveva battuto ciglio. Non lo aveva chiamato quando il bollitore aveva fischiato e lei aveva preparato il tè, e lui non era sceso quando Geraldine, che aveva chiuso il negozio prima, era passata un'ora più tardi, dopo che Alice le aveva telefonato.

E solo una volta che Geraldine se ne fu andata, e il cielo fu quasi completamente buio, Alice sentì i suoi passi sulle scale. Stava prendendo lo strofinaccio quando la porta della cucina si aprì e lui entrò.

«Mi è sbucato davanti all'improvviso», disse tutto d'un fiato, la voce bassa e rotta. «Non ho potuto fare niente per evitarlo. È successo in un attimo, non ho potuto fare niente».

Alice finì di asciugare le due tazze che lei e Geraldine avevano usato.

Mise via il plum-cake alle banane che nessuna delle due aveva toccato. Gli dette le spalle mentre prendeva le patate dal cesto degli ortaggi e le metteva nel lavello.

«L'hai visto anche tu», disse. «Hai visto come è sbucato fuori. C'eri anche tu».

Alice cominciò a pelare le patate, notando con sorpresa che le tremavano le mani.

«Alice, l'hai visto anche tu che è sbucato fuori all'improvviso, vero?».

Lei lo guardò, una patata mezza pelata in mano. «Non avresti dovuto guidare», disse, cercando di non alzare la voce. «Avresti dovuto lasciar guidare me». Tentennò sull'ultima parola, così si interruppe e riprese fiato. «Hai bevuto ieri sera, e non avevi ancora smaltito tutto quell'alcol stamattina, e il bambino...».

La sua voce si incrinò, e si voltò di nuovo verso il lavello, per cercare di finire di pelare la patata, ma non riusciva quasi più a vederla per via delle lacrime. Da dove venivano? Erano inesauribili?

«Io stavo bene», disse Tom. «Non mi sentivo di non poter guidare».

Alice si asciugò il viso con una manica e andò avanti a pelare.

«Mi dispiace», disse. «Non sai quanto stia male...».

Lei si voltò di scatto e la patata le volò dalla mano, andò a sbattere sul pavimento tra loro, e poi scivolò fermandosi vicino al frigorifero. «*Tu* stai male? Tu non hai perso un figlio oggi, mi pare!». Le parole le uscirono di bocca quasi come un'esplosione. «Tu non hai la minima idea di come si sentano quelle persone, la minima *idea*, perché sei troppo occupato a sentirti dispiaciuto per te stesso». Serrò la bocca. Attraversò la stanza e raccolse la patata con il cuore che le martellava nel petto e il respiro affannato.

Sentì – o fu solo un'impressione – Tom uscire dalla cucina. Lasciò cadere la patata e il pelapatate nel lavello e vi si appoggiò stringendo forte il bordo, cercando di calmarsi.

«Invieremo un fascicolo al pubblico ministero», aveva detto l'agente con i capelli ricci. «Siccome suo marito è risultato per due volte positivo all'alcol test, oggi sarà accusato di guida in stato di ebbrezza. Trattandosi del primo reato di cui viene accusato, possiamo rilasciarlo su cauzione, e a tempo debito, forse tra qualche mese, sarà chiamato a comparire davanti al tribunale distrettuale».

«E poi cosa succederà?», aveva chiesto Alice, le mani che stritolavano i fazzoletti puliti che lui le aveva dato. Era terrorizzata per la risposta ma anche dall'idea di non averne una.

«Sarà chiamato a comparire davanti al tribunale circondariale per il processo. Per questo ci vorrà qualche altro mese, probabilmente si arriverà all'autunno». E poi, intuendo la domanda successiva, aveva aggiunto: «La sentenza dipenderà dall'accusa, e da come si evolve il processo; è impossibile prevedere come andrà adesso».

«Ma potrebbe finire in prigione?».

L'agente l'aveva guardata con calma negli occhi terrorizzati. Probabilmente la sua situazione non aveva alcun significato per lui. Probabilmente detestava Tom, che era solo un altro ubriaco che aveva falciato un bambino, uccidendolo. «Potrebbe andare in prigione, certo. È una possibilità piuttosto concreta».

Dopo un po' Alice staccò le mani dal bordo del lavello. Andò alla credenza e prese un barattolo di fagioli. Lo aprì e se ne mise in bocca una cucchiaiata, in piedi vicino alla finestra, con lo sguardo rivolto nel buio, dove non vedeva altro che il bambino blu, la cui vita si era spenta, volare in aria.

Aprile

La chiesa era gremita come Hannah aveva immaginato. Avrebbe potuto essere il giorno di Natale, o la domenica di Pasqua. La maggior parte dei banchi erano pieni, e la gente si stringeva per fare posto agli altri. L'aria era satura dell'odore di vestiti bagnati, fiori e legno lucidato di fresco.

Davanti all'altare era stata adagiata la piccola bara bianca, adorna di una sola corona, che recava il nome "Jason" scritto con garofani rossi. L'organo suonava una melodia che le sembrava familiare.

Il Cupcake Club era chiuso; era la prima volta, in tre mesi dalla sua apertura, che lei chiudeva durante le ore di lavoro. «Riapriamo all'una», aveva scritto su un cartello che aveva attaccato alla porta. Due ore per piangere il nipote di Una, il figlio di Claire.

«Dio, che caldo».

Accanto a Hannah, Geraldine si sventolava con un libretto dei canti. Anche il negozio di scarpe era chiuso – da tre giorni, dal venerdì precedente. «Chiuso fino a data da destinarsi», aveva scritto Geraldine sul cartello che aveva messo sulla porta il giorno dopo l'incidente. «Solo Dio sa quando se la sentirà di riaprire», aveva detto Geraldine a Hannah, dopo averla vista. «È completamente devastata».

Qualcuno si mosse. Hannah alzò lo sguardo e vide che un prete stava salendo sull'altare. Si alzò in piedi con gli altri. Il prete disse con voce dolce che si trovavano lì riuniti per partecipare alla messa degli angeli. Disse che aveva battezzato Jason, che lo aveva incontrato spesso all'asilo quando andava a farvi visita. Ricordò il carattere gioioso del bambino e la sua passione per il disegno, e disse che una terribile croce si era abbattuta sulla sua famiglia governata dall'amore.

Da qualche parte dietro di lei Hannah udì una donna piangere con forti singhiozzi. Tutto intorno, mentre la messa degli angeli procedeva, si sentiva un rumore di piedi che strisciavano, gente che tossiva e starnutiva, che si soffiava il naso e si schiariva la gola, e una donna che piangeva disperata.

Un coro di compagni di scuola di Jason cantò *He's Got the Whole World in His Hands*, all'offertorio. Una ragazza suonò la canzone di Eric Clapton *Tears in Heaven* con il violino mentre gli altri si mettevano in fila per fare la comunione.

La zia di Jason, Una, salì sull'altare e a fatica recitò una poesia molto triste che parlava di piccoli angeli, provocando altro brusio e commozione.

E poi la messa finì. Tutti si alzarono in piedi e si diressero verso l'altare per fare le condoglianze alla famiglia colpita dal lutto. Quando alla fine raggiunse il primo banco, Hannah prese la mano esanime di Claire nella sua e le disse: «Claire, sono Hannah Robinson, mi dispiace». E la ragazza la guardò con occhi vuoti annuendo con il capo, mentre l'uomo al suo fianco, che Hannah pensò dovesse essere il padre di Jason, singhiozzava violentemente con la testa china, quando lei gli strinse la mano.

Disse qualche parola alla madre di Claire e Una, che aveva gli occhi asciutti e l'aria stanca, e strinse la mano alle altre due persone che dovevano essere gli altri nonni, e a un paio di ragazze con gli occhi arrossati che potevano essere le zie di Jason. Abbracciò Una, che piangeva in fondo al banco, e strinse la mano al padre di Claire che era sulla sedia a rotelle nella navata.

Mentre usciva dalla chiesa, vide sua madre con un braccio intorno alla donna che piangeva disperata, e capì che era Alice.

Era un'assistente personale da tre ore e ventisette minuti. Aveva preparato il caffè per il suo nuovo capo (forte, nero, due zollette di zucchero) e conosciuto alcuni dei giornalisti e delle segretarie che lavoravano per il giornale, di nessuno dei quali ricordava il nome. Le era stata data una scrivania in una sorta di anticamera fuori dall'ufficio di Patrick, e una delle altre donne (Audrey? Andrea?) le aveva mostrato dove si trovava l'archivio di Patrick, e come lui voleva che fosse organizzato.

Le avevano mostrato l'agenda dove avrebbe dovuto annotare gli impegni di Patrick, e la rubrica dei contatti di cui avrebbe avuto bisogno per organizzare incontri, fare prenotazioni di alberghi e cose del genere.

Era stata accompagnata nella saletta del personale dove potevano prepararsi caffè o tè, e mangiare a pranzo; le erano stati indicati i bagni, e le era stata data la password per accedere ai computer del giornale.

Le avevano assegnato un indirizzo e-mail. Aveva fatto la fotografia per il cartellino, e le avevano dato dei moduli da compilare con informazioni relative al fisco che non avevano alcun significato per lei e di cui avrebbe chiesto lumi a Adam.

Sulla sua scrivania c'erano un telefono verde, un computer, un interfono, un blocchetto con la spirale, l'agenda con la copertina rigida e una serie di penne. Nel primo cassetto aveva trovato una pinzatrice e un pacchetto mezzo vuoto di punti, una calcolatrice solare, un correttore, una scatola di attache, un paio di forbici, un rotolo di nastro adesivo, una spilla da balia, una confezione di elastici, un pacchetto da tre di evidenziatori in cui ne mancava uno, e due matite gialle spuntate con l'altra estremità di gomma rosa.

Dietro la scrivania c'era un armadietto di legno su cui era stata posta una macchina per il caffè, con caffè e filtri, una ciotola con zollette di zucchero e sei tazze, da una delle quali svettavano dei cucchiai. Se Nora avesse voluto farsi un caffè, con molta probabilità sarebbe dovuta andare a cercare il latte chissà dove.

Nessuno le aveva fatto i complimenti per il suo abito nero avvolgente, né per la giacca cremisi. Gli occhi di Patrick l'avevano osservata da capo a piedi, ma non aveva fatto commenti. Era scomparso alle dieci – «Ho un appuntamento con un cliente, ci vediamo dopo» – e lei non lo aveva più visto. Sperava che nessuno venisse a cercarlo, perché aveva dimenticato di chiedergli dove stesse andando o cosa significasse quel "dopo". Non aveva pensato di prendere il suo numero di cellulare, cosa che un'assistente personale avrebbe dovuto fare sicuramente.

Nessuno aveva chiamato. Per tre ore e ventisette minuti, il telefono verde se n'era stato buono buono in silenzio sulla scrivania, eccetto quando lei aveva telefonato a Adam.

«Che succede?», aveva chiesto lui, e lei non gli aveva detto molto, e poi avevano deciso di uscire a bere qualcosa quella sera.

Non era convinta se chiamare Leah o no, e alla fine decise che non era il caso. Leah si stava comportando in modo freddo, senza dubbio per quel motivo. Aveva bisogno di abituarsi all'idea che lei lavorava con il suo compagno, punto e basta. Doveva darle qualche giorno.

Si domandò se la gravidanza di Leah fosse stata intenzionale o se si fosse trattato di un incidente. Aveva architettato tutto lei in modo che Patrick lasciasse Hannah? E cosa avrebbe fatto Hannah quando lo avrebbe saputo, capendo finalmente perché l'aveva lasciata? Si domandò senza molto interesse se Adam le avesse già detto del bambino.

«Mi annoio», disse ad alta voce a una stanza vuota. Sfogliò l'agenda, e lesse le annotazioni passate, scritte da un'altra donna. Si alzò, aprì la porta dell'ufficio di Patrick ed entrò. Se fosse ritornato, gli avrebbe detto che stava cercando qualcosa da archiviare.

Il suo ufficio profumava del suo dopobarba, che le dava un po' alla testa. Una sciarpa arancione penzolava da un appendiabiti in un angolo, dove c'era anche un ombrello nero. Sulla scrivania c'era una fotografia in una cornice d'argento, che lo ritraeva con Leah in quella che sembrava la reception di un albergo – si chiese se Hannah avesse occupato quella cornice prima – e dei documenti sparsi qua e là sul piano in noce, che lei non avrebbe saputo distinguere né archiviare.

La sua finestra, al primo piano dell'edificio, dava sulla strada, che come al solito era tranquilla. Si domandò se l'impulso di lasciare gli Stati Uniti non fosse stato un po' avventato. Ovviamente, adesso che aveva la green card poteva ritornare in qualunque momento. Forse avrebbe provato la costa occidentale. Los Angeles poteva essere interessante, o anche San Francisco.

Guardò l'ora: un quarto all'una. Nessuno aveva parlato di pausa pranzo, così pensò che stesse a lei decidere quando farla. Non aveva particolarmente fame, ma era pur sempre un modo per passare il tempo. Uscì dall'ufficio di Patrick e strappò una pagina dal blocchetto con la spirale. Scrisse «sono uscita per il pranzo, Nora» e lo lasciò sulla sua sedia girevole di pelle. Poteva non vederlo sulla scrivania, tra tutte quelle carte.

Prese borsa e giacca dalla cassettiera della sua scrivania – niente appendiabiti per l'assistente personale – e si imbatté in Patrick mentre girava l'angolo per l'ascensore.

«Ops». Lui le afferrò il braccio affinché non cadesse. «Ne hai già abbastanza?».

Nora sorrise. «Ho pensato di andare a mangiare, dato che non c'era molto da fare».

«Buona idea». Lui svoltò verso l'ufficio. «Aspetta un attimo, vengo con te. Avevo comunque in mente di offrirti il pranzo il tuo primo giorno».

«Molto carino da parte tua».

Mentre aspettava, tirò fuori rossetto e specchietto. Un buon pranzo con un uomo affascinante era sicuramente meglio. Fu lieta di aver scelto l'abito avvolgente, e lui avrebbe goduto della sua scollatura quando si sarebbe sporta per raccontargli quello che lei e Leah combinavano da ragazze. Anche quello gli sarebbe piaciuto, e lei avrebbe messo un po' più di pepe nel racconto. E se poi lui lo avesse detto a Leah, cosa avrebbe potuto dire lei? Nora si stava semplicemente facendo due risate, condividendo qualche innocuo ricordo con lui.

Ripose il rossetto nella borsa quando lui tornò. Sì, le cose stavano migliorando. Decisamente.

«È tormentata dal senso di colpa, poverina», spiegò Geraldine. «Dice che tornerà a lavorare domani, ma non so proprio come potrà farlo. Le ho detto che aprirò io e lei potrà venire quando vuole».

Hannah sorseggiò il suo tè senza rispondere.

«E quella poverina della madre, in chiesa», continuò Geraldine. «Era disperata. Non penso che si rendesse conto di quello che le accadeva intorno». Scosse il capo. «Non è terribile?»

«Già».

«Non c'era traccia di Tom quando ho accompagnato Alice a casa dopo il funerale. Probabilmente si vergogna di vedere chiunque. Dio, immagina cosa significhi essere responsabile della morte di un bambino. Non è tollerabile neanche il solo pensiero».

Hannah annuì.

«Sapevo che gli piaceva farsi un goccetto, ma non l'ho mai considerato un bevitore; un bevitore accanito, intendo. Alla cena danzante sembrava un po' alticcio, ma di solito l'indomani la sbornia dovrebbe essere passata, giusto?»

«Mmm».

«Ha preso un periodo di congedo dalla clinica odontoiatrica. Cercheranno qualcuno che lo sostituisca per qualche settimana. Alice dice che dovrà andare in tribunale. È terribile, per tutti e due».

«Terribile, già».

Geraldine fece una pausa e studiò con attenzione la figlia. «Stai bene, tesoro? Sembri un po' taciturna. È per il funerale? Ti ha sconvolta?»

«Scusa», disse Hannah. «No, non è per il funerale. Voglio dire, certamente è stato terribile, ma non è questo che mi angustia adesso». Alzò la tazza e bevve un altro sorso.

«Cosa c'è, tesoro?»

«Ho visto Leah Bradshaw oggi», disse con calma.

Geraldine rimase in silenzio.

«Credo… o almeno sono quasi certa che sia incinta».

«Oh, tesoro», disse Geraldine, posandole una mano sul braccio. «Mi dispiace».

«Va bene», tagliò corto Hannah. «Sto bene, davvero. È solo che mi ha colto un po' di sorpresa…».

Le era bastato un minuto, mentre ritornava al negozio dopo il funerale, per riconoscere la donna minuta dai capelli biondi dall'altra parte della strada. L'aveva guardata per un attimo e poi si era voltata, ma qualcosa – una sorta di fulmineo ricordo – l'aveva fatta girare di nuovo. Ed eccola lì, la donna per cui Patrick l'aveva lasciata. In piedi sul bordo del marciapiede, con lo sguardo intento a scrutare le macchine che procedevano nella direzione opposta.

E mentre Hannah la fissava, la rabbia così palpabile che avrebbe potuto toccarla, desiderosa che l'altra donna la vedesse e quasi sul punto di precipitarsi dall'altra parte della strada per schiaffeggiarla, Leah aveva alzato il braccio per fare segno a un taxi di fermarsi.

E nel movimento, la stoffa della giacca che indossava si era tesa contro il suo corpo evidenziando chiaramente il rigonfiamento sotto il petto.

Hannah era rimasta a guardare, senza parole, mentre Leah saliva sul taxi e scompariva. *Incinta*, aveva pensato. *È incinta del suo bambino.*

«È solo che è così presto», disse a Geraldine. «Mi sembra così precipitoso». Si allungò a prendere un biscotto allo zenzero, e lo spezzò in due. «Non credi?».

«Non sono pronto per essere padre», le diceva lui ogni volta che l'argomento saltava fuori. «Non c'è nessuna fretta, no?». E Hannah aveva accettato la cosa: non serviva discutere se non era quello che desiderava. Così, mentre lei aspettava che lui si sentisse pronto, avevano preso precauzioni e non era arrivato nessun bambino.

«Doveva essere incinta quando… stava ancora con me», disse, tamburellando con una metà del biscotto contro un lato della tazza. Alzò gli occhi per guardare in faccia sua madre. «Pensi che sia capitato per caso?», chiese, sperando dentro di sé che fosse così. Non poteva accettare l'idea che Patrick invece volesse avere dei bambini, ma non con lei.

«Be'...», cominciò Geraldine.

«Non importa», intervenne Hannah. «I se e i ma non portano da nessuna parte. Mi sento solo un po' scossa, punto e basta».

«Lo so, tesoro», le disse dolcemente sua madre. «Certo». Prese un biscotto allo zenzero. «Penso che non dovrei mangiarne in quaresima, ma poi mi dico, perché?». Lo inzuppò nel tè. «Dove hai detto che è andato Adam?».

Hannah roteò la tazza nel palmo della mano. «Fuori a bere qualcosa con Nora. Oggi è stato il suo primo giorno di lavoro».

«Davvero? Non sapevo che avesse trovato un lavoro. Dove lavora?».

E ricominciarono a parlare di Patrick.

Wally dette a John una pacca sulla spalla. «Ehi, Johnny. Che combinazione incontrarti qui».

«Ciao. Che prendi?»

«Acqua frizzante, grazie».

«Lavori stasera?».

Wally annuì. «Probabilmente sarà una serata tranquilla, ma farò qualche ora».

Le serate del lunedì al Vintage erano molto diverse da quelle del sabato. Erano quasi le dieci, c'erano appena una dozzina di clienti e una dolce musica di sottofondo al posto della band del sabato sera.

Il barman tornò con i loro drink. «Grazie, Neil», disse Wally, alzando il suo bicchiere verso John. «Salute».

Talvolta, casualmente, si incontravano il lunedì. John aveva preso l'abitudine di passare per una pinta o due tornando a casa dal laboratorio che aveva affittato proprio in fondo alla strada. Gli piaceva la calma del lunedì sera: avere la possibilità di rilassarsi e non fare niente per qualche ora. E anche Wally, il cui lavoro lo portava in giro per Clongarvin, alle volte trovava il modo per passare da quelle parti il lunedì.

«Abbiamo bisogno di un sassofonista», aveva detto Wally quando aveva telefonato a John, dopo che sua cugina Patsy gli aveva passato il numero del carpentiere musicista scozzese. «Ovviamente, se te la cavi».

Non c'era nessun tono canzonatorio nella sua voce, così John non era riuscito a capire se stesse scherzando. «Non sono male», aveva replicato. «Finora nessuno si è mai lamentato».

«Perché non passi quando facciamo le prove?», aveva suggerito Wally. «Provi un paio di pezzi con noi, e vediamo come va».

E così era andato a casa di Wally, dove aveva conosciuto i tre ragazzi del gruppo, e avevano suonato insieme per un'oretta.

Provarono alcuni pezzi famosi che John conosceva bene, e presto aveva adattato il suo modo di suonare al loro strano stile. Era sicuro di essersi inserito bene, così non era rimasto sorpreso quando Wally, il leader non dichiarato del gruppo, lo aveva invitato a unirsi a loro.

«Suoniamo qua e là, ogni volta che ci chiamano per una serata», aveva detto a John. «Al momento, non abbiamo un lavoro regolare, ma giù al fiume sta per aprire un wine bar e ho sentito che il proprietario vuole musica jazz dal vivo, così ho intenzione di parlargli».

Carlos, il contrabbassista portoghese parlava un inglese piuttosto stentato con una cadenza marcata, e Vivienne, la sorella di Wally, che suonava il clarinetto, era così timida che a malapena diceva una parola, così era Wally quello che John conosceva meglio dopo quasi due mesi che si era unito a loro.

«Bene...». Wally finì la sua acqua e si alzò. «Quel taxi non si guida da solo. Ci vediamo mercoledì». Il mercoledì sera facevano le prove, di solito a casa sua.

«Stammi bene». John alzò la sua pinta e bevve, e come sempre si domandò cosa stesse facendo Danielle a Edimburgo in quel momento.

«Hannah ha visto Leah Bradshaw oggi», disse Geraldine.

Stephen provò invano a ricordare chi fosse Leah Bradshaw. «Davvero?».

Geraldine girò il suo tè. «Pare», disse, «che sia incinta. Da non crederci!».

«Che sorpresa». Leah Bradshaw. Il nome non gli diceva nulla, così aspettò altri indizi.

«Maureen Hardiman mi aveva detto qualcosa un paio di settimane fa, ma con lei non si è mai sicuri che quello che dice sia vero».

«Già».

«Potevano aspettare. Potevamo avere un minimo di considerazione per Hannah».

Ah, sì, Leah Bradshaw. Stephen alzò la sua tazza. «È molto sconvolta?»

«Secondo te? Certo che lo è. Ha fatto finta di non esserlo, ma era ovvio». Geraldine sospirò. «Vorrei che incontrasse qualcun altro. Devono esserci un'infinità di uomini là fuori, ma lei non esce quasi mai».

«Sta cercando di far decollare la sua attività», osservò lui. «E questo non le lascia molto tempo per fare vita sociale».

«Lo so, lo so. Soprattutto adesso con quel terribile incidente, e Una che non c'è».

«Ma tornerà fra qualche giorno, no?».

Geraldine alzò le spalle. «Chissà cosa succederà adesso? Tutta la famiglia sarà devastata».

Bevvero rimanendo in silenzio per qualche secondo. Erano le undici e venti, e stavano sorseggiando la loro solita tazza di tè della sera, prima di andare a dormire.

«Oggi al lavoro abbiamo parlato», disse lui dopo un po'.

Alla clinica odontoiatrica c'erano quattro dentisti, e senza Tom erano rimasti in tre. Geraldine li conosceva tutti. Gli altri due avevano circa trent'anni, e si erano sposati da poco. Tom aveva avviato la clinica più di vent'anni prima, con un altro collega che poi era morto. Stephen lavorava lì da dieci anni. I due colleghi più giovani si erano uniti a loro cinque anni prima.

«Di Tom», aggiunse Stephen. Alzò il cucchiaio dalla zuccheriera e rovesciò lo zucchero nella tazza.

«E allora?»

«Abbiamo pensato che non dovrebbe mancargli molto alla pensione», disse lui, affondando il cucchiaio di nuovo nella zuccheriera.

Geraldine lo fissò. «Cosa intendi con "non dovrebbe mancargli molto alla pensione"? Tom ha appena sessant'anni».

«Sta per compiere sessantadue anni», rispose Stephen. «Se volesse, potrebbe andare in pensione anticipata».

Geraldine aggrottò le sopracciglia. «Pensione anticipata? Ne ha mai parlato?»

«Be', no, ma questo non vuol dire che...».

«Perché non la smetti di giocare con lo zucchero?», disse lei. «Non penso che Tom voglia una cosa del genere: è una persona troppo attiva per lasciare il lavoro. Cosa farebbe tutto il giorno?».

Stephen prese la teiera e rabboccò entrambe le tazze. «Be', forse dopo quello che è successo, potrebbe cambiare idea».

La mano di Geraldine, allungata per prendere il bricco del latte, rimase sospesa. «Dopo quello che è successo? Stephen non avrai intenzione di cacciarlo, vero? Hai dimenticato che è stato Tom quello che ha avviato la clinica? Ti ha fatto entrare lui, per l'amor di Dio».

Lui alzò le mani. «Certo che non l'ho dimenticato. Non dipende solo da me: non sono l'unico socio».

«Ma sei il socio più anziano. Tu e Tom lo siete. Gli altri sono lì da troppo poco tempo per avere voce in capitolo».

«Ascolta, non è stata una discussione ufficiale, nulla del genere. L'argomento è venuto fuori per caso a pranzo, ecco tutto».

«È stato un *incidente*», disse Geraldine aspra, «e sarà punito per questo. Potrebbe andare in prigione, santo cielo».

«Lo so».

«Noi siamo i suoi amici. Avrà bisogno di tutto il nostro sostegno».

«Lo so», ripeté lui. «E noi lo sosterremo».

«Quindi, basta parlare dell'eventualità che lasci il lavoro».

«Geraldine, te l'ho detto, non è andata così».

«Ma se l'argomento salta fuori di nuovo, lo difenderai?»

«Sì».

Geraldine allungò la mano per prendere un biscotto.

«Pensavo che fossi a dieta per la quaresima», notò lui.

«Oh, e chi se ne importa della quaresima!», scattò lei. «Ci sono cose ben più gravi».

Lasciò cadere il biscotto e si mise la testa tra le mani. Stephen si allungò sul tavolo e le accarezzò il braccio.

«Mi dispiace», disse.

«No, dispiace a me», fece lei, e lui sentì le lacrime nella sua voce. «Non ce l'ho con te, è solo... Che cosa terribile è successa. È così terribile».

«Già», disse Stephen, stringendole delicatamente il braccio. «Davvero terribile».

Rimasero seduti l'uno di fronte all'altra con il tè che si

raffreddava nelle tazze, e l'orologio sulla parete che scandiva con un dolce ticchettio elettronico il trascorrere del tempo.

Patrick era sdraiato sulla schiena nell'acqua calda profumata, e chiuse gli occhi.

«Avevamo questa parola segreta», aveva detto Nora, sporgendosi in avanti sul tavolo verso di lui, «per quando ci piaceva un ragazzo».

E aveva aspettato che Patrick facesse la domanda, che non aveva tardato ad arrivare.

«Era "orgasmo"», disse, guardandolo in faccia. «Se una di noi due la usava in una frase, allora l'altra sapeva che doveva lasciar perdere e mollare l'osso, chiunque fosse».

L'abito che indossava si incrociava sul seno, e quando si era sporta verso di lui aveva rivelato una scollatura piuttosto generosa. Lei lo aveva beccato a guardarla una volta, anzi, più di una. Non gli era parso che le dispiacesse.

«Avete mai litigato per un ragazzo?», aveva chiesto lui.

Si faceva solo per parlare, non faceva male a nessuno. Era solo una conversazione innocua su due scolarette e su quello che erano arrivate a fare.

Nora aveva sorriso. «Qualche volta, se era troppo bello per resistergli, ce lo siamo diviso», aveva risposto. «Non contemporaneamente, certo». E aveva sorriso, giocherellando con la forchetta nella pasta che aveva appena toccato. «Anche se, c'era un ragazzo...». Si azzittì, poi rise. «Leah mi ucciderebbe», aveva detto. «Mi farebbe a pezzi».

«Va' avanti», aveva insistito Patrick. «Il tuo segreto è al sicuro con me. Non le dirò niente».

Lei si era portata un dito al lato della bocca, e fatto finta di pensarci su un attimo. «Be'», aveva proseguito, «diciamo solo che ricordo un interessante *ménage à troi* una sera. Eravamo tutti piuttosto ubriachi… ma è stato molto divertente».

E aveva infilato la forchetta nella pasta, sorridendo. «Lui era più grande e sapeva qualche cosina su come renderci felici». E aveva portato la forchetta alle labbra, per poi tirarla fuori lentamente. «Mamma mia».

Patrick era appoggiato sulla schiena nell'acqua e si immaginò la scena di due adolescenti che si toglievano la divisa scolastica, si scioglievano la cravatta, sbottonavano la camicetta bianca e si sfilavano la gonna a pieghe, provocandolo e facendo qualche risolino mentre si spogliavano. E poi su un letto, o forse un pavimento – sì, un pavimento davanti a un camino acceso – i loro corpi sodi e le mutandine di pizzo bianco.

Lui era un uomo più grande, probabilmente un uomo dell'età di Patrick, che le aveva guardate divertito prima di spogliarsi lui stesso e unirsi a loro.

«Sapeva qualche cosina su come renderci felici. Mamma mia».

Si alzò velocemente dalla vasca e si asciugò. Entrò nudo in camera.

Leah alzò gli occhi dal libro e notò la sua erezione. «Oh, Dio», disse. «Mi spiace Patrick, stanotte no. Sono esausta».

Hannah prese il bicchiere e sorseggiò. Il vino spagnolo aveva un intenso retrogusto di mele. «Mmm, questo è davvero buono, devo ricordarmelo».

«Non sei contenta di essere uscita?»

«Non mi hai dato molta scelta».

Ma era contenta, felice di essere sfuggita ai suoi pensieri tristi per un paio d'ore.

Lì, nella luce soffusa del wine bar, era più facile togliersi dalla testa l'ex fidanzato, finirla con quell'interminabile calcolo dei mesi a ritroso per capire quando avesse potuto mettere incinta l'altra donna.

Alzò di nuovo il bicchiere. «A un futuro felice», disse, «che è qui dietro l'angolo».

«Brindiamo!».

Mentre i loro bicchieri si toccavano, con la coda dell'occhio scorse un movimento e si voltò verso tre uomini e una donna radunati su un piccolo palco, che accordavano strumenti e si disponevano ai loro posti. «Avevo dimenticato la musica».

Li guardò parlare tra loro mentre si preparavano. Vide la donna in nero sedersi e poi chinarsi per sistemare gli spartiti di fronte a lei. Il tastierista, che le dava le spalle, sbrogliare fili e premere pulsanti, l'enorme contrabbasso che veniva posizionato sul suo supporto. L'uomo con la testa quasi completamente rasata portare il sassofono alla…

«Non posso crederci», disse sottovoce, abbassando il bicchiere.

«Cosa?»

«L'uomo in fondo, con il sax».

«E allora?»

«È l'uomo che mi ha chiesto di uscire, John Wyatt. Lui è John Wyatt. Ricordi? Ti ho detto che gli ho risposto di no». Erano più o meno tre settimane che lui non si faceva vedere al Cupcake Club, e lei continuava a ripetersi che ne era sollevata.

Ovviamente, non aveva detto nulla dell'invito alla madre, la quale sarebbe rimasta troppo delusa nel sentire che aveva rifiutato, e che le avrebbe sicuramente ricordato che chiodo schiaccia chiodo era il miglior modo per dimenticare Patrick Dunne.

«Mi era parso di capire che fosse un carpentiere», disse Adam. «Non un musicista».

«Be', era un carpentiere. Voglio dire, lo è. Non avevo idea che facesse anche questo».

Era certa che lui non avesse mai accennato al fatto che suonava uno strumento musicale. Ma avevano parlato così poco: due o tre volte in tutto, qualche minuto al massimo. Non sapeva praticamente niente di lui. Ricordò di aver pensato che fosse un viso familiare, la prima volta che era entrato in negozio, e dunque capì che doveva averlo visto lì.

Sorseggiò il suo drink. Il gruppo suonò *Round Midnight*, *Moonglow* e *At Last*, e lei si fece trasportare da quelle vecchie dolci melodie perfettamente in tono con l'intimo ambiente a lume di candela.

Lui indossava una camicia bianca sbottonata al collo, le maniche arrotolate fino ai gomiti. Sembrava rilassato mentre suonava, completamente a suo agio con lo strumento. Lei adorava l'idea di un uomo in grado di fare musica. Patrick non era capace neanche di cantare, figurarsi suonare uno strumento.

Finì il suo bicchiere e si voltò verso Adam. «Un altro?». Non aveva intenzione di trattenersi a lungo; aveva pensato di tornare presto a casa, o almeno, non molto tardi. Ma che fretta c'era? L'indomani era domenica e poteva dormire un po' di più. Non usciva da così tanto tempo: poteva benissimo permettersi un altro drink.

Ne bevvero altri due. Quando la musica finì, la testa di Hannah ronzava piacevolmente. «Sta venendo da questa parte», disse lei, mentre John, chiacchierando con il tastierista, si avvicinava al bancone.

«Salutalo», ordinò Adam.

«Salve», disse lei immediatamente, ed entrambi si voltarono.

«Oh». E le sorrise mentre le andava incontro. «Ciao. Vendi ancora le tue tortine?»

«Certamente».

Aveva dimenticato quanto fosse attraente il suo accento. Lui non sembrò in imbarazzo e l'incontro fu piuttosto naturale. Lei gli presentò Adam. «Fa il carpentiere di giorno», disse.

I due uomini si strinsero la mano, e poi John si voltò verso il suo amico. «Wally O'Toole».

«Ciao», disse.

«Ehi», esclamò Hannah. «Ti conosco! Guidi un taxi, vero?».

Non l'aveva neanche guardato in faccia prima, troppo presa dalla scoperta che John suonava nella band per notare chiunque altro.

Lui sorrise. «Certo. Se non sbaglio il tuo furgone ha avuto un guasto».

«Sì, quel giorno mi hai portato a casa».

Era decisamente irlandese: nessuna traccia di accento straniero nelle sue parole. Aveva un sorriso carino con denti molto regolari, e capelli biondo scuro spettinati. Rimase sorpresa per il fatto che si fosse ricordato del guasto al suo furgone.

«Hannah vende cupcake», disse John, gli occhi fissi su di lei. «Le fa con le sue mani».

«Cupcake», fece eco Wally. «Sono una specie di tortine un po' più sofisticate, giusto?».

Hannah rise. «Esattamente. 'Cupcake' è solo un nome più stuzzicante».

«Be', adoro le tortine stuzzicanti. Potrei mangiarne all'infinito».

John si rivolse al bancone e fece un cenno al barman. Poi indicò il bicchiere di Hannah con aria interrogativa, ma lei scosse il capo. Non voleva rovinare la sua serata libera con una sbornia.

«Come si chiama il tuo negozio?», chiese Wally.

«Cupcake Club», gli rispose. «È scritto sul fianco del furgone».

«Giallo anche quello?»

«Ovviamente».

«Bello», disse lui. «Il giallo è un bel colore per un negozio di cupcake».

«Mi piace la vostra musica», disse Adam a John. «Un buon mix di strumenti». Si guardò intorno. «Non vengono gli altri due?»

«No», disse John. «Carlos va dritto a casa dalla sua nuova moglie, e Vivienne non è in vena di socializzare dopo una serata».

Wally finì la sua acqua frizzante in un lungo sorso. «E dovete scusarmi, ma mi starà aspettando per accompagnarla a casa. Lieto di avervi conosciuti. Johnny, ci vediamo la prossima settimana». E se ne andò, zigzagando tra i tavoli per raggiungere il retro del locale.

John si voltò nuovamente verso Hannah. «Allora, cosa ne pensi della nostra musica?»

«La adoro. Non avevo idea che fossi un musicista». Era stata troppo frettolosa, nel rispondergli di no. Era davvero un uomo piuttosto affascinante. Si domandò se le avrebbe chiesto di uscire ancora.

Forse poteva prendere lei l'iniziativa, ma nonostante quel pensiero le fosse balenato in mente, sapeva che non ne avrebbe mai avuto il coraggio. Non si sarebbe mai sentita così sicura nei confronti degli uomini, non avrebbe mai immaginato di mettersi nella vulnerabile posizione di chiedere a qualcuno di uscire e rischiare di ricevere un no come risposta.

Proprio come aveva fatto lei con John Wyatt. Lo guardò mentre conversava con Adam, una mano appoggiata sul bancone, il drink nell'altra. Forse non era troppo tardi: forse poteva provare a incoraggiarlo.

«Ho sempre desiderato imparare a suonare uno strumento», osservò intervenendo in una pausa della loro conversazione. «Uno qualunque, non mi dispiacerebbe». Che non era affatto vero, ovviamente: il pensiero di imparare a suonare uno strumento non l'aveva mai neanche sfiorata, per quanto ricordasse. Non aveva mai premuto un tasto su un pianoforte, o pizzicato le corde di una chitarra, né tantomeno avvicinato un piffero alle labbra. Ma lui non doveva necessariamente saperlo.

«Potresti prendere lezioni», disse. «Vivienne è un'insegnante di musica».

«Davvero?», chiese Adam. «Dove insegna?»

«Oh, solo a casa sua, per quanto ne sappia io», gli rispose John. «È molto riservata, e non fa molta pubblicità. In realtà, è stato Wally che mi ha detto che fa l'insegnante, non lei».

«Sembra una ragazza un tantino aggressiva», disse Hannah. «Non credo che vorrei prendere lezioni da lei».

John rise. «Non riesco a pensare a nessuna ragazza più mite di Vivienne. È timida come un coniglio. Ed è anche una musicista profondamente sensibile: quando suona è assolutamente nel suo elemento».

«Potrei prendere io qualche lezione», disse Adam. «Mi piace il clarinetto».

Hannah gemette. «Oh, Dio, a condizione che ti eserciti nel magazzino». Si voltò verso John. «Adam è il mio coinquilino», spiegò. «Ci conosciamo da sempre». Era abbastanza chiaro che tra loro due non c'era nient'altro?

«E come va il tuo negozio?», chiese John, senza mostrare alcun interesse riguardo al rapporto tra Hannah e Adam.

«Bene», rispose. «Lavoro sempre sodo. Alcune settimane

vanno meglio di altre, ma resisto, e quantomeno riesco a pagare i conti».

«Bene», disse. «Davvero una buona cosa, di questi tempi».

«Come sei riuscito a entrare nella band?», chiese Adam.

John raccontò loro di Patsy della falegnameria, che lo aveva messo in contatto con Wally. «Sono stato fortunato, è un bel gruppo. Suoniamo bene insieme, e andiamo d'accordo».

Sì, era stata decisamente troppo frettolosa. Probabilmente lui era proprio l'uomo perfetto per aiutarla a dimenticare Patrick Dunne.

Proprio in quel momento, nel locale si accesero le luci, e lei si rivolse a Adam. «Salpiamo?».

Lui finì la sua pinta e prese la giacca. «Ci vediamo», disse a John. «Veniamo spesso qui».

«Volentieri».

«E se ti andasse una tortina», aggiunse Hannah, «sai dove trovarmi».

Era il massimo che potesse fare per cercare di riaprire la porta che gli aveva sbattuto in faccia qualche settimana prima. Che lui ci riprovasse o no, lei aveva almeno tentato di incoraggiarlo un po'.

«Buon rientro», rispose, salutandola con la mano.

Lei si domandò se li stesse guardando uscire.

Nulla era cambiato. Tutto era cambiato.

Nei giorni successivi all'incidente, continuarono a fare colazione insieme tutte le mattine. Tom si alzava, si faceva la barba e si vestiva, come se dovesse andare al lavoro.

Ma si incontravano in cucina, dopo aver dormito in camere separate.

«Oh, non farlo», aveva detto, quando lei aveva preso la camicia da notte da sotto il cuscino e lo spazzolino da denti dal bagno in camera. «Alice, perché ti comporti così? Non farlo».

Ma lei era rimasta fredda. Arrabbiata, con il cuore a pezzi, e ancora incapace di trattenere le lacrime, non gli aveva risposto. Aveva semplicemente preso le pantofole, il libro e i vestiti per l'indomani, ed era uscita dalla stanza, dirigendosi verso la camera che ancora consideravano di Ellen, benché fossero anni ormai che lei non vi dormiva più. Quando Ellen tornava, lei, Lenny e i bambini stavano dall'altra parte del paese dalla madre di Lenny, che viveva tutta sola in una casa con quattro camere da letto.

Era rimasta sveglia nel letto di Ellen, con il terrore delle immagini che le sarebbero potute comparire davanti se avesse chiuso gli occhi. Al mattino, si era alzata alle sette e quaranta come era solita fare quando andava a lavorare. Era scesa di sotto e messo bacon e pomodori sotto il grill, come tutti i sabati, e una volta pronti era arrivato Tom, ed entrambi si erano seduti per fare colazione.

Nessuno dei due aveva fatto parola di quel che era successo il giorno prima. Alice aveva detto che avrebbe lasciato il negozio chiuso, e lui non aveva risposto. Lei aveva fatto qualche osservazione sul tempo e lui le aveva chiesto della sua camicia blu. Lei gli aveva chiesto se voleva altro tè e lui aveva allungato la tazza.

Ritornò al negozio di scarpe il martedì: il giorno dopo il funerale, e quattro giorni dopo l'incidente. Quella mattina, Tom non si era visto a colazione, e lei non lo aveva chiamato. Era un sollievo avere un posto dove andare, qualcosa per cui puntare la sveglia. Non che le servisse la sveglia: non era riuscita a dormire bene neanche una notte da quel giorno.

E quando arrivò lì, capì che niente era più come prima.

Nei clienti che andavano al negozio, cercava un segno che le facesse capire che loro sapevano. Si aspettava di vedere il loro disgusto, si aspettava che le sputassero addosso e la chiamassero assassina. Perché lei non era colpevole quanto Tom, a pensarci? Non avrebbe dovuto guidare lei, non avrebbe dovuto insistere, sapendo in che stato era il marito?

Geraldine era la sua salvezza. Non accennava all'incidente. Chiacchierava di qualunque altra cosa, e sorrideva ai clienti quando Alice non riusciva a farlo. Geraldine non badava a quando Alice rispondeva in maniera aggressiva. La seguiva nel retro del negozio quando spariva, e la consolava quando piangeva, dicendole che lei non avrebbe potuto fare nulla, assolutamente nulla.

Quando Alice ritornava a casa la sera, Tom era lì a leggere il giornale o a guardare uno dei suoi quiz alla TV. Gli piaceva Anne Robinson e *University Challenge*, ma non era un grande fan di *Countdown*. Era quello in momento in cui si vedevano per la prima volta in tutta la giornata, dato che lui, da quel martedì, non si era più alzato prima che lei uscisse di casa.

Non c'era mai una bottiglia di vino a tavola per cena. Solo la caraffa dell'acqua con un paio di fette di limone che galleggiavano in superficie. Ma Tom continuava a bere. Lei lo sentiva nel suo alito alle volte. Ma non gli diceva nulla, e non si prendeva la pena di andare a caccia di bottiglie. A che cosa sarebbe servito?

Cucinava ancora lei la sera, sebbene fosse lui ormai quello ad avere tempo libero, ma Alice non lo aveva suggerito dal momento che lui era sempre stato senza speranza ai fornelli. Dio solo sapeva cosa avrebbe preparato.

A tavola si scambiavano qualche parola. Lei gli raccontava che Geraldine aveva vinto dieci euro al gratta e vinci, che la lavanderia automatica accanto al negozio di Hannah stava chiudendo.

Qualche volta si parlava del tempo, e delle giornate che diventavano più miti e più lunghe. Lui le diceva che aveva finito la schiuma da barba, o che il cane dei vicini era andato di nuovo nel giardino sul retro. Lei gli offriva altre patate, altro pudding di riso.

Lei non gli chiedeva mai della sua giornata. Nessun accenno, da parte di entrambi, al suo ritorno al lavoro. Geraldine le aveva detto che avevano trovato un sostituito temporaneo alla clinica odontoiatrica, ma Alice non gliel'aveva raccontato. Non aveva idea se Tom fosse in contatto con Stephen, o con chiunque altro dei suoi colleghi. L'istinto la bloccava. Sarebbe ritornato quando si fosse sentito pronto. Non poteva rimanere a casa per sempre.

Avevano ricevuto una visita da parte di un agente che Tom conosceva, perché gli aveva curato i denti. «Se ne occuperà il tuo avvocato», aveva detto. «Tirati su, l'unico modo è tenersi occupati. Ti terrò aggiornato su qualunque sviluppo dovesse esserci da parte nostra», aveva aggiunto, e Alice lo aveva ringraziato e gli aveva tagliato un'altra fetta di torta al caffè.

Aveva trovato sorprendente che non gli avessero tolto la patente. La macchina era stata restituita loro un paio di giorni dopo l'incidente, ma nessuno aveva parlato di toglierli la patente. Aveva ucciso un bambino risultando positivo all'alcol test, eppure secondo la legge era ancora idoneo a mettersi al volante di un'auto e guidare.

Ma lui non guidava. Era stata Alice a portare la macchina in officina per far sistemare il paraurti. Detestò doverlo fare: le sue dita erano bianche sul volante, il corpo così teso che respirava a malapena, ma era intollerabile la vista di quell'ammaccatura. Da allora Tom non si era più avvicinato alla macchina, che era rimasta nel vialetto, ignorata da entrambi.

Lei non aveva idea di cosa facesse suo marito tutto il giorno. Non sapeva a che ora si alzasse, quanto tempo rimanesse in pigiama. Non doveva uscire a comprare il giornale perché glielo consegnavano a casa. Era quasi certa che non era andato al campo da golf, neanche con quel bel tempo degli ultimi giorni.

Ma usciva, perché comprava whisky. Alice trovò le prime bottiglie per caso, mentre cercava nel secchio della spazzatura una ricevuta che aveva buttato via. Erano state spinte ben bene in fondo, tre bottiglie vuote di Powers Gold Label. Le aveva tirate fuori e portate al bidone per la raccolta del vetro alla rotatoria, a dieci minuti a piedi da casa. Teneva gli occhi aperti nell'eventualità che ne scoprisse altre, e ogni volta che ne trovava le portava alla raccolta differenziata.

E non diceva nulla.

Aveva deciso di non dire nulla neanche a Ellen. Non c'era motivo di farla preoccupare, dato che era così lontana. Alice era terrorizzata all'idea che Ellen potesse sentire il bisogno di tornare a casa; che vedesse Tom in quello stato, che fosse coinvolta anche lei in quell'incubo. Gliene avrebbe parlato a tempo debito, quando, sicuramente, sarebbe diventato inevitabile.

Così, nella lettera settimanale che Alice le scrisse loro si telefonavano solo in occasioni speciali – non accennò affatto a un bambino morto. Non parlò di un processo, non tirò fuori l'alcol test positivo.

«Niente di nuovo dall'ultima lettera», aveva scritto. «Non è successo un granché a Clongarvin». Le raccontò brevemente della cena danzante, tanto per avere qualcosa da dire, e dei saldi al negozio di scarpe. «Vanno a ruba», aveva proseguito. «Io e Geraldine siamo stanchissime». Le descrisse una camicia che aveva acquistato e le chiese dei bambini.

«Papà sta lavorando molto, come al solito», aveva aggiunto. «Vi saluta con affetto».

Era convinta che Tom sarebbe andato in prigione. Perché avrebbero dovuto risparmiarlo, dopo quello che aveva fatto? Anche se lui non aveva agito intenzionalmente, si era comunque messo a guidare di sua volontà. Anche lei aveva la patente, avrebbe potuto guidare lei: quell'aspetto sarebbe sicuramente venuto fuori in tribunale. Avrebbe potuto evitarlo, se avesse guidato lei al posto di Tom quella mattina.

Anche il tassista della sera prima poteva essere rintracciato: sarebbe potuto essere chiamato a testimoniare sullo stato di Tom. Non che a loro servisse una prova, considerati i risultati dell'alcol test. Era un caso già risolto; non era così che dicevano? E Tom sarebbe stato punito per quello che aveva fatto.

Non era tornata nella loro camera da letto. Ogni notte che passava dall'altra parte del corridoio, diventava sempre più impossibile. Aveva scoperto che le piaceva la compattezza del letto singolo, dopo tanti anni in cui aveva condiviso un letto matrimoniale. Stava cominciando a dimenticare la sensazione di un altro corpo disteso accanto al suo di notte e l'odore che si mischiava con il proprio al mattino.

Usava una borsa dell'acqua calda al posto del calore di Tom. Lasciava la finestra aperta più di quanto avrebbe voluto lui, e una notte aveva persino spalancato le tende ed era rimasta a fissare il cielo punteggiato di stelle fino al mattino. Dormiva poco, talvolta per niente, ma durante il giorno sembrava in preda a una sorta di energia irrequieta.

I giornali non avevano fatto il nome di Tom riportando la notizia dell'incidente, ma lei pensava che prima o poi ne avrebbero parlato. Il telefono squillava raramente a casa. Da quel giorno, alcune amiche che la chiamavano di tanto in tanto per fare due chiacchiere non si erano più fatte sentire, e lei non aveva il coraggio di telefonargli, per timore che riattaccassero.

Nonostante le paure iniziali, al negozio non aveva ricevuto nessun attacco, nessuno l'aveva accusata di niente apertamente, ma di recente le vendite erano in calo. Certo, con la recessione erano un po' rallentate negli ultimi mesi, come in tutti i negozi, ma sembrava che quel periodo fosse più tranquillo che mai. Lei pregava che fosse solo la sua immaginazione, che la gente non le avesse voltato le spalle per quello che era accaduto.

Pensava ai genitori del bambino. Era un pensiero costante, mentre saliva sulla scala per prendere una scatola di scarpe, mentre pelava le carote, mentre si lavava i denti. Pensava al dolore che Tom aveva inflitto loro. Immaginava la madre che ritirava il bucato, con la consapevolezza che non c'era più nessuno da vestire. Pensava a un pallone dimenticato sotto un cespuglio, e al padre che ricordava l'ultima volta che aveva giocato a calcio insieme al bambino nel giardino.

Pensava continuamente a loro; a quelle due persone. Non li aveva mai visti, e al funerale non ce l'aveva fatta ad avvicinarsi, sebbene sentisse che fosse giusto far loro le condoglianze. Non sapeva nulla di loro, a parte i nomi e che avevano avuto un bambino.

E sapeva dove vivevano.

"Springwood Gardens", diceva il manifesto funebre. Nessun numero civico, e neanche un nome. Alice non sapeva bene dove si trovasse Springwood Gardens. Forse dietro il municipio; doveva far parte di quel mucchio di case che erano state costruite negli ultimi vent'anni, quando la Tigre Celtica aveva ruggito e c'era stato il boom dell'edilizia.

"Unico amato figlio", recitava il manifesto, "di David e Claire".

O'Brien era il cognome. Il bambino che Tom aveva ucciso era Jason O'Brien. Non doveva essere difficile trovare David O'Brien a Springwood Gardens. Non potevano essercene tanti di David O'Brien. Se avesse avuto problemi a trovarlo, avrebbe detto che doveva consegnargli un santino che li invitava a una messa commemorativa.

Ripiegò il manifesto funebre e lo ripose nella borsa. Prese una cipolla dal cesto della verdura e cominciò a pelarla.

Vivienne. Adorava il suo nome. Era abbastanza sicuro che gli piacesse già prima di sapere che fosse il suo, ma adesso lo adorava. Era il nome perfetto per lei, così dolce, così femminile. Vivienne la clarinettista.

Il fatto che l'altro musicista aveva detto che l'avrebbe accompagnata a casa dopo la serata di sabato, l'aveva sconcertato. Cosa significava? Erano una coppia? La sua casa era anche quella di lei, o semplicemente vivevano nella stessa zona, e quindi aveva senso che se ne andassero insieme dal wine bar?

Adam non sapeva come scoprirlo, così decise di ipotizzare che lei fosse single, e di procedere con il suo piano.

Prima o poi, doveva succedere.

Dopo diversi venerdì sera in cui erano riuscite a ignorare gli eventi che erano accaduti nelle vite delle loro figlie, alla fine tra Fiona Bradshaw e Geraldine Robinson i nodi vennero al pettine e tra tutti i posti possibili, successe proprio a casa di Maureen Hardiman.

La partita di bridge ebbe luogo in salone. Maureen lo chiamava salone, ma per quanto Geraldine potesse vedere, era identico sia nella misura sia nella disposizione al suo salotto. Era tipico di Maureen darsi le arie, con la sua serie di sofà a due sedute dalle gambe sottili che ospitavano comodamente davvero solo due persone – che c'era di male nelle sedie pieghevoli? – e con i ridicoli tavolini su cui c'era a malapena posto per le carte e i taccuini segnapunti, figurarsi una borsa.

Di per sé, l'incontro tra Fiona e Geraldine non fu un disastro. Non erano già state nella stessa stanza diverse volte da quando Patrick era andato via? Non erano state persino sedute l'una di fronte all'altra ogni sera per una partita? Erano entrambe donne mature: potevano gestire una situazione delicata con la dignità e il tatto che si convenivano. Non c'era ragione di perdere la faccia o inveire in alcun modo. Loro due non avevano nessuna colpa, non c'entravano assolutamente niente.

Geraldine prese posto come al solito di fronte alla sua compagna, e il gioco cominciò. A tempo debito, fu annunciata una nuova partita, e le compagne cambiarono posto, e ricominciarono. Le carte furono distribuite, e seguirono le solite dichiarazioni. Le partite si susseguirono, furono segnati punti; la serata passò.

Come al solito, Geraldine e Fiona alla fine si ritrovarono a giocare l'una di fronte all'altra. Durante quella partita in particolare, Geraldine non si rivolse mai direttamente a Fiona né successe il contrario, a meno che non fosse strettamente necessario. Gli occhi delle due donne non si incontrarono mai, le loro mani rimasero caparbiamente distanti, nonostante lo spazio esiguo dei tavolini di Maureen. Fino a un certo punto, tutto procedette normalmente.

Peccato che, dopo essere riuscite con successo a ignorarsi per tutta la serata e a evitarsi anche durante il tè e lo spuntino seguenti rimanendo ai due lati opposti della sala, Geraldine si trovò ad ascoltare una conversazione fortuita nell'ingresso della casa di Maureen, mentre il gruppo si stava rimettendo i cappotti e stava recuperando gli ombrelli;

proprio quando il pericolo di un diverbio di qualunque tipo tra le due donne poteva considerarsi sventato.

«Fiona», Dolores Mulcair disse con la sua inconfondibile voce stridula, «ho sentito che la tua Leah è in attesa».

Mentre si abbottonava il cappotto, Geraldine si sentì raggelare.

«Sì», rispose Fiona. «Partorirà a giugno».

Geraldine si voltò lentamente e guardò in faccia la sua nemica, che stava guardando proprio nella sua direzione, mentre Dolores si congratulava a voce alta, e anche Maureen Hardiman diceva trionfante: «Lo sapevo!».

E se lei avesse scorso nel viso di Fiona la minima traccia di rimorso, il minimo segno di rammarico, forse sarebbe riuscita a non dire nulla e a lasciar correre.

Purtroppo però, non vide nulla del genere guardandola dall'altra parte dell'ingresso. Semplicemente, Fiona la fissava impassibile.

Così Geraldine sorrise. «Che velocità», disse con la stessa voce alta di Dolores, coprendo il brusio delle altre. «Mi sbaglio o giusto a Natale dicevi che avresti desiderato che Leah trovasse un uomo carino?».

Fiona corrugò la fronte. «No, io…».

«Oh, sì, ricordo benissimo che lo dicevi», Geraldine continuò, «e adesso partorirà a giugno, il che vuol dire che è rimasta incinta…». Fece finta di fare i conti, conscia che tutt'intorno le altre avevano smesso di parlare tra loro. «…A settembre, credo. Pensa, era incinta da tutto quel tempo. E adesso non venirmi a raccontare», continuò, puntandole un dito contro, «che non ne avevi idea, bugiarda».

Calò un silenzio di tomba. Gli occhi delle altre guardarono prima Geraldine e poi Fiona, la cui espressione rimase immutata, a parte un leggero rossore sulle guance. Aprì la bocca, e la richiuse. Geraldine aspettò.

«Così chi è il fortunato?», chiese alla fine una del gruppo, interrompendo il silenzio.

«Sì, Fiona», disse Geraldine, il sorriso teso sul suo viso, «chi è l'uomo misterioso di cui nessuna sapeva nulla?».

Fiona incontrò apertamente il suo sguardo. Cos'altro poteva fare?

«Si chiama Patrick Dunne», disse in tono piatto, «come tu ben sai, Geraldine».

Tutte tirarono il fiato, gli occhi di nuovo su Geraldine, in attesa di una reazione. Sapevano che Patrick era stato con Hannah. Lei stessa aveva spesso detto loro quanto fosse carino con sua figlia. Lei stessa aveva espresso le sue speranze ad alcune di loro che lui le facesse la proposta a Natale. Ed ecco che venivano a sapere che non sarebbe mai successo e che lui si era trasferito da Leah Bradshaw, la quale era incinta del suo bambino.

Geraldine si voltò senza aggiungere un'altra parola e aprì la porta in legno della casa di Maureen. Uscì nell'aria umida della notte e richiuse la porta sul silenzio. Poi barcollando si incamminò verso la macchina parcheggiata.

Si pentì subito. Non era riuscita a resistere alla tentazione di dirgliene quattro. Era stata una tale soddisfazione toglierle dalla faccia quell'espressione compiaciuta. Ma da quel momento in poi, le altre l'avrebbero guardata con compassione, e sarebbero state attente a non menzionare Hannah. E ovviamente, lei e Fiona si sarebbe guardate in tralice ogni volta che fossero state faccia a faccia in futuro.

In ogni caso, ormai tutti sapevano tutto, non c'era più ragione di nascondere nulla, o di chiedersi quando lo avessero scoperto. Lei e Fiona sarebbero andate avanti come al solito, immaginò. Avrebbero avuto un rapporto cordiale e freddo, e mai, mai amichevole. E, certamente, le altre donne sarebbero state più sensibili nei confronti di Geraldine, e la gravidanza di Leah non sarebbe mai stata menzionata davanti a lei; il che era una benedizione.

Avviò il motore e tornò a casa cercando di ricordare se avesse della crema pasticcera. Una ciotola di crema era proprio quello di cui aveva bisogno. E poteva assolutamente concedersela dal momento che l'aveva preparata con latte scremato.

L'interfono suonò. Nora posò la limetta per unghie e premette il pulsante. «Sì?».

«Puoi venire?».

Come al solito, le parole giunsero in stereo; attraverso la porta dietro di lei, la voce di Patrick si percepiva tanto quanto quella più meccanica emessa dal dispositivo. Lei gli aveva fatto notare che era sufficiente alzarla leggermente per chiamarla nel suo ufficio e che quindi si poteva fare a meno dell'interfono, ma lui aveva risposto con una risatina.

«Arrivo», replicò.

Rilasciò il pulsante e si alzò, prendendo il blocchetto e la penna dalla scrivania. Si lisciò la gonna viola e controllò che le righe posteriori delle calze autoreggenti fossero dritte.

Lui era spaparanzato sulla sedia, i capelli spettinati, la cravatta storta. Lei andò verso la finestra, posando il blocchetto e la penna sulla scrivania. Aprì i vetri, consapevole che lui la stesse guardando mentre si appoggiava sul davanzale e si rialzava.

«C'è aria viziata qui dentro», disse. «Devi mettere l'aria condizionata».

Lui sorrise mentre Nora riprendeva il blocchetto. «Come continuo a ripeterti, non sei a New York».

«Non lo sapevo». Si tirò un po' su la gonna e si appollaiò su un lato della scrivania. «Devo prendere appunti, signore?».

Erano passati dieci giorni e lei era abbastanza sicura che non avrebbe trascorso il resto della sua vita, e neanche il resto di quell'anno, a lavorare per il «Clongarvin Voice». Ma era un modo per passare il tempo e, per la verità, a parte la mancanza della benché minima traccia di glamour, non aveva delle serie obiezioni riguardo a quel lavoro.

Il giornale era settimanale, il che significava che il giorno davvero più impegnativo era il giovedì, ma persino quello era stato una passeggiata la settimana prima, mentre tutti gli altri ancora la consideravano la nuova ragazza inesperta che ancora non sapeva come muoversi.

L'agenda di Patrick non era così frenetica, cosa che le andava molto bene, e rispetto alle altre canaglie in cui si era imbattuta a New York, poteva considerarsi un capo ideale.

Lei gli piaceva, senza dubbio. Gli uomini erano veramente pessimi nel nasconderlo. Non riusciva a toglierle di occhi dal seno, le guardava la bocca quando parlava, probabilmente la desiderava quando lei si voltava e se ne andava. E, ovviamente, lei alimentava quell'attrazione, godendosi le attenzioni di un uomo affascinate e al contempo tenendolo a distanza.

Sceglieva con molta cura gli abiti da indossare per andare al lavoro; dovevano stuzzicare mostrando quel tanto che bastava senza rivelare troppo. Le gonne mettevano in risalto la silhouette, ma erano lunghe abbastanza da sembrare adatte per un lavoro in ufficio. I top facevano risaltare la scollatura, ma non troppo; a meno che lei non si sporgesse per consentire una vista migliore. Le camicette non erano esattamente trasparenti, ma sufficientemente sottili da far immaginare cosa ci fosse sotto. E poi teneva una bottiglietta di profumo nel cassetto della scrivania.

Mentre dettava, lei era ben consapevole che lui la stava guardando. Stravaccato sulla sedia, la esaminava. Forse stava facendo anche qualche fantasia su di lei. Sentiva gli occhi di lui sul suo corpo mentre era mezza seduta su un angolo della scrivania. Avrebbe potuto sedersi sull'altra sedia di fronte alla scrivania. Lo sapevano entrambi, ma lui non gliel'aveva suggerito. Quella posizione era molto più interessante per tutti e due.

«Ecco», disse, appena lei ebbe finito di scrivere. «Ce la fai a mandarla prima di pranzo?»

«Certo». Chiuse il blocchetto e scivolò giù dalla scrivania. «Come sta Leah? Non la vedo da un po'».

Nora le aveva mandato un messaggio qualche sera prima, giusto per salutarla e vedere come reagiva. E Leah, non subito, aveva risposto telegrafica: "Occupatissima, spero tutto ok. A presto".

«Sta bene», replicò lui. «Un po' stanca, naturalmente».

«Naturalmente... Quando finisce di lavorare?»

«Oh, non ancora, forse lavorerà ancora un altro mese o più». Sorrise, gli occhi sulla scollatura del suo top grigio chiaro. «Niente maternità quando lavori in proprio».

«Già, è vero». Si scostò i capelli dietro le spalle. «Be', è meglio che torni al lavoro».

«Che fai a pranzo?», chiese, mentre lei raggiungeva la porta.

Si voltò, l'espressione molto dispiaciuta. «In realtà, ho già un impegno. Mi dispiace. Facciamo un'altra volta?».

Non aveva programmi, ovviamente. Ma era divertente tenerlo a distanza; finché lui non avesse più resistito.

Erano sempre così divertenti i preliminari.

Una tornò a lavorare il lunedì dopo il funerale di Jason.

Hannah scrutò il viso pallido, il sorriso determinato. «Sei sicura di essere pronta? Puoi prenderti più tempo».

Una scosse il capo. «Grazie, ma ho bisogno di ritornare alla mia routine». Esitò. «E penso che Claire e Dave vogliano rimanere un po' da soli; sono stati circondati da un sacco di gente da quando...». Si interruppe, prese un fazzoletto dalla borsa e si tamponò gli occhi. «Dio, scusami. Non starò così tutta la mattina, promesso».

«Entra e metti su il bollitore», le disse Hannah, «e preparati una tazza di tè. Però temo ci sia solo latte UHT».

Ma Una mise via il fazzoletto e cominciò a sbottonarsi la giacca. «No, sto bene, davvero. Dammi solo qualcosa da fare, e poi vai pure».

Hannah si guardò intorno nel negozio. «Non ho avuto la possibilità di spazzare il pavimento stamattina», mentì, «così se potessi farlo tu».

Una appese la giacca e prese la scopa dal retro. «Sono devastati», disse, mentre Hannah si slacciava il grembiule. «Completamente a pezzi, tutti e due». Passò la scopa sul pavimento pulito. «Dave mi ha detto che Claire piange tutte le notti; sta tutta rannicchiata nel letto e piange». Nella paletta non c'era neanche un po' di polvere. Hannah andò a prendere la giacca nel retro. «Rimane seduta nella camera di Jason per ore durante la giornata. Dave non riesce a entrarci; semplicemente dice che non ce la fa».

Hannah non accennò a infilare la giacca. «Ascolta», disse, «oggi non ho nulla da fare in paese. Rimango qui. Ce ne stiamo...».

Una si raddrizzò, con in mano la paletta vuota. «No, non farlo; se rimani mi sentirò inutile. Starò benone, credimi». Fece una pausa. «Spero non sembri che voglia liberarmi di te».

«Be', sì, è proprio così, e ne sono molto offesa. Sicura che starai bene?».

Una annuì. «Sicura. Ci vediamo a mezzogiorno».

«Se hai bisogno, chiama».

Hannah uscì dal negozio, per nulla entusiasta delle sue due ore di libertà. Mentre camminava, passò un taxi e il tassista alzò una mano per salutare. Hannah ricambiò il gesto, non riconoscendolo finché non fu passato. Wally, senza cappellino di lana. Sperò che lo mettesse via fino all'inverno successivo.

Svoltò l'angolo e si sentì mancare quando vide che Nora O'Connor camminava tutta trafelata nella sua direzione. Era troppo vicina perché Hannah facesse finta di non averla vista e si nascondesse nel primo negozio.

«Ciao», disse Nora mentre si avvicinava. «Stavo appunto venendo da te».

Indossava una gonna a coda verde scuro che le fasciava i fianchi, una giacca nera aderente su una camicetta bianca come la neve e stivali neri, che le avvolgevano morbidi i polpacci.

In tiro per Patrick Dunne. Il pensiero balenò assolutamente spontaneo nella mente di Hannah. Desiderò essere vestita un po' più alla moda e di non avere addosso la sua vecchia camicia blu e i pantaloni grigi. «Avevi bisogno di me per qualcosa?».

Adam non parlava mai del lavoro di sua sorella al giornale. Quando Hannah aveva ceduto alla curiosità e gli aveva chiesto come stesse andando, lui le aveva detto che Nora non gli diceva molto. Hannah non poteva immaginare che attrattive avesse per Nora O'Connor lavorare al «Clongarvin Voice», a parte il suo redattore.

«Vorrei comprare alcune delle tue tortine per una riunione», disse Nora. «Penso che aggiungano un tocco di originalità».

«Ah...». Hannah si vergognò all'istante. Perché pensare che Nora volesse attirare l'attenzione di Patrick? Chi era lei per giudicare la sorella di Adam, che dopotutto conosceva appena? «Carino da parte tua. In negozio c'è Una, ti aiuterà lei».

«Sì, Adam mi ha detto che hai assunto una collaboratrice. L'attività deve andare bene».

«Non male», rispose Hannah. «È un lavoro faticoso, ma riesco a pagare i conti, più o meno». Fece per andarsene. «Be', è meglio che…».

«Anch'io, a dopo». E Nora se ne andò, lasciandosi dietro la scia profumata di qualcosa di costoso, per andare a comprare tortine per una riunione a cui in tutta probabilità avrebbe partecipato anche Patrick. Hannah si domandò se lui le avrebbe notate, se le avrebbe riconosciute. Sicuramente le avrebbe ricordate. Dopotutto, l'idea di aprire il negozio le era venuta dopo avergli fatto assaggiare alcune ricette di prova.

Non si erano più incontrati dal giorno dell'apertura, ma lei lo aveva visto qualche volta negli ultimi due mesi. Tra le corsie di un supermercato mentre lei aspettava in fila con il suo carrello. Seduto sul sedile anteriore di un taxi una volta; fortunatamente con lo sguardo rivolto altrove. Nella vetrina del suo barbiere abituale, mentre sfogliava le pagine di una rivista aspettando il suo turno per la barba, il suo piacere settimanale. E una volta con il braccio intorno alla vita di Leah Bradshaw mentre la guidava nell'attraversare la strada. Hannah non avrebbe saputo dire se l'avessero vista e cercato di evitarla. Era probabile, e piuttosto comprensibile, pensò; ma le fece male comunque.

Quando lo vedeva si sentiva ancora mancare. Lei lo amava ancora: i capelli scuri sempre spettinati, i profondi occhi castani, la barbetta che rispuntava già a un paio d'ore dalla rasatura. La sua altezza, il suo corpo massiccio. Ricordava il suo profumo, il muschio del suo dopobarba, il suo sudore.

Girò a un altro angolo e realizzò che si trovava nell'isolato del negozio di Alice. Poteva andare a vedere i nuovi arrivi. Non che potesse permettersi di fare spese pazze, ma dare un'occhiata non costava nulla.

Un cartello sulla vetrina diceva "10% di sconto su tutto". Un altro diceva "Tutto in saldo". Geraldine era seduta tutta sola su uno sgabello defilato, a leggere una rivista. Alzò lo sguardo mentre Hannah entrava. «Ciao, tesoro; qualcosa non va?»

«No, è solo che non so cosa fare. Una è rientrata al lavoro stamattina».

«Oh, come sta quella povera ragazza?»

«È ancora molto sconvolta, ovviamente, ma penso che le farà bene lavorare di nuovo». Hannah si guardò intorno. «Com'è calmo qui, eh?».

Geraldine chiuse la rivista. «Ancora non è venuto nessuno».

«Nessuno, nessuno? Neanche a guardare?».

Gli scaffali erano pieni di scarpe e sandali coloratissimi. C'era un assortimento di stivali con su scritto "Ultimi ribassi – fino al 70%". C'erano due file di pantofole e una serie di scarpe da ginnastica.

Geraldine sospirò. «Le vendite sono calate da quando c'è stato l'incidente, da quando abbiamo riaperto. All'inizio non lo avevamo notato, sai la recessione, ma più passa il tempo...». Scosse il capo. «Non so».

Hannah la fissò. «Pensi che abbia a che fare con quello che è successo? Pensi che la gente stia evitando il negozio?».

Geraldine alzò le spalle. «Davvero non so cosa pensare, tesoro. Ma in un piccolo paese come Clongarvin, tutti sanno tutto in un batter d'occhio».

«Dov'è Alice?»

«A fare la spesa e qualche altra commissione. Non serve che restiamo qui in due».

«Credo di no… Come sta?».

Geraldine ci pensò su. «Be', sta un po' meglio da quando è tornata a lavorare, e ce la sta mettendo tutta per fare finta che non sia successo nulla, ma ha un'aria sfinita; deve essere terribilmente preoccupata per quello che li aspetta. Ho provato a invitarli a cena, ma continua a trovare scuse».

«E Tom?»

«Sembra svanito nel nulla. Alice cambia argomento quando le chiedo di lui, e Stephen dice che non ha neanche fatto lo sforzo di chiamare in clinica per far sapere se e quando tornerà a lavorare». Si alzò in piedi. «Ti va un po' di tè?»

«Solo se lo fai tu».

Quando Geraldine ricomparve, la porta del negozio si aprì ed entrò una signora. Hannah prese a gironzolare tra gli scaffali. Prese un paio di sandali rossi aperti davanti con la zeppa in tessuto, e provò un paio di scarpe verde lime con tacco a spillo, che probabilmente sarebbero state meglio sotto le caviglie sottili di Nora O'Connor.

«Vieni a pranzo domenica, vero?», le chiese Geraldine quando la donna che era entrata uscì a mani vuote. «Preparo l'agnello».

«Ci sarò».

Domenica era la domenica di Pasqua. L'anno prima, lei e Patrick l'avevano trascorsa in una piccola casa ad Achill Island.

Erano partiti presto il Venerdì Santo ed erano rimasti lì fino al lunedì di Pasquetta. Avevano deciso che lui le avrebbe regalato un coniglietto di cioccolato Lindt avvolto nella carta dorata, e lei un pacchetto da sei di patatine alla cipolla. Li avevano mangiati al pranzo di Pasqua nell'hotel del posto, e poi se li erano portati in spiaggia.

«Quando pensi che tornerà Alice?», le chiese mentre bevevano il tè.

«Non prima di un'ora, credo. È uscita dopo le dieci». Geraldine fece una pausa. «C'è qualcosa che ti piace?»

«No. Non mi ha colpito nulla».

Hannah si rese conto che stava pensando a John Wyatt. Si domandò se sarebbe tornato in Scozia per Pasqua. Se non lo avesse fatto, avrebbero potuto passare la festa insieme, o almeno una parte della giornata. Non si era più fatto vedere al negozio da quando si erano incontrati al Vintage.

Ovviamente non aveva importanza – lo conosceva appena – eppure la seccava la consapevolezza di essere stata troppo precipitosa, di aver buttato all'aria qualcosa senza pensare se fosse il caso. Forse poteva fare qualche altra puntatina al Vintage con Adam.

Quando ritornò al negozio, Una le raccontò che una donna aveva comprato due dozzine di cupcake, e che le aveva chiesto una ricevuta fiscale.

«Capelli biondi ramati, ben vestita, accento americano?»

«Sì. La conosci?»

«Sì».

Due dozzine di tortine: sicuramente la loro vendita più grossa da quando aveva aperto. All'istante pensò che Patrick potesse aver specificamente chiesto alla sua assistente personale di comprare tortine al Cupcake Club. Per lavarsi la coscienza, magari, dando una spintarella alla sua attività? Non che le importasse di chi diavolo fosse stata l'idea: una vendita era una vendita, per chiunque fosse.

Eppure.

«Ho invitato mia madre a pranzo domenica», disse Leah. «Non potevo lasciarla da sola il giorno di Pasqua».

«Bene», rispose Patrick, pensando a come la sua assistente personale facesse scorrere le dita sulla pelle della gola mentre parlava al telefono. Su e giù, su e giù per quella pelle levigata, lucida.

«Mi prendi una scatola di antiacidi Rennie quando torni a casa?», gli chiese Leah. «Gli originali».

«Nessun problema».

Era certo che indossasse collant, con la parte superiore in pizzo aderente alle cosce. E poi qualche centimetro di pelle nuda abbronzata prima di altro pizzo.

«A che ora torni a casa?», chiese Leah.

«Intorno alle sei, credo. Forse un po' più tardi».

Si domandò ancora una volta se avesse fatto un ritocchino al seno. Certamente non perdeva occasione per mostrarlo. Non che gli dispiacesse. Si domandò se si poteva capirlo toccandolo.

«Preparo le lasagne», disse lei.

«Buonissime».

Dopo aver riattaccato, Patrick rimase seduto qualche minuto dietro la scrivania in noce. Poi premette il pulsante dell'interfono e disse: «Puoi venire?».

C'era sempre una lettera da scrivere, se ci pensava bene.

La donna nel negozio di oggetti sacri della chiesa aprì il registro e lo sfogliò finché non arrivò a quella pagina. «Per i vivi o i morti?»

«Morti», rispose Alice.

«Nome?»

«Jason O'Brien».

«Oh, quel povero bambino», disse la donna, scrivendo nel registro. «Un dramma. All'uomo che lo ha investito dovrebbero mettere un cappio al collo».

«Già». Alice scelse un santino di messa tra quelli che le

erano stati mostrati. Raffigurava Gesù con un agnello in una mano e un bastone da pastore nell'altra.

«Messa condivisa o solo per lui?»

«Solo per lui».

«Sette euro in tutto, allora». Staccò la ricevuta e la porse ad Alice. «Grazie molte», disse, mentre Alice le porgeva una banconota da dieci.

Le occorsero meno di quindici minuti per arrivare a Springwood in macchina. Accostò al marciapiede della prima strada del cento residenziale, Springwood Park, e aprì il santino per scrivere il nome "Jason O'Brien" sulla riga vuota, e "Alice" nello spazio per il suo nome. Infilò di nuovo il santino nella sua busta e la ripose in tasca.

Uscì dalla macchina e la chiuse a chiave; si guardò intorno. Springwood era un misto di case a schiera e bifamiliari con basse ringhiere in ferro e in alcuni casi con siepi, che separavano i piccoli giardini anteriori. Alcuni residenti aveva sostituito il prato con cemento o mattonelle per realizzare un vialetto per le auto, altri avevano delimitato il prato con aiuole di fiori. Alcune erano molto trascurate – pensò che fossero in affitto – la maggior parte invece era molto curata.

Le porte d'ingresso erano dipinte di rosso, nero, blu o giallo. In alcune c'erano degli inserti di vetro colorato; una recava un grande battente in ottone a forma di testa di rana. Le tende, se c'erano, erano in pizzo, oppure c'erano le veneziane. Un gattino fulvo si leccava il muso vicino al pilastro di un cancello e la ignorò. Una scarpa consunta marrone da uomo giaceva girata sul fianco vicino un altro cancello. Un cartello con la scritta "In vendita" e un numero di cellulare era attaccato al lunotto posteriore di una Micra nera del 2006.

«Sto cercando gli O'Brien», disse a una donna con lunghi capelli biondi che spuntò da un cancello e le andò incontro. Ma la donna scosse il capo.

«Abitano in Springwood Gardens», disse Alice, «David O'Brien».

Ma la donna disse un «Mi spiace» in un accento straniero e se ne andò.

«Gli O'Brien», chiese a un altro uomo che passeggiava con un piccolo cane bianco e nero. «Springwood Gardens». Il cane annusò le sue scarpe, scodinzolando.

«Dave e Claire, quelli che hanno perso il bambino?», chiese, e Alice annuì con il cuore che le batteva forte nel petto.

«Ho un santino di messa», disse, ma lui si era già voltato per darle indicazioni.

«La seconda a sinistra è Springwood Gardens», disse. «La loro casa è sulla destra, più o meno a metà della strada».

«Non sa il numero?».

Lui scosse il capo. «Chieda a qualcuno», rispose, «glielo sapranno dire».

Ma quando girò alla seconda a sinistra, non c'era nessuno a cui chiedere salvo due ragazzini di sette o otto anni, seduti sul bordo del marciapiede a mangiare patatine, uno sporco pallone da calcio una volta bianco bloccato tra i piedi di uno dei due.

«Sapete dove abitano gli O'Brien?», chiese Alice, e loro la fissarono, continuando a sgranocchiare. Non voleva accennare al bambino morto. «Dave e Claire O'Brien?».

Uno dei due ragazzini tirò fuori il dito dal sacchetto di patatine e indicò. «Quella casa», disse, «con i fiori». Alice seguì la direzione del suo dito e vide il mazzo di rose rosse appassite attaccato al montante del cancello con un nastro bianco scolorito.

«Grazie», disse, e attraversò la strada, con la sensazione che la stessero guardando mentre si avvicinava. C'era un foglietto plastificato attaccato al mazzo. Alice si abbassò e ne lesse le parole scritte probabilmente da un bambino: «Jason sarai sempre nei nostri cuori, famiglia McCarthy».

Si raddrizzò e guardò la casa. Al centro di una schiera di cinque, era identica alle altre. Il prato era perfettamente tagliato e l'aiuola di fiori era costellata di cespugli di rose potate con cura. Le finestre erano spoglie, eccetto per una al piano di sopra, le cui tende erano chiuse. La porta d'ingresso era verde scuro con il numero trentasette in ottone.

Avanzò sul vialetto di cemento, e tirò fuori il santino di messa dalla tasca. Lo infilò velocemente nella buca delle lettere e se ne andò, fuori dal cancello e di nuovo sul vialetto, e poi si lasciò alle spalle i ragazzini che mangiavano ancora patatine.

«Stai bene?», le chiese Geraldine, una volta tornata in negozio. «Sei pallidissima».

«Sto bene».

«Hai trovato tutto quello che ti serviva? Hai preso le pillole per dormire?»

«Sì... vado a farmi una tazza di tè».

Riempì il bollitore, ma davanti agli occhi aveva le rose appassite legate al cancello, i cespugli di rose potate con cura nel giardino, la porta verde con il numero civico trentasette in ottone. Aveva sentito come qualcosa che faceva resistenza mentre infilava la busta, forse un salsicciotto antispifferi. Non aveva aspettato di sentire che la busta toccasse il pavimento.

Pensò alla madre che la prendeva, sfilava il santino e leggeva il nome "Alice"; e poi lo faceva vedere al marito, che scuoteva il capo quando lei gli chiedeva se qualcuno che conosceva si chiamasse Alice.

Due sere prima, aveva trovato altre quattro bottiglie di

whisky vuote, spinte in fondo al secchio dell'immondizia. Le aveva tirate fuori e portate al cassonetto per la raccolta differenziata.

Aveva mentito a Geraldine sul fatto che sarebbe andata dal medico per farsi prescrivere le pillole per dormire. Era la prima volta che le mentiva.

Adam digitò "clarinetto" e premette il pulsante *Cerca*. Dopo pochissimi secondi, lo schermo cambiò e lesse "2.234 risultati". Scorse lentamente tra bocchini, spartiti, astucci e bizzarri clarinetti moderni. Tornò alla pagina iniziale e digitò "clarinetto strumento", e riavviò la ricerca: comparvero undici risultati.

Esaminò con attenzione un clarinetto argentato che era stato messo in vendita da "george4234". Il prezzo era quaranta sterline, che era considerevolmente inferiore a quello che aveva visto affisso ai clarinetti nell'unico negozio di strumenti musicali di Clongarvin, e "george4234" era nel Regno Unito, quindi piuttosto vicino. Erano già state offerte quarantadue sterline. Adam digitò un'offerta di quarantaquattro e premette il pulsante *Invio*.

"Non sei ancora registrato su eBay?", recitò lo schermo, "Registrati qui". Scelse un nome utente e una password e riempì i campi del modulo di iscrizione con le informazioni richieste per riuscire a mettere le mani su un clarinetto per quarantaquattro sterline.

Per quanto fosse timida, un'insegnante di musica non poteva rifiutare un impaziente aspirante alunno. Se gli avesse detto che non aveva più posto, le avrebbe chiesto di metterlo in una lista d'attesa. Le avrebbe detto che aveva già acquistato un clarinetto e che desiderava disperatamente imparare a suonarlo e che lei gli era stata raccomandata. Non era una totale bugia; in effetti, John Wyatt aveva detto che lei era una musicista profondamente sensibile, che equivaleva senza dubbio a una raccomandazione. E poi aveva anche detto che era timida come un coniglio, cosa che piaceva tanto a Adam.

Sarebbe stato paziente, gentile e dolce, e alla lunga avrebbe conquistato la sua fiducia. Il tempo non era un problema.

E poi chissà, avrebbe persino potuto imparare a suonare il clarinetto.

Al trentasette di Springwood Gardens, una donna è seduta su un letto singolo, su una coperta di Spiderman. Le tende nella camera sono chiuse, anche se il sole è già piuttosto alto. Attraverso il sottile tessuto – animali dello zoo su sfondo giallo – filtra abbastanza luce per illuminare il piccolo armadietto bianco e la cassettiera abbinata, la cassapanca di legno rosso dei giocattoli, la mensola piena di fumetti di *Mr Men*, del Dr Seuss e il libro del *Trenino Thomas*. E sotto, la fila delle sue scarpe; quelle bianche per correre e giocare, gli stivaletti rossi, le pantofole blu.

La donna sembra non vedere nulla. Lo vede planare su un'altalena, «Più in alto! Più in alto!» e ridere felice mentre lei lo spinge. Lo vede accovacciato sulla sabbia, mentre allegro riempie un secchiello, con la punta della lingua tra le labbra e il costumino che gli si abbassa sul di dietro scoprendogli appena il sederino.

Vede le sue guanciotte paffute mentre soffia le quattro candeline su una torta blu e bianca e po' di saliva va a finire sulla glassa.

Sente la mano che scappa via dalla sua per mettersi a correre verso Paul dall'altra parte della strada. Sente il terrore, vede la macchina, sente l'urlo esploderle dalla bocca mentre lui viene sbalzato in aria.

«Più in alto! Più in alto!».

È tutto quello che vede adesso.

Adam tirò fuori un uovo di cioccolato Smarties da dietro la schiena e glielo porse. «Buona Pasqua».

«Grazie».

«E il mio? Dov'è?»

«Aspetta». Aprì l'armadietto sotto il lavello e prese una scatola in cartoncino più o meno della stessa dimensione. «Ecco a te».

«Buono, cioccolato Aero alla menta».

«Certamente. Non è quello che ti regalo sempre?».

Prepararono il caffè e si sedettero al tavolo della cucina. «Allora», disse lei, togliendo la carta dorata dal suo uovo, «quando partite?».

Adam e Nora dovevano farsi un'ottantina di chilometri per andare a pranzo a casa dei loro genitori.

«Tra un'ora vado a prendere Nora». Spezzò una metà del suo uovo. «Credo che dovrò farmi venire l'appetito».

«Anch'io». Hannah intinse un pezzetto nella sua tazza di caffè. «Non abbuffiamoci adesso».

«Ascolta», disse lui, la bocca piena di cioccolato. «Volevo parlarti di una cosa».

«Cosa?».

Si leccò la punta delle dita una alla volta. «Ho comprato un clarinetto».

Hannah lo fissò mentre il cioccolato sciolto le scivolava giù dalla bocca. «Cosa?»

«Ho detto...».

«Un vero clarinetto da suonare?»

«Sì, un vero clarinetto. L'ho comprato su eBay. Dovrebbe arrivare nei prossimi giorni».

Hannah rise. «Non posso crederci. Perché lo hai fatto?

Tu che sei così interessato alla musica da pensare che la chiave di violino serva ad aprirlo un violino!».

«Grazie tante». E sgranocchiò il suo cioccolato con molta enfasi. «Ti avevo detto che voglio prendere lezioni».

«Vuoi prendere *lezioni*? E dove pensi di trovare un insegnante di clarinetto?».

«In realtà», disse, intingendo un pezzetto nel suo caffè, senza guardarla in faccia, «ne ho già trovato uno. La ragazza del wine bar. Sai, quella della band. Dà lezioni».

Hannah posò la sua tazza. «Guardami», ordinò.

Adam le si rivolse con un'espressione innocente. «Cosa c'è? Non è così difficile da capire: ho deciso che vorrei imparare a suonare il clarinetto e guarda caso…».

«Ti piace. Ti piace la donna aggressiva».

Adam fece finta di essere offeso. «Certo che no. Perché lo pensi? Voglio solo imparare…».

«Stai diventando tutto rosso», disse lei. «Ti piace».

«Non so quello che…».

«Hai comprato un clarinetto perché ti piace, e farai finta che vuoi imparare a suonarlo».

«Non farò finta», protestò. «Penso che potrebbe essere… interessante imparare a suonare uno strumento musicale».

«Non sai neanche quante sono le note».

«Questo non ha nulla a che fare con…».

«Scommetto che non sapevi neanche cosa fosse un clarinetto finché lei non ha cominciato a piacerti. Scommetto che pensavi che fosse un flauto o qualcosa del genere».

«Certo che sapevo cos'è un clarinetto», disse. «Per la verità conosco tutti gli strumenti a fiato».

«Strumenti a fiato», disse Hannah con tono trionfante. «Hai studiato tanto, così sembrerà che li conosci se lei te lo chiede».

Lui non replicò. «Accidenti», disse dopo qualche secondo, «sei in gamba».

«Allora ti piace».

«Sì», disse, mentre riponeva quel che restava del suo uovo nella scatola. «Mi piace. Non so come sia successo, ma mi sento abbastanza... attratto da questa ragazza». Si alzò in piedi e portò la sua tazza al lavello. «E giusto per la cronaca, lei non è per nulla aggressiva».

Anche Hannah si alzò, scrollandosi di dosso dei pezzetti di cioccolato. «Be', io penso che sia terribilmente romantico comprare un clarinetto solo per conoscere qualcuno. Un gesto assurdamente folle, certo, e anche estremamente dispendioso, ma molto romantico». Mise la sua tazza nel lavello. «Allora, quando cominciano le lezioni?»

«Ehm... È questo il punto». Aprì il rubinetto. «Non ha ancora accettato di darmi lezioni. Ma solo perché io non gliel'ho ancora chiesto».

Hannah lo fissò. «Non gliel'hai ancora chiesto?»

«Be', ho pensato che dovevo avere il clarinetto prima».

«Sì, ma se poi ti dice di no? E se devi avere una sorta di diploma in musica o qualcosa del genere perché lei accetti?».

Adam la guardò costernato. «Non ci avevo pensato».

«Quanto lo hai pagato?»

«Quarantotto sterline. Ho partecipato a un'asta». Sorrise. «Sempre meno di una cena per due».

Hannah prese il panno. «Non potevi provare a invitarla a uscire, no? Magari, sarebbe stato un tantino più facile che comprare un clarinetto su eBay». Fece un risolino.

«Ridi pure. Per tua informazione, è piuttosto timida. Penso che scapperebbe a gambe levate se la invitassi a uscire così di punto in bianco».

Hannah lo guardò teneramente. «Le hai mai parlato?»

«Solo due parole; le ho chiesto il titolo di un pezzo che avevano suonato quella sera, e per poco non le è venuto un infarto».

«Insomma, non sai neanche se è single».

«Be', no».

«Potrebbe essere sposata. E magari avere anche una mezza dozzina di figli».

Adam la guardò con il panico negli occhi. «Ho deciso di pensare che sia single, fino a prova contraria».

«Capisco», Hannah asciugò una tazza. «Devo dire comunque che è completamente diversa dalle ragazze che solitamente ti piacciono».

«Lo so». Sorrise mentre alzava la seconda tazza dal lavello. «Forse finora mi sono piaciute le persone sbagliate».

«Forse è così anche per me», disse lei con aria pensierosa.

Alice gli dette il pigiama nuovo, passandoglielo da sopra il tavolo una volta finita la colazione. Ormai la domenica era l'unico giorno in cui la facevano insieme.

«Buona Pasqua», disse. «È solo un pigiama. Te ne serviva uno».

Le mani gli tremavano leggermente quando prese la confezione con la carta marrone. «Io non ti ho preso niente», disse. «Mi dispiace». Gli altri anni, le aveva sempre regalato uova di cioccolato, Terry o Toblerone.

«Non importa».

Avrebbe dovuto dirgli di riprendersi. Avrebbe dovuto dirgli di provare a farsi aiutare, avrebbe dovuto spingerlo a parlare con il dottore del suo problema con l'alcol. Ma la rabbia era ancora lì, e la paralizzava. La stessa rabbia che l'aveva spinta a comprargli il pigiama, ben sapendo che non avrebbe ricevuto nulla in cambio: un altro senso di colpa con cui lui avrebbe dovuto fare i conti.

Aveva smesso di radersi tutti i giorni. Adesso lo faceva due o tre volte la settimana, e dopo la barba stava anche peggio, con tutti quei tagli che gli ricoprivano il mento. Con quelle mani tremanti, non poteva assolutamente più pensare di esercitare la professione dentistica. A parte una volta ogni due settimane, quando cambiava le lenzuola al letto, lei aveva smesso di entrare nella sua stanza, che ormai non era più la loro camera ma soltanto la sua, e anche se la teneva abbastanza pulita, puzzava di whisky.

«Andrò alla messa delle undici», gli disse.

«Davvero?».

Pensò che lui non andasse a messa da quando c'era stato l'incidente, a meno che non andasse durante la settimana quando lei era al lavoro.

«E poi andrò a fare una passeggiata giù al fiume», disse. «È una bella giornata». La domenica mattina andavano spesso a fare una passeggiata dopo la messa, tempo permettendo.

«Bene», disse. «Buona passeggiata, allora».

«Per cena cucino costolette d'agnello», lo informò lei. Non il tacchino ripieno che preparava di solito per Pasqua. Quell'anno gli toccavano le costolette.

«Perfetto», rispose lui. «Non vedo l'ora».

Fiona portò una bottiglia di Glenfiddich per Patrick e una serie di oli da bagno per Leah, e ricevette un filo di pesanti perle lilla che Leah aveva acquistato con la carta di credito di Patrick.

«Da parte nostra», disse, mentre Fiona apriva la lunga scatola grigia. «Buona Pasqua, mamma».

Nessun abbraccio. Non si abbracciavano di recente, aveva notato Patrick.

«Grazie, tesoro», disse Fiona, guardando le perle prima

di chiudere la scatola. «Sono bellissime. E grazie anche a te, Patrick», aggiunse. «È stato gentile da parte vostra».

Lei stava facendo uno sforzo.

Patrick le versò una dose generosa di Gin lemon con una fetta di limone. «Salute», disse, alzando il bicchiere. Si sarebbe sistemato tutto. Fiona stava superando il suo risentimento per come lui e Leah si erano messi insieme. Alla fine, si era abituata all'idea del bambino che stavano per avere.

Forse stava persino cominciando ad aspettare con impazienza il suo primo nipote.

La conversazione mentre bevevano il loro drink fu formale, come lui si aspettava. Parlarono dell'imminente presentazione del bilancio, dell'incidente aereo avvenuto nel Donegal, e del clima instabile. Leah chiese alla madre del giardino e Fiona le parlò della rose del Giappone, forsythia e pyracantha, e di altre piante i cui nomi non significavano nulla per Patrick.

A pranzo fu servito il pollo, la carne preferita di Fiona. Patrick stappò una bottiglia di Sauvignon Blanc della Nuova Zelanda che costava più di trenta euro, e ne versò un bicchiere per lui e Fiona. Parlarono della mostra alla National Gallery che Fiona aveva visitato qualche tempo prima durante una gita a Dublino, e di un corso di Reiki che Leah aveva intenzione di fare dopo il parto. Patrick accennò a un viaggio in Francia che avrebbe fatto di lì a poco per partecipare a una convention di giornalisti a Lione. La portata principale era passata senza intoppi.

E poi, mentre si apprestavano a mangiare il crème-caramel, Fiona disse: «Posso chiedervi se il matrimonio è nei vostri programmi?».

Leah lanciò un'occhiata a Patrick – allarmata? supplichevole? – prima di rivolgersi alla madre. «Non ne abbiamo ancora parlato».

«Capisco». Fiona posò la forchetta al lato del piatto. «E immagino che continuerete a vivere qui anche dopo la nascita del bambino».

«Mamma», disse Leah con calma.

«Troveremo una casa più grande quando ne avremo la possibilità», tagliò corto Patrick. «Una cosa alla volta».

«A quanto ne so», disse Fiona freddamente, «tu non hai nessuna proprietà».

«Mamma, per favore», intervenne Leah, «non rovinare tutto».

«Sto solo cercando di stabilire i fatti, tesoro». Fiona continuò a guardare Patrick con aria interrogativa. «Prima di andare a vivere da Hannah Robinson, vivevi con i tuoi genitori, vero?»

«Sì, è vero», disse piccato, resistendo all'impulso di prendere la bottiglia di vino e rovesciarla sui suoi capelli perfettamente acconciati. «Mia madre è morta quando ero giovane, e ho vissuto con mio padre fino a un anno e mezzo fa».

«E poi sei andato a vivere con Hannah», proseguì Fiona, «e adesso vivi qui con Leah».

«Mamma», fece Leah, con una nota di disperazione nella voce. Ma la madre non le rivolse neanche lo sguardo.

«Signora Bradshaw», disse Patrick in tono piatto, «trovo il suo atteggiamento piuttosto offensivo, e sospetto anche che sia del tutto premeditato».

Fiona sorrise. «Oh, non essere sciocco», rispose. «Non voglio offendere nessuno. Sono solo preoccupata di come tirerete su mio nipote, ecco tutto. E le circostanze, al momento, non mi sembrano così stabili».

Patrick rimase in silenzio, sulla fronte una vena che pulsava.

Fiona si rivolse alla figlia. «Geraldine Robinson mi ha messo in una posizione davvero imbarazzante la scorsa settimana al bridge», disse. «Mi ha chiesto di dire davanti a tutte il nome del padre del tuo bambino, ben consapevole che tutte sapessero che Patrick era stato insieme a sua figlia fino a poco tempo fa. Hai una minima idea di come mi sia sentita?».

«Così lei è stata messa in imbarazzo», disse Patrick, ignorando la mano di Leah sul suo braccio, «e adesso si sta sfogando su di noi».

Leah si alzò in piedi di scatto, maldestramente. Era diventata tutta rossa e aveva le lacrime agli occhi. Si voltò e lasciò la stanza.

Patrick la guardò mentre andava via; poi trovò la forza di voltarsi ancora per incontrare lo sguardo di Fiona. Era la madre di Leah. Che gli piacesse o no, faceva parte della vita di Leah e anche della sua adesso.

«Mi dispiace che sia stata messa in una posizione scomoda con le sue *amiche*», enfatizzò leggermente l'ultima parola, immaginando l'ambiente del bridge, ben felice di avere uno scandalo di cui sparlare, «ma io e Leah non saremo costretti a prendere alcuna decisione solo per risparmiarle situazioni sgradevoli. Faremo le cose con i nostri tempi, quando lo crederemo opportuno, e spero che lei possa accettare questo stato dei fatti senza causare altro dolore a Leah».

Fiona sostenne lo sguardo per quello che parve un'eternità. Il suo viso era come al solito privo di espressione, e Patrick si domandò d'un tratto se lei avesse fatto qualcosa per impedire un qualunque movimento, un qualunque cambiamento dei suoi tratti che potesse provocarle una ruga.

Poi lei si alzò in piedi e afferrò il manico della borsa che era appesa allo schienale della sua sedia.

«Grazie per il pranzo. Conosco la strada».

Uscì e Patrick non provò neanche a seguirla. Non si alzò

quando dal corridoio giunse uno scambio a voce alta, non si mosse quando sentì sbattere la porta della camera, o quando la porta d'ingresso si aprì e si richiuse subito dopo.

Alla fine versò quel che rimaneva del vino nel suo bicchiere e senza fretta sorseggiò il tiepido nettare mentre finiva il dessert. Poi si alzò e sparecchiò la tavola.

«E come va il nuovo lavoro? Vorrei tanto che veniste più spesso a farci visita».

«Verrei mamma, se ci fosse un autobus, ma sai che non ce ne sono per Dunmallon, così devo aspettare che Adam mi accompagni». Nora guardò con aria di scuse il fratello, che ricambiò con un'occhiata truce. «Il lavoro va bene, anche se probabilmente non rimarrò a lungo: non è proprio adatto a me. Sto cercando di decidere cosa fare in futuro».

«Spero che tu non stia pensando di tornare in America», si affrettò a dire la madre. «A me e papà non farebbe piacere. Vero?», chiese rivolgendosi al marito.

«No», rispose lui, con la bocca piena di patate al forno.

Adam sorrise tra sé. Probabilmente pensavano che si sarebbe risposata non appena avesse di nuovo messo piede sul suolo americano.

«Hai preso l'accento», le disse suo padre.

«Davvero?». Nora si servì di un'altra porzione di piselli. «Mamma, questo pranzo è eccezionale. Mi ero dimenticata quanto mi mancasse il tuo agnello al forno».

«Tre ore a centosessanta», le disse la madre. «Non bisogna calcolare il tempo in base al peso, altrimenti viene troppo crudo. Non lo faccio cuocere sempre per tre ore?», chiese al marito.

«Tre ore», rispose lui, prendendone un'altra forchettata.

«E Adam, cosa mi racconti?», domandò la madre. «Nessuna bella giovane?»

«No, mamma», disse lui. «Non sono circondato proprio adesso da belle giovani? Ma tengo gli occhi aperti».

Ogni volta che lo vedeva, gli chiedeva la stessa cosa. Pensò che la domanda fosse impostata in tutte le donne che hanno un figlio maschio. Si chiese per un attimo se fosse il caso di raccontare loro del clarinetto, ma poi decise di aspettare finché non avesse almeno organizzato le lezioni per davvero.

Sua madre sospirò. «Non sarò mai nonna», disse, «con voi due. Nora non fa altro che divorziare e tu non ti dai per niente da fare».

«Mamma, sei troppo giovane per pensarla così», le disse Adam, cercando di calcolare la sua età. Sessantatré o giù di lì. «C'è ancora molto tempo».

«Non c'è più molto tempo. Tutti quelli della vostra età sono sposati o fidanzati. Non ci sarà più nessuno da scegliere se non vi date una mossa».

«Già… mi ci metterò d'impegno. Che ne dici, metto un annuncio sul giornale?».

Mentre la madre sospirava per l'esasperazione, Adam si domandò come fosse la casa di Vivienne. Immaginò un piccolo cottage – la casa di una donna single, pensò con convinzione – piena di oggetti di porcellana e fiori nei vasi. Tappeti dai colori delicati sui pavimenti e forse una tappezzeria con stampa a uccelli fatta da lei stessa. Una piccola stanza dove dava le lezioni, il suo clarinetto su un tavolo di legno lucido accanto a un leggio. Strette scale per accedere alla sua camera al piano superiore, e sul letto una coperta bianca fatta all'uncinetto.

«Come sta Hannah?», gli chiese la madre.

«Se la sta cavando bene», disse, sollevato che avesse cambiato argomento. «Il negozio la tiene molto occupata, per fortuna».

«Dobbiamo venire a vederlo». Si voltò verso il marito. «Vero?»

«Oh, certo, molto presto».

Proprio in quel momento, fuori, nel giardino sul retro, si sentì uno starnazzare spaventoso, e loro abbandonarono all'istante l'agnello al forno. Si precipitarono all'esterno e si trovarono davanti Kirby, che in qualche modo era riuscito a liberarsi dalla corda e rincorreva allegramente le galline isteriche per tutto il giardino.

Kirby fu legato nuovamente al cancello del giardino, ben lontano dalla portata dei pennuti, che si ripresero presto dallo spavento e ricominciarono a beccare il terreno.

«È pieno di energia», disse il padre, guardando il cane con severità.

«Dopo pranzo lo porto a fare quattro passi», replicò Adam. «Per farlo stancare un po'».

Rientrarono in casa, e all'agnello seguirono tè e torta alla frutta. Poi il padre scomparve per vedere il secondo tempo della partita di *hurling*, Nora e la madre si occuparono di lavare i piatti e Adam scappò via con il cane, e fece una passeggiata di un'oretta tra le stradine di campagna.

«Dio, qui non cambia mai niente», disse Nora mentre ripartivano per tornare a casa, e Adam si destreggiava tra le buche che costeggiavano il vialetto della casa dei loro genitori.

«No, ma a loro va bene così». D'improvviso desiderò ardentemente quella vita, quell'esistenza a due tranquilla e rassicurante, con la persona che hai scelto e che ti ha scelto.

Nora sbadigliò. «Che noia però. Lontano da tutto, non succede mai niente di niente. Mi taglierei le vene. Mangia pure la mia torta», aggiunse. «Io devo stare attenta alla mia fantastica linea». La mamma non lasciava mai andar via nessuno senza una bella fetta di torta alla frutta.

Adam non aveva parlato a Nora della storia del clarinetto. Immaginava la sua reazione. Era una follia, lo sapeva benissimo. Ma lui nutriva la speranza che quel gesto tanto folle, quel piano tanto illogico lo portasse dove desiderava.

Il sabato sera successivo si sarebbe avvicinato a Vivienne. Per allora, il suo clarinetto sarebbe dovuto arrivare e tutto sarebbe stato pronto. Pensava di fermarla mentre se ne andava verso la porta sul retro, e chiederle se potevano scambiare due parole. Avrebbe fatto del suo meglio per non sembrare un pazzo molestatore.

Non poteva dirgli di no. Lui voleva solo prendere lezioni di musica: che male c'era?

Maggio

Alice si fermò tre porte più su, dall'altra parte della strada. Non c'era traccia dei due ragazzini del giorno prima, ma i fiori erano lì, appassiti ma ancora appesi al montante del cancello del numero trentasette con il loro nastro bianco. E nella camera del piano di sopra le tende erano ancora chiuse.

Non c'era nessuna macchina davanti alla casa, ma forse il padre era andato a lavorare, o magari la madre. Potevano essere tornati a lavorare tre settimane dopo che il loro figlioletto era stato seppellito?

Alice sapeva così poco di loro. Nel negozio di scarpe non si parlava dell'incidente. Tutto quello che sapeva era che Hannah aveva fatto da baby-sitter alle due sorelle, la madre e la zia, quando erano piccole, e che in quel periodo la zia lavorava per Hannah.

Si domandò se i genitori di Jason fossero sposati o no. Immaginò che non lo fossero quando era arrivato Jason quattro anni prima. La sorella che aveva recitato la poesia sull'altare sembrava ancora adolescente, e la madre non poteva essere molto più grande. Probabilmente era ancora a scuola quando aveva scoperto di essere rimasta incinta.

Due ragazze in uniforme scolastica blu passarono davanti alla macchina. Una premeva i tasti di un cellulare su cui erano chinati i visi di entrambe. Un cagnolino attraversò zampettando la strada davanti ad Alice, annusò qualcosa sul bordo del vialetto dall'altra parte, alzò una zampa contro un lampione e poi se ne andò trotterellando velocemente.

Una macchina, che non aveva notato prima, poiché veniva da dietro, passando la fece sobbalzare. Qualcuno le passò di fianco in bicicletta, fischiettando. Una pioggerellina leggera cominciò a posarsi silenziosa sul parabrezza. Un uomo uscì da una porta attigua al numero trentasette e passò davanti alla casa mentre si abbottonava il cappotto – senza guardare i fiori, a quanto riuscì a vedere Alice.

Rimase seduta per cinquanta minuti, con una rivista aperta in grembo in caso qualcuno la vedesse, in caso qualcuno si avvicinasse per sapere cosa stesse facendo lì; ma nessuno lo fece. La porta verde scuro del numero trentasette rimase chiusa. Nessuno arrivò o uscì dalla casa. A un certo punto pensò di aver notato un movimento, nella finestra di sopra senza tende, ma poteva essere stata la sua immaginazione, o un gioco di luce.

Alle tre e quaranta del pomeriggio avviò la macchina e ritornò in paese.

John passò davanti al negozio giallo dall'altro lato della strada. Fece mezzo isolato, e poi tornò indietro e attraversò la strada quando si formò un po' di spazio nel traffico. Spinse la porta ed entrò.

La ragazza dietro il bancone non era Hannah. Rimase confuso per un attimo: non se lo aspettava.

«Salve», disse sorridendo.

Era più giovane, più o meno adolescente. Aveva la pelle chiara e i capelli neri legati. Indossava lo stesso grembiule che aveva visto indosso a Hannah, a strisce larghe bianche e blu con sopra un bel sole giallo splendente. Il rossetto era di un rosa troppo chiaro sul suo viso pallido e gli occhi di un verde spento.

«Salve», disse, guardando le cupcake esposte sotto il bancone. «Vorrei un paio di tortine, scelga pure lei».

«Nessuna preferenza?», chiese. «Con o senza nocciole? Con scaglie di cioccolato?»

«Non si preoccupi», disse. «Sono tutte buone».

«Vero». Ne scelse una al burro di arachidi e una al rum e uvetta, e poi le sistemò in una scatolina.

«Non c'è Hannah oggi?», chiese, mentre le porgeva una banconota da cinque.

«È fuori per un po', tornerà per mezzogiorno».

Poi ricordò che gli aveva detto di aver preso una collaboratrice part time. «Le può dire che è venuto John lo scozzese? Solo per salutarla. Mi dispiace non averla vista».

«Lo farò. Grazie intanto».

«Ci vediamo».

Una volta arrivato in falegnameria regalò le due tortine, e fu ringraziato e rimproverato in egual misura da Patsy, che stava cercando, come sempre, di dimagrire. «Sei un diavolo tentatore, John Wyatt, lo sai?».

Hannah non era tornata al Vintage nei due sabati precedenti. Sembrava che fosse stata contenta di vederlo l'ultima volta. Si era anche preoccupata di fargli sapere che lei e il suo amico, il cui nome John aveva dimenticato, erano solo amici. Ma non era tornata. Non avrebbe dovuto farsi viva se fosse stata un tantino interessata?

Se la ragazza che la aiutava part time si ricordava di darle il messaggio, forse il sabato successivo si sarebbe fatta viva. Se veniva a sapere che lui voleva mantenere ancora i rapporti, forse l'avrebbe incontrata di nuovo lì.

Il furgone delle spedizioni UPS marrone scuro si fermò davanti casa e Adam vide un uomo con un'uniforme marrone scendere, aprire un portellone laterale e prendere una scatola che non sembrava lunga abbastanza per contenere un clarinetto. Pensò che forse non era per lui, che la consegna fosse per qualcun altro, ma poi l'uomo infilò il vialetto e lo percorse.

Adam aspettò finché non suonò il campanello. Scese le scale e aprì la porta. «Buongiorno».

«Anche a lei». L'uomo lesse il destinatario sulla confezione marrone. «Adam O'Connor?»

«Sì, sono io». L'uomo gli porse la cartellina con il foglio da firmare e lui scrisse il proprio nome sulla linea tratteggiata. «Grazie».

Portò la scatola in salotto, dove Kirby stava sonnecchiando. «Guarda», disse, strappando la carta e scoprendo un contenitore nero. Lo aprì e vide che l'interno era rivestito di velluto blu scuro, e il clarinetto era smontato in tre pezzi argentati.

Quando alla fine capì come si componevano, inserì il bocchino tra le labbra e soffiò.

Ne venne fuori un basso suono lamentoso, simile al verso sordo di una foca. Kirby drizzò le orecchie.

Adam premette una chiave e soffiò di nuovo, con più forza, e questa volta emise un rumore più acuto, ma ugualmente disarmonico.

Kirby alzò la testa e lo guardò, le orecchie ancore ritte.

Adam toccò freneticamente le chiavi, premendo e soffiando al contempo, ma il clarinetto continuava ad abbaiare e stridere. A metà dell'esibizione, Kirby si alzò trascinandosi sulle zampe e se ne andò con passo felpato verso la porta del salotto, e lì si sedette a osservarlo.

In meno di un minuto Adam era già completamente senza fiato. Posò il clarinetto e aspettò che gli passasse la sensazione di avere la testa vuota. «Tranquillo», disse a Kirby, «smetto, subito».

Ne aveva di strada da fare. Forse avrebbe dovuto cominciare con un piffero.

«Sono preoccupata per Alice», disse Geraldine, togliendosi gli occhiali.

Stephen scrisse la parola "biscotto" incrociandone tre, e il suo punteggio schizzò a 215. «Preoccupata, perché?»

«Non è più la stessa». Geraldine fece scivolare gli occhiali nel morbido astuccio in tartan. «Sembra che non le interessi più nulla del negozio. La scorsa settimana l'incasso complessivo è stato meno di cinquecento euro – non ricordo di una settimana così negativa in passato – ma lei non ha fatto una piega».

Stephen pensò a una parola che contenesse le lettere C, S e due A, e che finisse preferibilmente con una delle A. «Non dimenticare che siamo in piena recessione. Tutte le attività arrancano».

Geraldine staccò la spina del televisore. «Ma non è quello, è diverso. Mi sto davvero domandando se ci stiano boicottando».

Stephen rinunciò e scrisse "cas" sopra la A di "fiaba", che gli fece guadagnare solo undici punti. «Non credo vi stiano boicottando. Sicuramente tutti si rendono conto che l'incidente non è stato colpa di Alice. Perché dovrebbero prendersela con lei?».

Geraldine risistemò le pagine del quotidiano in una pila ordinata sul tavolino. «Non ci crederai, ma sono sicurissima che Sheila Barrett abbia attraversato la strada di proposito quando mi ha vista ieri; non si perde mai i nuovi arrivi, e ultimamente non si è ancora fatta vedere in negozio». Raddrizzò il tappeto davanti al camino con il piede. «E poi c'è un'altra cosa. Da qualche giorno durante la giornata Alice sparisce».

«Sparisce?»

«Sì, e non dice dove va, ma rimane sul vago dicendo che ha delle commissioni da sbrigare. Ieri è stata fuori per più di due ore. Di solito va solo a fare la spesa settimanale, o qualche volta si concede una mezz'oretta in paese».

«Sarà molto preoccupata», disse Stephen, fissando la parola "ramo" che il suo avversario virtuale, Stanley, aveva appena inserito.

«Sicuramente. Per la maggior parte del tempo sembra non ascoltare quando parlo». Geraldine si avviò verso la porta con la pila del giornale. «Ti preparo il tè?»

«Ne avrò per un altro po'», disse lui, determinato a non lasciar vincere Stanley, descritto solo come esperto. «Tu prendilo pure, voglio finire la partita».

In cucina Geraldine versò l'acqua nel bollitore e mise una bustina di tè nella tazza. Non aveva senso una tazza di tè da sola. Prese un biscotto allo zenzero dal pacco dentro la credenza.

«Se pensi che sia il caso di ridurmi l'orario, non fa niente», aveva detto ad Alice. «Solo finché gli affari non ripartiranno». Lei e Stephen se la sarebbero cavata bene: se lei non avesse più avuto il suo stipendio, ce l'avrebbero fatta solo con quello di lui. Ma Alice aveva scosso il capo e detto: «No, non lo farei mai».

Sicuramente era in perdita in quel periodo, probabilmente ci stava anche rimettendo. Era ridicolo che Geraldine stesse lì per tutto il tempo, quando in alcune giornate di lavoro entrava solo qualche cliente, e in altre non vendevano neanche una paio di scarpe.

«Come sta Tom?», le aveva chiesto un paio di volte dopo l'incidente, e Alice le aveva risposto: «Bene» o «Resiste» con una tale tensione nella voce che Geraldine si era trattenuta dal dire altro.

«Venite a pranzo domenica», le aveva detto più di una volta, «tu e Tom». Ma lei aveva scosso la testa e detto: «Grazie, Geraldine, ma penso non sia il caso». E alla fine lei ci aveva rinunciato.

Il bollitore fischiò e lei preparò il tè, poi salì di sopra con il suo biscotto. Per fortuna che c'era William Trevor a distrarla.

«Ecco, si sta alzando», disse Hannah. «Muoviti».

Adam scivolò giù dallo sgabello e schizzò come un fulmine tra i tavolini. Raggiunse la porta sul retro mentre Vivienne arrivava, il clarinetto stretto al petto. Quella sera indossava un lungo abito nero con le maniche a tre quarti, e stivaletti in pelle nera scamosciata.

Ora o mai più. «Scusami», disse Adam, con un sorriso. O almeno sperò di essere riuscito a farne uno.

Vivienne si fermò, le guance rosse.

Non sembrava lo avesse riconosciuto. Forse non ricordava che lui l'aveva già avvicinata. Adam era in piedi tra lei e la porta. Non poteva andare da nessun'altra parte, a meno che non scappasse via facendo marcia indietro.

«Scusa se ti disturbo», riprese, «ma volevo dirti che mi piace molto come suoni il clarinetto».

Lei strabuzzò gli occhi e si sistemò gli occhiali sul naso, abbozzando per un istante il più timido dei sorrisi tra le guance arrossite. «Grazie», tagliò corto, e all'istante diresse lo sguardo verso la porta dietro di lui.

«Immagino», si affrettò ad aggiungere, «che darai lezioni, e siccome di recente ho comprato un clarinetto, mi domandavo se potessi...».

«No», rispose lei, scuotendo velocemente il capo. «Mi dispiace». Spinse di nuovo su gli occhiali, e guardò dietro di lui verso la sua via di fuga. «Io non...».

«Scusa?». Non poteva dirgli di no così su due piedi. «Ma mi hanno detto che dai lezioni di musica, e mi piacerebbe davvero tanto...».

«Io non insegno agli adulti», disse. «Bambini, insegno solo a bambini». La sua voce era bassa, e lui si sforzò per sentire.

Guardava la porta blu con più insistenza. Il rossore stava passando lasciandole il viso ricoperto di chiazze. Dietro le lenti rotonde, continuava a strabuzzare gli occhi.

Bambini. L'unica cosa a cui non aveva pensato: a trentun anni era già troppo vecchio. Fu come una pugnalata, ma Adam non desistette. «Be', potresti considerare la possibilità di fare un'eccezione?», chiese. «Non conosco nessun altro che insegni clarinetto, sai, e vorrei davvero tanto imparare a suonarlo».

Ma lei scosse di nuovo il capo. «Solo bambini», ripeté. «Mi dispiace». Spostò leggermente il clarinetto e fece un passo verso la porta.

«Per piacere», disse lui, senza più nulla da perdere. «L'ho appena comprato, e se tu non mi insegni a suonarlo, rimarrà a casa a prendere polvere, e nessuno lo suonerà mai. Sarà un terribile spreco per un clarinetto. E tu non vuoi una cosa del genere, vero?».

Lei era chiaramente a disagio. Aprì la bocca e la richiuse. Non sapeva più come dirgli di no. Lui poteva avvertire la sua ansia, la tensione del suo corpo, ma la determinazione lo spingeva a continuare. Con la coda dell'occhio vide che si stava avvicinando il tastierista.

Decise di fare l'ultimo tentativo. «Che ne dici se proviamo a fare solo qualche lezione? E poi se non vorrai continuare potrai mandarmi via, e io non ti disturberò più. Potresti prendere in considerazione quest'idea? Ti prego? Solo qualche lezione!».

Lei sospirò corrugando la fronte. «Otto e mezza giovedì sera», disse, gli occhi fissi sulla porta blu.

«Scusa?». La sua improvvisa resa lo colse di sorpresa.

«Otto e mezza giovedì», ripeté, esattamente con lo stesso tono rassegnato.

«Ok, grandioso». Alla fine Adam si scostò e le aprì la porta. «Dove devo venire?».

Vivienne avanzò verso la porta blu, e mentre si avvicinava Adam le fu abbastanza vicino da sentire il profumo di limone che emanavano i suoi capelli raccolti. «Fortfield Avenue, 10».

«E ti chiami?», chiese, desiderando sentirlo dire da lei.

«Vivienne O'Toole», rispose, mentre scompariva.

Il tastierista arrivò e Adam gli tenne la porta aperta, cercando di ricordarsi il suo nome. Non si chiamava anche lui O'Toole?

«Grazie, amico», disse, facendo un cenno a Adam, ma senza riconoscerlo, a quanto pareva. Nel suo sguardo non c'era nessuna curiosità, nessuna apprensione per quello che Adam poteva aver detto a Vivienne. Un marito o un fidanzato avrebbe sicuramente voluto sapere.

«Bella esibizione stasera», gli disse Adam, e l'uomo lo ringraziò di nuovo mentre infilava la porta blu.

Lei non gli aveva chiesto il nome. Non voleva insegnargli a suonare. Lui l'aveva messa alle strette. Probabilmente, si sentiva più a suo agio tra bambini innocenti. Qualche possibilità c'era, e lui già fremeva al pensiero del giovedì successivo.

Ma aveva accettato, e cinque giorni dopo Adam sarebbe andato a casa sua e sarebbe rimasto in sua compagnia per almeno un'ora. Lui sarebbe stato il suo primo alunno adulto.

E finalmente avrebbe scoperto se era single o no.

Fortfield Avenue, 10. Vivienne O'Toole. Un passo alla volta, pensò, ancora non del tutto consapevole di ciò che lo spingeva, ma del tutto consapevole invece di voler insistere. Un passo alla volta, e tanta pazienza.

Mentre ritornava al bancone, notò che lo scozzese stava chiacchierando con Hannah.

«Allora», disse lei, mentre ritornavano a casa più tardi.

«Allora, cosa?», disse Adam. «Prima tu».

Hannah sorrise. «Ci vediamo mercoledì mattina per un caffè. Ho deciso che sono stanca di fare l'eremita».

«Bene». Svoltarono sul ponte.

«E tu?».

Adam fece scivolare la mano lungo la fredda superficie liscia della ringhiera di metallo. «Senti questa: insegna solo a bambini e non agli adulti».

«Oh». Lo guardò dispiaciuta. «Oh, Adam, che peccato; e hai anche già comprato il clarinetto. Dovrai trovare un altro insegnante».

«Per la verità, no: ha accettato. Ha fatto di tutto per dirmi di no, ma io non le ho dato tregua».

Hannah rise. «Davvero? Andrai a lezione da un'insegnante di musica per bambini?».

«Sì».

«Lo sai che probabilmente ti insegnerà a suonare *Nella vecchia fattoria*, vero?».

Adam la guardò torvo. «Magari cominceremo con quella, sì. Sono convinto che a tempo debito, dopo un po' di progressi, suonerò qualcosa per un pubblico più adulto».

Hannah intrecciò il suo braccio in quello di lui. «Andrà certamente così. E farai anche i recital di Natale».

«Molto divertente». Girarono dopo il ponte. «Ma adesso che mi ci fai pensare, forse suonerò per le strade».

«Perché no? Potresti fare come quello della pubblicità del Kit Kat, ricordi? Tutti che gli lanciavano monetine dopo che aveva finito di suonare. Potresti fare una fortuna».

«Ah-ah». Fece una pausa e poi aggiunse: «Come fa di cognome il tastierista, te lo ricordi?»

«Chi? Oh, il tassista. Wally qualcosa. Perché?»

«Be', la sera che lo abbiamo conosciuto ha detto che l'avrebbe accompagnata a casa».

«Davvero? Non ricordo».

«Così forse stanno insieme».

«Mmm... Oh, forse le stava solo facendo un favore. Forse vivono vicino».

«Lei fa O'Toole di cognome, ma non ricordo quello di lui».

«Sai una cosa», disse lei, «finché non lo scopriamo, non pensiamoci. Occupiamoci invece della tua carriera come suonatore ambulante».

Pieni di buonumore, e di speranze per come potessero evolversi le cose, continuarono la loro passeggiata verso casa.

Fu seppellito nella tomba della famiglia O'Brien, sulla cui lapide in granito si potevano leggere già molti altri nomi di parenti, sepolti lì fin dal 1939. Non sapendo dove guardare, Alice aveva camminato tra i vialetti sterrati alla ricerca di tombe nuove. E alla fine aveva identificato quella di Jason abbastanza facilmente per via della corona con il suo nome scritto con fiori rossi, che ricordò di aver visto in chiesa sulla bara bianca.

Adesso la corona giaceva su un mucchietto di terra tra due grosse candele color crema accese in vasi di vetro. Nel terreno davanti alla lapide era stata conficcata una croce di legno, sulla cui sommità era stata attaccata una piccola fotografia in una cornice ovale di ottone, e che in basso recava una piastrina di metallo su cui era stato scritto semplicemente "Jason O'Brien 2005-2009".

Alice depose il suoi fiori accanto alla corona rossa, senza alcun bigliettino. Recitò un Padre Nostro, un'Ave Maria, e un Gloria, gli occhi fissi sulla piccola fotografia. Aveva un bel sorriso largo. I denti erano piccoli e perfetti. Aveva un visetto paffuto. Recitò anche un Atto di Dolore con le labbra che si muovevano silenziose.

Tornò a casa e iniziò a preparare la cena per Tom, che si era di nuovo addormentato davanti al camino.

«Allora», disse Nora, dopo che ebbero ordinato, e che i loro menu furono sostituiti con il suo Martini e l'acqua tonica per Leah. «Come vanno le cose?».

La rotondità che aveva scorto nel viso di Leah l'ultima volta che si erano incontrate si era accentuata. Il doppio mento non era più solo accennato, ma era diventato una realtà. Era ancora attraente – o piuttosto, un'eco della sua bellezza resisteva ancora nei suoi occhi castano scuro, nel naso regolare, nelle labbra piene – ma l'effetto complessivo era opaco, come se la sua bellezza elfica di un tempo si fosse offuscata. Non c'era da meravigliarsi che i pensieri di Patrick stessero sconfinando.

Leah sorseggiò la sua acqua tonica. «Vorrei solo che fosse già finito il tempo. Non ne posso più di essere incinta».

«Quanto manca?». Il Martini era ghiacciato e delizioso. Nora addentò un'oliva dal suo bastoncino da cocktail.

«Quattro settimane circa. Sembra un'eternità».

Nora sorrise. «Poverina. Presto sarà tutto finito».

Leah fece una smorfia. «Sì, e poi sarò sommersa dai Pampers, mentre Patrick se la svignerà tutti i giorni con la scusa del lavoro».

«Oh, ma ti aiuterà quando ritorna». Nora non riusciva neanche a immaginarsi Patrick che teneva in braccio un bambino senza impaccio, figurarsi cambiare un pannolino.

Leah annuì tristemente. «Lo spero. Questo bambino...», esitò, «be', non è stata proprio una sua idea. Voglio dire», si affrettò ad aggiungere, «è emozionato, certo, ma...».

Il bambino non era stato esattamente un'idea di Patrick: che sorpresa. «Sarà all'altezza della prova», disse Nora. «Aspetta e vedrai. Gli basterà guardarlo».

«Certo». Leah non sembrava affatto convinta. «A ogni modo», disse, cambiando posizione per distribuire meglio il peso sulla sedia, «basta parlare di me. Come va il lavoro? Patrick mi ha detto che ti sei ambientata bene».

Una nuova puntina di allegria terribilmente falsa nella sua voce, ma a quanto Nora poté constatare, niente più di quello. Nessuna ombra di sospetti, nessun segno di gelosia.

Non si incontravano da quando lei aveva cominciato a lavorare per Patrick, ed era passato più di un mese ormai. Qualche messaggio di tanto in tanto, che accennava vagamente al fatto di vedersi per pranzo, ma fino alla sera prima non era stato organizzato nulla. E poi, d'un tratto, Leah le aveva scritto: «Ci vediamo domani per pranzo? Offro io». Ed eccole lì.

«Il lavoro va bene», disse Nora. Non si era persa lo sguardo di Leah entrando: l'invidia dipinta sul suo viso notando la sua maglia di lana lilla, il tubino grigio argento e le scarpe nere con tacco a spillo. «Nessuna difficoltà».

Non voleva parlare direttamente di Patrick. Doveva ancora capire il motivo di quell'invito a pranzo. «I colleghi sono carini. Siamo usciti insieme a bere qualcosa l'altra sera».

Dopo i primi venti minuti passati a tentare di sfuggire a Evan della contabilità, che era molto sicuro di sé, era riuscita ad andare in bagno e quando era ritornata si era unita a un altro gruppo, dove si parlava di bambini, dentizione e svezzamento. Dopo dieci minuti si era scusata, lamentando crampi allo stomaco, ed era ritornata al suo appartamento dove aveva visto un episodio di *Law & Order*, che aveva già visto sei mesi prima negli Stai Uniti.

«È interessante, lavorare in un giornale».

«E rimarrai a Clongarvin?». Leah alzò lo sguardo quando il cameriere le mise davanti il suo piatto di pasta in bianco.

«Per adesso», replicò Nora, infilzando un cubetto di feta della sua insalata greca. «Un altro, per favore», disse al cameriere, alzando il bicchiere di Martini. «Pago io i drink», disse a Leah, «dal momento che tu non bevi».

«Non essere sciocca», fece Leah. «Pagherai la prossima volta. Dobbiamo fare in modo che non passi molto tempo prima di rivederci».

«Assolutamente».

Leah la invidiava, era abbastanza ovvio. Probabilmente non era affatto contenta che Patrick fosse così a stretto contatto con Nora, che in quel momento aveva una silhouette sicuramente più attraente della sua. Ma per quello che Nora riusciva a capire, l'unico motivo che l'aveva spinta a invitarla quel giorno a pranzo era il suo bisogno di parlare con qualcuno, o forse, se la conosceva bene, pensava che stando più vicina a Nora sarebbe stato più difficile che accadesse qualcosa tra lei e Patrick.

Non aveva assolutamente idea di aver aspettato troppo. Che peccato.

«Perché non chiudi la porta a chiave?», aveva detto lui, una volta entrata.

«Perché non dovrei lasciarla aperta?», aveva replicato lei.

Nessuna sorpresa, neanche la minima, per quel suo suggerimento. Aveva capito che sarebbe successo, subito dopo aver cominciato a lavorare per lui. E se possibile ancora prima, al colloquio, quando lui aveva indugiato con gli occhi sulle sue gambe incrociate e sullo scollo a v della sua maglia. E poi quel secondo di troppo, quando le aveva stretto la mano per ringraziarla di essere andata, promettendole che le avrebbe fatto sapere. In quel momento lei aveva pensato: *Sei cotto a puntino*. Uomini, sempre così scontati.

«Lasciala aperta allora», aveva detto. E l'aveva guardata mentre attraversava la stanza che odorava dei drink che aveva bevuto al pranzo durato tre ore. Meglio smaltirli un po' prima di tornare a casa da Leah. A Nora non importava che fosse un po' brillo, anzi rendeva il tutto più divertente, senza inibizioni.

«Vieni un attimo», le aveva detto, mentre, ritornando, passava davanti alla sua scrivania con passo malfermo. E lei aveva capito.

Senza fretta, Nora aveva girato intorno alla scrivania, e una volta arrivata alla grande sedia in pelle dove lui era seduto tutto scomposto, l'aveva fatta girare affinché lui la guardasse in faccia.

«Sei pronto?», gli aveva sussurrato.

«Togliti le mutandine», le aveva risposto, la voce roca.

Lei era rimasta in piedi davanti a lui e un bottone alla volta si era sbottonata la camicetta, con calma. Aveva allungato le mani dietro le spalle, sganciato il reggiseno e scoperto il seno, sempre guardandolo fisso negli occhi. Aveva sollevato la gonna e si era tolta le mutandine lentamente, facendole scivolare sui fianchi, per poi lasciarle cadere sul pavimento, e sfilarsele completamente con un saltino.

«Adesso tocca a me», aveva detto lui, e lei gli aveva sbottonato i pantaloni, aperto la zip, e si era messa a cavalcioni con indosso le calze con la fascia di pizzo, le scarpe nere con tacco a spillo, la gonna arrotolata e la camicetta aperta.

Nessun bisogno di parlare, entrambi conoscevano le regole. La sua bocca aveva trovato il capezzolo di lei. Nora lo aveva guidato dentro di sé, con la porta dell'ufficio che non era stata chiusa a chiave, e chiunque poteva bussare ed entrare senza aspettare una risposta. Come lei stessa aveva visto fare un sacco di volte, come lei stessa faceva sempre. Le grandi mani di lui sulle cosce nude di lei, le mani di lei nei capelli di lui, mentre la gente passava giù in strada.

I loro corpi si dimenavano l'uno contro l'altro facendo scricchiolare a ritmo la sedia di pelle, e tutti che potevano entrare. L'eccitazione di lei aumentava mentre lui le afferrava le cosce, lei abbassava la testa, trovava la bocca di lui e prendeva la sua lingua tra i denti, mentre lui ansimava, lei alzava la testa per riprendere fiato e si inarcava sopra di lui...

Sì, Leah aveva aspettato decisamente troppo per portarla fuori a pranzo e offrirle un'insalata greca e due Martini.

Fiona Bradshaw si stava preparando con particolare cura. Applicò l'eyeliner liquido appoggiando il gomito sulla toeletta per mantenere ferma la mano. Stese con cura l'ombretto e poi il correttore sotto gli occhi. Si incipriò e si tamponò con un tovagliolino il rossetto in eccesso.

Indossò un tailleur di lino turchese chiaro che secondo Leah era la tonalità perfetta per il suo incarnato. Aggiunse poi una collana e degli orecchini di perle. Sostituì il suo orologio d'oro da tutti i giorni con quello d'oro bianco che aveva un diamante al posto del numero 12. Infilò i piedi nelle nuove scarpe di pelle scamosciata color tortora e spruzzò un po' di profumo su polsi, collo e scollatura.

Immaginate la sua delusione quando, più bella che mai, entrò nel salotto di Frances Mitchell e vide Cathy, la figlia di Frances, seduta con la solita compagna di Geraldine Robinson.

Fatica sprecata: probabilmente Geraldine era troppo imbarazzata per affrontarla dopo lo scontro di due settimane prima. La settimana precedente, il bridge era stato sospeso per via delle festività pasquali, così Fiona aveva avuto tutto il tempo per decidere come vestirsi; ed era stato tutto inutile.

Nessun commento sulla gravidanza di Leah, né durante la partita, né durante lo spuntino a base di caffè e dolcetti che seguì subito dopo. Nessuno le chiese come stesse la figlia; nessuno volle sapere a quali nomi avessero pensato. Grazie a Geraldine, nessuno si stava chiedendo come si sentisse all'idea di diventare nonna per la prima volta.

Prese una fettina di torta al cioccolato e rum di Frances; sorrise al racconto di Aoife della luna di miele alle Mauritius della nipote, e ammirò il braccialetto che Maureen aveva ricevuto dal marito per il suo compleanno. Accettò educatamente i complimenti per il suo aspetto. Non mostrò alcun segno di risentimento e non fece assolutamente capire che aveva notato la loro mancanza di curiosità.

Salvò le apparenze. Che, ovviamente, erano l'unica cosa che contava.

«Non è ancora ritornata a lavorare», disse Una. «Dave sta facendo qualche lavoretto saltuario, ma Claire non se la sente ancora. E la messa per il mese la settimana prossima la fa ripiombare nel dolore».

Hannah si tolse i guanti di gomma. «Glielo stanno tenendo il suo posto di lavoro?»

«Per il momento, sì, ma per quanto? Non potremo biasimarli se prenderanno qualcun altro, non possono aspettare in eterno».

Hannah prese il cellulare dalla mensola dietro il bancone e lo fece scivolare nella tasca della borsa. «Forse una volta superato il trigesimo…».

«Forse». Una guardò Hannah mettersi la borsa a tracolla. «Allora cosa devi fare stamattina?»

«Ho un appuntamento per un caffè», disse Hannah, avvertendo con grande sorpresa un rossore crescente in viso. «Con un amico», aggiunse, abbassando la testa e frugando nella borsa.

«L'amico che è venuto quel giorno?», chiese Una, con un sorriso. «Quel ragazzo carino scozzese che era molto deluso quando non ti ha trovata qui?».

Hannah rise. «Ficcanaso. A dopo».

Nel caffè c'era qualche cliente sparso qua e là. John era seduto a un tavolo in fondo e leggeva l'«Irish Times» davanti a una tazza di tè.

«Ciao», disse lei. Si sentiva stranamente agitata. «Spero di non essere in ritardo».

Per il primo appuntamento, lei e Patrick erano andati a teatro. Avevano visto *Il guaritore*, e quando erano ritornati a sedersi dopo l'intervallo, Patrick le aveva preso la mano e l'aveva infilata intorno al suo braccio, con il risultato che le punte delle dita di Hannah si erano addormentate durante gli ultimi venti minuti.

Lei aveva appoggiato la gamba contro la sua e sperato che il suo alito non diventasse pesante fino alla fine della serata. Il mattino dopo, mentre impastava nella panetteria di Finnegan, non era riuscita a ricordarsi come fosse finita l'opera.

Ordinò un cappuccino e John prese altro tè. Lui indossava una felpa blu scolorita che sembrava molto morbida. Le unghie erano rosicchiate e le dita erano affusolate per essere quelle di un uomo. Le dita di un musicista, aveva pensato, guardandolo seduto con gli altri membri della band mentre suonava il sassofono.

Le raccontò di essere venuto in Irlanda dopo la fine del suo matrimonio. Senza parlare male della moglie, le disse che si stavano separando, e che aveva una figlia, la quale studiava legge all'università di Edimburgo.

Le chiese del negozio di cupcake, di come lo avesse avviato, e se avesse lavorato in quel campo anche in passato. Mentre parlava gesticolava. Sorrideva molto. I suoi denti erano bianchi e regolari.

Lei gli parlò di Patrick, ma non approfondì il motivo della separazione, e non fece il nome di Leah. Gli parlò di Adam che era andato a vivere da lei per aiutarla con i conti dopo che Patrick se n'era andato, e di Nora, sorella gemella di Adam, che era tornata a casa dall'America dopo il suo secondo divorzio.

Gli raccontò di Kirby, il labrador nero, che lasciava peli ovunque. Gli descrisse la terribile poltrona che Adam aveva portato a casa dal charity shop per proteggere il suo divano rosso dai peli neri.

Parlò di suo padre che faceva il dentista e di sua madre che lavorava nel negozio di scarpe. Bevve un secondo cappuccino e lui ordinò un caffè nero. E quando si ricordò di controllare l'orologio, le sue due ore erano già scadute da dodici minuti.

Il numero dieci di Fortfield Avenue non era per niente quello che Adam si aspettava.

Invece di un cottage accogliente per una persona sola, si trovò davanti a una casa bifamiliare a due piani, di mattoni rossi, identica alla successiva, in una zona di Clongarvin che conosceva pochissimo, poiché non aveva mai avuto molte occasioni per andarci.

Fortfield Avenue era una delle strade tutte uguali del quartiere – Fortfield Park, Fortfield Drive – tutte fiancheggiate da case di mattoni rossi, perlopiù bifamiliari, e tutte a due piani.

La casa di Vivienne sembrava grande per una donna sola. Adam chiuse la macchina e fece scivolare le chiavi nella tasca, il clarinetto stretto in mano. Andiamo, si disse. Era tempo di scoprire, una volta per tutte, se c'era un uomo nella sua vita. Camminò su per il breve vialetto lastricato, notando la Corolla di sei anni verde scuro parcheggiata sullo sterrato, e premette il pulsante bianco sullo stipite della porta.

Da dentro giunse un forte, stridente brusio, che fece volare via un uccellino marrone che si era appollaiato su un cavo vicino. Passò più o meno un minuto senza che accadesse nulla, dopodiché Adam cominciò a chiedersi se non avesse sbagliato casa. Non aveva detto il numero dieci? Alzò la mano per premere di nuovo il campanello, ma la abbassò quando sentì qualcuno avvicinarsi. La porta fu aperta, e non da un uomo.

«Sì?».

Adam fece il più smagliante dei sorrisi. «Buonasera», disse. «Sono qui per la lezione di musica».

«Sì», ripeté la donna. Senza fare una piega. Senza fare un sorriso. Un paio di quelli che sembravano guanti da giardinaggio le pendevano dalla mano.

«Con Vivienne», aggiunse. Forse la casa era piena di insegnanti di musica. Forse si trovava nella più piccola scuola di musica d'Irlanda.

«Lo sai che lei insegna solo a bambini», disse la donna. «Fino a dodici anni. Niente adulti».

«Sì». Adam spostò il clarinetto. «Me lo ha detto, sì, ma dopo un po' d'insistenza ha accettato di farmi provare… di darmi qualche lezione», si corresse subito.

«Sì».

La bocca era ferma in una sottile linea di disapprovazione. Chiaramente il primo alunno cresciutello di Vivienne non l'aveva impressionata. Adam pensò avesse cinquanta o sessant'anni, con i suoi corti capelli canuti, tirati indietro a scoprirle il volto, e quella che sembrava una fascia per capelli da bambina. Sul viso aveva grandi lentiggini sbiadite. «Meglio che entri».

Non indietreggiò di molto, e Adam fu costretto ad appiattirsi per passare, tenendo goffamente l'astuccio del clarinetto sopra la testa per evitare di urtarla. Il corridoio era stretto e poco illuminato, e si sentiva odore di rape.

«Aspetta qui», ordinò la donna, e Adam entrò in una stanza arredata con un divano in tweed verde, ricoperto con plastica trasparente, e due poltrone abbinate rivestite allo stesso modo. Un televisore portatile era stata sistemato su un alto trespolo nell'angolo, a sinistra del piccolo camino, di fronte al quale era poggiato un alto vaso di vetro contenente piante secche.

Non appena la donna scomparve, Adam sentì la musica di un piano giungere da qualche parte: un pezzo classico che non gli diceva nulla. Si domandò di nuovo se in casa ci fossero più insegnanti di musica.

Si sedette su una delle poltrone in tweed verde, provocando un forte scricchiolio della plastica sotto il suo peso, e si lasciò trasportare dalle note in lontananza mentre si guardava intorno. La moquette era color biscotto con perni marroni, le pareti erano ricoperte di carta da parati goffrata color crema. Sul camino era appeso un dipinto che raffigurava degli uomini che portavano una barca su una spiaggia, e sulla mensola Adam scorse alcune fotografie incorniciate. Si alzò facendo frusciare di nuovo la poltrona e andò a guardarle da vicino.

C'era Vivienne, forse a dieci anni, in piedi in una posa solenne vicino un cancello di legno, con i capelli raccolti in due trecce che le ricadevano sui lati del viso occhialuto. Un maglioncino grigio, una gonna scozzese al ginocchio ossuto, calze bianche lunghe, scarpe con i lacci neri. Un libro sotto il braccio. Un ragazzo all'incirca della stessa età era seduto sul cancello, e sorrideva alla macchina fotografica nei suoi pantaloni e golfino grigi, con i piedi incastrati nella terza barra.

E poi, ancora Vivienne, poco più che ventenne, pensò, con il tocco accademico sui capelli legati, seduta in camicetta e gonna con le mani sul grembo, e una pergamena arrotolata stretta in una mano. Questa volta senza occhiali, e con gli occhi grigiazzurri rivolti da qualche parte a destra della macchina fotografica e il più debole dei sorrisi sulle labbra non truccate.

Mentre si spostava alla foto successiva, una di famiglia in bianco e nero, sentì dei passi nel corridoio. Si voltò giusto in tempo per vedere un ragazzino di circa dodici anni che passava con un libretto sotto il braccio. La porta d'ingresso si aprì e si chiuse, e poi comparve Vivienne, due mele rosse al posto delle guance. «Da questa parte», disse, e scomparve all'istante.

Adam afferrò l'astuccio del clarinetto e la seguì nel corridoio, in tempo per vederla scomparire in una porta in fondo. La seconda stanza era più piccola della prima, e conteneva solo un pianoforte con un lungo sgabello, un piccolo tavolo pieghevole, una sedia di legno da cucina e un leggio.

«C'è un gatto sopra il pianoforte», disse Adam in piedi sulla porta.

Un enorme gatto rosso se ne stava spaparanzato sul piano, e lo fissava con i suoi occhi giallo-verdi. Quando Adam lo guardò, il gatto dette un languido colpetto alla coda che penzolava da un lato.

Vivienne stava sfogliando un mucchio di spartiti sul tavolo, di spalle alla porta. «Gli piace la musica», mormorò, senza voltarsi. «Ma se preferisci...».

«No, no», rispose Adam. «Può, voglio dire, può restare. Non mi dà fastidio».

I gatti non gli dicevano niente; non sentiva di avere la minima affinità con loro. Di gran lunga meglio i cani. D'altro canto non aveva serie obiezioni al riguardo, a condizione che loro si tenessero a debita distanza. Sperò vivamente che quello in questione non oltrepassasse i confini.

Ma quello sguardo fisso era snervante. Adam spostò la sua attenzione alla finestra vicino al piano, e vide la donna che lo aveva fatto entrare. Era inginocchiata su un cuscino verde accanto a un'aiuola di fiori, con una vaschetta azzurra posata a fianco sul terreno, e un sacchetto di plastica della spesa sui capelli. Indossava di nuovo i guanti da giardinaggio.

«Quella nel giardino è tua madre?», chiese.

«Sì», rispose Vivienne laconica. Indossava un cardigan grigio scuro su una maglia nera e pantaloni dello stesso colore. I capelli erano legati stretti dietro la testa.

Viveva con sua madre. Non c'erano tracce di altre persone, e non portava un anello. Le speranze di Adam crebbero un po'.

«Siediti», disse sottovoce, sempre senza guardare nella sua direzione. E aggiunse qualcos'altro ancora più a bassa voce, che lui non afferrò.

«Scusa?»

«Diciotto», ripeté, mentre sceglieva uno spartito e lo esaminava. «Diciotto euro a lezione.».

«Oh». Adam non aveva pensato al costo. Diciotto euro gli sembrarono un prezzo ragionevole. Forse era lo stesso che faceva ai bambini. «Va bene. Prendo la sedia o lo sgabello?».

La voce gli sembrò troppo alta. La stanza odorava leggermente di menta, con una nota di chiuso che pensò fosse dovuta al gatto.

Vivienne alzò la testa e lo guardò, le guance di nuovo rosse. «Sedia», disse, con una leggerissima punta di sorpresa nella voce. «Lo sgabello è per il piano».

«Già… giusto. Che stupido».

Lui entrò nella stanza e prese posto, sentendosi lo sguardo del gatto addosso per tutto il tempo. Fuori dalla finestra, la donna si alzò maldestramente, attraversò il prato con la vaschetta e la mise capovolta in un contenitore verde rotondo.

Ritornando all'aiuola guardò nella stanza, e Adam distolse velocemente lo sguardo.

Vivienne mise uno spartito sul leggio. Adam lesse *Giro giro tondo*, e pensò a cosa avrebbe detto Hannah.

«Giacca», mormorò lei, tirando fuori il lungo sgabello da sotto il piano e sedendosi. Era a circa tre passi da Adam, con il leggio a dividerli. «Devi toglierti la giacca».

«Giusto». Posò l'astuccio del clarinetto sul pavimento, si scrollò di dosso la giacca di pelle e la appese allo schienale della sedia. «Ho molto da imparare». Sorrise, arrotolandosi le maniche della camicia.

Vivienne non rispose.

«Ho sentito qualcuno che suonava il piano», disse Adam, giusto per dire qualcosa che interrompesse il silenzio, «mentre aspettavo». Prese l'astuccio del clarinetto e lo aprì.

Vivienne allungò un braccio e girò la prima pagina dello spartito.

«Eri tu?», chiese, determinato a fare un po' di conversazione mentre componeva il suo strumento. «Eri che tu suonavi il piano prima?»

«No», mormorò lei, gli occhi sulle mani di lui. «Era un alunno».

«Oh, insegni anche pianoforte?»

«Io insegno *solo* pianoforte», rispose, con il viso che si accendeva di nuovo.

«Insegni solo pianoforte?», le chiese lui fissandola. «Ma a me insegni clarinetto».

Alzò gli occhi e incontrò quelli di Adam. «Ti avevo detto no», gli rammentò, una punta di impazienza nella voce. «Ho cercato di dire di no. Tu hai insistito». Era visibilmente a disagio, le mani premute tra le ginocchia, le spalle piegate in avanti.

«Scusa», disse Adam. «È solo che, ehm… ho sempre voluto imparare a suonare il clarinetto, e ho pensato, visto che tu lo suoni…».

Lei insegnava solo pianoforte. Insegnava solo pianoforte ai bambini. Provò a sentirsi in colpa – l'aveva assillata al punto da farla accettare, non le aveva dato la possibilità di rifiutarsi – eppure la felicità che sentiva nello starle così vicino, nell'averla tutta per sé, gli impediva di provare alcun senso di colpa.

«Scusa», ripeté. «Mi comporterò bene, te lo prometto. Sarò uno studente modello».

Lei non sorrise, ma la sua espressione si rilassò un po' mentre faceva un piccolo cenno del capo prima di voltarsi di nuovo a guardare lo spartito. Lui si domandò quante lezioni ci sarebbero volute prima che lei si sentisse a suo agio in sua compagnia.

«Cominciamo con le scale», disse, «e poi continuiamo con questa semplice canzone», indicò il libretto, «su cui potrai fare pratica a casa per la prossima volta».

La prossima volta. Era abbastanza vicino da poter allungare la mano e toccarle il viso, toglierle gli occhiali e scioglierle i capelli. Sentì di nuovo l'odore di menta, e la nota di chiuso dovuta alla presenza del gatto. Da così vicino, si rese conto che il suo viso era ricoperto di lentiggini che si fondevano l'una nell'altra.

«Qual è il nome del gatto?»

«Pumpkin», rispose lei, guardando in modo più serio lo spartito. «Allora cominciamo col posizionare le dita».

«Il mio Adam», disse, mentre prendeva il clarinetto. «Il nome, intendo. Non penso di avertelo ancora detto».

Un altro piccolo cenno del capo. Chiaramente, a Vivienne O'Toole non interessava un granché il nome del suo unico alunno adulto.

«La messa per il mese è domenica», disse Alice. «Penso di andarci».

Quando c'era stato il funerale, lei non gliene aveva parlato. Lui doveva sicuramente sapere che sarebbe stato celebrato, ma quella mattina lei era uscita di casa senza dire nulla. Era andata in chiesa, ancora scossa all'idea di mettersi al volante di una macchina, qualunque macchina, e Geraldine alla fine l'aveva riaccompagnata a casa, tanto era sconvolta.

Quando erano ritornate a casa, non c'era traccia di Tom, così Alice pensò che fosse scappato di sopra quando aveva visto l'auto di Geraldine. Durante la cena, più tardi quella sera, non era stato fatto nessun commento sui suoi occhi rossi, e la cosa non le era dispiaciuta.

Ma la sua totale mancanza di coinvolgimento cominciava a darle fastidio. Come poteva essere così distaccato quando era stato lui la causa di tutto? «Penso che dovresti venire», disse Alice. «Sarebbe giusto andare alla messa del mese».

Ogni tanto usciva la sera, quando era buio abbastanza per passare inosservato per strada. Alice sentiva la puzza di alcol quando tornava. Probabilmente frequentava locali in cui non erano mai stati, in zone di Clongarvin dove non li conosceva nessuno. Si domandò se si fosse mai spinto fino a Springwood Gardens, se fosse mai entrato in un locale in cui potessero andare anche la madre o il padre.

Lui non rispose, non disse nulla riguardo al fatto di partecipare alla messa del mese, e Alice sentì montare la rabbia. «Non puoi evitare le persone per sempre», disse bruscamente. «Non puoi semplicemente fermare tutto per quello che è successo».

Tom posò coltello e forchetta sul piatto. «Non posso venire a quella messa», disse. «Non posso. Non puoi pretendere che lo faccia».

«Devi affrontare le cose», insisté lei. «Devi andare avanti, come sto cercando di fare io».

«Come posso andare avanti?», rispose, «quando non so se andrò in prigione o no? Pretendi troppo da me».

«Be', una cosa è certa», disse lei, l'irritazione sempre più fastidiosa. «Bere non ti aiuterà. È per colpa del bere che è successo tutto questo».

D'un tratto lui tirò indietro la sedia, e andò alla porta.

«Finisci di cenare almeno», disse lei. Nel suo piatto c'erano ancora una salsiccia e mezza, e due pezzi di pudding. «Puoi cenare senza che nessuno ti veda».

Lui lasciò la stanza senza rispondere, e lei sentì i suoi passi sulle scale. Poi mise giù le posate e si prese la testa tra le mani. Dopo un po' tolse i due piatti e buttò il cibo nell'immondizia.

Alle nove in punto, mentre Adam stava ancora cercando di afferrare il concetto di respirare dall'addome – come era possibile se l'aria entrava e usciva dai polmoni? – la porta si aprì e la madre di Vivienne, che non era più in giardino – Adam non lo aveva notato – entrò nella stanza portando un piccolo vassoio con un bicchiere di latte e un piattino di biscotti.

«Pausa», disse Vivienne, prendendo il vassoio. Non seguì alcun tentativo di presentazioni.

La donna più vecchia non guardò nella sua direzione.

Adam si alzò in piedi e tese la mano mentre la donna si girava per andarsene. «Adam O'Connor», disse con voce stentorea. «Lieto di conoscerla, signora O'Toole».

Per un secondo, lui pensò che lo avrebbe ignorato senza fermarsi, ma dopo una pausa brevissima gli offrì la mano. «Non siamo abituati a ospitare adulti», disse piatta. «Ho solo biscottini».

«Andranno benissimo», la rassicurò lui. «Non me lo aspettavo, per la verità».

Lei sembrò scandalizzata. «Facciamo sempre una pausa», gli disse. «Per i bambini un'ora è troppo lunga».

«Capisco», disse Adam, grave. «Grazie molte».

Lei lasciò la stanza senza dire altro. Adam si voltò di nuovo verso Vivienne, che aveva posato il vassoio sul davanzale. Gli porse il bicchiere di latte. Lui lo prese e accettò il biscotto che gli fu offerto. «Grazie».

Non beveva mai latte da solo – gli dava allergia – ma sospettò che un rifiuto avrebbe causato ancora più imbarazzo. Si domandò se potesse trovare un modo per darlo al gatto, che osservava assorto la scena dalla sua postazione.

«Insegni da molto?». Vivienne non si era servita. I tre biscottini erano chiaramente per lui.

«Otto anni», rispose. «A casa dovrai esercitarti con la respirazione addominale. Tutte le mattine e tutte le sere».

«Lo farò», promise. «E da quanto tempo suoni il piano?».

Lei spostò lo sgabello. Le domande personali erano chiaramente un problema. «Diciotto anni», disse, esaminando un puntino sulla manica del cardigan.

«Wow, è...».

«Dodici anni clarinetto e oboe», continuò, come se lui non l'avesse interrotta. «Undici anni il violino. Sei anni il sassofono».

Adam la guardò con ammirazione. «Suoni tutti questi strumenti?».

Vivienne annuì e guardò fisso il suo bicchiere. Adam finì tutto il latte – nessuna speranza di rifilarlo a qualcuno – e finì il biscotto.

«Proseguiamo», disse, voltandosi di nuovo verso il leggio. Dopo aver tolto le briciole del biscotto dalla camicia, Adam riprese il clarinetto.

«Portami in un hotel», aveva detto Nora. «Voglio farlo su un lettone». E lui l'aveva accontentata.

Non era stato difficile organizzare. Nora aveva prenotato la camera dell'hotel a Galway per una notte a suo nome, e aveva pagato con la carta di credito della società di Patrick. Al mattino si era data malata e aveva preso l'autobus per Galway. A mezzogiorno aveva preso la stanza ed era salita di sopra.

Lui era arrivato all'una ed era passato davanti alla reception, con la valigetta in mano, in abito da lavoro, senza attirare l'attenzione di nessuno. Aveva preso l'ascensore per il terzo piano e bussato alla porta della camera 324.

Avevano ordinato il pranzo in camera. Avevano fatto un bagno. Se ne erano andati alle cinque ed erano tornati in macchina a Clongarvin.

«Dobbiamo farlo di nuovo», aveva detto lei, dandogli un pizzicotto sulla coscia prima di scendere dalla macchina. «Sei pieno di energia».

«Neanche tu sei tanto male», le aveva detto lui, guardandosi intorno prima di far scivolare una mano sotto la gonna.

La volta successiva, avrebbe potuto portarlo nell'appartamento di Adam, a soli tre isolati dall'Indulgence. Un po' di brivido era di certo l'ingrediente perfetto per rendere il tutto più trasgressivo ed eccitante.

* * *

Hannah si asciugò le mani al grembiule e attraversò il salotto, dove Kirby era raggomitolato sulla poltrona acquistata per lui al charity shop. Rimase lì un attimo, in ascolto.

«Cosa ne pensi, Kirby?», chiese. «Il ragazzo qui, ha talento?».

Il cane sollevò la testa e con un colpetto della coda toccò un lato dell'orribile rivestimento a quadri grigio e blu, mentre le prime due battute di *Giro giro tondo* giungevano dal piano di sopra per l'ennesima volta.

Hannah si sistemò sul divano e si allungò a prendere il telecomando, canticchiando.

«Non posso», aveva detto, quando John le aveva proposto di uscire a cena una sera. «La mia unica serata libera è il sabato, e tu suoni al wine bar».

«Non comincio prima delle nove», aveva risposto lui. «Da bravo scozzese taccagno, potrei invitarti per uno spuntino prima. Ti va bene le sette come orario, per tornare a casa e riuscire?».

Era assolutamente diverso da Patrick; il che poteva essere solo un aspetto positivo. Non era troppo presto, vero? Erano passati ormai più di quattro mesi da quando se ne era andato. John non era un ripiego, no?

«Alle sette va benissimo», gli aveva risposto. «Che ne pensi dell'indiano?».

Lui la faceva ridere. Ascoltava quando lei parlava, non aspettava solo che finisse per poter dire lui qualcos'altro. Profumava di sapone, niente di speciale. Le piacevano i suoi vestiti. Le sue scarpe.

Adam entrò nel salotto mentre scorrevano i titoli di coda della soap *Coronation Street*.

«Ti ho sentito mentre ti esercitavi», disse, spegnendo il televisore. «Molto promettente».

«Sai come si respira con l'addome?»

«No».

«È questo che dovrei fare, a quanto pare. Guarda», si appoggiò il palmo della mano sulla vita, «devi sentire l'aria che viene da qui giù». Inspirò. «Penso di esserci vicino».

Hannah sorrise. «Bravo. La tua insegnante e sua madre saranno molto orgogliose. Hai scoperto se è single?»

«Non esattamente. Non è che potessi chiederglielo così di punto in bianco, ma ci sono buone possibilità».

«Domani sera vieni al Vintage?»

«Pensavo che uscissi per cena».

«Sì, ma verrò dopo. Ci vediamo lì, verso le nove?»

«Ci sarò», prese il telecomando e si sedette sul divano. «Magari lo chiedo anche a Nora».

«Bene».

Adam guardò con attenzione la pagina del televideo, canticchiando. Dopo qualche secondo, Hannah riconobbe una versione stonata di *I've Got a Crush on You.*

Alice non aveva programmato di andare al cimitero dopo la messa del mese. Si era seduta qualche fila più indietro, aveva recitato le preghiere, si era alzata in piedi e poi inginocchiata come gli altri. Aveva guardato i genitori e le loro famiglie, il capo abbassato del padre, i capelli biondi della madre legati in una bassa coda di cavallo. Era rimasta al suo posto mentre gli altri si erano avvicinati loro più tardi, sussurrando qualcosa, e qualcuno aveva abbracciato la madre.

Alice aveva aspettato finché non erano passati di fianco al suo banco percorrendo la navata per uscire, la mano delicata del padre che reggeva il gomito della madre. La madre, così magra. Così pallida. Così vuota.

E dopo, Alice era salita in macchina per andare a casa, e in qualche modo si era ritrovata al cimitero.

Intorno alla tomba c'erano una decina di persone, di cui quattro più anziane. Uno degli uomini era seduto su una sedia a rotelle. I nonni, pensò lei. La sorella della madre, che al funerale era salita sull'altare e aveva letto una poesia, portava una giacca grigia e una gonna di jeans. C'era un ragazzo con la testa rasata, e altre due ragazzine. Una famiglia piccola in tutti i sensi, che aveva già perso proprio il suo membro più giovane, quello arrivato per ultimo. Sulla croce di legno non c'era più la corona rossa che recava il suo nome.

Alice rimase tre tombe più in là, con gli occhi fissi su quella subito di fronte a lei in caso si voltassero. Sentì che mormoravano tra loro, ma non riuscì a capire cosa stessero dicendo.

Non sembrava il suono piuttosto regolare di una preghiera, ma non poteva esserne certa.

Alla fine si girarono, e andandosene le passarono vicino. Lei si guardò intorno e per un attimo incontrò gli occhi di una delle donne più grandi, e le sorrise con aria compassionevole. Il suo sorriso non fu ricambiato, e per un secondo Alice pensò: *Sa chi sono.*

Ma nell'espressione della donna non c'era nessuno shock dovuto al fatto che l'avesse riconosciuta. Sul suo viso non c'era nient'altro che dolore, e Alice realizzò che la donna era semplicemente troppo sconvolta per rispondere al sorriso di una sconosciuta.

Una volta a casa, preparò il pollo ripieno, le patate al forno con aglio e rosmarino, e fece il purè di carote e pastinaca. A cena Tom non chiese della messa e lei non la nominò, né gli raccontò della sua visita al cimitero.

«Gli affari non vanno bene», disse, mentre tagliava il suo

pollo. «Dovrò ridurre l'orario a Geraldine, solo temporaneamente, finché non ripartono».

Anche se il rallentamento delle vendite era dovuto all'incidente più che alla recessione, sicuramente non sarebbe durato. Sicuramente il ricordo sarebbe piano piano svanito, e i clienti sarebbero ritornati. A lei piaceva gestire il negozio, era quello che aveva sempre voluto fare.

«Mi dispiace», disse lui. «Non credevo che le cose andassero così male». Lui percepiva ancora lo stipendio intero dalla clinica – lo chiamavano congedo prolungato – ma non sarebbe durato per molto ancora.

«Vorrei che considerassi l'idea di ritornare a lavorare», disse lei. «Non fa bene stare fuori dal lavoro per tanto tempo. Alla lunga renderà solo le cose più difficili». E devi smettere di bere, voleva aggiungere, ma si trattenne.

Lui masticò il suo pollo e lei aspettò una risposta, ma subito si rese conto che non sarebbe arrivata.

Si incontrarono al ristorante. Lui si era offerto di passarla a prendere ma lei non aveva accettato. «Ci vogliono solo dieci minuti a piedi», aveva detto. «Camminare fa bene».

Era una bella giornata e l'aria calda profumava dell'estate ormai alle porte. Si spruzzò una fragranza floreale e scelse un abito grigio con piccoli pois blu chiaro, le cui pieghe le nascondevano le curve. Si accorse di sentirsi felice. Per strada, sorrise a tutti quelli che le passarono accanto, e la maggior parte di loro ricambiò.

«Hai un aspetto solare», disse John. La stava aspettando fuori, appoggiato contro la parete del ristorante, con le mani nelle tasche dei pantaloni di cotone che indossava quando si esibiva.

Hannah rise. «Lo prendo come un complimento». Guardò il cielo. «Pensi che quest'anno avremo una bella estate?»

«Assolutamente». Tenne la porta aperta e lei entrò prima di lui. «A settembre desidereremo qualche goccia di pioggia».

Non erano gli unici a cenare presto. I camerieri si davano un gran da fare a posare cestini di *papadum*[1] e piatti di *chutney*[2], a stappare bottiglie di vino, e sparecchiare. Mentre venivano accompagnati al loro tavolo, Hannah ricordò la sua ultima cena fuori, la sera che Patrick aveva lanciato la bomba. Lei aveva preso un taxi da sola per andare al ristorante, dove aveva cercato di fare del suo meglio, tra una portata e l'altra, per non seppellire il suo viso tra le mani e abbandonarsi alle lacrime.

«Il tuo amico che suona la tastiera», disse.

«Wally».

«Sì, lui. Ho preso il suo taxi qualche volta. Sta insieme alla ragazza che suona il clarinetto?».

John sorrise. «No, sono fratello e sorella».

«Oh, ho frainteso, allora, quando ha detto che l'avrebbe accompagnata a casa quella volta...». Fratello e sorella. Adam ne sarebbe stato felice.

«Ti va del vino?», chiese John scorrendo la lista.

Hannah sorrise e si allungò a prendere il suo menu. «Perché no? Scegli tu, non ho particolari preferenze».

Proprio come aveva pensato, lui si rivelò una buona compagnia. Mentre le descriveva il paesino dove era cresciuto, lei vedeva la piccola spiaggia di ciottoli, le case bianche che abbracciavano la costa, i pescherecci ormeggiati lungo il porticciolo, le nasse per aragosta che ballonzolavano sulla superficie del mare. Le raccontò dei suoi genitori, suo padre pescatore che combatteva l'artrite con la stessa fierezza con cui combatteva gli elementi; sua madre che faceva

[1] Focaccia o cialda croccante tipica indiana.
[2] Salsa vegetale piccante e abbastanza densa della cucina indiana.

l'autista volontaria per il servizio di assistenza agli anziani e ai malati e consegnava pasti caldi a domicilio, e la cui marmellata di mele vinceva sempre la sagra annuale.

Hannah gli parlò di suo nonno. «È stato lui che mi ha fatto appassionare alla pasticceria. Mi ha insegnato a preparare i dolci all'uvetta e i biscotti alle mandorle quando avevo otto anni. Lui mi ha regalato il primo grembiule e il mixer elettrico. Suo padre era un panettiere pasticcere, ma io non l'ho mai conosciuto».

«Non eri spaventata», chiese, «quando hai aperto il tuo negozio, tutta da sola?»

«Terrorizzata, e per giunta nel bel mezzo di una recessione. Sono sicura che la gente abbia pensato che avessi bisogno dello strizzacervelli». Lisciò una piega della tovaglia. «Persino con quello che mi ha lasciato il nonno, che mi ha aiutato molto, rimaneva ancora una bella somma di denaro da tirare fuori. E poi ho anche un mutuo da pagare, senza contare le bollette di casa. I miei genitori non l'hanno detto, ma so che erano preoccupati che fallissi nel giro di una settimana».

«È il loro compito», sorrise, «preoccuparsi per te».

«Credo. Per fortuna gli ho dimostrato che avevano torto e sono ancora lì. Anche se non mi sto esattamente arricchendo». Il cameriere portò il *papadum* e lei ne prese uno. «E non mi sono esaurita, non ancora almeno».

Quando arrivò il vino, John riempì i bicchieri e alzò il suo. «Io ho fiducia in te. L'anno prossimo a quest'ora starai contando i profitti, ne sono convinto».

Hannah fece cin cin. «Brindiamo».

In quei giorni, il profumo della madre le dava la nausea. Nelle ultime settimane aveva completamente perso il gusto per qualunque cibo dolce, sviluppando al contempo una smania per le Pringles all'aceto spruzzate con salsa di soia, così non la sorprese affatto che l'inebriante profumo alle mandorle di Fiona le facesse venire il vomito.

«Grazie», disse, quando la madre le porse un vasetto di crema per le mani alla verbena, sapendo che era il massimo che potesse fare per chiederle scusa.

Non si parlavano dal disastroso pranzo della domenica di Pasqua, quando Fiona aveva praticamente dato del gigolò a Patrick. E poi, una sera, con lo stesso tono di sempre, come se non se ne fosse andata sbattendo la porta tre settimane prima, Fiona aveva telefonato alla figlia per dirle che avrebbe fatto un salto di ritorno dal bridge. E Leah, colta di sorpresa, aveva accettato.

Patrick non c'era. Leah gli aveva suggerito di non farsi trovare, e lui era stato più che felice di obbedire. Avrebbero potuto fare la pace quando sarebbe arrivato il bambino. Quando Fiona si sarebbe resa conto che Patrick si impegnava a fare il papà tanto quanto Leah si impegnava a fare la mamma, non avrebbe più potuto storcere il naso, e sarebbero arrivati a una tregua per forza. Doveva essere così.

Nel frattempo, Leah avrebbe cercato di parare i colpi. «Caffè?», chiese alla madre. «O tè? Earl Grey?». Era determinata a mantenere quella visita quanto più neutra possibile. Aveva deciso che doveva essere gentile e ospitale, niente di più.

Patrick non aveva accennato neanche una volta alle accuse implicite di Fiona; il pranzo della domenica di Pasqua non era più stato menzionato. Quel giorno, lui era uscito senza passare prima dalla camera dove lei era andata a sdraiarsi, e quando lei aveva sentito la porta d'ingresso che si chiudeva senza fare troppo rumore, aveva rivolto il viso alla parete. Non lo aveva sentito rientrare; si era svegliata molto più tardi a causa del volume del televisore, e lo aveva trovato sul divano addormentato, con la giacca ancora indosso e sul pavimento i resti di un cartone di pizza.

«La tua culla è ancora in soffitta», disse Fiona, «e penso ci sia anche un box. Ma ovviamente, preferirai comprarne di nuovi».

Ci stava provando, per quanto potesse. Leah doveva andarle incontro: probabilmente avrebbe avuto bisogno di sua madre quando sarebbe arrivato il bambino. La sua presenza sarebbe stata necessaria, anche se non gradita.

«Grazie», disse, con lo stesso tono neutro. «Ci penserò. Hai detto tè o caffè?».

Nelle ultime due settimane, lei e Patrick avevano fatto l'amore due volte, ed entrambe le volte l'iniziativa l'aveva presa lei. Lui non l'aveva cercata. Neanche una volta si era girato nel letto verso di lei, neanche una volta l'aveva svegliata nel cuore della notte come era solito fare.

Era per via del bambino, certo. Stava attento a non far nulla che potesse far male al bambino, punto e basta, e quando sarebbe arrivato, le cose si sarebbero sistemate.

«Ti sei vista spesso con Nora O'Connor?», chiese Fiona, quando Leah cominciò a disporre tazze e piattini.

«Qualche volta».

Nora era passata al salone senza preavviso qualche giorno prima. Aveva portato un coniglietto bianco e una bottiglia di sali da bagno al profumo di gelsomino. «Come stai?», aveva chiesto, appoggiandosi allo stipite della porta nel suo cardigan di lino color crema e pantaloni di lino blu. «Dobbiamo andare di nuovo a pranzo insieme», aveva detto. «Questa volta offro io. Quando puoi».

Leah non aveva chiesto a Nora del suo lavoro. Aveva cambiato posizione e detto a Nora che stava aspettando un cliente. «Ti chiamo», aveva risposto. «Grazie del pensiero».

Le aveva poi scritto un messaggio ed erano andate a pranzo insieme. Leah sperava, ormai da settimane, che Nora si cercasse qualcun altro, e non Patrick, con cui distrarsi. Che lui non considerasse l'idea di esserle infedele, neanche se Nora stessa gli avesse messo gli occhi addosso.

«Sembri stanca», disse Fiona. «Riesci a dormire la notte?».

Ancora tre settimane, più o meno, e Leah e Patrick sarebbero diventati genitori. Lui non aveva mai chiesto a quali nomi avesse pensato, neanche dopo che lei aveva lasciato il libro dei nomi in un posto dove lui doveva vederlo per forza. Non aveva mai fantasticato ad alta voce sul sesso del bambino; non le aveva mai chiesto se preferisse un bambino o una bambina. Era andato con lei al corso di preparazione al parto quando glielo aveva chiesto, e aveva partecipato come tutti gli altri padri in attesa, ma per il resto del tempo non accennava mai al bambino, mai.

Sarebbe sicuramente cambiato, una volta arrivato. Un solo sguardo a suo figlio o sua figlia e se ne sarebbe sicuramente innamorato.

«Penso che sarà una bambina», disse Leah d'un tratto, desiderando condividere con qualcuno questo pensiero, e avendo solo sua madre per farlo. «Me lo sento».

Fiona la guardò da sopra il bordo della tazza. «Una bambina», disse, senza espressione. «Forse hai ragione. Anche se io ero convinta che tu fossi un maschietto».

Leah spremette il limone nel tè. «Come ti sei sentita?», chiese poi, «quando mi hai vista? Come vi siete sentiti tu e papà?».

Fiona abbassò la tazza. «Eravamo felici di avere avuto una bambina sana, certo», rispose con dolcezza. «Proprio come succederà a te».

Proprio come succederà a te. Come se Leah avesse fatto questo bambino tutta da sola. Si sollevò dalla sedia. «Devo andare in bagno», disse alla madre, e uscì pesantemente dalla stanza.

Era riuscito a imparare *Giro giro tondo* e *Sur Le Pont d'Avignon*. Aveva mangiato i biscottini quando erano ricomparsi la seconda volta e bevuto anche il latte, di cui aveva subìto le conseguenze l'indomani. Nel vedere la madre, aveva tentato di scambiare qualche parola con lei, facendo apprezzamenti sul giardino, commentando il bel tempo di quei giorni, ma la vecchia signora era chiaramente diffidente. (E chi poteva biasimarla? Se c'era qualcuno mosso da ragioni sospette, quello era Adam).

Si era persino spinto fino ad accarezzare il gattone rosso, che sembrava vivere sopra il piano, ma con suo sollievo quello si era allontanato, e Vivienne aveva detto subito: «È timido con gli sconosciuti».

Mi domando da chi abbia preso, aveva pensato lui.

Qualunque tentativo di conversazione più personale da parte sua le provocava un'ondata di colore in viso: Adam era convinto che se avesse potuto allontanarsi come aveva fatto il gatto, lo avrebbe fatto di certo. Così lui si atteneva a domande che riguardassero i pezzi che stavano studiando, e faceva del suo meglio per essere paziente e aspettare il momento opportuno.

Ma al contempo, a piccoli passetti avanzava verso di lei, ogni volta imparando qualcosa in più su di lei. Aveva l'abitudine di sfregarsi il dito medio mentre ascoltava i suoi sforzi, e di chiudere gli occhi per un secondo di tanto in tanto. I suoi denti non erano dritti né perfettamente bianchi. Non indossava mai gioielli. Alle orecchie, insolitamente piccole, non aveva i buchi.

Vestiva in modo modesto e semplice, e prediligeva i colori scuri, perlopiù nero, grigio e blu. I capelli erano sempre raccolti, mai sciolti. Il suo alito profumava sempre di menta. Non si truccava, per quanto il suo occhio di maschio inesperto potesse vedere.

Aveva piedi lunghi, e i polpacci, per quel poco che vedeva, erano snelli. Si ricordò di una scena di *Lezioni di piano*, dove Harvey Keitel, sdraiato sul pavimento, aveva infilato un dito in un buco delle calze di Holly Hunter che suonava. Le sue ciglia erano sorprendentemente lunghe e chiare.

E, in quel momento, durante la sua terza lezione, Adam decise che era giunto il momento di rischiare, di sporgersi in punta di piedi un altro po' verso di lei. Aspettò finché la madre arrivò con il consueto vassoio – quella volta con piccoli biscotti Iced Gem che lui non mangiava da più di vent'anni – e li lasciò di nuovo soli.

«Come sei entrata nel gruppo?», chiese. Era una domanda di musica: non poteva eluderla.

Lei sbatté le palpebre due volte rapidamente, un gesto nervoso che lui aveva già notato. Voleva allungare la mano e toccarle il braccio, dirle che andava tutto bene, e che non doveva avere alcuna paura.

«Mio fratello», disse d'un fiato, abbassando il viso per sfogliare gli spartiti alla ricerca di un nuovo pezzo per lui.

Adam dette un morso allo svolazzo rosa pastello sul biscotto. «Suona anche lui con voi?».

Lei fece cenno di sì con il capo. «Tastiera».

«Capisco». Adam sgranocchiò il biscotto. Wally, il tassista, che l'accompagnava a casa dopo le serate. Se le avesse confidato che sapeva già tutto, che la sua amica aveva chiesto al sassofonista informazioni su di lei... Chissà che reazione avrebbe avuto se glielo avesse detto.

«E tuo fratello suona solo uno strumento? Non è un po' pigro?».

Lei alzò lo sguardo, e il più lieve dei sorrisi per un attimo balenò sul suo viso.

«Suona anche la chitarra. E il flauto».

«Meglio», disse. «Siete una famiglia di musicisti».

Lei annuì brevemente tirando fuori uno spartito dal mucchietto e posandolo sul leggio. «Beethoven», lesse Adam. Bel salto da *Giro giro tondo*. Hannah ne sarebbe stata contenta.

«Come si chiama il gruppo?». Altra domanda di musica, di cui conosceva già la risposta.

«Small Change».

«E da quanto...».

«Continuiamo con Beethoven, una ninnananna», disse lei. «Quando hai finito».

Adam finì il latte, e posò il bicchiere di nuovo sul vassoio. «Come si chiama tuo fratello?».

Vivienne si spostò sullo sgabello, il sorriso era scomparso. Per un attimo, Adam pensò che non gli avrebbe risposto, e poi lei disse: «Walter. Wally».

«E lui fa il musicista a tempo pieno?». Sapeva che stava esagerando, ma era riluttante a ritornare alla formalità delle lezioni così presto.

«No, guida un taxi». Lei guardò il clarinetto, che giaceva sul pavimento accanto alla sedia, e Adam lo prese. «Beethoven», disse di nuovo lei, voltandosi verso il leggio, e Adam posò le sue labbra sul bocchino e aspettò nuove istruzioni.

E poi lei, con gli occhi fissi sullo spartito, disse: «Stai migliorando». Il rossore familiare ricomparve, salendo piano piano sulle sue guance. «Con il clarinetto».

Non era tanto: quasi nulla in realtà. Probabilmente lo diceva a tutti gli alunni per incoraggiarli a continuare. Sciocco, davvero, l'effetto che ebbe su di lui.

* * *

Quando la donna uscì dalla casa, Alice quasi non se ne accorse, perché era intenta a premere i pulsanti dell'autoradio in cerca di qualcosa che fosse meno deprimente di *Liveline*. Non appena trovò una stazione di musica classica, alzò il viso, e un movimento, un lampo di colore dall'altro lato della strada, attirò il suo sguardo. Si voltò e vide la donna che andava via, capo chino, spalle piegate in avanti, mani nelle tasche di una giacca verde.

Alice afferrò la borsa e scese, senza pensare ad altro che a seguirla. Chiuse la macchina e si incamminò dietro la donna, improvvisamente consapevole del battito accelerato del suo cuore, della sua bocca secca.

Era abbastanza lontana da non sentire il rumore delle altre scarpe che colpivano il marciapiede, ma il suo passo suonava assurdamente forte nella tranquillità pomeridiana di quella strada. Desiderò avere un paio di scarpette da tennis, che non possedeva da più di quarant'anni.

Dopo aver attraversato due incroci e svoltato qualche angolo, la donna raggiunse una fermata dell'autobus e rimase in piedi sotto la pensilina, ignorando la panchina di legno su cui era seduto un uomo anziano con le mani avvolte intorno al manico nodoso di un bastone da passeggio di legno. La donna guardava a terra davanti a sé mentre aspettava silenziosa, le mani affondate nelle tasche.

Alice si avvicinò, rallentando il passo. Non aveva nessun piano, nessuna idea su cosa fare. Non aveva pensato a nient'altro che stare davanti alla casa di Jason.

Si fermò a poca distanza dalla donna e frugò nella borsa. Non sapeva quanto costasse l'autobus, o dove l'avrebbe portata se lo avesse preso. Non lo prendeva mai. Pensava che dovesse avere i soldi giusti, così fece scivolare tutte le monetine che aveva nel borsellino sulla mano, e calcolò di avere circa due euro. Sarebbero sicuramente bastati.

Chiuse la borsa, se la mise a tracolla, e poi si voltò lentamente verso la madre, che stava ancora con lo sguardo fisso a terra. Sembrava tesa, lì in piedi. Alice riusciva a intravedere il profilo del suo pugno nella tasca sinistra. La sottile tracolla di una piccola borsa marrone andava dalla spalla sinistra al fianco destro. I biondi capelli erano legati con un elastico blu.

«Mi scusi», disse Alice, e il capo della madre si voltò lentamente verso di lei, senza sorriso, pallida. «Mi chiedevo», disse Alice, combattendo con un groppo improvviso in gola, «se sai quando arriva l'autobus».

La madre non rispose subito. Nulla nel suo viso faceva capire che avesse almeno sentito la domanda. Poi, quando Alice era sul punto di chiedere di nuovo, lei disse, a bassa voce: «A e dieci». E si voltò di nuovo.

«Grazie».

Alice ingoiò il groppo in gola, e continuò a deglutire finché non se ne liberò del tutto. L'uomo sulla panchina prese un fazzoletto dalla tasca e si soffiò il naso rumorosamente. Un giovane si avvicinò alla fermata dell'autobus e si udì un tintinnio di monete nella sua tasca quando passò davanti alle due donne per andare a sedersi. Poi prese a pestare con la scarpa a terra, forse a ritmo della musica che ascoltava nelle cuffie, qualunque cosa fosse. Dalla direzione opposta arrivò una donna, che trascinava un piccolo trolley. In lontananza una sirena suonava.

Alice sentiva fortemente la presenza della madre. Era così vicina che se avesse allungato la mano le avrebbe potuto toccare il braccio, e le avrebbe detto quanto terribilmente, terribilmente…

L'autobus svoltò l'angolo proprio in quel momento, e rallentò mentre si avvicinava. I due uomini si alzarono in piedi, quello più anziano trascinandosi lentamente, le nocche bianche intorno al bastone. Alice aprì la mano e guardò le monete mentre gli altri avanzavano.

Un uomo e una donna scesero dall'autobus, e l'uomo anziano, appoggiandosi alla barra, salì con difficoltà gli scalini. Gli altri lo seguirono, e poi Alice mise un piede sullo scalino più basso.

E in quel momento si fermò.

Dopo aver fatto i biglietti, dopo che quei passeggeri si furono seduti, l'autista guardò Alice con aria interrogativa. Lei lo guardò di rimando, paralizzata. Cosa stava facendo?

Scese dallo scalino. «Scusi», disse. Si voltò e si incamminò a passo veloce nella direzione da cui era venuta. Sentì il motore dell'autobus andare su di giri quando l'autista ripartì, e tenne gli occhi fissi davanti a sé, inciampando di tanto in tanto per la fretta.

Mentre si riavvicinava alla macchina, sollevò la borsa per cercare le chiavi, e le monete che aveva ancora in mano le caddero per terra. Non si fermò per raccoglierle, ma aprì la macchina e salì su, poi prese il telefono dalla borsa.

«Non riesco a tornare, ci vediamo domani», scrisse a Geraldine. Attraversò piano piano il centro residenziale e le strade piene di gente; passò davanti a negozi, parchi e scuole. Dall'altra parte del paese, si fermò in un piccolo parcheggio annesso a una chiesa in cui non era mai stata. Spense il motore e rimase lì seduta, a guardare le poche persone che entravano e uscivano.

Vedendo, ogni volta che chiudeva gli occhi, il viso vuoto, morto della madre.

Alla fine avviò la macchina e ritornò a casa passando tra le strade affollate di persone che, finito il lavoro, uscivano dagli uffici e dai negozi.

In cucina, preparò cipolle e macinato. Mescolando, aggiunse brodo ristretto e salsa di pomodoro, piselli congelati, sale e pepe nero. Poi abbassò il gas e lasciò cuocere a fuoco lento. Pelò le patate e le tagliò a pezzetti. Ci versò sopra l'acqua e le lasciò a bagno finché non si furono ammorbidite.

Mentre la cena cuoceva, e la cucina si riempiva lentamente di vapore, lei indugiò alla finestra a guardare il prato punteggiato di denti di leone, e le aiuole in cui c'era più erba che fiori. Il magazzino che andava pulito, la menta che strabordava dal vaso.

Aprì il cassetto delle posate e prese l'ultima lettera di sua figlia, e lesse di nuovo dei piccoli diplomi dell'asilo, delle feste di compleanno, di una gita in campeggio in montagna. Guardò le foto che Ellen aveva mandato, che ritraevano nipoti che Alice conosceva appena mentre saltavano in piscine, mangiavano la pizza e ridevano alla macchina fotografica. Sembravano sani e abbronzati, e avevano denti bianchissimi. Desiderò essere lì con la figlia, e lasciarsi dietro quel maledetto paese.

Quando il pasticcio di carne fu pronto, ne mise una porzione in un piatto, lo posò su un vassoio con un bicchiere d'acqua e la più piccola delle due saliere. Poi prese il vassoio e lo portò di sopra a suo marito, che, di pomeriggio, qualche volta, andava a letto, e non si alzava più fino all'indomani mattina.

«Indovina un po'?», disse Adam. «Nora ha un uomo».

«Davvero?». Hannah chiuse lo sportello della lavatrice e si alzò. «E com'è?».

Adam appese la giacca su una sedia della cucina. «Non so, non lo conosco».

«Allora, come fai a dire che ne ha uno?».

Adam esitò. «Ho pensato che volesse nasconderlo».

Hannah lo fissò. «Nasconderlo? Cosa vuoi dire?»

«Be', sono quasi certo che fosse in compagnia di qualcuno». Riempì il bollitore. «Nora non vedeva l'ora di liberarsi di me. Mi ha detto che avrei dovuto chiamare prima di andare...».

«Te l'avevo detto...».

«...e ha detto che non aveva tempo per un caffè, perché si stava preparando per uscire, ma aveva decisamente un'aria guardinga. Sono riuscito appena a prendere i libri che volevo prima che mi buttasse fuori di casa».

Hannah selezionò il programma e avviò la lavatrice. «Quindi non hai prove che fosse lì?»

«No, ma so quando sta nascondendo qualcosa». Prese le tazze dalla credenza. «Scommetto qualunque cosa che c'è un uomo».

«Ma perché nasconderlo?». Hannah cominciò a tirare fuori i suoi soliti utensili da pasticcera. «Voglio dire, non è che le è vietato portare uomini nel tuo appartamento».

«Non so». Adam versò il caffè nelle tazze. «Forse è sposato».

Hannah prese le uova dal frigo. «Sposato?»

«Ehi, potrei sbagliarmi», disse lui, porgendole una tazza. «Dimentica quello che ho detto. Magari non c'era davvero nessuno».

Hannah sorseggiò il caffè e non rispose.

Adam girò lo zucchero nella sua tazza. «Allora, quando ti vedi di nuovo con il tuo amore?»

«Sabato. Gli ho detto che andrò al wine bar».

«Bene».

«E cucinerà per me sabato sera».

«Allora fa sul serio!».

«Già... ma vorrei che anche tu avessi qualche novità».

Adam sospirò. «Anch'io. Non sto andando da nessuna parte con lei. È così timida... e sua madre sembra convinta che alla sua prima distrazione io possa portare la figlia sulla cattiva strada. Continua a sbirciare dal giardino, e durante la pausa mi guarda in cagnesco».

«E ti offre biscotti per bambini».

Sorrise. «In effetti, avevo dimenticato quanto sono buoni gli Iced Gems». Si voltò verso la porta. «E adesso devi scusarmi; finché prenderò lezioni di musica, è meglio che mi eserciti con Beethoven».

«È una frase che non avrei mai pensato di sentire da te. Hai mezz'ora prima che vada a letto».

«Anche troppo», rispose lui. «Notte notte. A domani».

Hannah prese il burro dal frigo, e il sorriso svanì.

«Gesù», disse Patrick, «ci è mancato poco».

Nora fece scivolare un'unghia sulla schiena di lui. «Immagina che faccia avrebbe fatto se fosse entrato e ti avesse trovato nel suo letto».

Patrick rise per un attimo. «In realtà, lui non è proprio il mio tipo», sussultò. «Ehi, vacci piano con gli artigli. Niente segni, ricordi?»

«Ricordo che hai detto che a Leah non interessa», continuando a far scivolare l'unghia lungo la spina dorsale. «Se non si avvicina al tuo corpo nudo, non vedrà alcun segno, no?». Si chinò e mordicchiò la sua spalla.

Lui si divincolò di scatto dalla sua presa. «Basta; non possiamo rischiare così». Si girò, immobilizzandola sotto di lui e intrappolandole le braccia. «Possiamo divertirci, ma dobbiamo stare attenti a non essere scoperti».

Lei sorrise. «Ma, tesoro, è il rischio di essere scoperti che rende tutto così divertente».

Giugno

«Non riesco a mettermi in contatto con Tom», disse Stephen.

«Non dovevi chiamarlo?»

«Ho provato, e ho chiesto anche a Suzie di farlo, diverse volte. Ha il telefono staccato, e a casa squilla ma non risponde nessuno».

«Perché non lasci un messaggio?»

«No, a casa non hanno la segreteria».

Geraldine scosse il capo. «Sembra che stia provando a non farsi trovare. Ogni volta che chiedo di lui ad Alice, lei risponde che sta bene, o che se le cava, e basta. Così non me la sento di chiederle se lui abbia in programma di ritornare a lavorare, prima o poi».

Stephen spostò di lato il suo piatto. «No... ma sono passati quasi tre mesi ormai. La clinica non può continuare a pagarlo all'infinito per non lavorare».

Geraldine posò la forchetta. «Stephen, non so cosa avrei fatto se fosse capitato a te».

«Non pensarci. Dovrò andare lì di persona e parlargli».

«Pare proprio di sì», disse Geraldine, mettendo i piatti l'uno sopra l'altro e portandoli al lavello. «Pensi che debba accennare qualcosa ad Alice?».

Il suo orario era stato ridotto. Non andava al lavoro prima delle due del pomeriggio, e poi solitamente stava da sola perché Alice spariva la maggior parte delle volte senza dire dove andava.

«No», disse Stephen lentamente mentre si alzava. «Meglio non dirle nulla». Prese sale e pepe e li ripose sulla mensola sopra il frigorifero. «Tom potrebbe decidere di non farsi trovare se sapesse che ho intenzione di andarci».

«Oh, davvero lo pensi?». Geraldine mise un po' di gelato nei piatti. «Povero Tom. Povera Alice».

Almeno sono tutti e due vivi, pensò Stephen.

«Sto cercando di convincere mia figlia a venire a trovarmi», asserì John, «non appena va in vacanza alla fine del mese».

«Che bello», disse Hannah, mettendo una mano sul bicchiere mentre lui alzava la bottiglia del brandy. «Meglio di no, grazie, devo alzarmi presto. Hai detto che è al college?».

John rabboccò il suo bicchiere. «Sì, a Edimburgo. Sta finendo il primo anno di legge».

«Ed è mai stata in Irlanda?»

«Sì. Venivamo spesso a fare visita alla famiglia di mia madre a Tipperary quando Danielle era piccola. Ma non viene da anni ormai, e sarebbe la sua prima volta a Clongarvin».

Hannah prese un piccolo sorso di quel che restava del suo brandy. «Be', devo dire che la cena è stata straordinaria».

«Dunque», sorrise, «la mia cucina non ti farà scappare».

«Assolutamente no: mi piacciono le costolette di maiale. Cucini molto meglio di me».

«Oh, ne dubito». Posò il bicchiere sul tavolino. «Ma forse, un giorno, avrò la possibilità di vedere come te la cavi tu e potremo fare un confronto».

«Non si sa mai».

Lui si avvicinò, abbassò il capo, e posò le labbra sulla gola di lei. «Sono felice di averti incontrata», sussurrò. «Sono felice che tu sia qui».

«Anch'io». Lei posò il bicchiere e gli cullò la testa mentre spostava le labbra sulla scollatura della camicetta. Lei si sdraiò e lo tirò accanto lei, mentre cominciava a sbottonargli la camicia.

E quando alla fine la bocca di lui trovò quella di lei sapeva di brandy.

Vivienne non era più la stessa.

«Non ti riconosco», le disse la madre a cena. «Non rifiuti mai la torta di mele. Non è da te».

«Non ho fame», replicò lei.

«Ecco, è proprio questo che intendo», disse la madre. «Non è da te non avere appetito».

«Hai la testa altrove», le disse il fratello Wally, quando arrivò come al solito per la cena del sabato con la sorella e la madre. «Non hai sentito una parola di quello che ho detto, vero?»

«Non è più la stessa», gli disse la madre.

«La scorsa settimana, hai dimenticato di dargli il nuovo pezzo», le aveva detto il martedì precedente la madre di Robbie O'Donnell. «Dovevi dargli per nuovo pezzo di Debussy per esercitarsi, e l'hai dimenticato».

«Non è più la stessa», la madre di Vivienne aveva detto alla signora O'Donnell mentre li accompagnava alla porta. «Non è da lei dimenticarsi le cose».

«Forse ha bisogno di un ricostituente», aveva detto la signora O'Donnell. «Forse non sta bene».

«Quando posso finire le lezioni di piano?», aveva chiesto Robbie, e sua madre gli aveva fatto segno di stare zitto e lo aveva spinto davanti a lei fuori dalla porta.

Vivienne aveva comprato un rossetto. Si chiamava Candy Floss ed era costato 8,99 euro. Non aveva idea se fosse costoso, se fosse un prezzo giusto per i rossetti. Lo aveva portato a casa e si era seduta di fronte alla toeletta; aveva estratto il cappuccio e applicato il colore sulle labbra. Si era voltata verso Pumpkin, che stava seduto sulla cassettiera. «Cosa ne pensi?», gli aveva chiesto.

Lui aveva sollevato la testa e l'aveva guardata senza battere ciglio.

«Ho messo il rossetto», gli aveva detto, e lui le aveva fatto le fusa dolcemente.

Lei aveva esaminato il suo viso nello specchio. Aveva tolto gli occhiali e guardato attentamente la bocca che brillava. Aveva sorriso, e poi quel sorriso era svanito improvvisamente. Si era tolta il rossetto con un fazzolettino e aveva buttato il tubetto nel cestino della carta.

Brutta, Quattrocchi, Piedona, Piena di Lentiggini. Hai messo il rossetto rosso? Sembri una pulce.

Mai nessuno che l'accompagnasse a casa da scuola. Mai nessuno che le telefonasse e le chiedesse di uscire. Nessun biglietto per San Valentino né fiori, mai. Niente di niente per la Quattrocchi O'Toole. Solo nella musica poteva rifugiarsi, solo con la musica poteva chiudere fuori tutte quelle voci crudeli, e allontanarsi da loro.

La musica la aiutava a dimenticare. La musica colmava quei vuoti. La musica era tutto quello di cui aveva bisogno. Finché non era comparso Pumpkin nel giardino sul retro sei anni prima, tremante e denutrito, negletto come lei. Da quel momento erano stati un tutt'uno, e quello bastava.

No?

«La cena è pronta», urlò la madre dal piano di sotto.

«Arrivo», rispose lei di rimando. Spinse il rossetto più in fondo nel cestino. Mai più sciocchezze del genere. Sarebbe ritornata se stessa.

Prese Pumpkin in braccio e scese di sotto.

* * *

«Non puoi rimanere un altro po'?», chiese. «Non sono ancora le nove».

Hannah si abbottonò la camicetta. «Alle nove vado a dormire, ricordi? Comunque sta arrivando il taxi».

John la guardò mentre si infilava la giacca. «Nessun pentimento per quel che è successo?».

Lei sorrise, e gli accarezzò il viso. «Certo che no».

Lui le baciò il palmo della mano. «Bene».

Era stato diverso. Era stato strano stare con un altro uomo dopo Patrick. Ma John si era rivelato dolce, e lei si era sentita a suo agio con lui.

A suo agio. Non esattamente, immaginò, quello che un uomo vorrebbe sentire uscire dalla bocca di una donna che ha fatto l'amore con lui.

«Perché sorridi?»

«Nulla, è solo che mi diverte come si sono evolute le cose», rispose lei. «Non si sa mai, vero?»

«Già». Cominciò a dire qualcos'altro, ma proprio in quel momento giunse il suono di un clacson dalla strada; e per un attimo Hannah rivide se stessa nella sua camera con i gioielli sparsi per terra, mentre ascoltava Patrick che le diceva che si era innamorato di un'altra donna.

John andò alla finestra e guardò la strada. «Che velocità». Le si riavvicinò e l'abbracciò.

«Mi piace il tuo odore», gli disse sopra la spalla. «Buono, di sapone».

Lui rise. «Sono contento. Ti accompagno».

«Non preoccuparti», disse lei, indietreggiando. «Sei scalzo, vado da sola».

«Ti chiamo domattina», disse mentre lei usciva e si precipitava giù per due rampe di scale per prendere il taxi. Aprì lo sportello e scivolò sul sedile posteriore, e poi indicò il suo indirizzo.

«Ciao», disse l'autista, guardandola dallo specchietto retrovisore. «Dobbiamo smetterla di incontrarci così».

«Oh», sorrise lei. «Comincio a pensare che tu mi segua».

«Ebbene sì, lo ammetto. Come va il tuo negozio giallo?»

«È ancora lì, grazie al cielo». Si appoggiò allo schienale. «Alzi un po' il volume della musica, per favore?»

«Così non ti senti obbligata a parlare con me?». Ma lo alzò e Hannah chiuse gli occhi e si lasciò trasportare dalla dolce armonia.

La serata era passata quasi come aveva immaginato. Entrambi sapevano come sarebbe finita.

Aveva capito che John la desiderava, e lei era stata ben felice di lasciare che le cose andassero da sole. E se non era stato travolgente, che problema c'era? Era stato piacevole, e ne era contenta.

E comunque quando il sesso è travolgente, non dura mai. La sua prima volta con Patrick, alla fine del loro secondo appuntamento, era stata intensa, e l'orgasmo l'aveva fatta vibrare lasciandola senza energia. E come era andata a finire? Forse le partenze lente erano le migliori.

Aprì gli occhi ed esaminò da dietro la testa di Wally. I suoi capelli andavano tagliati. Era divertente come loro due continuassero a incontrarsi per caso. «Da quanto tempo suoni nella band?», gli chiese.

«Un paio d'anni», rispose, «più o meno. In effetti sono il fondatore». Ci fu una breve pausa, e poi lui disse. «Allora tu e John state insieme?»

«Più o meno», replicò lei, incontrando i suoi occhi nello specchietto.

«È un bravo ragazzo», disse lui, facendo un cenno mentre cambiava marcia. «Anche se è scozzese».

Hannah rise. «E tu non sei razzista».

Strizzò gli occhi nello specchietto. «Per niente».

Quando raggiunsero la casa, lei aprì la borsa. «Quanto ti devo?».

Lui si voltò verso di lei.

«Nulla», disse, «mi offrirai una delle tue tortine sofisticate quando riuscirò a venire nel tuo negozio giallo».

«Oh, no. Non posso...».

«Oh, certo che puoi», disse lui. «Sei un'amica di Johnny. Se ti fa stare meglio, possiamo fare due tortine. Sono molto goloso».

Lei sorrise. «Va bene, se insisti; ma la prossima volta pagherò, ok?»

«Va bene. Ma solo perché al momento non navigo nell'oro».

Odorava di dolce, odorava di gelato alla vaniglia. Gli ricordava un bocciolo in fiore. Si ricordò che quella sera piangeva; ricordò di aver spento la luce per lei. Il modo in cui gli aveva detto grazie... E lui l'aveva richiamata per dirle che aveva dimenticato la sciarpa.

Così Johnny stava con lei. Le regole andavano rispettate.

Alle dieci e mezza, Fiona aprì l'acqua della vasca come al solito, e aggiunse molti sali alla lavanda. Mentre faceva il bagno profumato, lesse un capitolo della biografia di Gandhi e bevve un bicchierone di latte caldo. Si asciugò prima di applicare la lozione da notte per il corpo.

Si spalmò la crema in viso, dopo aver fatto la pulizia con latte detergente e tonico; spalmò la crema sulle mani e se le massaggiò per bene. Girò la radiosveglia in modo che non la vedesse dal letto: non c'era niente di peggio che vedere scorrere il tempo per incoraggiare l'insonnia. Mise i guanti di cotone bianchi che indossava quando andava a dormire.

E un attimo prima che si coricasse, avvertì un forte impulso di parlare con la figlia. Prese il suo cordless sul comodino e allungò un dito inguainato sulla tastiera. Esitò: era troppo tardi? Girò di nuovo la radiosveglia verso di lei, e vide che erano le undici e diciotto.

Troppo tardi. Ripose il telefono. L'avrebbe chiamata l'indomani pomeriggio. Non avevano granché da dirsi in quei giorni, comunque.

Stephen suonò il campanello una seconda volta. Dopo qualche altro secondo, indietreggiò e guardò su verso le finestre del primo piano.

«Tom?», chiamò. La macchina era nel vialetto. Le tende alle finestre del primo piano erano aperte. «Tom?».

Appoggiò una mano sul cancello laterale, aprì il catenaccio e si diresse verso il retro della casa. Bussò forte alla porta, chiamandolo di nuovo. C'era un sacchetto di plastica vicino alla parete. Stephen vi sbirciò dentro e vide alcune bottiglie vuote con sopra etichette dorate di whisky Powers.

Ripercorse il passaggio laterale, e richiuse il cancello. Aprì il suo portafoglio e trovò una vecchia ricevuta. Scrisse sul retro e la fece scivolare nella buca delle lettere. Guardò di nuovo in alto verso le finestre, e poi ritornò alla sua macchina.

Salì su, e ritornò alla clinica odontoiatrica.

Avrebbe dovuto dire qualcosa a Patrick prima che lui uscisse per andare a lavorare. Avrebbe dovuto dirgli del dolore alla schiena che l'aveva svegliata un paio di volte durante la notte, e che poi piano piano le era passato. Avrebbe dovuto dirgli qualcosa mentre lui si vestiva, e lei faceva la doccia con molta fatica. E poi, mentre lui beveva il caffè in cucina, in piedi vicino alla finestra, lei si tamponava il correttore sotto gli occhi, e il fondotinta sul viso gonfio.

«Sento un dolore», avrebbe dovuto dirgli. «Viene e va, alla schiena. È un dolore nuovo, diverso».

Ma lei non aveva detto nulla, perché Patrick doveva essere stufo dei suoi lamenti, stanco di sentire della sua costipazione e del bruciore di stomaco, e del suo costante bisogno di fare la pipì. Era stanco della sua cattiva digestione, e della sua nausea, e della sua smania per il salato.

Così era andato al lavoro, dopo averla baciata distrattamente sulla guancia, e averle fatto venire il vomito col suo dopobarba. E quello era successo tre ore prima. In quel momento il dolore alla schiena era più forte, molto più forte, e lei aveva chiamato per cancellare i suoi due appuntamenti successivi fino a data da destinarsi. Il dolore la tagliava in due, si affievoliva per un po' e quando ritornava la lasciava senza fiato, tanto era intenso.

Aspettò finché non fu passata l'ultima fitta, prese il telefono e chiamò Patrick al cellulare. Quando si attivò la segreteria lei riattaccò e provò di nuovo, e quando successe la stessa cosa aspettò il bip e poi disse tutto d'un fiato: «Patrick, sono io. Per favore chiamami, è urgente».

Lei riattaccò e provò al cellulare di Nora, che squillava e squillava senza alcuna risposta. Chiamò al servizio informazioni e chiese il numero degli uffici del giornale – era la prima volta che le serviva il numero del centralino – e la receptionist le disse che Patrick era uscito per una riunione e no, non sapeva dove fosse andato, e se a lei serviva, avrebbe potuto darle il suo numero di cellulare.

«Ce l'ho», disse Leah, «ma non riesco a contattarlo: è irraggiungibile. La sua assistente è con lui?». Sicuramente Nora aveva un numero in cui lui fosse sempre reperibile.

«Mi dispiace», le rispose la receptionist, che Leah non conosceva ancora, «ma ha chiamato stamattina per dire che non stava bene. Vuole comunque lasciare un messaggio?».

La fitta ritornò, e Leah riattaccò, e poi si piegò in due stringendo i denti. Quando passò, chiamò sua madre. «Ho bisogno di te», disse, gli occhi chiusi. «Penso che ci siamo».

Non appena riattaccò, avvertì una calda sensazione di bagnato tra le gambe, e guardando a terra vide qualche goccia sul tappeto verde chiaro.

Il negozio di scarpe procedeva a fatica, riuscendo a malapena a pagare i conti. Continuarono a mantenere i prezzi in saldo, abbassarono la percentuale di guadagno su tutti i nuovi arrivi, introdussero offerte speciali e, con la riduzione dello stipendio di Geraldine, rimasero a galla. A stento.

Ogni pomeriggio Alice se ne andava subito dopo l'arrivo di Geraldine alle due. Prima prendevano il tè insieme, e poi Alice si comportava come se andasse tutto come sempre: diceva a Geraldine se c'era qualche consegna in arrivo, e le faceva il resoconto di come era andata la mattinata. Chiedeva di come andasse l'attività di Hannah, e poi le dava eventuali notizie che avesse ricevuto dall'Australia. Se Geraldine chiedeva di Tom, lei diceva che stava bene.

E dopo aver lavato e riposto le tazze, se ne andava, e raramente ritornava prima dell'orario di chiusura. Da un po' di tempo, non inventava neanche più che avesse una qualche ragione per andarsene, e anche Geraldine non faceva più domande. In quel periodo Alice rimaneva sempre meno in negozio.

Durante il pomeriggio non faceva sempre le stesse cose: a volte andava dritta al cimitero, altre andava dritta a Springwood Gardens, e solo dopo le altre due tappe si recava al parcheggio della chiesa.

Sul cancello del trentasette non c'erano più fiori. Un giorno vide Dave tagliare il prato, su e giù, su e giù, con indosso un cappellino blu scuro con la visiera. Si fermava solo di tanto in tanto per asciugarsi la fronte con un avambraccio nudo.

Un giorno Claire uscì e passò oltre la sua macchina, senza guardare dentro, con un'espressione assente sul pallido viso. Alice rimase seduta e la guardò nello specchietto retrovisore farsi sempre più piccola man mano che si allontanava, finché non svoltò un angolo.

Adesso pensava a loro come a Claire e Dave.

La corona di Jason era stata sostituita con una scatola rettangolare di plastica verde, lunga circa cinquanta centimetri, nella quale qualcuno aveva piantato viole del pensiero. Giaceva al posto dell'altra, lungo il bordo superiore della tomba, davanti alla croce di legno.

Si domandò se stessero pensando di aggiungere il nome di Jason alla grande lapide, o se avessero intenzione di lasciare la croce. La cornice ovale della sua foto si stava ossidando, e lei non riuscì a pulirla neanche con il prodotto apposito.

Ogni tre giorni gli lasciava dei fiori, con solo una A come firma sui bigliettini.

Non entrava mai in chiesa, rimaneva semplicemente nel parcheggio. Una volta uscì un prete e vide la sua macchina. Alice temette che si avvicinasse, ma poi lui uscì dal cancello. Il giorno dopo si fermò davanti a un'altra chiesa.

Ritornava a casa ogni giorno alla stessa ora. Preparava la cena e la portava di sopra a Tom. Mangiava la sua da sola in cucina o talvolta davanti alla TV se c'era qualcosa di interessante. Quando il tempo lo permetteva, dopo cena usciva a fare una passeggiata. Faceva sempre lo stesso giro: cassonetti della raccolta differenziata, stazione degli autobus, giù al fiume e intorno al campo da golf e ritorno. Le ci voleva un'ora e mezza, non era velocissima. E quando ritornava a casa, solitamente era l'ora del telegiornale.

Alle nove e mezza spegneva il televisore e leggeva un libro finché non sentiva sopraggiungere il sonno, che le dava un po' di conforto.

Finché un giorno tornò a casa, e aprendo la porta d'ingresso trovò sul pavimento una busta marrone e un pezzetto di carta. Prese la busta e vide scritto il nome di Tom e il sigillo del governo subito sopra. La aprì e tirò fuori la lettera. Lesse che Tom Joyce era stato chiamato a comparire davanti al tribunale distrettuale venerdì 14 giugno, alle undici e mezza.

Poi si chinò e prese il pezzetto di carta, e vide che era uno scontrino. Lo girò e lesse: «Tom, per favore fatti sentire. Stephen».

«Bene», disse ad alta voce, nel corridoio vuoto. Si diresse verso le scale e si sedette sul terzo gradino, con la lettera e lo scontrino in mano. Dopo un po' si alzò e salì il resto delle scale fino alla camera del marito. Entrò e andò alla finestra. Aprì le tende e la finestra.

«Tom, alzati», disse, rivolgendosi a lui. «Devi alzarti adesso. Dobbiamo parlare».

Mentre Nora si infilava il top, sentì il basso suono di un bip. Si voltò e vide che Patrick stava accendendo il telefono.

«Oh», disse, «proprio non vedi l'ora di ritornare nel mondo reale!».

«Merda», disse Patrick, lo sguardo sullo schermo. «Merda». Conficcò i bottoni nelle asole della camicia come una furia, e si portò il telefono all'orecchio.

«Shh», disse, mentre ascoltava, con un palmo alzato verso

Nora per zittirla. Dopo qualche secondo, richiuse nervosamente il telefono e afferrò la sua valigetta. «Su», disse, «andiamocene».

«Perché tutto questo panico?», chiese, chiudendo la zip della gonna.

«Leah», pronunciò lui, già fuori dalla camera. «Sta partorendo».

«Gesù». Nora si infilò le scarpe, prese la borsa e si affrettò dietro di lui. «Pensavo che mancassero ancora due settimane».

Lui non rispose. Pugnalò il pulsante dell'ascensore, controllò l'orologio, e si mise la camicia nei pantaloni. «Andiamo, andiamo», mormorò.

«Gesù, vuoi calmarti?», disse Nora mentre cercava le maniche della giacca. «Qualche minuto non fa alcuna differenza, ormai».

Patrick le scoccò un'occhiata che lei non gli aveva mai visto, e poi si voltò e batté il palmo contro il pulsante dell'ascensore. *Vaffanculo.*

Il viaggio di ritorno a Clongarvin fu perlopiù silenzioso. Patrick guidava veloce, faceva sorpassi azzardati, e suonava il clacson impaziente a chiunque gli capitasse davanti.

Nora, aggrappata alla maniglia sopra il finestrino, si godeva la corsa. «È in ospedale?»

«Sì», rispose, secco.

«Cosa diceva il messaggio? Quando l'ha inviato?».

Lui non rispose, e Nora ci rinunciò. Quando furono nei paraggi di Clongarvin, quaranta minuti più tardi, Patrick accostò la macchina.

Nora lo guardò. «Spero che tu non ti aspetti che io scenda qui», disse. «È lontano…».

«Chiama un taxi», disse lui, sporgendosi davanti a lei per

aprirle lo sportello. «Scendi, Nora. Non ho tempo per discutere». Prese il portafoglio dalla giacca e le diede venti euro. «Tieni».

Lei prese i soldi e scese. «Non posso crederci…».

Ma lui se n'era già andato, sgommando verso la clinica ostetrica di Clongarvin.

«Perfetto», disse lei ad alta voce. Tirò fuori il telefono. «Assolutamente, maledettamente perfetto». Non poteva fare neanche dieci metri con quelle scarpe e lui lo sapeva. Selezionò un numero e disse: «Potresti venire a prendermi? È una lunga storia».

Adam sospirò. «Dove sei?».

«Dove sei?», aveva detto Leah in un secondo messaggio. «Patrick, ti prego chiamami. Ho bisogno di te», la voce tesa.

E il messaggio di Fiona, meno di un'ora più tardi. Più calmo, molto più calmo. «Patrick, nel caso ti interessasse, mia figlia sta partorendo il tuo bambino. Siamo in ospedale».

E nessun altro messaggio: solo dodici chiamate perse. Leah, Leah, Leah, Leah, Fiona, Leah, Leah, Fiona, Fiona, Leah, Fiona, Fiona.

Corse sulle scale mobili. «Leah Bradshaw», disse nervosamente alla ragazza dietro il vetro. Lei digitò al computer e chiese se lui fosse un parente.

«Sono il padre», rispose a denti stretti, un nodo allo stomaco, la camicia tirata indietro, la vescica piena.

Fiona lo trovò all'entrata della sala travaglio. La gonna del suo tailleur blu navy un po' sgualcita, ma per il resto imperturbabile come sempre.

«Hai avuto un bambino», gli disse, guardandolo come se lui avesse appena sputato per terra davanti a lei. «Congratulazioni».

* * *

John guardò il cellulare e lesse "Danielle".

«Scusa», disse a Patsy. «Meglio che risponda».

«Ciao, papà», disse Danielle.

«Ciao. Qualcosa non va?»

«No, nulla...». La voce di Danielle sembrava lontanissima. John premette il telefono più forte sull'orecchio. «Ho solo ricevuto la tua lettera».

«Davvero?». Lui preferiva scriverle, non era bravo al telefono. «Quando ci vediamo?». Le aveva proposto di fermarsi una settimana di più, se era d'accordo. Avrebbe dovuto procurarsi una brandina o qualcosa del genere, ma se la sarebbero cavata.

«Papà... non credo che verrò. Non quest'estate», disse lei.

John spostò il telefono all'altro orecchio e si allontanò dal bancone. «Non vieni?»

«No», seguì un breve silenzio, e poi lei disse, «penso che dovrei rimanere qui con mamma».

«Capisco». Esitò. «Ma potresti venire più in là durante l'estate? Non hai qualche mese di vacanza?», avvertì un tono di supplica nella sua voce, e doveva averlo avvertito anche lei.

«Penso sia meglio che rimanga qui», disse, e lui capì. Aveva fatto la sua scelta, e aveva scelto Lara. Si era schierata, benché lui pensasse che non ci fosse stata alcuna battaglia.

«Ok, tesoro», disse. «Non c'è problema. Ci vediamo la prossima volta che vengo. Per il resto, come va?».

Quando riattaccò, si voltò verso Patsy. «Scusa», disse di nuovo.

«Non preoccuparti», disse lei. «Spero non siano cattive notizie».

«No», disse. «Non sono cattive. Solo un cambio di programma».

«Allora», disse, mentre metteva i suoi acquisti in un sacchetto marrone, «come sta la tua signorina?». Lei rise vedendo l'espressione sul suo viso. «Non fare quella faccia sorpresa. Perché altrimenti continueresti a comprare tortine che non mangi?».

John sorrise. «Non ti sfugge niente, Patsy», disse lui. «Sta bene, grazie del pensiero».

Il pensiero di Hannah lo rallegrò. Dopo così tanti anni, aveva quasi dimenticato il piacere della tenera intimità fisica.

Il calore, il profumo del corpo di una donna accanto al suo, le parole sussurrate, i suoi dolci sospiri in risposta al tocco di lui...

«Il tuo resto, tesoro», disse Patsy. «Sveglia».

«Dunque, oggi ho dovuto soccorrere Nora», disse Adam.

«Soccorrere? Come?»

«Era su Galway Road. Ha detto di avere avuto una discussione con l'autista della macchina in cui stava viaggiando, e lui si è fermato e l'ha fatta scendere».

«La macchina di chi? Da dove veniva?»

«Non me lo ha detto. Ha detto che non aveva importanza, che ormai era tutto risolto».

Hannah versò la granella di noci dalla bilancia in una ciotola. «Non doveva essere al lavoro, invece che andarsene in giro con un uomo misterioso?»

«Non gliel'ho chiesto». Prese una ciliegia da una vaschetta. «Nora fa quello che vuole, come sempre».

«Quel lavoro non durerà», disse Hannah. «Smettila di mangiare quelle ciliegie».

«Non credo che le interessi, onestamente. Non mi sorprenderebbe se presto se ne tornasse negli Stati Uniti. Clongarvin non fa più per lei. Ormai le sta troppo stretto».

Hannah non rispose.

«Be', è ora che mi eserciti con il clarinetto», disse Adam, incamminandosi verso la porta.

«Mi piace quel pezzo che stai imparando adesso».

«È Chopin. Se non altro, mi sto facendo una cultura musicale».

Una volta da sola, Hannah pensò a Nora O'Connor. Senza dubbio, doveva avere una relazione con qualcuno che voleva tenere assolutamente segreto, persino a Adam. Magari, qualcuno a cui non importava molto di essere fedele; qualcuno che non avrebbe resistito se Nora gli avesse fatto capire chiaramente il suo interesse.

Qualcuno come Patrick Dunne, che aveva tradito Hannah, forse anche più di una volta. Lui aveva assunto Nora come assistente personale e negli ultimi mesi avevano lavorato a stretto contatto.

Misurò la farina e la versò nella ciotola del robot da cucina. Poteva sbagliarsi: non aveva la minima prova che si trattasse di Patrick. E comunque non erano affari suoi.

Mentre pesava lo zucchero, Chopin giunse dal piano di sopra. E qualche secondo più tardi, Kirby si unì a lei entrando dalla porta del salotto.

«Mi dispiace così tanto», disse Patrick. «Non pensavo assolutamente che potesse succedere».

«Lo so», disse Leah.

«Se avessi avuto il minimo sospetto, di certo non sarei andato a quella riunione».

«Lo so».

«Sarei rimasto a casa, non sarei uscito affatto. Lo sai, sì?»

«Sì».

«Non mi hai detto nulla, avresti dovuto dirmi che non stavi bene prima che uscissi».

«Lo so. Avrei dovuto».

«Ma sicuramente, non sarei dovuto uscire senza essere raggiungibile. Avrei dovuto lasciare il telefono acceso».

«Sì».

«Per fortuna che c'era tua madre, che non eri da sola».

«No».

«E adesso abbiamo un bellissimo bambino».

«Sì».

Nora non era andata al lavoro. Aveva chiamato e si era data malata. Patrick era andato a una riunione e non era stato raggiungibile, e Nora, a casa malata, non rispondeva al telefono. Nora, l'amica di Leah, di cui non ci si poteva assolutamente fidare. Nora, che sarebbe passata sul cadavere di sua nonna pur di arrivare a un uomo che le piaceva.

«Puoi andare a prendermi del tè?», chiese a Patrick.

Voleva che se ne andasse. Non voleva guardarlo in faccia.

Geraldine aveva rabboccato la teiera due volte. Non aveva dovuto aggiungere altri biscotti sul vassoio, perché non era stato toccato.

«Ha cominciato a bere dopo l'incidente», aveva detto Alice. «E non uno o due bicchierini, intendo dire bere seriamente. So che gli è sempre piaciuto bere un drink di tanto in tanto, ma questo è diverso. E si tratta di whisky, che lui non beveva mai. E poi, ultimamente passa la maggior parte del suo tempo, o comunque quando io sono a casa, a letto».

Non aveva pianto. Non piangeva in quel periodo. Ma sembrava più vecchia e più stanca di quanto Geraldine ricordasse di averla mai vista prima.

«Io non ho fatto nulla», aveva detto loro. «Vedevo quello che gli stava accadendo e non ho fatto nulla. Non ho detto nulla. Ero troppo arrabbiata. Ho pensato: se vuole uccidersi, che lo faccia. Non mi importava, o forse ho detto a me stessa che non mi importava».

Le era tremata la mano alzando la tazza, e il tè si era quasi rovesciato quando l'aveva portato alla bocca.

«Ha acconsentito ad andare da un medico», aveva detto. «Non gli ho ancora proposto gli Alcolisti Anonimi, ma se a lui non verrà in mente, lo farò. E domani ti chiamerà, Stephen. Vuole chiedere se può prendersi un periodo di congedo non retribuito, finché...».

La sua voce aveva vacillato, e Stephen era intervenuto subito: «Troveremo una soluzione, Alice, non preoccuparti».

«È stato chiamato a comparire davanti al tribunale distrettuale», aveva continuato. «Il quattordici. L'avvocato dice che sarà accusato formalmente, e poi dovremo aspettare qualche altro mese, finché il caso non arriverà al tribunale circondariale».

Geraldine le aveva avvicinato il vassoio dei biscotti, ma lei aveva scosso il capo. Poi le aveva chiesto se volesse una fetta di *crumble* di mele, che era rimasto dalla loro cena un'ora prima, ma lei aveva detto di no.

«Sono andata sulla tomba del piccolo», aveva detto loro. «Gli ho portato dei fiori. Ci vado spesso».

E poi se n'era andata a casa.

Era la sua quinta lezione di musica. Fino ad allora, avevano passato quattro ore insieme, e Vivienne era distante come sempre. Adam cominciava a sentirsi scoraggiato.

«Mi piace il nome Vivienne», aveva detto, alla fine della lezione numero due. E lei era rimasta in silenzio. Quando aveva capito che lei rispondeva solo alle domande ma generalmente ignorava i commenti, lui aveva preso a farle solo quelle.

«Tuo fratello è più grande o più piccolo di te?», aveva domandato, durante la lezione numero tre. «Avete altri fratelli?».

«Che musica ti piace ascoltare?», fine della lezione numero tre.

«Quanti anni ha il gatto?», aveva domandato durante la pausa della lezione numero quattro, mentre il gatto cercava di evitare il latte che Adam lo costringeva a bere.

Alla fine della lezione numero quattro, disperato, senza pensare, aveva detto: «Dobbiamo smetterla di vederci così». Lei era diventata tutta rossa. Lui si era dato una pedata, e aveva ritrattato in tutta fretta.

Aveva l'impressione che stesse mantenendo il più delicato degli equilibri: avanzava in punta di piedi verso di lei finché lei non indietreggiava, e rallentava finché lei non si rilassava di nuovo. Avanti e indietro, dentro e fuori, come due ballerini al *Lannigan's Ball*.

Forse doveva solo lasciar perdere, ammettere la sconfitta. Ma non poteva farlo.

E ora che erano alla quinta lezione, si domandava quanto tempo ancora sarebbe passato prima che lei lo cacciasse via a calci per le troppe domande, o perché non si concentrasse abbastanza sulla musica.

Quella sera, lei indossava un top blu scuro e una gonna grigia. Il top era abbottonato fino al mento, la gonna le sfiorava le caviglie. Desiderò che vestisse in modo più colorato, e che si scoprisse di più. Desiderò che almeno una volta non si legasse i capelli. Desiderò che lei non fosse così spaventata da lui.

«Io faccio siti web per vivere», le disse mentre apriva la zip della giacca. «Fare musica è completamente diverso, credo».

«In realtà», disse lei, «non lo è. La musica è logica come la matematica».

Adam cercò di non tradire nessuna reazione. Era la prima volta; quella era la conversazione più viva e più vera che avessero mai fatto. Lui aveva fatto un commento, e lei ne aveva fatto un altro.

«Davvero?». Fece attenzione a mantenere un tono non sorpreso. Casuale, a mantenere un tono casuale.

«Certo». Rovistò nel mucchio di spartiti sul tavolo. «La musica è la cosa più logica che esista». Prese uno spartito dalla pila e lo portò dove era seduto lui. «Ha persino i suoi simboli, guarda». Indicò un segno curvo che compariva all'inizio di ogni serie di linee. «Vedi? Ricordi come si chiama?»

«Ehm...».

«È la chiave di Sol. Ti ho detto che indica il Sol sopra il Do centrale. È sempre così, non cambia mai. E questo? Ricordi?». Indicando un cancelletto, che Adam era abbastanza certo si chiamasse in un altro modo in quel contesto, ma di cui non ricordava assolutamente il significato.

«Questo è un simbolo di diesis», disse, per fortuna senza aspettare che lui ammettesse la sua ignoranza in materia. «Significa che qualunque nota in quella posizione è un semitono più alta della sua vera tonalità. Non può significare nient'altro, mai».

Si stava sporgendo verso di lui. Le loro spalle si stavano quasi toccando. Non portava smalto sulle unghie. Lui riusciva a sentire il suo alito alla menta, e quel profumo di talco che gli ricordava i bambini. Poteva quasi sentire il calore del suo corpo.

«E guarda quel punto», disse lei. «Vedi dov'è? A destra di una nota, mai a sinistra. Un punto, allunga sempre, sempre, una nota di una metà della sua durata. Mai un quarto, o un ottavo. Sempre una metà».

Non era arrossita, non c'era traccia di timidezza o imbarazzo nella sua voce. Al contrario, la sua voce era piena di una sicurezza che lui non le aveva mai sentito prima.

«E guarda qui, il simbolo del tempo, un numero sull'altro. Il denominatore rappresenta sempre l'unità di tempo della pulsazione base di quel metro; quindi, qui il quattro rappresenta una misura quaternaria. Il numeratore, in questo caso tre, indica sempre il numero di tempi all'interno di ogni misura, o battuta. Questo esempio annuncia che ogni misura ha la stessa lunghezza di tre semiminime».

«È un tempo in tre-quarti», disse Adam. «Un valzer, no?».

Senza volerlo, aveva trovato un modo per arrivare a lei. Era come se avesse scoperto un codice o trovato una chiave.

«Sì», disse lei. «Questo pezzo è un valzer. È ungherese».

«Sono un pessimo ballerino», disse Adam. «Non portarmi mai a ballare».

E all'istante, non appena Vivienne indietreggiò arrossendo, Adam si rese conto di aver commesso un errore. «Dunque», disse lei, sedendosi sullo sgabello del pianoforte, lo spartito ancora stretto in mano, «dunque… cominciamo».

Aveva sconfinato nella sfera personale, e lei era fuggita via da lui. Ma per la prima volta, aveva abbassato la guardia. Per qualche minuto, il suo imbarazzo era svanito ed era stata lei stessa.

Adam fece l'occhiolino al gatto sul piano, che lo fissò di rimando.

Alice tostò il pane, e basta. Niente uova, niente salsicce, niente pudding. Tirò fuori la scatola di cereali alla crusca, pur sapendo che sarebbe rimasta intatta. Prese lo spremiagrumi dalla credenza e lo ripose. Solo tè e pane tostato.

Tom era andato dal medico, come aveva promesso. Alice aveva telefonato per prendere un appuntamento, e il pomeriggio seguente Tom aveva preso un taxi per andare allo studio, a circa un paio di chilometri di distanza. Lei si era offerta di accompagnarlo in macchina, ma lui aveva rifiutato. Quando lei era ritornata a casa intorno alle sei direttamente dal negozio – poiché non scompariva più durante il pomeriggio – lui era già lì, seduto al tavolo della cucina con una tazza di caffè istantaneo davanti.

«Cosa ti ha detto?», aveva chiesto lei.

«Mi ha prescritto qualcosa», le rispose. «Delle pillole per dormire».

Alice non sapeva che non dormisse.

«E vuole che vada… in terapia».

«Terapia?», ma sapeva cosa significasse.

«Mi ha consigliato di andare in un centro di recupero a Dublino per qualche settimana. Gli ho detto che venerdì devo andare in tribunale, così ci andrò dopo».

Il viso era terribilmente cupo. Gli occhi privi d'espressione. La pelle intorno alla bocca arricciata, le guance scarne. Sotto gli occhi, ombre scure. Il colletto della camicia gli stava largo.

«Alice, mi dispiace», aveva detto dopo, con quella stessa voce vuota, ma Alice non se l'era sentita di rispondere. Si era voltata e aveva cominciato a preparare la cena.

E alla fine quel venerdì era arrivato, e Geraldine sarebbe stata tutto il giorno in negozio. Stephen si era offerto di andare con loro al tribunale, ma Alice aveva detto che non ce n'era bisogno, che se la sarebbero cavata.

Mise una fetta di pane tostato sul piatto di Tom e riempì la sua tazza di tè. Poi lei mangiucchiò la sua fetta finché non fu il momento di andare. Per andare a Galway le ci volevano solitamente cinquanta minuti, così aveva calcolato di uscire di casa un'ora e mezza prima perché il tribunale era in centro città. Poteva esserci molto traffico, e poi lei non era molto brava con i sensi unici.

Era una bella giornata, il sole splendeva in un cielo quasi completamente blu. Nessuno dei due fece alcun commento sul tempo mentre Alice partiva, ricordando l'ultima volta – anche lui stava ricordando? – che erano andati insieme in macchina. Anche quel giorno il cielo era blu, sebbene facesse più freddo. Lei ricordò il rumore del riscaldamento che copriva la radio. Ricordò di averlo abbassato e di aver sentito alla radio la notizia di una lunga coda alla rotatoria di Red Cow, proprio un attimo prima…

«Perché non accendi la radio?», chiese a Tom. «E cerchi qualcosa di carino? Magari musica lirica».

Il loro avvocato li stava aspettando all'entrata del tribunale. Strinse le mani a Tom, cullandole in entrambe le sue. Prese il braccio di Alice. «Presto sarà tutto finito», disse loro. «Non durerà molto, è solo una formalità».

Si sedettero su una panca di legno fuori dall'aula, in attesa di essere chiamati.

Alice si appoggiò al muro, e una sensazione di freddo attraversò la sua giacca grigio chiaro.

Presto sarà tutto finito. Non durerà molto.

Il suono della campanella sulla porta la fece tornare dalla stanza nel retro.

«Ciao», disse Wally. «Alla fine ce l'ho fatta».

Hannah sorrise. «Ciao». Alzò la tazza. «Stavo prendendo un tè di nascosto».

«Perché di nascosto?», chiese. «Il negozio è tuo. Sei il capo», si guardò intorno. «Carino questo posto, carino e giallo». Vide la sedia a dondolo sulla parete e sorrise. «Immagino che la sedia in alto sia per i tuoi clienti più piccoli».

Lei fece finta di apparire offesa senza riuscirvi. «In realtà apparteneva a mio nonno, i suoi soldi mi hanno aiutato a mettere in piedi tutto questo».

Indossava una T-shirt verde con la stampa di una mela sul davanti, e ampi pantaloni di tela. Era robusto come Patrick, ma non altrettanto alto. Lo avrebbe descritto come un po' massiccio.

«Immagino che tu sia qui per reclamare le tue tortine», disse.

Lui esaminò l'espositore sul bancone. «Be', lo confesso. Ti ho detto che sono goloso, e guarda caso conosco una donna che non rifiuterebbe mai una tortina».

«Davvero?».

Ovviamente aveva qualcuno. Un uomo con quel suo carattere amichevole e serafico non sarebbe rimasto single a lungo.

«Sì», disse lui. «Viv, mia sorella minore. Suona nella band, l'avrai sicuramente vista».

«Sì, la clarinettista. John mi ha detto che siete fratello e sorella. Siete molto diversi».

«Sì, non ci assomigliamo; lei è quella tranquilla della famiglia. È timida, e stare tra la gente non è il suo forte. Ma è anche una musicista molto più brava di me».

«Si esibisce tutti i sabati davanti a una folla, non può essere così timida».

«Sì... è proprio quella la cosa curiosa. Lei sta bene quando suona, è così concentrata da escludere tutto il resto. Il problema è quando si trova faccia a faccia con qualcuno».

«Capisco».

Per un attimo si domandò se dirgli di Adam e del suo interesse per Vivienne, ma poi decise che era meglio di no: Adam l'avrebbe uccisa.

«Allora». Si allungò a prendere una scatola gialla, e cominciò a ricomporla. «Quali tortine preferisci?».

Lo guardò mentre si chinava per ispezionare i vassoi nel bancone di vetro.

Le piaceva quel colore di capelli biondo scuro. Si domandò quando avessero visto un pettine per l'ultima volta. Vivienne sembrava più grande di lui, ma lui si era riferito a lei come la sorella minore.

«Quella», disse, indicando, «e quella».

«Un tassista che sa suonare la tastiera», disse lei, adagiandole nella scatola. «Non se ne incontrano spesso».

«E ti dirò anche di più», si drizzò, «suono anche chitarra e flauto».

Lei rise. «I tuoi talenti non finiscono mai, eh?».

Lui rifletté per un attimo, poi scosse il capo. «No, in effetti, temo di essere… l'uomo versatile per eccellenza».

«Sai preparare prodotti da forno?»

«No».

«Cucinare?».

Lui si grattò l'orecchio. «Ehm… non esattamente».

«Sei uno sportivo? Hai interesse per l'arte? Bricolage?».

Alzò le mani. «Ok, ok. So suonare tre strumenti non tanto male, e ho una semplice patente di guida, punto e basta. Adesso dammi quelle tortine e fammi andare via prima che tu mi faccia a pezzi».

Hannah aggiunse una terza tortina nella scatola, e gliela porse. «Buona giornata».

«Ehi», protestò lui, «il patto era due tortine».

«Tu e Vivienne vi contenderete la terza. E se sarai soddisfatto, potrai tornare a prenderne altre. E questa volta pagherai, per davvero».

«Andata, siamo pari, grazie. A presto». Accennò con un pollice verso la sedia a dondolo sulla parete. «Sta' attenta a che il nonno non cada».

E se ne andò, facendo tintinnare la campanella dietro di lui.

Hannah si appoggiò al bancone e sorseggiò il suo tè ormai quasi freddo. Qualche secondo dopo, la porta si aprì di nuovo ed entrò una donna.

«Che bello vedere che qualcuno è felice», disse con entusiasmo a Hannah.

Dave e Claire erano in tribunale.

Alice non se lo aspettava. Il pensiero che loro potessero andare lì non l'aveva mai sfiorata. Anche la donna più grande che Alice ricordava di aver visto al cimitero era lì e teneva un braccio intorno alle spalle curve di Claire. Erano seduti su una panca di legno più avanti nell'aula.

Alice non li vide subito. Percorse il corridoio centrale dietro l'agente che stava facendo loro strada, la borsa stretta in entrambe le mani, il cuore che batteva forte. Non era mai stata in un'aula di tribunale in vita sua.

L'agente indicò una panca in prima fila ad Alice e all'avvocato, e accompagnò Tom al banco dei testimoni; e mentre Alice stava per sedersi li scorse, due file indietro. Si girò di scatto e si sedette dall'altra parte del corridoio, consapevole dello sguardo inquisitorio del loro avvocato.

Che pensasse pure quello che gli pareva. Non poteva sedersi così vicino a loro, neanche se fosse stato un processo brevissimo. Pregò che non l'avessero notata, pregò che Claire non ricordasse la donna che le aveva parlato alla fermata dell'autobus.

Ma anche lontano, sentiva lo stesso la loro presenza, avvertiva i loro occhi addosso. Senza dubbio, avevano capito che lei era la moglie. L'avevano vista entrare con Tom: chi altro poteva essere? Le venne la pelle d'oca, affondò le unghie nei palmi e chiuse gli occhi, e poi aspettò che fosse tutto finito.

E quando, cinque minuti dopo, Tom fu accusato di omicidio per guida pericolosa, Alice avrebbe dovuto essere preparata. Lei *doveva* essere preparata, l'avvocato li aveva avvertiti che quello era lo scenario più probabile. Ma mentre il giudice pronunciava le parole a voce alta, mentre diceva a Tom che sarebbe stata definita una data per il processo e che lui sarebbe stato chiamato a comparire ancora, ma in un tribunale circondariale, Alice si alzò maldestramente in piedi e si affrettò in fondo al corridoio e uscì dall'aula, con una mano davanti alla bocca tremante, senza più pensare a chi potesse vederla.

Fuori dall'aula, tirò fuori un fazzoletto dalla borsa e si asciugò gli occhi, e poi si soffiò il naso. Si sedette sulla stessa panca di prima, respirando a scatti, cercando di ricomporsi prima che Tom ricomparisse, ben sapendo che doveva assumere un atteggiamento positivo per lui. Quando la porta dell'aula si aprì alzò lo sguardo, abbozzando un sorriso, ed eccoli lì.

Alice riabbassò subito la testa, ma era troppo tardi. Sentì che si erano fermati. Le mancò il fiato aspettando quel che sapeva sarebbe arrivato.

«Eccola. Quella è la moglie».

Doveva essere la voce di Claire. Sembrava una voce troppo giovane per essere dell'altra donna. Alice tenne la testa abbassata, avvertiva una stretta allo stomaco.

«Devi stare lontano da noi», disse alzando il tono della voce pieno di rabbia. «Devi smetterla di stare intorno a casa nostra. Devi stare lontano da Jason, non devi avvicinarti a lui. Mi hai sentito, vigliacca?».

Alice alzò il capo lentamente. Claire era in piedi davanti a lei, le mani serrate in pugni lungo i fianchi, il viso stravolto, il bianco striato di rosso. La madre e Dave guardavano in silenzio, gli occhi fissi su Alice.

«Mi hai sentito?», gridò di nuovo.

«Ho sentito», disse Alice con calma. «Mi dispiace molto». La voce vacillò. Riusciva a sentire una vena che le batteva nel cervello, il bruciore di lacrime pressanti.

«Dispiace?». Claire divenne scura in volto. «Ti dispiace?».Dave le mise una mano sul braccio ma lei la scrollò stizzita. «Tuo marito ci ha distrutto; ci ha distrutto la vita!». La voce era stridula, il viso angosciato e accecato dall'ira più vicino a quello di Alice, tanto che la saliva arrivò sulle sue guance. «Spero che lo rinchiudano per sempre, è un mostro!».

«Mi dispiace», Alice disse piangendo, e alzò le mani per proteggersi dai colpi che era sicura stessero per arrivare. «Mi dispiace».

Claire si voltò di scatto e se ne andò sconvolta, seguita dagli altri due. Girarono l'angolo e scomparvero. Alice abbassò pesantemente le spalle e chinò il capo; e poi, mentre riprendeva a tamponarsi gli occhi con il fazzoletto, la porta dell'aula si aprì di nuovo.

«Andiamo», sentì la voce calma di Tom. «Alice, su, dobbiamo andare».

Ma lei non alzò il capo.

«Senti questa», disse Stephen. «"Bradshaw-Dunne; Leah Bradshaw e Patrick Dunne sono lieti di annunciare che il 13 giugno 2009 è nato il loro bambino Ruben William"».

«Cosa? Fammi vedere».

Stephen le passò il giornale sopra il tavolo e Geraldine lesse la notizia. «È sicuramente opera di Fiona il doppio cognome. E poi che razza di nome è Ruben?».

Stephen tagliò la sommità del suo uovo. «È un nome biblico».

Geraldine studiò l'annuncio. «Tredici giugno, e oggi è…».

«Il diciassette. Il tredici era giovedì».

«E Fiona era al bridge la sera dopo. Non ha detto nulla». Geraldine corrugò la fronte. «Che strano. Mi aspettavo che lo dicesse a tutti».

«Probabilmente non voleva pubblicizzare la cosa», disse Stephen, spruzzando il sale, «date le circostanze».

Geraldine mise da parte il giornale, e ritornò al suo mezzo pompelmo. «A nessuno importa più nulla, non adesso che Hannah ha trovato qualcuno più carino».

Stephen non fece alcun commento. Aveva molti dubbi sul fatto che Geraldine avesse perdonato la figlia di Fiona per aver causato la rottura della relazione precedente della figlia, ma non serviva a niente approfondire.

«Faremo dei colloqui oggi», disse invece, «per sostituire Tom».

«Non avete già una persona che lo sostituisce?»

«Sì, ma ora che è andato ufficialmente in congedo non retribuito, dobbiamo fare dei colloqui. È la prassi legale».

Tom e Alice sarebbero andati a Dublino il lunedì successivo. Alice lo avrebbe accompagnato al centro di recupero e lo avrebbe lasciato lì, e poi sarebbe tornata a casa da sola. Sarebbe rimasto lì per almeno un mese. Le visite, soprattutto nei primi quindici giorni, erano sconsigliate.

«Si sentirà sola», disse Geraldine.

«Già». Stephen finì il suo uovo e spinse indietro la sedia. «Be', è meglio che vada». Si chinò e baciò la guancia della moglie. «Sta' lì», disse, come sempre, e Geraldine, che non si alzava mai, ritornò al giornale e lesse di nuovo l'annuncio della nascita.

Bradshaw-Dunne. Impronunciabile. Non aveva mai capito a cosa servissero i doppi cognomi. E Ruben suonava troppo come Ruby per essere un nome da bambino.

Tredici giugno. Ritornò con la mente al tredici settembre, due settimane prima del cinquantasettesimo compleanno di

Stephen. Erano usciti tutti e quattro a cena fuori per festeggiare. Hannah e Patrick avevano regalato a Stephen il cofanetto delle poesie di Seamus Heaney. Geraldine ricordò che Hannah aveva parlato tanto del fatto che aveva intenzione di cominciare a cercare un locale. Patrick aveva parlato di una crociera alle isole greche che suo padre aveva appena prenotato. Per tutto il tempo…

Sfogliò il giornale finché non trovò l'elenco dei programmi televisivi. A chi importava ormai? Era storia vecchia.

«Almeno hai la tua stanza», disse Alice. «È una bella cosa». Non aspettandosi, e non ricevendo, alcuna risposta.

Tom appoggiò la sua valigia sul letto, andò alla finestra, e rimase lì dandole le spalle.

«È carino e tranquillo qui», disse Alice. «Più tranquillo che a casa. Riuscirai a dormire la notte. Magari non avrai neanche bisogno delle pillole».

C'era un albero a circa sei metri dalla finestra. Alice pensò che fosse una specie di acero. Potevano sentire il leggero stormire delle foglie nella brezza leggera.

«Hai portato dei libri», disse, «vero?»

«Sì».

«E le parole crociate? Le hai portate?».

Lui alzò le spalle. «Non ci ho pensato».

«Te le manderò per posta», disse. «Te ne prenderò delle altre».

Lui indossava l'abito che aveva indossato quando erano stati in tribunale. In quell'occasione aveva tagliato i capelli. Vedere il suo collo da dietro le spezzava il cuore.

«Dunque», tagliò corto, prima che dicesse qualcosa di sbagliato, «è meglio che vada».

Tom non si mosse. Non fece alcun gesto che lasciasse intendere che aveva sentito.

«So che è stato un incidente», disse lei d'un tratto liberando le parole che le uscirono impetuose dalla bocca. «Lo capisco».

Si voltò e uscì velocemente dalla piccola camera spoglia, evitando per un pelo di sbattere allo stipite della porta. Per tutto il corridoio che puzzava di cavolo, si aspettò che lui la chiamasse.

Fece il viaggio di ritorno di quattro ore senza mai fermarsi, in silenzio come all'andata. Mentre entrava in casa, sentì squillare il telefono.

Alice lo prese e disse: «Pronto?», pensando che fosse Tom. Chi altro poteva essere?

«Mamma, come hai potuto non dirmi nulla?», domandò Ellen.

«Ho mollato», dichiarò Nora. «Non ho resistito, troppo noioso».

«Non posso dire di essere sorpreso», rispose Adam. «Non ti ci vedevo proprio nel ruolo di assistente personale di qualcuno, a fare caffè e a prenotare alberghi: non è il tuo stile».

Non tirò fuori l'episodio di giovedì, non chiese di nuovo alla sorella perché fosse finita sul ciglio di una strada nella periferia di Clongarvin in pieno giorno. Che di mezzo ci fosse una sorta di relazione clandestina, non aveva dubbi, ma finché Nora avesse tenuto tutti i dettagli per sé, lui non avrebbe sprecato energie nel tentativo di costringerla a confidarsi.

«E adesso?», chiese. «Rimani qui a Clongarvin?»

«Non penso», rispose. «In realtà, non c'è nulla per me qui. Non so cosa pensassi, quando ho deciso di tornare».

D'un tratto si chiese se lei avesse qualche amica. Nelle e-mail che gli mandava, non aveva mai accennato a nessuno in particolare, non aveva mai fatto nessun nome con una certa regolarità. E lì, per quanto ne sapesse, Leah era l'unica delle sue vecchie amiche che avesse cercato, e che sembrava esserle rimasta.

Un sentimento di pietà, o compassione, lo pervase. «Sai che puoi stare tutto il tempo che vuoi», disse, «nell'appartamento, intendo».

Nora sorrise. «Grazie, fratello», disse. «Lo apprezzo molto, ma non penso che ti disturberò per molto ancora. Magari me ne torno in America. Chissà, magari proverò ad andare sulla costa ovest». Posò il bicchiere sul bancone e scivolò giù dal suo sgabello. «Torno subito».

Quando se ne fu andata, Adam diresse la sua attenzione ai musicisti. Come al solito, Vivienne non si era accorta della gente che le stava intorno. Probabilmente non aveva idea che il suo unico alunno adulto fosse seduto dall'altra parte della sala da quaranta minuti.

«Parlami di Beethoven», aveva detto due sere prima, durante la sesta lezione. «Davvero divenne sordo?».

«Perché questa nota è alta?», aveva chiesto. «Che significa questo ghirigoro qui? Come faccio a sapere in che chiave è un pezzo?».

E Vivienne aveva risposto con facilità alle domande, spiegato la differenza tra diesis e bemolle, e gli aveva mostrato come identificare la chiave. E poi lui le aveva detto, con lo stesso tono casuale: «Mi piace il profumo dei tuoi capelli», e Vivienne si era ritratta all'istante, come da copione.

E Adam era di nuovo punto di partenza. A meno che non passassero il resto della loro vita a parlare di musica, non sembrava che lui avesse alcuna possibilità di un futuro con lei.

Hannah gli aveva raccontato della visita di Wally al negozio. Gli aveva detto di aver saputo che Vivienne era golosa, e Adam aveva archiviato l'informazione senza avere la minima idea su come usarla.

Immaginava come potesse reagire Vivienne, se le avesse portato una scatola di tortine. «Le fa la mia amica», avrebbe potuto dire, giusto per alleggerire la cosa, ma probabilmente lei sarebbe svenuta per la vergogna, e sua madre, con il gattone al seguito, in tutta probabilità lo avrebbe cacciato di casa con una scopa.

Con tristezza finì la sua pinta e fece cenno al barman di preparargliene un'altra. Almeno stava imparando a suonare il clarinetto. O meglio, era un po' meno incompetente di sei settimane prima. Nonostante si esercitasse – e certamente aveva anche perso un po' del suo entusiasmo iniziale – non sarebbe mai diventato un musicista, e lo sapevano entrambi. Sicuramente era solo questione di tempo, e prima o poi Vivienne lo avrebbe mandato via. Forse avrebbe dovuto ammettere la sconfitta su tutti i fronti e dirle che aveva deciso di abbandonare le lezioni.

«Ciao».

Si voltò e vide Hannah che trascinava sul pavimento la sua borsa per la notte. Aveva preso l'abitudine di andare a casa di John la sera del sabato, per poi ricomparire la domenica pomeriggio.

«Ciao a te. Rosso o bianco?».

Era contento che avesse trovato qualcuno che le avesse tolto Patrick dalla mente. Adam era andato abbastanza d'accordo con l'ex di Hannah, come faceva con la maggior parte delle persone, ma i due non avevano mai cercato l'uno la compagnia dell'altro. Le loro vite procedevano su binari diversi, e quando si intersecavano erano ben contenti di interagire, altrimenti ognuno continuava felicemente per la sua strada.

«Pensavo che ci sarebbe stata anche Nora».

«È andata in bagno», le disse. «Ha mollato il lavoro», aggiunse.

Hannah non si mostrò sorpresa come lui si aspettava. «Bene».

«Sta pensando di ritornare in America».

Il vino di Hannah arrivò. Fece roteare il bicchiere ma non bevve. «Hanno avuto il bambino», disse. «Mamma mi ha telefonato prima di uscire. Un maschietto».

«Chi ha avuto un bambino?»

«Patrick e Leah», disse lei. «Patrick è diventato papà».

Nessuna espressione nella sua voce. Era come se recitasse una lista della spesa.

Adam cercò le parole giuste da dire. «Penso...».

«Ehi, bel top», disse Nora, ricomparendo all'improvviso.

E non ne parlarono più.

«So che ormai non fa nessuna differenza per te», aveva detto Geraldine. «Ho pensato che dovessi dirtelo, solo perché tu lo sapessi. Sai, hanno messo un annuncio sull'"Irish Times"».

Un maschietto, aveva detto. Un figlio che Patrick aveva fatto con Leah, un bambino che avrebbe potuto avere i suoi occhi, o forse anche il suo sorriso. Che avrebbe potuto essere bravo nello sport, o nella scrittura. Che avrebbe potuto amare gli animali, che avrebbe potuto viaggiare per il mondo, o seguire suo padre nel giornale.

Il figlio di Patrick, che avrebbe potuto essere suo figlio.

Non si aspettava che la notizia l'avrebbe colpita. Erano mesi che sapeva della gravidanza, e ormai da tempo si era ripresa dallo shock che aveva subito quando ne era venuta a conoscenza.

Dunque, perché tutta quella opprimente cupezza per l'inevitabile epilogo? Perché il bisogno di chiudere il telefono in faccia a sua madre, di urlare quanto tutto fosse ingiusto?

«Devo andare», aveva detto a sua madre. «Ho un appuntamento con Adam, e sono in ritardo».

L'ultima cosa che voleva era stare seduta in un wine bar affollato indossando una bella maschera, ma una sorta di istinto l'aveva costretta a fare quello che aveva programmato. Aveva messo nel borsone i vestiti puliti e lo spazzolino, e gli altri pochi accessori che era solita portarsi dietro. Aveva lavato i capelli, aveva messo il suo top rosa preferito e i pantaloni grigi che trovava comodissimi, si era truccata e aveva spruzzato il profumo. Era andata al Vintage e lì aveva trovato Adam.

Era decisa a levarsi dalla mente la notizia che aveva appena avuto.

Ma subito dopo averlo salutato, gli aveva raccontato tutto.

«La tua mente non è qui con me», disse John più tardi. Molto più tardi, quando erano nel suo letto, il braccio sulla pancia di lei, il traffico del sabato sera che rimbombava per strada tre piani più sotto.

«Scusa», disse lei.

«Ne vuoi parlare?»

«Non proprio...». Lei fece scivolare un piede nudo lungo il suo polpaccio. «È solo che oggi ho saputo una cosa... che mi ha confusa un po'».

Lui le accarezzò il braccio piano piano.

«Un bambino», disse nel silenzio. «Il mio ex ha avuto un bambino o almeno, la sua...». Si interruppe, sentendo gli occhi velati da lacrime a lungo trattenute. «Scusa», disse di nuovo. E si voltò dandogli le spalle, senza riuscire a smettere di piangere.

«Va bene», disse lui l'indomani mattina, quando le lancette del suo orologio segnarono finalmente le nove, e lei poté alzarsi. «Capisco», le disse, tirando fuori cereali e pane che lei sapeva non avrebbe mangiato. «È troppo presto», disse, in boxer e T-shirt, con il mento ancora non rasato e un sorriso rassegnato. «Hai bisogno di più tempo».

Lei desiderò che lui non fosse così comprensivo. Voleva che lui fosse meno ragionevole, aveva bisogno che si arrabbiasse con lei, o che fosse almeno contrariato, così che lei potesse sentirsi giustificata per aver deciso di lasciarlo.

«Scusa», disse ancora. Aveva smesso di dire «non dipende da te, ma solo da me», anche se era vero. Certo che dipendeva da lei: era lei che si stava comportando in modo ridicolo, confuso e scorretto nei suoi confronti. La loro storia era appena cominciata, e lei la stava già chiudendo, e per cosa? Per l'idea di un bambino che non ci sarebbe mai stato, per un qualcosa che avrebbe potuto essere, ma che esisteva solo nella sua testa? Ridicolo.

Lui non si offrì di accompagnarla di sotto. Non accennò a darle un bacio per salutarla.

Alzò una mano mentre lei usciva dalla porta, le sorrise e le disse di avere cura di sé.

L'autista del taxi che prese per strada era un uomo che non riconobbe, e che non fece alcun tentativo di conversazione mentre guidava tra le strade deserte della domenica mattina.

Le chiese sei euro e lei gliene diede sette. Entrò subito in casa in silenzio, in caso Adam stesse dormendo.

Preparò del tè e lo portò di sopra nella sua stanza. Si svestì e si lavò i denti, e poi andò a letto, sentendo sopraggiungere la stanchezza di una notte insonne. Bevve mezza tazza di tè, prima di coricarsi e chiudere gli occhi.

Due rotture in sei mesi. Sbadigliò e si tirò la coperta fino al mento, rammentando il dolore che aveva provato quando Patrick l'aveva lasciata. Dio, quanto si era sentita smarrita, sempre pronta a scoppiare in lacrime ogni volta che qualcosa glielo ricordava.

E poi, proprio quando lei si stava lasciando tutto alle spalle, era arrivato John, e lei aveva pensato, aveva sperato, che lui potesse di nuovo renderla felice.

Almeno quella volta non c'era nessun cuore spezzato: solo la triste consapevolezza che aveva commesso un errore, che lui non era quello giusto.

Luglio

Dopo circa mezz'ora durante la sua settima lezione, Adam O'Connor perse la pazienza. Smise di provare a suonare *Five Note Fun* e abbassò il clarinetto. Vivienne, che stava indicando le note sullo spartito, si voltò verso di lui, la mano ancora alzata.

«Ascolta», disse Adam, «mi dispiace. Non posso continuare».

Vivienne corrugò la fronte e arrossì come al solito. «Ma è giusto», disse.

«No», rispose lui, appoggiandosi il clarinetto in grembo. «No, non è vero. Sono qui con l'inganno».

Vivienne abbassò lentamente la mano, arrossendo ancora di più. Gli occhi di lei erano sul viso di lui, anche se non incontravano esattamente il suo sguardo.

«Non ho mai voluto prendere lezioni di musica», disse Adam, cominciando a smontare il clarinetto. «Era solo un modo per conoscerti. Dovresti averlo capito ormai».

Il viso di lei era in fiamme, lo sguardo abbassato a fissare da qualche parte oltre il ginocchio sinistro di lui.

Adam ripose i pezzi del clarinetto nell'astuccio. «Ti ho vista al Vintage», disse, «e ho pensato che fossi interessante. Non sapevo nulla di te, non avevo idea se fossi sposata o no, ma c'era qualcosa in te... volevo conoscerti, parlarti, capire com'eri. Così quando ho sentito che davi lezioni di musica, ho comparto un clarinetto. Su eBay».

L'espressione di Vivienne era colma di panico. Il collo

era rosa e bianco a chiazze. Adam non si fece scoraggiare. Le parole gli uscirono da sole. Non le aveva provate, non aveva programmato niente del genere.

«Ho comprato il clarinetto per te», disse. «Ci ho messo un sacco di tempo per metterlo insieme quando è arrivato; per poco non lo rompevo. Non avevo mai considerato l'idea di imparare a suonare uno strumento musicale prima». Abbozzò un sorriso mentre chiudeva l'astuccio. «Credimi, so quanto sembri sciocco tutto questo, soprattutto perché io non ho alcun talento musicale, come avrai capito anche tu ormai».

Le mani di Vivienne tremarono in un debole gesto di diniego. Aprì e chiuse la bocca. Lui si domandò quanto tempo ancora avrebbe resistito prima di scappare via dalla stanza.

«Tu mi affascini», disse. Non aveva più niente da perdere. «Non ho mai incontrato nessun'altra come te. Ti penso tantissimo. Mi domando cosa ti faccia ridere, cosa ti piaccia mangiare, se sei allergica a qualcosa, o se ti piace cucinare. Vorrei… solo conoscerti, ma tu non me ne dai la possibilità». Fece una pausa, e poi disse con più dolcezza: «Penso che tu abbia paura di me, ma non ce n'è ragione. Io non sono un alieno, chiedilo ai miei amici. Sono una persona normale, con tanti difetti, proprio come tutti».

Si alzò in piedi, l'astuccio in mano. Vivienne non si era mossa di un millimetro. Aveva il capo leggermente chinato, le mani strette in grembo. Probabilmente voleva che se ne andasse.

«Grazie per le lezioni», disse lui. «Scusa se ti ho fatto perdere tempo. Non alzarti, conosco la strada; oh, e…». Prese il portafoglio dalla tasca, tirò fuori una banconota da venti euro e la posò sul coperchio chiuso del pianoforte accanto al gatto, che la annusò.

D'impulso, prese un biglietto da visita dal portafoglio e lo posò sulla banconota. Qualcosa per far sì che lei si ricordasse di lui, anche se probabilmente sarebbe finito nel cestino.

Vivienne era ancora immobile, e non guardava nella sua direzione.

«Grazie», disse ancora. «Vado. Arrivederci».

Aprì la porta e indietreggiò per far entrare la signora O'Toole con il suo vassoio di latte e biscotti Mikado, e la sua espressione sbalordita.

«So di Nora», gli disse Leah alla fine, mentre cullava il loro bambino, nato due settimane prima, che succhiava con la sua boccuccia rosa dal suo capezzolo sinistro.

«Mmm?». Patrick girò una pagina del suo libro.

«So di Nora», ripeté lei con lo stesso calmo tono di voce, guardandolo da sopra la curva della testa di Ruben. "Ruben, primogenito di Jacob e Leah", aveva trovato casualmente in Internet, ed era stata una coincidenza troppo curiosa per ignorarla.

Patrick alzò lo sguardo. «Nora? Cosa c'entra?».

Leah guardò il visino innocente del bambino, e sentì il morso sorprendentemente forte della sua bocca.

«Cosa c'entra Nora?», ripeté lui. «A cosa ti riferisci?»

«Patrick», disse con calma, «lo sai a cosa mi riferisco. So di te e Nora».

«Di cosa parli?», chiese, il libro chiuso con un dito per tenere il segno. «Leah, onestamente non so di cosa…».

«Voglio che te ne vada», lo interruppe, tranquilla, accarezzando la testa lanuginosa del bambino.

«Cosa?». L'espressione incredula, di innocenza ferita. «Cosa diavolo pensi sia…».

«Shh», disse, «spaventerai Ruben».

Patrick appoggiò il libro sul tavolino. «Leah», disse con ansia, «hai capito male. Non è successo nulla tra me e Nora, te lo giuro...».

«Non ci provare», continuò con lo stesso tono pacato. «Non provare a trattarmi come se fossi una stupida».

«Non ti sto...».

«Sei andato a letto con lei», disse, «probabilmente anche più di una volta. Eri con lei il giorno che Ruben è nato».

«Leah...».

«Shh», disse di nuovo allontanando Ruben con delicatezza dal seno e, accarezzandolo sulla schiena e sul sederino, lo alzò per appoggiarlo sulla spalla. «Mi hai tradito con lei, proprio come hai tradito Hannah con me».

Nora se ne era andata in modo repentino dal «Clongarvin Voice» e non si era assolutamente avvicinata a Leah dalla nascita di Ruben. Ma se anche in quel momento Leah avesse avuto il minimo dubbio – se anche una parte di lei si fosse ancora rifiutata di accettare che era vero, desiderando ancora che lui fosse innocente, che non l'avesse tradita, quando lui si alzò e se ne andò via dalla stanza, dimenticando il libro aperto, capì finalmente che era tutto vero.

Quando John prese finalmente la decisione, si sentì sollevato e sicuro che fosse la cosa giusta da fare. Nonostante i suoi sforzi, non si era mai ambientato in Irlanda. Non c'era molto lavoro, i soldi non erano mai abbastanza per potersi sentire tranquillo. Gli mancava il mare, la sua casa, e ovviamente gli mancava Danielle, soprattutto Danielle.

In qualche modo, quando Hannah se n'era andata, lui aveva capito quanto gli mancasse sua figlia. Aveva bisogno di passare un po' di tempo con lei, aveva bisogno che si riavvicinasse a lui.

Gli dispiaceva deludere Wally e la band. Wally si era comportato in modo corretto con lui. «Spero che tu capisca», gli aveva detto, e Wally lo aveva rassicurato, un po' troppo entusiasticamente forse, che avrebbero trovato un altro sassofonista. «Fa' quello che devi», aveva detto Wally. «Buona fortuna, amico. Mi dispiace che non abbia funzionato».

Patsy della falegnameria gli aveva offerto una pinta di Guinness, lo aveva rassicurato e gli aveva raccomandato di tenersi in contatto. «Ti auguro tutto il meglio», aveva detto. «Ci dispiace perderti». Non aveva accennato alla sua signorina; e per questo le fu grato.

Chiuse il conto nella banca irlandese dopo aver coperto l'ultimo assegno. Comprò un biglietto di sola andata sul traghetto da Larne a Stranraer. Riempì il suo furgone tutto ammaccato con i suoi attrezzi da lavoro, il suo sassofono, la sua collezione di musica e i suoi vestiti. Restituì le chiavi dell'appartamento e del piccolo laboratorio, e gli furono restituite le sue caparre.

Guidò tra le strade di Clongarvin per l'ultima volta. Passò davanti a un negozio dipinto di giallo con l'insegna CUPCAKE CLUB scritta in lettere blu svolazzanti sopra la porta. Nel furgone era seduto troppo in alto per riuscire a vedere dentro il negozio, per capire chi stesse dietro il bancone.

Proseguì.

«Dove tieni i batuffoli di cotone?», chiedeva Fiona.

«Guarda come mette la mano sotto la guancia», mormorava a Leah, mentre guardavano Ruben, chinate sulla culla. «Anche tu dormivi così».

«Ha una presa così forte», diceva quando le piccole dita del nipote si chiudevano intorno al suo pollice. «Te lo dimentichi, quanto sia forte».

«Gli lavo la testa?», diceva adagiandolo delicatamente nell'acqua calda quando era l'ora del bagnetto mentre Leah li guardava. «Dov'è lo shampoo?».

«Ha le dita lunghe», diceva, osservando Leah che gli asciugava le mani. «Sarà un musicista o un artista».

«Gli metto su questo, o direttamente il pigiamino?», chiedeva, mostrando a Leah una tutina gialla per avere la sua approvazione.

E se il telefono squillava: «Rispondi, potrebbe essere un cliente. Dai Ruben a me», allargando le braccia quando Leah si alzava.

E mai, neanche una volta, durante la settimana dopo che Patrick se n'era andato, la madre di Leah se ne uscì con un «Te lo avevo detto».

E in quel momento, era più che sufficiente.

«Ma deve pur aver detto qualcosa; deve pur aver reagito in qualche modo». Adam mise dei fagioli sul suo toast. «Neanche una parola. È rimasta lì seduta con lo sguardo sul pavimento. Anche sua madre è rimasta senza parole, quando mi ha visto andar via a metà lezione. Per un pelo non le andavo addosso mentre uscivo dalla stanza».

«Mi dispiace», disse Hannah, «ma almeno ci hai provato. "Meglio averci provato e aver fallito"».

«In realtà», disse lui, «io sono più d'accordo con quel tale che diceva: "È meglio aver amato e perso"».

«Dici?», posò la forchetta e raccolse la salsa di pomodoro con il bordo del suo toast. «Tutti ci vedono come una bella coppia».

«Forse Nora aveva ragione. Probabilmente dovremmo metterci insieme. Sembra che non finiremo con nessun altro, vero?»

«Già». Hannah masticò. «Ma penso che tu potresti farmi impazzire».
«Forse. O potresti finire in convento».
«Ci penserò. E Nora? Quando parte?»
«Alla fine della settimana. Parte da Dublino sabato mattina, quindi prenderà un treno venerdì».
«L'accompagnerai tu alla stazione?»
«Non posso, ho un appuntamento con un nuovo cliente ad Athlone. A Nora non dispiace; ha detto che prenderà un taxi».
«E che mi dici dell'annuncio?»
«Uscirà sul giornale di domani».
Adam aveva deciso di rimanere a casa di Hannah e di trovare un nuovo inquilino per il suo appartamento. Avevano pensato che fosse una soluzione più sensata.
Hannah aveva trentatré anni, Adam quasi trentadue. La maggior parte dei ragazzi della loro età era sposata, o comunque impegnata in una relazione più o meno seria. Con nessuna delle ragazze che Adam aveva frequentato fino a quel momento si era mai impegnato seriamente, e ora sembrava che anche la sua fissazione per Vivienne appartenesse già al passato.
Hannah aveva appena lasciato un uomo gentile e intelligente, che era comparso al momento opportuno e l'aveva trattata bene; e tutto perché sentiva che le mancava qualcosa. Cosa c'era di sbagliato in loro?
«Ho detto a mamma che ho rotto con John», disse lei.
«E lei?»
«Si è comportata esattamente come mi aspettavo». Portò i piatti al lavello e aprì l'acqua. «Ha detto che non gli ho dato una chance, che sono stata troppo esigente, che sto diventando vecchia. E mi ha chiesto quanti uomini penso ancora di trovare sulla mia strada. Il solito».

«Be', probabilmente ha ragione. Forse non gli hai dato una chance».

Aveva lasciato John troppo presto? Se non fosse stata così frettolosa forse sarebbe potuto nascere qualcosa tra loro? Era troppo tardi, non lo avrebbe mai saputo. «È tornato in Scozia», disse a Adam. «L'ho saputo ieri».

Hannah aveva incontrato Wally mentre girava in una corsia del supermercato manovrando a fatica il carrello.

«Oops». Lui si era scansato, e poi l'aveva riconosciuta. «Attenta, non sei al luna park». Lui teneva in mano un cestino. Lei vide Rice Krispies, pizza surgelata e patate surgelate.

«Scusa», aveva detto lei, «mi capita sempre il carrello più traballante».

Avevano scambiato due chiacchiere. Lei gli aveva chiesto se gli fossero piaciute le tortine, e riso per la sua scelta dei cereali.

Lui aveva promesso di non mettere in giro la voce che stava comprando sei bottiglie di vino, e lei aveva protestato che le stava comprando solo per via dello sconto.

E poi lui aveva detto: «Immagino che tu sappia che John è ritornato a casa sua», e il sorriso di Hannah era scomparso. Lui aveva subito aggiunto: «Scusami, non sto mai zitto», e lei aveva detto: «No, no, va bene», ma l'atmosfera era cambiata, e lui aveva detto: «Be', ti lascio andare», e si era allontanato; Hannah aveva poi messo dentifricio, pasta e olive nel suo carrello, e non si erano più rivisti.

Il problema era che in fin dei conti stava bene. In tutta onestà, non poteva dire che John le mancasse, ora che era partito. Certo, provava rammarico per il fatto che tra loro due non avesse funzionato, e si domandava se col tempo le cose sarebbero potute cambiare, ma rimaneva il fatto che lei stava bene senza di lui. Le mancava un po', come si può sentire la mancanza per qualcuno con cui si andava d'accordo, ma niente di più.

«Cosa ne farai del clarinetto?», chiese a Adam.

«Lo venderò», rispose. «Ho messo un annuncio su eBay. Se ne va come è venuto. Magari riesco anche a guadagnarci qualcosa». Aprì la porta del salotto e fischiò a Kirby. «Su, piccola palla di lardo, è ora di fare due passi».

Rimasta sola, Hannah asciugò i piatti e dispose i suoi ingredienti come al solito. Sarebbe stato sempre così? Lei e Adam avrebbero continuato a cenare insieme anche dopo vent'anni, con il resto di Clongarvin che pensava a loro come a una coppia felice per sempre? Avrebbe incontrato Patrick di tanto in tanto, circondato dalla sua famiglia, e fatto finta che la sua vita fosse altrettanto intensa?

Sospirò e si incamminò verso le scale per andare a dormire.

«Non ci crederai», disse Geraldine, appena entrata, la giacca ancora indosso.

Stephen abbassò il volume del televisore sintonizzato su *Late Late*. «Cosa è successo?»

«Patrick Dunne e Leah Bradshaw hanno rotto». Prese l'attizzatoio. «Da non crederci. E adesso quel piccolino appena nato?».

Lui alzò le sopracciglia. «Davvero?»

«E c'è di più: me lo ha detto direttamente Fiona Bradshaw», aggiunse, spingendo l'attizzatoio al centro delle bricchette, e facendo cadere la piramide che Stephen aveva costruito con tanta precisione. «Me lo ha detto lei stessa, non voleva che lo facesse nessun altro».

«Ho solo pensato che dovessi dirtelo io», le aveva detto Fiona. «Non ha funzionato, e hanno deciso di separarsi». E Geraldine aveva detto: «Grazie per avermelo detto», perché non doveva essere stato facile. E poi si erano salutate con un cenno del capo e Fiona si era allontanata mentre Geraldine aveva allungato un mano per prendere uno dei biscotti a base di farina d'avena che Dolores Mulcair acquistava in negozio ma che tentava sempre di spacciare per biscotti fatti da lei.

«Povero bambino», disse, sbottonandosi la giacca. Stephen non disse nulla.

«Non ci ha messo tanto, no?». Geraldine appese l'attizzatoio di nuovo al suo gancio. «Almeno con Hannah è durato un po' più di un anno».

«Be', non dovremmo...».

«Oh, Dio», disse poi. «Mi è venuta in mente una cosa».

«Cosa?»

«Non cercherà di tornare da Hannah, vero?», guardò Stephen con aria sgomenta. «Forse lo ha già fatto... Forse è per questo che Hannah ha rotto con quell'adorabile scozzese».

«Aspetta un attimo», disse Stephen, «ti stai facendo trascinare dalla fantasia. Non abbiamo nessuna prova che...».

«No, ma avrebbe senso, no? Non c'era ragione perché Hannah chiudesse con quel caro ragazzo. Le cose stavano andando così bene».

«Geraldine, non possiamo saperlo, e le persone si lasciano tutti i gior...».

«Oh, Dio», disse di nuovo, accasciandosi sul divano accanto a lui. «Stephen, non sarebbe così stupida, vero?»

«No, amore», le disse pacato, «non penso davvero che lo sarebbe».

«Perché nel giro di pochi mesi la scaricherebbe di nuovo spezzandole il cuore un'altra volta».

«È vero».

Geraldine fissò il fuoco, accigliata. «Le telefono, che dici?»

«No», disse lui con convinzione. «Assolutamente no. Dobbiamo lasciarle vivere la sua vita».

«Sì», disse, «suppongo che tu abbia ragione».

Ma il dubbio restava, così come la preoccupazione. E lei sapeva bene che anche Stephen era preoccupato, anche se non lo avrebbe mai ammesso.

«Non so più cosa devo fare con voi due», disse loro la madre, con un tono piuttosto contrariato. Si rivolse a Wally. «Non capisco perché ti sia disturbato a venire a cena se non fai altro che girare e rigirare intorno al piatto. E tu», puntando un dito nella direzione di Vivienne, «sono giorni che non fai un pasto decente».

«Non è vero», disse Vivienne. «È solo che oggi non ho fame».

«Sono giorni», ripeté la madre a Wally. «Penso stia diventando anoressica».

Wally sorrise. «Difficile».

Lui esaminò la sorella, che sembrava più taciturna del solito. Pensò che forse sentisse la mancanza di John Wyatt. Forse si era presa una cotta per lui che nessuno aveva notato.

«E tu perché non mangi?», gli chiese la madre. «Non è per la linea, vero?»

«Dio, no», infilzò un pezzo di patata bollita. «Guarda, sto mangiando». Ma la patata non lo allettava di più del salmone al vapore o delle carote condite con il burro; e di certo lui non si stava struggendo per John Wyatt.

«Abbiamo trovato un sostituto temporaneo per John», disse, per distrarre la mente della madre dalla loro mancanza di appetito. «Ma stiamo ancora cercando un sassofonista per la band. O facciamo così, o costringiamo Viv a suonare due strumenti contemporaneamente».

Il fantasma di un sorriso attraversò il viso della sorella. «Mi dispiace», disse lei. «Persino io non potrei riuscirci».

Desiderò di nuovo che potesse infonderle un po' di sicurezza. Aveva pensato che portarla nella band le avrebbe fatto bene, ma non sembrava che l'esperienza stesse avendo il minimo effetto. Lei suonava con loro, ma poteva benissimo starsene a casa nella sua cameretta, considerato quanta poca attenzione prestava a ciò che la circondava. Quando si trovava in compagnia era ancora timida e riservata, come lo era sempre stata.

Più tardi in macchina, mentre andavano al Vintage, lui disse: «È un peccato che John sia partito vero?».

Vivienne annuì. «Era bravo. Sarà difficile trovarne un altro altrettanto bravo».

Non aveva fatto una piega, nessun gesto che indicasse che la mancanza di John le interessasse granché se non per le ripercussioni che poteva avere sulla band. «C'è qualcosa che non va, Viv?», le chiese. «C'è qualcosa di cui mi vuoi parlare?».

Lei si rivolse a lui, e lui distolse lo sguardo dalla strada per guardarla in faccia.

«No», disse, dopo una brevissima pausa. «Niente».

Scorrendo le colonne come faceva sempre, quel nome colse la sua attenzione e lei si fermò di colpo.

«Jason O'Brien», lesse. «In ricordo del quinto compleanno del nostro prezioso figlio, che ci è stato strappato all'improvviso il 27 marzo 2009. Non ti dimenticheremo mai».

Posò il giornale e li immaginò seduti intorno al tavolo della cucina del numero trentasette, circondati certamente dalle loro famiglie, lì riunite per dar loro coraggio. Il tè ormai freddo nelle tazze mentre ricordavano forse il suo ultimo compleanno, le quattro candeline sulla torta, la festicciola con i suoi piccoli amici intorno. Tutti contenti, e ignari che quello sarebbe stato l'ultimo.

Ricordò l'espressione della madre in tribunale, l'odio puro nel suo volto quando aveva guardato Alice. «Tuo marito ci ha distrutto», aveva detto, il suo viso stravolto dall'odio. «Non avvicinarti più a noi».

Ma Alice aveva già smesso di andare a Springwood Gardens, e aveva anche smesso di andare al cimitero. In quel periodo aveva ripreso a stare in negozio con Geraldine di pomeriggio, e andava a casa alla solita ora.

«La casa è silenziosa senza di te», aveva scritto a Tom. «Non avevo mai pensato quanto fosse silenzioso vivere da soli. Ho tolto le piante dai vasi appesi al soffitto e le ho piantate fuori. Quando tornerai a casa saranno in piena fioritura. Sto pensando di imbiancare il salotto, forse color crema questa volta, per cambiare. Sono un po' stanca del bianco. Che ne pensi?».

Non gli aveva scritto di Ellen. Non era il caso che lo sapesse in quel momento.

«Non posso crederci», aveva detto Ellen piangendo al telefono. «Mio padre guida ubriaco e uccide un bambino. Come ha potuto? E tu come hai potuto permetterglielo? Perché non me lo hai detto? Perché ho dovuto saperlo da Cathy O'Regan?».

Quanto era piccola l'Irlanda. Qualcuno di Clongarvin lavorava al tribunale di Galway. Forse un impiegato con una sorella che viveva nello stesso quartiere di Ellen. Un commento fatto per caso, poche parole pronunciate senza pensare, ed Ellen aveva saputo.

Alice si era seduta sul primo gradino della scala e aveva ascoltato finché la figlia aveva esaurito le domande. «Ascolta», le aveva detto allora, e chiusi gli occhi, aveva cominciato a parlare con calma e con molta attenzione. «Ascolta.

Sono appena tornata dopo aver accompagnato tuo padre in un centro di recupero a Dublino. Rimarrà lì un mese, o forse più. L'incidente è avvenuto una mattina. La sera prima eravamo stati a cena fuori, e nessuno di noi due ha pensato che lui potesse essere ancora… sotto l'effetto dell'alcol. Non te ne ho parlato, giusto o sbagliato che sia, perché pensavo di poterti risparmiare tutto questo».

Era seguito un respiro affannato, e poi aveva continuato per evitare che calasse il silenzio. «Gli ultimi mesi sono stati un inferno», aveva detto con un teso tono di voce, «perciò vorrei che non fossi arrabbiata adesso, perché non credo che sopporterei anche questo», e la sua voce si era spezzata, si era morsa le labbra e aveva smesso di parlare, gli occhi ancora chiusi con forza.

«Oh mamma», aveva detto la figlia, la voce piena di commozione, «mi dispiace, non sono arrabbiata; o almeno non so come mi sento. È solo…».

«Lo so», aveva sussurrato Alice, «lo so cosa intendi».

«Mamma, torno a casa», aveva poi aggiunto, «quando papà dovrà andare… quando ci sarà il processo. Hai bisogno che qualcuno ti stia vicino. Posso prendermi un paio di settimane di ferie, e Lenny si occuperà dei bambini. Quando ti comunicheranno una data, fammelo sapere, in modo che possa prenotare il volo».

Alice aveva aperto bocca per protestare, e poi l'aveva richiusa, pensando a Ellen seduta al suo fianco durante il processo di Tom. La mano della figlia nella sua, il suo braccio intrecciato al suo, mentre i genitori di Jason sarebbero stati seduti nella stessa aula.

«Scriverò a papà», aveva poi detto. «Posso scrivergli, vero?». E Alice le aveva risposto: «Forse è meglio aspettare finché non ritornerà a casa, e si sentirà meglio».

«Le fragole saranno buone quest'anno», aveva scritto a

Tom. «Ho fatto il trattamento alle rose, c'erano un po' di afidi verdi. Temo che il prato davanti sia di nuovo pieno di margheritine, nonostante quella roba che ci hai messo tu l'anno scorso. Non sono brava come te a tagliarlo, non è mai bello».

Non aveva accennato al negozio. Non gli aveva detto quello che stava pensando di fare. Ne avrebbe avuto il tempo.

"Vendesi clarinetto in legno, come nuovo. € 45,00. Paese: Irlanda. Venditore: Adam2401".

Puntò il cursore su *Invio* e premette il pulsante del mouse. *Ecco fatto*, pensò. *Fine della storia.* Aveva fatto del suo meglio e aveva fallito.

«E adesso?» chiese a Kirby. «Devo andare a ubriacarmi e a rimorchiare una graziosa signorina? O devo aprire la mia rubrica e vedere se qualche mia ex è ancora libera?».

Kirby grugnì, scodinzolando indolente.

«Mi sei di grande aiuto», gli disse lui. Spense il computer e rovistò nella cassettiera finché non trovò il costume. Una nuotata lo avrebbe aiutato: qualche bracciata su e giù per la piscina gli avrebbe schiarito le idee e avrebbe scacciato la tristezza. E se non avesse funzionato, avrebbe preso in considerazione qualche pinta più tardi.

Quando lo vide, così all'improvviso, lo stomaco di Hannah si contorse. Si raddrizzò lentamente, mentre il cuore cominciava a battere in modo regolare e pesante.

«Ciao», disse Patrick, sorridendo, l'abito impeccabile come sempre, la camicia talmente bianca da sembrare nuova. «Buongiorno».

Probabilmente doveva fargli le congratulazioni per l'arrivo del bambino, ma le parole si rifiutarono di venire fuori. Sentiva il viso in fiamme. «Ciao».

Esaminò il negozio. «Ehi, mi piace qui», disse. «È fantastico».

Lei non rispose.

Lui si avvicinò, e lei istintivamente fece un passo indietro. Se lo aveva notato, non lo fece capire.

«Han», disse, piantando le mani sul bancone, l'espressione seria, «devo parlarti di una cosa». Si guardò intorno nel negozio. «So che questo non è il posto più adatto, ma...», fece una risatina, «onestamente, non ero sicuro che tu acconsentissi a incontrarmi in qualunque altro posto».

Lei rimase in silenzio. Era ancora pieno di charme; non era cambiato da quel punto di vista.

«Probabilmente vorrai uccidermi per quello che ti ho fatto, e non posso dire che ti biasimerei per questo. Sono stato un vero bastardo».

Fece una pausa, e Hannah continuò a non dire nulla. Il cuore le martellava costante. Incrociò le braccia al petto, sperando nell'arrivo di un cliente, o di Una, o di chiunque altro.

Patrick mise di nuovo le mani sul bancone. «Ascolta», disse, «Han, penso che questo non sia davvero il posto adatto per quello che vorrei dirti, potrebbe arrivare chiunque da un momento all'altro. Possiamo vederci quando finisci?».

Lei scosse il capo lentamente. «Non voglio vederti», disse, la voce più ferma di quanto si aspettasse.

«Han», disse lui serio, «capisco perfettamente come ti senti. Ma... ho davvero bisogno di parlarti. Ti prego...».

Il marrone dei suoi occhi era talmente profondo da perdercisi dentro. Lei aveva baciato quegli occhi; vi aveva guardato dentro da sopra un tavolo a lume di candela.

«Dove vuoi», disse. «Dimmi un'ora».

Lei osservò la sua bocca mentre pronunciava le parole.

Si ricordò del suo tocco sulla sua pelle. Lei ne conosceva il sapore. «No», disse, «voglio che tu vada via».

«Han, ascoltami». Disse tutto d'un fiato, sporgendosi verso di lei e allungando il torace sopra il bancone. Una ventata del suo dopobarba la raggiunse. «Tra me e Leah è tutto finito, chiuso. È stato un grosso errore, non avrebbe mai dovuto accadere».

Hannah lo guardò, le braccia incrociate sul petto, il cuore ancora martellante, il viso troppo accaldato.

«Non ha significato niente per me», disse. «Sono stato un perfetto idiota».

Quante volte gli aveva detto che lo amava? Quante notti aveva passato tra le sue braccia, immaginando che sarebbero invecchiati insieme, entusiasta all'idea di tutti gli anni che avrebbero passato insieme?

«Si è fatta avanti lei», disse, «e io sono stato così stupido da caderci. Devi credermi, non ha significato niente per me». Prese un profondo respiro. «Han, sei tu la donna della mia vita. Lo sei sempre stata. Devi credermi».

Sembrava così sincero, mentre la guardava così seriamente. Hannah sciolse le braccia. Piantò le mani sul bancone e lo guardò dritto negli occhi. Le loro facce erano vicinissime. «E che mi dici di Nora?», gli chiese con calma. I suoi palmi erano umidi contro il vetro freddo.

Patrick corrugò la fronte.

«Leah ti ha cacciato via di casa, vero?», disse lei. «Ha scoperto quello che è successo con Nora e ti ha cacciato via». Le gambe le tremavano, ma la voce non la tradì.

«Han, non puoi credere…».

«Cosa? Non posso credere che tu l'abbia fatto di nuovo?». La sua aria di innocenza ferita cominciava a irritarla. «Ciò che non posso credere, Patrick, è che tu pensavi che io ritornassi con te».

Lui tese la mano verso di lei, e lei indietreggiò all'istante. «Non ti permettere».

«Han, è tutto passato», disse. «Nessuna delle due ha significato nulla, te lo giuro. Tu sei…».

«Perché non te ne vai?», gli disse ad alta voce. «Perché non giri semplicemente i tacchi e te ne vai?».

«Ma tu non…».

«Patrick», disse fredda, «per favore vai via. Non ho nient'altro da dirti, e sicuramente non c'è più niente che io sia disposta a sentire da te».

Lui fece per andarsene. «Sono stato troppo precipitoso», disse. «Lo capisco. Avrei dovuto aspettare, come avevo intenzione di fare».

Hannah non disse nulla.

Patrick raggiunse la porta, con lo sguardo ancora rivolto verso di lei. «Ci rincontreremo», disse. «Quando sarai pronta. Quando avrai avuto il tempo per pensarci. Chiamami e ne riparleremo».

Lei guardò la sua mano che cercava la maniglia. Sentì tintinnare la campanella vecchio stile mentre apriva la porta. «Ti amo, Han», disse. «Sei l'unica donna della mia vita».

Aspettò finché la porta non si fu chiusa dietro di lui, finché non fu scomparso dalla vetrina del Cupcake Club. Poi si appoggiò alla parete dietro di lei, prese dei lunghi respiri profondi, e sentì che il battito del cuore piano piano ritornava normale.

Nessuna delle due ha significato nulla.

Aveva avuto ragione su Nora; il che significava che aveva tradito due donne. Significava che era andato a letto con Nora mentre Leah era incinta del suo bambino. Quante volte?, si domandò, quante altre scappatelle aveva avuto quando stava ancora con lei?

Come era stata cieca, quanto si era fidata. Ricordò quanto desiderasse avere un bambino con lui, con quanta ansia aveva tirato fuori l'argomento più di una volta. Pensò a Leah, lasciata sola a crescere un bambino, e rabbrividì. Avrebbe benissimo potuto essere lei.

Indugiò sul flusso costante di persone che passavano davanti alla vetrina e che si fermavano di tanto in tanto a guardare dentro il negozio. Si guardò intorno – il suo negozio – e pensò a tutte le ore di lavoro che aveva dedicato per arrivare a quel punto, e la fatica che ancora faceva per mantenerlo a galla. Ricordò l'incertezza delle prime settimane, gli errori che aveva commesso e da cui aveva imparato qualcosa.

Si immaginò Adam sprofondato sul divano rosso di sera, e Kirby spaparanzato sul pavimento accanto a lui. Pensò a quanto fosse piena di possibilità la sua vita, e al fatto che a trentatré anni non ne aveva ancora sfruttate neanche la metà.

La porta si aprì e la campanella salutò Una che entrava. «Bene», disse, «sembri soddisfatta di te stessa».

«Alla stazione», disse Nora, prendendo posto sul sedile passeggeri. «Non le dispiace se mi siedo qui, vero?»

«No, affatto», rispose l'autista, avviando il motore e bloccandosi nel traffico congestionato.

Lo aveva riconosciuto non appena aveva accostato. Ricordava gli occhi verdi. Decise che lui andava bene per curare il suo ego ferito. Non che lei avrebbe permesso a quel bastardo di farla star male per molto.

Il suo profumo speziato aveva saturato l'aria; il che significava che anche lui doveva sentirlo.

«Va lontano?», chiese.

«Sì, abbastanza», rispose. «California».

Allungò le gambe, perché fossero ben visibili sotto la corta gonna grigia. Erano belle e abbronzate grazie alla crema spray che aveva spalmato il giorno prima. Colse l'occhiata fulminea che lui aveva rivolto loro. Un gioco da ragazzi. Aveva fatto bene a partire così in anticipo rispetto all'orario del treno.

Si fermò a un semaforo. «Non mi dispiacerebbe un po' di sole della California in questo momento».

«Già, questo tempo fa schifo. Non so come facciate a sopportarlo», disse facendo scivolare casualmente una mano lungo la coscia. Ci volevano ancora una decina di minuti per arrivare alla stazione. Erano più che sufficienti.

«Lei è di qui?», chiese.

Nora sbadigliò, allungando le braccia sopra il capo, e così il top si alzò e mostrò una striscia di pelle dorata. «Nata e cresciuta, purtroppo. Ma vivo negli Stati Uniti da anni. Sono venuta per qualche mese, e adesso ne ho abbastanza, e lei?»

«Sì, anch'io sono nato qui. Sono cresciuto in Fortfield Avenue».

«Ho preso il tuo taxi altre volte», disse lei. «Indossavi un cappellino di lana; per nulla alla moda».

Lui rise. «Ehi, un attimo! Fa freddo qui in macchina d'inverno».

Nora sorrise. «Devo dire», disse, incrociando le gambe, e facendo salire un altro po' la gonna, «che non sei poi tanto male senza cappellino».

«Grazie».

«Sicuramente avrai una moglie a casa che ti aspetta».

Lui cambiò marcia mentre si avvicinavano alla rotatoria. «No. Sono ancora libero e senza legami».

Aspettò che le chiedesse se aveva un marito, ma non lo fece.

«Come me, allora».

Nessuna risposta; ma lei non rifiutava mai una sfida. «Ehi», disse, come se ci avesse appena pensato, «per il mio treno ci vorrà ancora un po' di tempo. Ti va un caffè o... qualunque altra cosa?».

Lui la guardò di nuovo. «Mi piacerebbe», disse, «ma sono molto occupato. Mi dispiace». Prese la seconda uscita della rotatoria, che portava alla stazione.

Nora si voltò per guardare fuori dal finestrino. «Nessun problema», disse. «Era solo un'idea». A chi importava di uno stupido tassista che non apprezzava ciò che gli era stato servito su un piatto d'argento?

Si avvicinò alla stazione. Scaricò il trolley di Nora e tirò su il manico per lei. Gli dette quello che le aveva chiesto e se ne andò via impettita.

«Buon viaggio», sentì che le diceva a voce alta, ma lei non si voltò. Aveva perso la sua occasione.

Senza dubbio la sua offerta lo aveva lusingato. Quale esemplare maschio dal sangue caldo non sarebbe stato gratificato da una donna attraente che gli faceva capire che ci stava? E generalmente non ci vedeva nulla di male in un po' di divertimento pomeridiano. Il guaio era, pensò Wally, mentre ritornava alla stazione dei taxi, che per la maggior parte del tempo ormai la sua mente era decisamente altrove. E non poteva farci un accidenti di niente.

«Sei ancora in tempo», disse Geraldine. «Per cambiare idea, intendo. Tom non sarà a casa prima di un paio di settimane; potresti cambiare idea fino ad allora. Non vorrei crearti dei problemi, davvero».

«Non ho intenzione di cambiare idea». Alice fece una pausa. «Forse tu stai avendo dei ripensamenti. Perché posso sempre...».

«Oh, no», tagliò corto Geraldine. «No, no, affatto. Sono felice di prendere il tuo posto. È solo che... ho paura che tu possa pentirtene e pensare che sia troppo tardi per tornare indietro, e sto solo dicendo che capirei se lo facessi, tutto qui».

«Grazie». Alice prese un biscotto alla crema dal vassoio adagiato tra loro due e lo posò sul tavolo accanto alla sua tazza. «Lo apprezzo molto».

Quando le era venuta l'idea, mentre giaceva insonne nel suo letto singolo la notte seguente a quando aveva accompagnato Tom alla clinica, l'istinto di Alice era stato quello di scartarla assolutamente. Non si può scappare dai problemi, bisogna affrontarli finché non li sconfiggi.

Ma il problema era Jason, e lui era morto, e per quanto lo desiderasse era un dato di fatto che non poteva cambiare. Così lasciando Clongarvin non sarebbero scappati da nulla in realtà, perché ovunque andassero, la morte di Jason sarebbe rimasta lì. Non li avrebbe mai abbandonati.

Invece, cambiare ambiente avrebbe potuto essere d'aiuto. Mettere una distanza fisica tra loro e quell'incubo lo avrebbe reso un po' più sopportabile, avrebbe dato loro la possibilità di perdonarsi a vicenda, e di perdonare se stessi. Magari non avrebbe fatto alcuna differenza, certo, ma la possibilità c'era; la speranza c'era.

E così Alice aveva permesso che l'idea attecchisse. Non potevano lasciare il paese, non con il processo pendente, ma potevano andarsene nel Donegal, o nel Cork Occidentale, da qualche parte dove nessuno li conosceva o ricordava di un incidente che era avvenuto in marzo in Clongarvin. Affittare una casa da qualche parte, e vivere semplicemente. Occuparsi l'uno dell'altra, come avevano sempre fatto.

E quando aveva sentito che era giunto il momento, aveva tirato fuori la questione del prepensionamento. Non riusciva a immaginarsi Tom che tornava a lavorare, qualunque fosse stato il verdetto, e lui non poteva neanche rimanere in congedo senza retribuzione per sempre. Come dicevano gli americani? Dibattimento chiuso. Lo avrebbe convinto ad andare in pensione anticipata.

Sarebbero tornati per andare in tribunale, certamente. Ellen sarebbe tornata, e avrebbe occupato la casa. Tutti avrebbero avuto un posto dove stare, e così non avrebbero venduto, non ancora almeno.

E certamente, l'esito del processo avrebbe influenzato quello che sarebbe successo dopo, ma era un aspetto che avrebbero affrontato al momento giusto. Avrebbero affrontato il futuro soltanto quando avessero saputo cosa aveva in serbo per loro.

La porta del negozio si aprì e Geraldine si alzò in piedi. «Vado».

Gli affari non erano ripartiti. Non c'era bisogno che stessero lì tutte e due. Aveva perfettamente senso invece che Geraldine lo dirigesse da sola. Avrebbe avuto perfettamente senso che lei subentrasse completamente nel contratto di locazione, se Alice non fosse mai più ritornata. Solo il tempo poteva saperlo.

Alice posò di nuovo il biscotto alla crema intatto sul vassoio. Di recente non aveva appetito.

Adam premette *Salva* e aprì lo sportellino del telefono cellulare, il cui display mostrava un numero che non riconobbe.

«Pronto?».

Nessuna risposta.

«Pronto», disse, «mi sente?».

«Voglio che ritorni». Tutto d'un fiato, le parole l'una dietro l'altra. «Vorrei farti ancora da insegnante».

«Vivienne?».

Ma certo che era Vivienne. Adam osservò il pesce rosso che nuotava nello schermo del suo computer. Si chiese quanto le fosse costato prendere il telefono e digitare il numero indicato sul biglietto da visita – che a quanto pareva non era finito nel cestino, dopo tutto.

«Be', il fatto è», disse, «che ho venduto il clarinetto. L'ho venduto ieri, in effetti. Su eBay».

«Oh».

Silenzio.

«Pronto?», disse lui di nuovo.

«Potresti provare con il piano», disse lei.

«Già, magari potrei provare con il piano», disse lui, esattamente nello stesso momento.

Seguì un'altra lunga pausa. Guardò il pesce rosso cercando di riordinare i pensieri e un lento ampio sorriso affiorò sul suo viso.

«Sai», disse poi, «non è una cattiva idea. Per la verità, non sono poi così sicuro che il clarinetto fosse il mio strumento. Penso che io sia più un tipo da pianoforte».

Silenzio di tomba.

«Sei ancora lì?», chiese.

«Avrai bisogno di un piano con cui esercitarti», disse lei. «Posso chiedere a mio fratello se ti presta una tastiera. Ne ha alcune vecchie».

Il sorriso di Adam si fece ancora più ampio. «Mi sembra perfetto», disse lui.

Una lunga pausa, e poi: «Va bene».

«Va bene?»

«Sì».

«Va bene, allora», disse, guardando il pesce. «E piano sia. Ti va ancora bene il giovedì?»

«Sì».

«Stessa ora?»

«Sì».

«Oh, ancora una cosa», disse, ricordandosi. «Si offenderebbe molto tua madre se non prendessi il latte quando facciamo la pausa? Il latte... mi fa venire il mal di testa».

Altra pausa. «Va bene».

«Va bene, allora», ripeté lui. «Ci vediamo giovedì».

Lei riagganciò senza salutare. Adam chiuse il telefono lentamente.

Lo aveva chiamato. Aveva digitato il suo numero e gli aveva chiesto di tornare. Anche se lui le aveva detto che aveva venduto il clarinetto, lei aveva trovato un altro modo per farlo tornare.

Voleva che tornasse.

«Vuole che ritorni», disse a Kirby, e la coda del cane scodinzolò indolente. «Le manco. Come darle torto, in effetti».

Mancavano tre giorni al giovedì. Pensò che l'avrebbe rivista dopo tre giorni, e si sentì invadere dalla gioia.

Hannah non la riconobbe subito. Tutto quello che vide fu solo un'altra mamma con un bambino, che si affannava a manovrare le rotelle del passeggino dall'altra parte della strada. Due sacchetti della spesa erano appesi al manico. Il viso rosso del bambino era contorto in una smorfia nello sforzo di piangere disperato, il ciucciotto penzolava da una catenella di plastica bianca che era appuntata al suo giacchetto verde.

Hannah non realizzò chi fosse finché non le fu più vicina. Si chinò e alzò le rotelle anteriori del passeggino sul marciapiede. Ignorando i ringraziamenti della madre, prese il ciucciotto e lo portò alla bocca del bambino, che contrasse le labbra e lo succhiò avidamente guardandola con gli occhi blu mentre il suo viso si calmava.

«Ciao», disse lei dolcemente.

«Grazie», ripeté l'altra donna, e Hannah alzò gli occhi e vide il viso magro e teso, l'abito rosso ampio sull'addome ancora gonfio, i capelli corti un tono più scuri di quando Hannah aveva comprato il buono per il massaggio. Era cambiata da allora.

Ma era stato più di un anno prima. Erano cambiante molto entrambe.

Hannah si rialzò. Per un attimo si guardarono. Poi lei si voltò e se ne andò.

Bill Dunne aveva decisamente sentimenti confusi sul fatto di essere diventato nonno. A cinquantotto anni era molto lontano dall'accettare l'idea della mezza età, e si adoperava con determinazione per assicurarsi di tenere lontano il più a lungo possibile qualunque segno di decadimento.

Cominciava ogni mattina, qualunque tempo facesse, con mezz'ora di corsa. Beveva alcol con moderazione e non fumava da quando aveva vent'anni. Mangiava in modo piuttosto sano – l'essere rimasto vedovo con due figli piccoli lo aveva incoraggiato a migliorare le sue capacità culinarie – e poi ogni mese andava da un parrucchiere a Galway per farsi fare la tinta castano scuro.

E l'avere un lavoro che gli dava la possibilità di conoscere un sacco di giovani belle donne, contribuiva a farlo sentire sempre giovane dentro.

Bill Dunne aveva avuto abbastanza talento e abbastanza fortuna da aver vissuto più che dignitosamente come fotografo di moda freelance per la maggior parte della sua vita lavorativa. E in quel momento si trovava nell'invidiabile posizione di poter accettare i lavori che voleva – fortunatamente era ancora molto ricercato – e rifiutarne altri. Lavorava otto o nove mesi l'anno, e il resto del tempo si divertiva, generalmente in compagnia di qualche giovane donna che aveva conosciuto grazie al lavoro.

Così l'idea di essere diventato nonno all'improvviso, l'idea di essere stato declassato alla categoria "pipa e pantofole", gli sembrò un tantino prematura. Non che, in effetti, la venuta al mondo del figlio di Patrick gli desse fastidio: era straordinario e toccante vedere quanto Ruben assomigliasse a Patrick da bambino. Eppure Bill semplicemente non era ancora pronto perché qualcuno lo chiamasse nonno. Non in quel momento. Non ancora.

Certo, pensare che il cognome Dunne fosse trasmesso alla generazione successiva era una consolazione. Peccato che in quel caso sembrava non fosse così.

«Lei vuole che sia un Bradshaw», aveva ammesso Patrick la sera prima. «Che porti solo il cognome Bradshaw».

Bill non sapeva, e non aveva chiesto, perché l'ultima relazione del figlio era finita così bruscamente neanche quindici giorni dopo la nascita del bambino. Data la sua sana libido, immaginò che potesse sicuramente scommettere che ci fosse di mezzo un'altra donna, e lui non era nella posizione di poter dare giudizi. Personalmente, lui si era rammaricato per il tradimento di Patrick nei confronti di Hannah, che gli piaceva, ma pensava che non fossero affari suoi, e quindi aveva tenuto per sé le due opinioni.

Leah gli era sembrata una donna gradevole, quelle poche volte che si erano visti: pranzo nel suo piccolo appartamento al ritorno dalla crociera in Grecia, una passeggiata di domenica pomeriggio nel parco adiacente, una visita in ospedale per conoscere il nuovo nipotino. Ma ora anche lei non c'era più e sembrava non ci fosse alcun segno di una sostituta.

E chiaramente, qualunque fosse stata la causa della rottura con Patrick, l'aveva lasciata tanto amareggiata da non volere che il loro figlio portasse il cognome del padre.

Patrick sarebbe mai riuscito a conoscere profondamente suo figlio? Sarebbe passato da una relazione all'altra senza mai trovare ciò che lui aveva trovato con sua madre, anche se solo per poco più di dieci anni così incredibilmente brevi?

Ed era sorprendente che uno dei suoi figli non riuscisse a impegnarsi con una donna, considerato lo stile di vita promiscuo che il padre aveva condotto negli ultimi vent'anni?

Bill sospirò profondamente mentre versava il suo famoso chili in due ciotole calde. Poi le portò in salotto, dove suo figlio maggiore, tornato a casa di recente, era seduto a guardare la TV.

«Sei di nuovo qui». La signora O'Toole guardò Adam senza espressione.

«Già», le disse allegro.

«Non hai portato il clarinetto», gli disse con tono di rimprovero, la mano piantata sullo stipite della porta.

«No», rispose lui. «Passo al piano. Vivienne pensa che sia una buona idea». Si domandò se l'avrebbe fatto entrare. Forse si sentiva offesa per il suo rifiuto del latte durante la pausa.

«Passi al piano», gli fece eco.

«Sì». Sorrise raggiante. «Chi la dura la vince».

Lei arricciò il naso. «Vivienne mi ha detto che non bevi il latte».

«No», rispose lui. «Ho fatto uno sforzo, perché non voleva offenderla, ma davvero non ci vado molto d'accordo».

«Ho solo succo d'arancia».

«Andrà benissimo», disse lui. «Non vedo l'ora».

Indietreggiò e lo fece entrare nell'ingresso, proprio nel momento in cui Vivienne e un ragazzino emergevano dalla stanza lungo il corridoio.

«Ciao», disse Adam, avanzando verso di lei e facendo passare il ragazzino. «Sono tornato».

«Sì».

Indossava un abito blu scuro che non aveva mai visto prima, che arrivava poco sopra le caviglie. I capelli erano raccolti indietro a mostrare il viso, in due fermacapelli blu, per poi ricaderle sulle spalle ondulati. C'era un sorriso nervoso sul suo viso rosa. Adam rimase in piedi davanti a lei e alzò le mani. «Guarda», disse, «niente clarinetto».

«No», rispose, il sorriso ancora lì. Si voltò e lo precedette nella stanza.

Il gatto, al solito posto, batté la coda quando vide Adam entrare.

«Ciao Pumpkin», disse Adam. «Come stai?»

«Puoi sederti al piano», disse Vivienne, prendendo uno spartito dal mucchietto sul tavolo.

Non avrebbe fatto apprezzamenti sul vestito. Avrebbe fatto finta di non aver notato il nuovo modo in cui aveva acconciato i capelli, o il nuovo profumo. Si sarebbe comportato in modo formale e gentile, e non avrebbe fatto nulla che la mettesse a disagio.

Si tolse la giacca e la posò sulla sedia su cui si accomodava solitamente prima. Prese posto su un lato del lungo sgabello del pianoforte, gli occhi rivolti ai tasti neri e bianchi di fronte a lui.

«Ci credi che non ho mai premuto un tasto di un pianoforte?», disse.

«Quello che hai imparato finora ti sarà d'aiuto», replicò lei. Sedette dall'altro lato dello sgabello, lasciando uno spazio di qualche centimetro a dividerli. Adam avvertì un leggero cambiamento di atmosfera, sentì il leggero fruscio causato dai suoi movimenti. Lei si schiarì la gola con un piccolo colpo di tosse. Lui sentì di nuovo il profumo di fiori.

«Grazie per essere tornato», disse lei poi, la voce quasi un sussurro.

Adam osò voltarsi verso di lei. «Grazie per avermelo chiesto», rispose. «Mi piacciono i tuoi capelli sciolti, comunque».

«Cominciamo con le scale», disse, arrossendo furiosamente.

«Scale», disse lui. «Questo nome non mi è nuovo. Vai pure, sono tutto orecchi».

A Vivienne sfuggì un verso, qualcosa a metà tra un risolino e un colpetto di tosse. «Serio», disse, «o non imparerai».

«Ok, basta con le battute stupide». Guardò i tasti. «Che faccio?»

«Per prima cosa», disse, «metti le mani...», si spostò un po' più vicino a lui e posizionò le sue dita, «qui». Le unghie erano colorate di un rosa chiarissimo. «Non premere, tienile solo appoggiate sui tasti». Lo smalto era stato applicato male, e c'erano sbavature in diversi punti. «Questo tasto si chiama Do centrale», disse indicandolo. «È il Do più vicino al centro del piano. La chiave di Do si usa molto, quindi cerca di imparare dove si trova il Do centrale».

Lei fece scivolare via le sue dita per fare posto a quelle di Adam.

Per un attimo brevissimo, le loro dita si toccarono durante il cambio, un tocco leggero che la fece allontanare un po' dal piano. Lui si ricordò di John che l'aveva definita «timida come un coniglio» la sera che gli aveva detto che Vivienne insegnava musica.

«E adesso?», chiese.

Lei non rispose, e lui la guardò, e notò che il suo viso aveva cambiato espressione. «Mi hanno presa in giro», disse tutto d'un fiato, gli occhi fissi sui tasti del pianoforte davanti a lei. «A scuola, per anni. È per questo che sono diventata... quello che sono adesso. Non sei tu, non ha nulla a che fare con te».

«Ok», disse lui.

Ci sarebbe voluto del tempo. Forse avrebbe anche dovuto comprare un pianoforte a un certo punto. Forse avrebbe anche dovuto prendere in considerazione qualche altro strumento, e altre lezioni.

Ma ce l'avrebbero fatta.

«Non avresti dovuto, specialmente in questo momento». Geraldine guardò nello specchio mentre Hannah le allacciava la collana di perle al collo. «Tesoro, è fantastica». Si voltò e abbracciò la figlia. «L'avrai pagata uno sproposito».

«Non sono affari tuoi», le rispose Hannah. Meglio che la madre pensasse che la collana fosse costata più dei trentadue euro che lei aveva pagato in realtà su eBay. Chi avrebbe pensato di fare acquisti su quel sito web, se a Adam, un bel giorno, non fosse venuto in mente di cercare un clarinetto? «Comunque, Adam ha appena cominciato a prendere lezioni di piano».

Geraldine la guardò. «Piano? Pensavo si trattasse di clarinetto. Non mi avevi detto che ne aveva comprato uno?»

«Già, ma non è andata bene, così lo ha rivenduto. Adesso è passato al piano».

«Strano, non pensavo gli piacesse la musica», disse Geraldine. «Non mi è mai sembrato uno interessato alla musica».

Hannah sorrise. «Be', adesso lo è molto».

«Ma non avete un piano», disse Stephen. «Come si esercita?»

«Ha preso in prestito una tastiera», replicò lei. «Il fratello della sua insegnante ne aveva una vecchia». Si rivolse a

Geraldine. «Così l'anno prossimo a quest'ora, sarà capace di suonarti *Tanti auguri a te*».

Geraldine rise. «Spero che saprà suonare molto più di quella dopo un anno intero. E, parlando di compleanni, penso che sia ora di tagliare la torta prima che le candeline la facciano andare in fiamme».

«Non viene Alice?», domandò Hannah. «Pensavo la invitassi».

«L'ho fatto, ma onestamente, non è stata una sorpresa quando mi ha detto di no. Ha tante cose per la mente in questo momento, con Tom che tra qualche giorno tornerà a casa».

«Perché non glielo dici?», disse Stephen.

«Dirmi cosa?». Hannah guardò prima l'una e poi l'altro.

«Alice mi ha chiesto di dirigere il negozio quando Tom esce dal centro di recupero», le disse. «Solo temporaneamente. Ha intenzione di portarlo via finché il caso non dovrà comparire in tribunale».

«Portarlo via? Dove?».

Geraldine scosse il capo. «Ha parlato vagamente della costa, ma non penso che le importi molto il posto in realtà. Lei vuole soltanto che loro due cambino ambiente per un po', il che non è una cattiva idea».

«E cosa ne pensa Tom?»

«Non lo so. In effetti, non penso che lei gliene abbia neanche accennato. Ma difficilmente obietterà all'idea di andare via da Clongarvin per un po', dopo quello che è successo».

«Be', no, credo di no. Ma che ne sarà del suo lavoro alla clinica?».

Stephen scosse il capo. «Non me lo vedo tornare a lavorare dopo il processo, non credo che sarà più in grado di farlo. E poi bisogna vedere come va il processo...». Fece una pausa. «Be', la decisione potrebbe non dipendere da lui. Ufficialmente, ha preso un congedo non retribuito di sei mesi, ma anche se dovesse andare oltre, il suo lavoro sarà sempre lì per lui se e quando vorrà tornare, lo sa».

«E la loro casa?».

Geraldine fece spallucce. «Alice è stata vaga. Penso che la affitteranno».

Hannah osservò attentamente la madre. «E tu, come ti senti all'idea di gestire il negozio?»

«Onestamente, tesoro, in questo periodo è meglio che in negozio ci sia una sola persona: c'è una tale calma piatta. Spero solo che questa recessione non duri ancora molto o passeremo il tempo a girarci i pollici». Posò il suo bicchiere di sherry sulla mensola del camino e volse lo sguardo alla torta. «Adesso basta chiacchiere, è ora di augurarmi buon compleanno».

Soffiò le tre candeline e poi mangiarono la torta e bevvero alla sua salute. Infine si sedettero accanto alla finestra e rimasero a guardare la pioggia incessante che cadeva mentre calava il buio.

Hannah disse che Nora si era sentita con Adam per dirgli che aveva trovato un lavoro in teatro a Los Angeles. «Proprio quello che fa per lei, direi». Accennò poi al fatto che stava pensando di chiedere a Una di fare un paio di giorni interi in negozio, invece che le sole mattine. «Così avrò un po' di tempo libero durante la settimana».

Non aggiunse che stava pensando di avvicinare la sorella di Una, Claire, se e quando fosse giunto il momento di prendere una seconda persona per altri due giorni nel negozio, per essere libera di preparare le tortine durante il giorno. Claire non era tornata al ristorante dove lavorava prima dell'incidente, ma forse sarebbe stato sufficiente un altro mesetto ancora e sarebbe stata felice di cominciare un lavoro part time. Sarebbe stata una buona soluzione per tutti, ma Hannah non volle parlarne quella sera. Ci sarebbe stata sicuramente occasione.

Poi raccontò loro delle piccole tortine che le erano state chieste per un battesimo. «Ho intenzione di introdurle piano piano nel negozio, forse tre giorni a settimana, per vedere come si vendono. Sono difficili da preparare, ma posso venderle a un prezzo più alto». Descrisse un nuovo tipo di gusto che stava sperimentando. «Ananas e mango. La chiamerò Delizia Tropicale».

Non fece parola della visita di Patrick al negozio. Non disse loro che John era ritornato in Scozia. Non disse nulla dell'incontro con Leah e il bambino per strada.

Alla fine, intorno alle dieci, prese il telefono dalla tasca. «Meglio che chiami un taxi, piove troppo per andare a piedi».

Geraldine chiuse le tende del salotto. «Questo tempo è incredibile. Voglio dire, non so perché ci aspettiamo sempre che sia più bello d'estate, dato che non ne abbiamo avuta una bella da Dio solo sa quanto tempo». Si voltò verso la porta. «Prima che te ne vada, prendiamoci un'altra tazza di tè».

Stavano sorseggiando il tè quando accadde. Tutti e tre si voltarono verso la finestra chiusa.

Hannah mise giù la sua tazza. «Cosa è stato?»

«Sembrava un...», cominciò Geraldine, ma Stephen era già quasi arrivato alla porta, così lo seguirono fuori casa e videro il taxi di traverso contro il palo del lampione. L'insegna luminosa del taxi era ancora accesa, il motore girava a vuoto, e la pioggia scrosciava nei raggi inclinati dei fanali brillanti. La strada era argentata per via dell'acqua che si era accumulata, e si sentiva il fievole suono della musica nell'abitacolo dell'auto.

Hannah si precipitò sul vialetto, seguita a poca distanza da Stephen. I pochi secondi che le occorsero per arrivare alla macchina furono sufficienti perché si inzuppasse di pioggia. Asciugò con la mano tremante il finestrino dell'autista per vedere dentro.

Ed ecco Wally, accasciato sul volante con il sangue che gli scorreva dalla tempia. Aprì gli occhi per un attimo quando Stephen gridò a Geraldine di chiamare un'ambulanza e Hannah tirò con forza la maniglia dello sportello accartocciato chiamando il suo nome.

«Ciao», mormorò, e richiuse gli occhi debolmente.

«È bello essere a casa», disse Tom.

Era dimagrito ancora. I capelli andavano tagliati. Il colletto della camicia era sporco. Gli occhi erano ancora cerchiati di nero, le sclere ancora arrossate. Piccole strisce rosse disegnavano come una rete attraverso le guance e il naso. Sembrava aver freddo.

«Sono contenta che tu sia tornato», disse Alice. «Era tutto così... silenzioso senza di te».

Il giorno prima aveva messo lenzuola pulite al letto, e aperto le finestre per far cambiare aria nella stanza. Aveva passato l'aspirapolvere, spolverato e lucidato. Aveva riempito un vaso con delle piante e lo aveva messo sulla toeletta, poi sul davanzale, e poi di nuovo sulla toeletta.

Aveva preso la sua camicia da notte dal letto singolo e l'aveva messa sotto il cuscino dalla sua parte del letto matrimoniale. Aveva messo le sue pantofole sullo scendiletto dove lui potesse vederle entrando in camera. Dieci minuti più tardi era rientrata e aveva spostato di nuovo la camicia da notte e le pantofole nella camera di Ellen.

«Vuoi un po' di agnello al forno?», chiese, «l'ho cucinato stamattina, non ci vorrà molto per riscaldarsi».

«Sarebbe magnifico», rispose. Rimase in piedi in cucina, la valigia accanto a lui.

«Tom», disse, e poi si fermò. Lui non si mosse. «È stata anche colpa mia», disse. «Avrei potuto guidare io quel giorno, e non l'ho fatto. Non è stata solo colpa tua».

Pronunciando l'ultima parola, la voce si ruppe, e lui fece un passo verso di lei e l'abbracciò. Lei abbandonò il capo sulla sua spalla. «Mi dispiace», disse piangendo, «mi sono comportata in modo terribile con te, e tu non lo meritavi». Le parole che voleva dirgli da tempo le erano finalmente uscite.

«Shh», disse lui, cullandola con dolcezza. «Non preoccuparti. Sta' tranquilla, amore».

«Tu non volevi farlo», urlò. «Non volevi che accadesse».

«No. No, non volevo», disse calmo.

«E io ti ho trattato come un assassino», urlò lei. «Mi sono comportata come se tu avessi volontariamente ucciso quel bambino».

«Shh», disse lui di nuovo. «Non piangere amore, andrà tutto bene. Finché staremo insieme, andrà tutto bene».

Il tempo avrebbe guarito le loro ferite; lei non poteva aspettarsi che succedesse in un baleno. L'incidente li avrebbe accompagnati per sempre, la morte di un bambino sarebbe rimasta per sempre sulle loro coscienze. Ma lì in piedi nella cucina, con le sue braccia intorno a lei, cominciò a percepire una speranza.

Quella sera gli avrebbe preparato da mangiare e si sarebbero seduti vicino al camino insieme, dopo cena. Avrebbero potuto accendere il televisore per vedere le previsioni del tempo, e lei avrebbe fatto qualche commento sul fatto che parlavano di quel luglio come il più piovoso degli ultimi anni. Avrebbero avuto cura l'una dell'altro, senza dimenticare quel che era accaduto.

Probabilmente lui avrebbe fatto qualche commento sulle pareti imbiancate di fresco. Avrebbero guardato le ultime fotografie di Ellen. Gli avrebbe detto che le rose sembravano fiorire meglio in quel periodo. Forse gli avrebbe fatto vedere l'ultima bolletta del gas, e gli avrebbe chiesto se fosse il caso di chiedere chiarimenti.

Non gli avrebbe chiesto come avesse passato gli ultimi mesi. Lo avrebbe aggiornato su quello che era accaduto nel quartiere, ma non gli avrebbe parlato dell'incidente occorso davanti a casa di Stephen e Geraldine la notte prima. Non gli avrebbe parlato del prepensionamento, o dei suoi progetti di andare via da Clongarvin. Non quella sera, non ancora.

E se, quando avrebbero alzato il parafuoco e chiuso a chiave la porta, lui le avesse chiesto se avesse considerato di tornare nella loro camera, lei gli avrebbe detto di sì, che ne sarebbe stata felice.

«Cominciamo di nuovo con le scale», disse Vivienne, «e poi passeremo alla canzone».

Adam posò la sua mano destra sui tasti.

«No», disse, «pollice sul Do centrale».

«Do centrale, capito. Qui?», chiese, scalando la mano di un tasto.

Vivienne sospirò. «Ti sei esercitato?»

«Certo», disse. «Voglio dire, volevo farlo. È solo che la tastiera di Wally è un po' diversa e non mi ci trovo». Fece del suo meglio per apparire dispiaciuto. «Scusa. Magari puoi spiegarmelo di nuovo».

Vivienne posò le sue dita sui tasti. «Questa nota qui è il Do centrale. Ricorda "Do" nella chiave di Do». Suonò la scala, muovendo con grazia le dita sui tasti, e poi al contrario.

Indossava un tailleur pantaloni grigio scuro, e aveva raccolto i capelli in una coda bassa all'altezza della nuca con un nastro bordeaux.

Avrebbe tanto desiderato abbassare la testa e baciarle quella pelle chiara, punteggiata di lentiggini.

«Attento», disse con dolcezza, e lui capì che lei poteva vederlo con la coda dell'occhio. Lui tornò con lo sguardo di nuovo al pianoforte e osservò le sue dita mentre si muovevano su e giù sulla scala diverse volte.

Quella sera era un po' più vicina sulla sgabello. Un altro paio di lezioni e i loro fianchi si sarebbero quasi toccati.

«Fatto da te sembra così semplice», disse lui.

«Lo è», rispose, seria, «se ti eserciti».

«Lo farò», promesso. «Davvero, lo giuro su Dio. Fammi provare adesso».

Non arrossiva più tanto. Sorrideva un po' di più, anche se erano sempre lievi sorrisi.

Lo guardava in faccia quando lui le parlava, e quando Adam faceva un'osservazione lei diceva la sua, non rispondeva più soltanto alle domande.

Mancavano tre settimane al suo compleanno. Potevano bastare.

Mia cara Geraldine

grazie per il bel biglietto e il pensiero davvero gentile che ci hai fatto avere prima di partire. Inutile dire che non dovevi, ma lo abbiamo apprezzato molto entrambi.

Abbiamo trovato una casetta in affitto un po' fuori Clifden; il contratto di locazione durerà tre mesi, anche se il proprietario avrebbe preferito fossero sei, ma noi siamo riusciti a convincerlo per i tre. Siamo stati molto fortunati, considerato che abbiamo dormito in un bed and breakfast solo per due notti. È un bungalow con due vani, arredato con l'indispensabile, ma gode di una adorabile vista sul mare.

Di pomeriggio abbiamo preso l'abitudine di fare lunghe passeggiate, tempo permettendo, e questo fa molto bene a entrambi. Tom sta persino parlando di riprendere a giocare a golf, e io ne sono molto contenta.

Spero che tu e Stephen stiate bene. Sono felicissima di sapere che Hannah vede un altro uomo: merita un po' di felicità.

Spero che il lavoro al negozio non sia troppo gravoso per te da sola. Se fosse ancora calmo come prima che io partissi, dovrebbe essere piuttosto facile, suppongo. Ma se ci fosse stata una ripresa, ricorda che, se decidessi di prendere qualcuno part time, avresti il mio totale consenso. Sta solo a te la scelta. È un tale sollievo sapere che il negozio è in buone mani.

Bene, meglio che vada a preparare la cena: l'aria del mare fa venire fame. Imbucherò questa lettera domani, quando faremo la nostra passeggiata. Dobbiamo andare in ogni caso in paese per i mandarini. Tom non ne può fare a meno!

Con tanto affetto,

Alice

Agosto

«Mi piace chiamarla pizza al salmone piccante», disse il festeggiato, esibendo la portata principale.

«Pensavo che avremmo mangiato solo ali di pollo», si stupì Hannah. «Ne ho mangiate tantissime».

«L'ho notato», replicò Adam. «Ma conoscendoti, sono abbastanza sicuro che riuscirai a trovare un po' di spazio per questa».

Hannah si rivolse a Vivienne. «Lo colpisco adesso, o devo aspettare che tiri fuori il dessert?».

Vivienne sorrise. «Forse è meglio aspettare», disse.

«Hai maledettamente ragione», convenne Wally. «Sono venuto per quello».

E il sorriso di Hannah, quando lo guardò, gli fece desiderare di fare il giro intorno al tavolo per poterla stringere forte.

«Golosone», disse.

«Golosone», fece eco lui, e si domandò se lei ricordava, come lui, il giorno il cui era andato in negozio per reclamare le sue tortine gratis. Quando si era reso conto che la desiderava. Quando si era reso conto che era già da tempo, molto tempo prima, che la desiderava.

Ma poi ci erano voluti una commozione cerebrale e un polso rotto per metterli insieme. Quando il suo taxi era andato a sbattere contro il palo del lampione, proprio un attimo prima che lui perdesse conoscenza, lei lo aveva finalmente visto con occhi diversi.

«Cosa ne hai fatto della rotella tagliapizza?», chiese Adam rovistando nel cassetto. «È sempre stata qui».

Wally guardò Hannah alzarsi e attraversare la stanza. Indossava la maglietta blu che portava quella sera. Ricordò di aver notato il pizzo ai polsini quando si era risvegliato in ambulanza. Lei era seduta sul sedile di fianco a lui, con le mani al livello dei suoi occhi. E una volta aperti, li aveva rivolti lentamente verso il suo viso.

«Che succede? È caduto il nonno?», aveva chiesto, e all'istante lei si era chinata su di lui, ignorando l'ordine del soccorritore dell'ambulanza di rimanere dov'era.

Gli aveva posato un palmo sul petto. «Stai bene?».

«Tu hai un negozio giallo», aveva risposto, e per qualche ragione quelle parole avevano fatto riempire di lacrime gli occhi di lei, e lui aveva richiuso i suoi mentre Hannah si copriva il viso con una manica blu.

Quando si era svegliato di nuovo più tardi, lei non c'era; aveva un mal di testa martellante, il polso era bendato e pulsava. Era steso su una barella in un piccolo cubicolo, e si era domandato se la scena di prima fosse stata solo il frutto della sua immaginazione.

«C'era una ragazza prima qui, voglio dire una donna con i capelli scuri?», aveva chiesto all'infermiera, che stava guidando una sedia a rotelle vuota attraverso la porta stretta del cubicolo.

«Non ho visto nessuno, caro», aveva risposto, «tirando giù il suo lenzuolo senza troppa gentilezza».

«Ehi, attenzione», aveva protestato lui debolmente, «sono quasi nudo». Qualcuno aveva sostituito i suoi vestiti con un camicino blu che gli arrivava poco sopra le ginocchia.

L'infermiera non aveva fatto una piega. «Ho già visto tutto, tesoro. Andiamo adesso. Dobbiamo fare una radiografia al polso e controllare la testa».

Lo avevano trattenuto per la notte a causa della commozione cerebrale, ma quando si era risvegliato l'indomani mattina aveva trovato sua madre e Vivienne accanto al letto.

«Puoi tornare a casa adesso», aveva detto Vivienne, «dopo che avrai fatto colazione».

Wally aveva guardato senza appetito la ciotola di pastone grigio che doveva essere porridge sul comodino al suo fianco. «Come avete fatto a sapere che ero qui?», chiese loro.

«Me lo ha detto uno dei miei studenti di musica», disse Vivienne, colorandosi in viso. «Hai avuto l'incidente proprio davanti alla casa dei genitori di una sua amica. Lui ha chiamato e ci ha accompagnati qui ieri sera. Te l'ho già detto ieri».

«Davvero?».

Ma anche se lui non ricordava affatto di averle già viste la sera prima, ricordava Hannah seduta dall'altra parte dell'ambulanza. Ricordava la striscia di pizzo al suo polso, i suoi occhi pieni di lacrime quando lo aveva guardato.

Era andato in negozio due giorni dopo, ed era entrato spingendo la porta con la mano sana.

Quando lo aveva visto, lei era diventata deliziosamente rosa. «Stai bene», aveva detto. «Ho chiamato in ospedale ieri e mi hanno detto che eri stato dimesso«.

Lui aveva fatto scivolare il mazzo di violette attraverso il bancone. «Per ringraziarti di esserti presa cura di me».

Lei aveva preso i fiori, colorandosi ancora di più in viso. «Non dovevi», aveva detto. «Non ho fatto nulla in realtà. Sono solo venuta con te in ambulanza». Esitò. «Non mi sembrava... carino, lasciarti andare da solo».

«E hai detto al tuo amico di telefonare a casa da mia madre».

«Be', Adam sta prendendo lezioni di piano da Vivienne, e sapevo che lei vive con tua madre, così ho pensato che fosse meglio che le avvertisse qualcuno che loro conoscevano, piuttosto che un agente».

«È stato gentile da parte tua».

Lei aveva sorriso. «In effetti, per come sono andate le cose, ho fatto un grosso favore a Adam. Adesso tua madre pensa che non ci sia nessuno come lui».

Wally l'aveva guardata. «Perché lui vorrebbe che mia madre avesse una buona opinione di lui?».

«Perché», disse, seppellendo il viso nei fiori, «ha un debole per Vivienne».

«Ah». Si stropicciò il viso con una mano. «Capisco».

«Ti sei rotto il polso?», aveva chiesto lei.

«Temo di sì; non potrò suonare la tastiera per un po'. Per non parlare di guidare il taxi».

«Oh, mi dispiace. Come farai?».

«Starò a casa da mia madre finché non tolgo il gesso. Non devo alzare un dito, e sono servito e riverito». Aveva sorriso. «È un mondo difficile».

«E la tua macchina, deve essere distrutta».

Lui aveva fatto spallucce. «Come si dice, nessuno è morto. Tutto si sistemerà. Succede sempre così. Ho una buona assicurazione».

«È già qualcosa». Aveva fatto una breve pausa, e poi, arrossendo nuovamente, aveva aggiunto: «Non dovevi farlo, lo sai».

«Non dovevo fare cosa?»

«Romperti il polso». Il suo viso di nuovo sommerso dai fiori. «Per attirare la mia attenzione».

Wally aveva riso. «È stato un gesto un po' estremo, in effetti. Giusto?». Si stropicciò di nuovo il viso. «Il minimo che tu possa fare adesso è uscire con me, allora».

Hannah aveva inclinato la testa da un lato: «Suppongo proprio di sì».

Lei lo comprendeva, ecco. Capiva le sue stupide battute, gli perdonava la sua assoluta mancanza di puntualità, lo prendeva in giro per la sua totale ignoranza in fatto di moda e tollerava che considerasse inutili i soldi. Lui era se stesso con lei, e lei lo capiva.

Lo chiamava "tesoro". Il suo bacio, quando alla fine era scivolato dalla guancia alla bocca tre appuntamenti dopo, era stato delizioso.

E ora, alla festa per il compleanno di Adam, erano al loro quinto appuntamento. E lei stava diventando terribilmente importante per lui.

Con uno sforzo, spostò la sua attenzione sulla sorella, seduta di fronte a lui. «Tutto bene?». Non serviva chiederlo. Bastava guardarla: era in fiore dopo anni di paralizzante infelicità, in cui lui si era sentito impotente, incapace di aiutarla, e in cui neanche lei aveva ben capito come aiutare se stessa. Bastava guardarla: era così diversa nel suo abito verde che faceva risaltare il colore dei suoi occhi.

Era arrossita leggermente quando prima, mentre erano seduti sul sedile posteriore nel loro taxi, per strada, era stato fatto il nome di Adam.

«Siamo solo amici», aveva mormorato, distogliendo lo sguardo e rivolgendolo al finestrino.

«Lo so», aveva risposto lui.

L'ombretto verde le stava malissimo, e quando lo aveva tolto con un piccolo asciugamano per il viso – operazione durata secoli – le aveva lasciato la pelle intorno agli occhi piena di macchie. L'esperienza con il rossetto avrebbe dovuto servirle da lezione. E i capelli non le stavano mai bene, che facesse agire a lungo il balsamo oppure no, che li asciugasse con il fon oppure no. Era molto più facile legarli e dimenticarsene.

Ma lui le aveva detto che gli piacevano sciolti.

Non era molto sicura del vestito. La commessa non l'aveva lasciata da sola e aveva continuato a fare commenti sul suo fisico. Ma per quanto lei stessa potesse vedere non era nulla di particolare: niente seno e neanche fianchi. E che dire dei piedi, numero quaranta, che la mortificavano ogniqualvolta doveva comprare un paio di scarpe?

«E poi sarà facilissimo tirarlo un po' su», aveva detto la ragazza, anche se Vivienne non aveva assolutamente pensato di accorciare il vestito. Ma era andata avanti fino in fondo e l'aveva acquistato, e la madre le aveva persino detto che era bellissimo quando glielo aveva mostrato.

«Bello e luminoso», aveva detto, «ti dona». Che detto dalla madre, era davvero un complimento.

E in quel momento, dopo il suo secondo bicchiere di vino, la paura di far cadere qualcosa, o versare qualcosa, non sembrava più così grande. E il nodo che aveva avuto tutto il giorno allo stomaco si era più o meno sciolto, così che lei poteva godersi la cena invece che sforzarsi di mangiare.

Pensò di essere un po' brilla, non essendo abituata a bere vino, né qualunque altro tipo di alcol. Sospettò che l'indomani mattina si sarebbe potuta sentire un po' male. Ma che importava, dato che non aveva lezioni di musica la domenica?

Sorrise da sopra il tavolo al suo unico studente adulto, ricordando la nausea che aveva avvertito al pensiero di telefonargli; quanto fosse sicura che avrebbe vomitato da un momento all'altro mentre digitava il suo numero, scritto sul biglietto da visita. Quanto si era dovuta sforzare per rimanere in linea aspettando che lui rispondesse, quanto era stato difficile anche dire una sola parola, tanto era terrorizzata.

Ma, incredibilmente, aveva funzionato. Lui aveva acconsentito a ritornare. Lei aveva preso l'iniziativa e le cose erano andate come aveva desiderato. E ora eccola lì, al suo primo appuntamento a ventinove anni.

«Solo una cenetta, niente di speciale», aveva detto lui. «Viene anche Wally».

Lui aveva cercato di alleggerire il più possibile l'atmosfera: aveva fatto l'impossibile perché lei non dicesse di no. Non che lei avesse voluto dire di no.

Non che lei non fosse terrorizzata lo stesso, anche con Wally presente. Ma ora che si era un po' lasciata andare, stava cominciando a capire perché alla gente piaceva uscire insieme.

In effetti, era abbastanza pronta per farlo ancora, di tanto in tanto.

Mangiarono la pizza al salmone e il gelato al lampone che seguì. Soffiarono le trentadue candeline sulla tortina gigante al burro di arachidi che Hannah aveva preparato. Alzarono i calici e augurarono a Adam buon compleanno.

E più tardi, quando Wally e Vivienne se ne furono andati col taxi, Adam ignorò la debole protesta di Hannah e riempì di nuovo i calici.

«Dobbiamo fare un brindisi a te», disse, «per essere stata pazza abbastanza da aprire un negozio nel bel mezzo di una recessione».

Lei sorrise fiaccamente, appoggiando i gomiti sul tavolo che era ancora ricoperto di piatti e bicchieri. «Sì, una scelta molto sensata, vero?».

«E per essere arrivata al traguardo dei sette mesi, ancora solvente, ancora tutta intera».

«Più o meno».

«E per aver sopportato me e Kirby nei sei mesi passati».

«Sì», disse lei. «Questo è stato molto difficile». Alzò il calice. «A noi», disse, «che forse, dopotutto, non saremo costretti a sposarci tra di noi».

«Brindiamo».

Finirono il vino e tagliarono altre due fette della torta di compleanno. Fecero un tentativo poco convinto di lavare i piatti e portarono Kirby fuori per la notte. Hannah chiuse le finestre e Adam chiuse a chiave le porte.

E poi andarono di sopra a dormire.

Ringraziamenti

Grazie a Faith, e a tutto lo staff di Hachette. Grazie ad Aonghus per non aver sparso la voce. Grazie al Tyrone Guthrie Centre per la solita, eccezionale, ospitalità. Grazie a Garda John McCabe per il suo aiuto. Grazie al vero Kirby per aver saputo stare al gioco, e al vero Pumpkin per avere un nome così carino.

Indice

Anagramma

Ultimi volumi pubblicati

Federica Bosco, *S.O.S. amore*
Federica Bosco, *Innamorata di un angelo*
Quintin Contreras, *L'amore costa caro*
Judith Summers, *George è tornato*
Sara Shepard, *Giovani, carine e bugiarde*
Giuditta Scalzi, *I mammiferi felici ridono fino a tarda notte*
Fiona Neill, *Il profumo del tè e dell'amore*
Sara Shepard, *Giovani, carine e bugiarde. Divine*
Federica Bosco, *Il mio angelo segreto*
Melissa Hill, *Un regalo da Tiffany*
Eva Clesis, *E intanto Vasco Rossi non sbaglia un disco*
Jane Corry, *Il segreto della collana di perle*
Laila al-Uthman, *Il messaggio segreto delle farfalle*
Leah Fleming, *La strada in fondo al mare*
Jean Thompson, *La casa dei racconti segreti*
Amy Bratley, *Amore zucchero e cannella*
Max Giovagnoli, *Il messaggio segreto delle stelle cadenti*
Najat El Hachmi, *La città degli amori infedeli*
Edeet Ravel, *Le parole segrete dei tuoi occhi*
Niamh Greene, *Ti amo ti odio mi manchi*
Sophie Flack, *Balla, sogna, ama*
Karen Swan, *Un diamante da Tiffany*
Allegra Goodman, *La collezionista di ricette segrete*
Rowan Coleman, *Baci segreti e lettere d'amore*
Julia Gregson, *Mille notti d'amore*
Anne Cherian, *La mia festa di famiglia indiana*
Karen Viggers, *Il colore del mare in tempesta*
Cora Harrison, *Come Jane Austen mi ha rubato il fidanzato*

Melissa Hill, *Innamorarsi a New York*
Daniela Grandi, *Cose da salvare prima di innamorarsi*
Ali McNamara, *Colazione da Darcy*
Allie Spencer, *Un'estate d'amore*
Rebecca Chance, *Donne con il tacco 12*
Anna Jean Mayhew, *Il colore dei fiori d'estate*
Helen Warner, *Quattro donne e un matrimonio*
Ersi Sotiropoulos, *Il sentiero nascosto delle arance*
Kaui Hart Hemmings, *Paradiso amaro*
Marjorie Hart, *I love Tiffany*
Fiona Neill, *Le cattive ragazze scelgono l'uomo giusto*
Ami Sakurai, *Un mondo innocente*
Mark Obmascik, *Un anno da leoni*

MELISSA HILL

INNAMORARSI A NEW YORK

Melissa Hill vive a Dublino. Acclamata come "la regina delle trame dagli esiti imprevisti", nei suoi libri riesce a combinare tutta l'emozione e l'umorismo della narrativa femminile contemporanea con intrecci che non hanno nulla da invidiare ai romanzi gialli. Ha cominciato a scrivere nel 2003 e in breve tempo è diventata una delle più note autrici irlandesi. Le sue storie sono state in breve tempo tradotte in 19 lingue. La Newton Compton ha già pubblicato, con uno straordinario successo di vendite, *Un regalo da Tiffany*. Per saperne di più, il suo sito è melissahill.info.

Volume rilegato, pagine 352, euro 9,90

Una vita piena di impegni, una continua corsa contro il tempo, un lavoro da avvocato che non le concede tregua: questa è la vita di Abby. E se un giorno, improvvisamente, fosse costretta a fermarsi? Per un banale incidente, mentre sta correndo, batte la testa e quando si risveglia è in ospedale. Ma quanto tempo è passato? Abby non lo sa, non può saperlo, perché il suo cervello non riesce più a fissare i ricordi. Il disturbo potrebbe durare poco, o forse invece Abby è destinata a dimenticare tutto quello che vive. Questa prospettiva la terrorizza, eppure non vuole arrendersi. E se fosse l'occasione per rivoluzionare la sua vita? Per ricominciare a prendersi cura di ciò che ha sempre trascurato? E così comincia a stilare una lista di desideri: si riavvicina ai suoi familiari, riscopre affetti che fino a quel momento aveva ignorato, vince la sua paura di viaggiare e decide di andare a New York, dove la sorella ha appena avuto una bambina. Sarà proprio in questa splendida città che Abby trascorrerà inaspettati momenti di felicità e l'amore busserà di nuovo alla sua porta… Adesso Abby ha trovato qualcosa di prezioso, per cui vale la pena lottare con tutte le forze. Perché della sua vita non è più disposta a perdere nessun ricordo, nemmeno il più insignificante.

REBECCA CHANCE

DONNE CON IL TACCO 12

Rebecca Chance, nata nell'Hampstead e cresciuta nell'elegante sobborgo londinese di St John's Wood, a vent'anni si è trasferita in Toscana e intorno ai trenta si è spostata a Manhattan, nel quartiere di SoHo, per poi tornare nella capitale inglese dopo aver impalmato un aitante americano. Qui ha iniziato a scrivere romanzi in cui tratteggia personaggi femminili forti e determinati, come le protagoniste di *Bad Girls* e *Divas*. *Donne con il tacco 12* è il suo primo libro tradotto in italiano. per maggiori informazioni: rebeccachance.net.

Volume rilegato, pagine 448, euro 9,90

Chi sono le sorelle Deeley, Devon e Maxie McKenna? Tre donne ambiziose e competitive, che all'apparenza conducono una vita perfetta nel jet-set internazionale. Deeley è la fidanzata di copertura di un divo di Hollywood che nasconde al mondo intero la sua omosessualità. Ma quando il loro tacito accordo salta, viene messa alla porta senza troppi complimenti. Deeley è così costretta ad abbandonare la sua gabbia dorata di Los Angeles e a fare ritorno a Londra dalle sorelle. Devon è sposata con il più famoso campione di rugby di tutta l'Inghilterra e conduce un programma di cucina di grande successo. Eppure si sente sola e amareggiata. E dopo aver fatto una figuraccia in una gara televisiva di vip ai fornelli, decide di mollare tutto e di andarsene in vacanza in Toscana senza il marito. Qui incontra un affascinante italiano, che le insegna l'arte della vera cucina… e della seduzione! Maxie, la maggiore delle tre, è sposata con un esponente di spicco del parlamento inglese ed è una manager strapagata. Ma quando Deeley racconta alla stampa alcuni dettagli della triste infanzia delle McKenna e del passato criminale della loro madre, Maxie va su tutte le furie, temendo che lo scoop possa fermare l'ascesa politica del marito. Anche perché sa bene che questo è solo il primo dei pericolosi segreti che sua sorella potrebbe rivelare…

NEWTON COMPTON EDITORI

ANNA JEAN MAYHEW

IL COLORE DEI FIORI D'ESTATE

Anna Jean Mayhew è nata e cresciuta nel North Carolina, dove vive tuttora. Ha lavorato come redattrice per un giornale medico e per una rivista di fantascienza. Con *Il colore dei fiori d'estate*, il suo primo romanzo, vincitore del Sir Walter Raleigh Award e finalista al SIBA book Award, racconta il periodo della segregazione razziale in America, che ha vissuto in prima persona da ragazza. Per saperne di più visitate il suo sito: ajmm.net.

Volume rilegato, pagine 352, euro 9,90

In una torrida giornata dell'agosto 1954, Jubie Watts, una ragazzina di tredici anni, parte con la famiglia per una vacanza in Florida. Insieme a lei, stretti in macchina, ci sono i tre fratelli, la madre e Mary Luther, la domestica. Mary vive con loro da tanti anni e Jubie le è affezionatissima. Non solo si è sempre occupata della casa e della cucina, ma con la sua presenza dolce e amorevole ha spesso compensato gli scatti d'ira del signor Watts e la freddezza della moglie. Ma Mary ha una colpa gravissima agli occhi di molti: è una donna di colore in una società razzista. Man mano che il viaggio procede verso sud, Jubie sperimenta per la prima volta le terribili conseguenze delle restrizioni razziali, fino a quando una vera e propria tragedia sconvolge la sua vita. Sarà allora che la ragazza capirà l'importanza di difendere i diritti civili, troverà il coraggio di confrontarsi con i limiti della sua famiglia e di combattere per un futuro di libertà e indipendenza.

NEWTON COMPTON EDITORI

MARJORIE HART

I LOVE TIFFANY

Marjorie Hart è una violoncellista professionista, ex presidente del Dipartimento di Belle Arti dell'Università di San Diego. Vive a La Mesa, in California. Per sapere tutto di lei consultate il sito marjoriehart.com.

Volume rilegato, pagine 288, euro 9,90

Trascorrere un'estate a New York: quale migliore occasione per due ragazze che arrivano da una cittadina di provincia? Trovare un impiego nella gioielleria più famosa del mondo: quale emozione più grande? È il 1945, quando Marjorie Jacobson e la sua migliore amica, Marty Garrett, arrivano nella Grande Mela. Dopo avere ricevuto una serie di rifiuti, quasi per miracolo riescono a ottenere un lavoro da Tiffany come commesse, suscitando l'invidia di tutte le amiche. Come per magia, per loro si spalancano le porte di un mondo scintillante e alla moda: conoscono personaggi ricchi e famosi, incontrano Judy Garland e Marlene Dietrich, si trovano alle prese con famosi gangster e affascinanti playboy, frequentano i locali più in voga. E proprio a una festa esclusiva in cui è riuscita a intrufolarsi, Marjorie s'innamora: un giovane della Marina fa breccia nel suo cuore e la ragazza dovrà prendere una delle decisioni più importanti della sua vita… Tra tuffi nell'oceano, preziosi diamanti e avventure rocambolesche, I love Tiffany svela il fascino inebriante della Manhattan degli anni Quaranta e racconta la nascita di un mito che dura immutato ancora oggi.

NEWTON COMPTON EDITORI

FIONA NEILL

LE CATTIVE RAGAZZE SCELGONO L'UOMO GIUSTO

Fiona Neill ha lavorato per «Marie Claire» e per «London Times Magazine», per il quale ha ideato la popolare rubrica "Slummy Mummy". Vive a Londra. La Newton Compton ha pubblicato i suoi romanzi, *Tutto l'amore che c'è* e il grande successo *Il profumo del tè e dell'amore*, che è stato per settimane in vetta alle classifiche italiane. Per saperne di più: fionaneill.co.uk.

Volume rilegato, pagine 480, euro 9,90

E se la vita di Ali Sparrow, una giovane e squattrinata studentessa, stesse per cambiare? Quando Bryony Skinner la assume come babysitter, Ali si trova infatti catapultata in un mondo diverso dal suo, accolta in una famiglia ricchissima e all'apparenza perfetta. L'incarico non è facile: Bryony è una donna in carriera, ambiziosa ed esigente, abituata ai privilegi di una milionaria e sempre pronta a sottolineare i difetti di Ali. Suo marito Nick è un individuo sfuggente e ambiguo, che trascorre la maggior parte del tempo al computer o attaccato al telefono. E poi ci sono i figli: i due strani gemelli, un'adolescente ossessionata dal proprio peso, e infine l'arrogante primogenito, che ha quasi l'età di Ali, ma a quanto pare ha ancora bisogno di una babysitter. Ali sta cominciando ad abituarsi alle stranezze, alla ricchezza e ai lussi degli Skinner, quando all'improvviso tutto sembra andare a rotoli. Un gigantesco scandalo rischia di fare emergere il torbido che si nasconde dietro la rispettabile facciata della famiglia. Solo a questo punto Ali si rende conto di avere visto cose che forse non avrebbe mai dovuto vedere… Quale sarà la sua decisione? Seguirà i suoi princìpi, che le impongono di non rivelare i segreti degli Skinner? Oppure si farà abbindolare dall'uomo sbagliato e racconterà tutti i fatti privati di chi l'ha sempre considerata poco più che un soprammobile?